Susanne Hanika
Bekenne deine Schuld

PIPER

Zu diesem Buch

Als der Großbauer Gschwendner vor seinem Jagdhaus und in seiner Hofeinfahrt jeweils eine Leiche findet, kann sich die Journalistin Lisa Wild ein wenig Schadenfreude nicht verkneifen: Endlich ist es einmal nicht sie, die über einen Toten stolpert! Sie ist fest entschlossen, sich aus dem Fall herauszuhalten, obwohl ihr Freund Max die Ermittlungen leitet und alles darauf hindeutet, dass es sich um einen Serienmörder handelt. Doch wieder einmal läuft alles anders als geplant. Lisa erhält eine SMS von unbekanntem Absender, die sie in das Gartenhäuschen ihres Nachbarn lockt – und dort findet sie das dritte Opfer. Plötzlich reißt sich die Polizei um ein Gespräch mit Lisa, denn Max vermutet, dass sie den Täter persönlich kennt. Dann bekommt sie eine weitere SMS, in der der Unbekannte seinen nächsten Mord ankündigt …

Susanne Hanika, geboren 1969 in Regensburg, lebt noch heute mit ihrem Mann und ihren vier Kindern in ihrer Heimatstadt. Nach dem Studium der Biologie und Chemie promovierte sie in Verhaltensphysiologie und arbeitete als Wissenschaftlerin im Zoologischen Institut der Universität Regensburg. »Bekenne deine Schuld« ist ihr fünfter Kriminalroman um die Ermittlerin Lisa Wild.

Susanne Hanika

Bekenne deine Schuld

Kriminalroman

Piper München Zürich

Mehr über unsere Autoren und Bücher:
www.piper.de

Von Susanne Hanika liegen bei Piper vor:
In Ewigkeit, Amen
Und bitte für uns Sünder
Und führe uns nicht in Versuchung
Erhöre unser Flehen
Bekenne deine Schuld

FSC
www.fsc.org
MIX
Papier aus verantwortungsvollen Quellen
FSC® C083411

Originalausgabe
Februar 2015

Umschlaggestaltung und -motiv: Hauptmann und Kompanie Werbeagentur, Zürich
Satz: Satz für Satz. Barbara Reischmann, Leutkirch
Gesetzt aus der Sabon
Papier: Munken Print von Arctic Paper Munkedals AB, Schweden
Druck und Bindung: CPI books GmbH, Leck
Printed in Germany ISBN 978-3-492-30514-3

Für Birgit

Kapitel 1

Früher stellte ich mir oft vor, ich sei eine Art Superwoman mit einem ganzen Blumenstrauß an phantastischen Fähigkeiten. Ich kämpfte regelmäßig gegen Zombies, Vampire und Außerirdische – und ging natürlich immer siegreich hervor. Ich sah in jeder Lebenslage wahnsinnig gut aus und war bei jedermann irrsinnig beliebt. Zugegeben, damals war ich zwölf Jahre alt und ahnte nicht, dass ich mit sechsundzwanzig Jahren noch bei meiner Großmutter wohnen und es auch um mein Aussehen nicht ganz so sagenhaft bestellt sein würde. Erst recht nicht um sieben Uhr in der Früh, wenn ich in Jogginghose und ausgeleiertem Pulli zum Postkasten wankte, um die Zeitung zu holen.

Um genau zu sein, konnte es um meine Beliebtheit in unserem Dorf nicht schlechter bestellt sein – punktemäßig kam derzeit bestimmt selbst der dauerbesoffene Loisl besser weg. Die Dorfbewohner kamen aus dem Kopfschütteln, Augenbrauenrunzeln und Fäuste-in-die-Hüfte-Stemmen gar nicht mehr heraus. Über alles, was ich tat oder nicht tat, wurde gemeckert: Dass mein Freund Max und ich nicht verheiratet waren – und ich dankte Gott dafür, dass noch keiner herausbekommen hatte, dass ich Max' Heiratsantrag abgelehnt hatte. Dass ich mich zu wenig um meine Großmutter kümmerte, sondern alles dem armen Maarten überließ, seines Zeichens Expraktikant von Max, Exaltenpflegepraktikant und jetzt Polizist in Ausbildung. Dass ich mich zu wenig um meinen tollen Max kümmerte, wo es doch das komplette Wunder war, dass sich so ein phantastisch aussehender, liebenswürdiger und körperlich gestählter Mann – man bedenke, auch noch bei der Kripo! – überhaupt für so jemanden wie mich interessierte.

Den Gipfel meines unsteten Lebenswandels bildete meine »Beziehung« zu unserem noch immer recht neu zugereisten Dorfpolizisten Joe. Ich war mir fast sicher, dass in unserer Metzgerei, dem Informationsknotenpunkt des Dorfes, über Joe und mich Buch geführt wurde. Wie oft er mir zugezwinkert hatte. Ob wir ein Gespräch geführt, wie nahe er dabei an mich oder ich an ihn herangetreten war und ob sich vielleicht, Gott behüte, unsere Schuhspitzen berührt hatten. Und die allermeisten, insbesondere die Annl, waren sich auch fast ein Jahr nach seiner Ankunft im Dorf immer noch hundertprozentig sicher, dass sie ihn aus ›Aktenzeichen XY ungelöst‹ kannten. Deswegen kursierten hartnäckige Gerüchte, die ihn mit absurdesten Gewaltverbrechen in Verbindung brachten. Und auch die Sache mit der Kalaschnikow unter seinem Bett war nach Meinung der Ratschkathln noch nicht endgültig widerlegt. Genauso sicher waren sich alle, dass ich ihn nicht von der Bettkante stoßen würde, so sie denn nicht verlässlich dafür sorgten, dass ich keine Sekunde mit ihm alleine war.

Mit viel Glück rettete ich mich an diesem schönen Tag mit der Tageszeitung in unsere Küche, ohne unseren morgenaktiven Oberratschkathln Rosl und Annl über den Weg gelaufen zu sein. Stattdessen stolperte ich über Großmutters Kartons, um im nächsten Atemzug die wassergetränkte Grünlilie vom Fensterbrett zu reißen, die ihrerseits die nasse Erde über den Fußboden spritzte. Als ich meinem Ärger lautstark Ausdruck zu verleihen gedachte, bekam ich wegen meiner Halsentzündung nicht mehr heraus als ein Papagei, der die ersten Sprechübungen absolviert – und so blieben meine wütenden Kommentare unausgesprochen.

Was vielleicht auch besser war, denn die Sache mit den Kartons in der Küche konnte ich sowieso nicht ändern. Das waren nämlich Sauerkrautdosen, die Großmutter für den Notfall gekauft hatte. Um für den bevorstehenden Weltuntergang, der, wie alle außer Großmutter wussten, 2012 bereits hätte sein sollen, gewappnet zu sein, hortete sie nämlich Nahrungsmittel. Und diese Menge an Notfallsauerkrautdosen, die gereicht hätte, das gesamte Universum zu versorgen, sprengte natürlich das Fassungsvermögen unserer Speisekammer.

Statt mich um die Kartons und die nasse Erde zu kümmern, schenkte ich mir eine Tasse Kaffee ein und setzte mich an den Küchentisch. Der Gedanke an all das, was ich in nächster Zeit zu stemmen hatte, machte mich ganz kraftlos. Der Umzug von Max und mir stand bevor, unsere erste gemeinsame Wohnung! Es gab noch tausend Sachen zu organisieren. Nebenbei wollte ich, bevor ich Urlaub nahm, auch noch meine Artikelserie über das bayerische Schulsystem abschließen.

Wenn ich viel Glück hatte, kam mittags Maarten vorbei, der beste Großmuttersitter aller Zeiten. Okay, er hatte auch ständig Hunger und vernichtete alles, was Großmutter kochte und buk, aber das nahm ich gerne in Kauf. Denn für ihn, den lieben Martin, wie sie ihn beharrlich nannte, nahm sie sogar ihre Medikamente und trank Ostfriesentee, den Maarten in »Schwarztee mit Milch« umgetauft hatte, um nicht als Saupreiß zu gelten, der er nun einmal war.

»Des glaubst ned«, sagte Großmutter und ließ im Unklaren, ob sie von dem Saustall sprach, den ich gerade fabriziert hatte, oder von etwas anderem.

Vor mir lag die Tageszeitung, auf deren Titelblatt ich heute meinen persönlichen Seite-Eins-Artikel erwartete. Nicht, dass ich ständig Seite-Eins-Artikel schrieb, das war eigentlich die große Ausnahme. Ich hatte die Überschrift gewählt: »Bayerns Schulen in der Krise«. Obwohl die Zeitung verkehrt herum lag, erkannte ich bereits an der Anzahl der Wörter, dass es sich unmöglich um meinen Artikel handeln konnte – und ich war just in der richtigen Stimmung, schnurstracks in die Redaktion zu fahren und meinem Kollegen Kare gewaltig meine Meinung zu geigen. Weil, wenn es nicht mein Artikel war, dann war es der vom Kare.

»Hast des glesen?«, wollte Großmutter wissen, ebenfalls die nasse Erde ignorierend.

Ihre Aufregung konnte eigentlich nur bedeuten, dass endlich etwas in der Zeitung stand, das sie darin bestärkte, dass die »Meiers« mit ihren Berechnungen zum Weltuntergang richtiglagen. Und ich würde mir wieder den Mund fusselig reden können, dass das mit den Mayas und dem Weltuntergang weder 2012 eingetroffen war noch irgendwann anders eintreffen würde.

Sie drehte die Zeitschrift zu mir um, und ich las die Überschrift.

Plötzlich hätte ich singend und lachend durchs Haus springen können. Wegen einer Schlagzeile vom Kare. Ehrlich, dass so etwas jemals eintreten würde … Und ja. Er hatte damit meinen Seite-Eins-Artikel ins Nirwana geschossen, was eine unglaubliche Gemeinheit war. Auch war der Titel meines Erachtens ein Griff ins Klo, wie so mancher Titel vom Kare, den er nicht von Wikipedia geklaut hatte. Aber der Inhalt machte mich dennoch richtig glücklich!

»Des glaubst doch ned«, wiederholte sich Großmutter kopfschüttelnd.

»Neue Leiche gefunden: Ein Serienkiller mitten unter uns?«, stand dort in zackigen Buchstaben, von denen das Blut heruntertroff.

Nein, ich bin weder so blutrünstig, dass ich mich über Serienmörder freue, noch bin ich eine Sympathisantin von der Annl, die schon seit Jahren ihre Serienkiller-Hypothese verfolgt und damit das halbe Dorf »stocknarrisch« macht.

Nein.

Was mich juchzen machte, war, dass es Leichen gab, die nicht von mir gefunden wurden! Ganz nah, man stelle sich das vor! Okay, im Nachbarort, das war fünfzehn Kilometer weit weg. Aber schließlich hatte ich ein Auto und fuhr auch manchmal durch Unterbachenreuth. Es war also nicht komplett ausgeschlossen, dass ich bei einer dieser Fahrten eine Leiche des Serienkillers hätte finden können.

Konnte es sein, dass der Spuk ein Ende hatte? Noch vor zwei Wochen hätte ich alles darauf verwettet, dass keine Leiche an mir vorbeikam, ohne mir ein Bein zu stellen! Am liebsten hätte ich die Schlagzeile geküsst. Fortan würde ich wieder unbeschwert durchs Leben gehen können, jeglicher Makel war von mir gewaschen und nichts geblieben, das magisch Leichen anzog. Ab jetzt wurden Leichen einfach von anderen Menschen gefunden!

Begierig begann ich die Details zu lesen. Was meinte der Kare zum Beispiel mit »neue Leiche«, ganz so, als gäbe es noch ein paar alte?

»Gestern kurz vor Redaktionsschluss fand Josef W. (alle Namen von der Redaktion geändert) vor seiner Hofeinfahrt seinen langjährigen Freund Alfons S. bewusstlos am Boden liegen. Er verständigte sofort den Rettungsdienst, der die Unfallstelle um 21 Uhr 33 erreichte. Trotz intensiver Wiederbelebungsmaßnahmen konnte Alfons S. nicht mehr ins Leben zurückgeholt werden.«

Das klang nicht nach Serienkiller, sondern nach Herzinfarkt.

»Wie erst jetzt bekannt wurde, ist vor vier Tagen ein anderer langjähriger Freund von Josef W. tot aufgefunden worden. Nach einer Autopsie stellte sich heraus, dass dieser keines natürlichen Todes gestorben war.«

Noch eine Leiche. Die ich nicht gefunden hatte! Das musste ich dringend Max erzählen. Zwei Leichen! Und keine von mir gefunden! Das war der totale Rekord!

Großmutter stemmte zungeschnalzend die Fäuste in die Hüften.

»Josef W.«, sagte sie in genervtem Tonfall. »Wieso schreibt er denn ned glei, dass es der Gschwendner ist. Der Adi. Weiß doch eh jeder, dass des der Adi ist.«

»Wer? Der Tote?«, wollte ich krächzend wissen.

»Nein, der, dem die ganzen Spezln wegsterben wie die Fliegen«, erläuterte Großmutter.

»Wieso weiß das schon wieder jeder?«, hakte ich nach, wissend, dass ich mir die Frage hätte schenken können.

»Wegen dem Jagdhäusl. Vor dem sein Freund tot gfunden worden ist. Wer hat denn schon ein Jagdhäusl? I ned.«

Auch wieder wahr. Allerdings wusste ich vom Gschwendner auch nicht allzu viel, außer dass er ein Großbauer war, ein Großkopferter sowieso, und laut meiner Großmutter immer so tat, als wär er der Herr Graf. Was aber auch kein Wunder war, denn er stammte aus Unterbachenreuth, unserem Nachbardorf, und war somit a priori nicht ganz koscher, egal, wie er sich benahm.

»Außerdem ham's des ja gestern schon in der Metzgerei erzählt.«

»Was? Dass am Abend der nächste Tote gefunden wird?«, fragte ich ungläubig nach. Das war selbst für unsere Oberratschkathln ein Rekord, der mich mit Bewunderung erfüllte.

»A geh, Mädl«, murrte Großmutter unwillig. »Dass der Poldi keinen Herzinfarkt hatte, sondern erdrosselt worden ist.«

Von erdrosselt stand jetzt gar nichts in der Zeitung, was der erneute Beweis dafür war, dass sie als Informationsmedium ausgedient hatte. Zumindest in Orten mit Metzgereien als Nachrichtenkompetenzzentren. Vielleicht hatte auch irgendein Polizist verhindert, dass es in die Zeitung kam. Mit größter Wahrscheinlichkeit mein Freund Max, seines Zeichens Kriminalkommissar und dazu prädestiniert, Zeitungsmenschen und insbesondere mir alles Mögliche zu verbieten.

»Wieso weiß man das schon in der Metzgerei?«

Die nächste dumme Frage, die ich mir nicht verkneifen konnte. Schließlich hatten wir die Rosl im Dorf, und wäre diese nicht so unbedarft in Computerdingen gewesen, hätte ich ihr und ihren Genossinnen zugetraut, dass sie sich in Altersteilzeit in der Internetüberwachung betätigten.

»Na ja. Die Rosl …«

Ja. Meine Rede. Die Rosl.

»… die ist doch die Schwägerin vom Adi. Weil die Rosl … da ist doch die Mutter so früh gstorben, und dann sind die ganzen Kinder auf die Verwandtschaft verteilt worden. Und die Rosl, das ist die Älteste, ist zusammen mit der Burgl, des is ihre Schwester, die Jüngste, damals zu den alten Gschwendners kommen. Des war kurz bevor der Krieg aufghört hat, und den Gschwendners hat des damals nicht so recht 'passt. Damals hat keiner was ghabt, und dann noch ein paar Kinder dazu kriegen ... Die ham die damals ausgnutzt, des kannst dir gar nicht vorstellen. Nach Strich und Faden. Die waren ja auch erst Kinder. Aber gearbeitet wie die Knechte. Auf dem Feld, in der Küch', den ganzen Tag lang.«

Sie warf mir einen stechenden Blick zu. »Deswegen geht ja die Burgl auch so schief.«

Darum saß ich lieber auf der Eckbank.

»Und dann hat dem Gschwendner sein Bub die Burgl gheirat'. Obwohl die Eltern natürlich dagegen waren. Die Burgl, die nix ghabt hat. Wo er genauso gut eine Geldige hätt haben können, nimmt er die Burgl.«

Sie nickte zufrieden, eindeutig auf der Seite von der Burgl.

»Aber eine Freud' war des für die Burgl ned«, erklärte sie mir. »Die Kinder von ihr sind alle schon im Kindbett gstorben, bis auf die zwei letzten Mädeln. Aber die Letzte, die ist ein bisserl ...« Bei dem letzten Satz drehte sie ihren Zeigefinger neben der Schläfe.

»Ich weiß«, sagte ich. Mit der jüngsten Tochter vom Gschwendner war ich nämlich in dieselbe Klasse gegangen. Sie hatte zwar nie das Einmaleins gelernt, aber immer leckere Schmalzlmauserln dabeigehabt, die sie mit mir zu teilen pflegte.

»Mei, sie war halt auch schon weit über vierzig, wie sie die Jüngste kriegt hat, da kann des leicht passieren«, erläuterte sie mir. »Und die Rosl hat gsagt, dass des alles die Strafe des Herrn ist.«

Für die Rosl war alles Mögliche die Strafe des Herrn. Vermutlich auch meine Heiserkeit und Großmutters Hammerzehe.

»Und für was?«, fragte ich neugierig nach. Meine Heiserkeit war bestimmt die Strafe für meinen irrsinnigen Rededrang. Und die Hammerzehe dafür, dass Großmutter immer den Hund mit dem Fuß wegschob. Aber wofür die Burgl bestraft werden sollte, wusste Großmutter leider auch nicht.

»Bei so was frag ich ned nach«, erklärte sie mir. »Was da ans Licht kommt. Des will man gar nicht wissen.«

Ich leider schon. Ich seufzte unzufrieden.

»Und die Burgl hat halt gsagt ...«

»War die auch da?«

»Nein. Natürlich war die Burgl nicht da«, antwortete Großmutter mit einem Unterton, der signalisierte, dass meine Unterbrechungen nicht gern gesehen waren. »Aber die hat halt der Rosl unter dem Siegel der Verschwiegenheit ...«

Ich lehnte mich zufrieden zurück.

»... erzählt, dass sie jetzt den Poldi obduziert hätten, weil die Marianne, seine Frau, bei der Polizei gsagt hätt, der Poldi, der ist pumperlgsund, der stirbt doch ned an einem Herzinfarkt. Noch dazu akkurat vor der Jagdhütte vom Adi! Wenn gar keine Jagd ist ...«

Mir begann der Kopf zu schwirren. Vielleicht war es auch nur eine beginnende Nebenhöhlenentzündung.

»Und die Burgl hätt gmeint, also, so ein Herzinfarkt, des wär halt des Normale, wenn man so plötzlich stirbt, und dass sie des überhaupt gar nicht verdächtig gefunden hätt. Letzte Woch', wie sie ihn gefunden hat.«

Die erste Leiche war also der Poldi gewesen.

»Aber er ist doch angeblich erdrosselt worden«, sagte ich möglichst ruhig. »Wieso redet sie dann von Herzinfarkt? Den braucht's dann doch gar nicht mehr, um den Löffel abzugeben.«

»Weil ihr des halt auch richtig zuwider ist, direkt vor der Jagdhütte. Als hätte sie damit was zu tun. Und da hat sie halt gesagt, da machen wir gar ned lang umeinander. Veranstalten kein Tamtam, des wär ja sauber überzogen.«

Das könnte ich dem Max simsen, dachte ich grinsend. Dass seine Mordkommission ständig nur sauber überzogenes Tamtam fabrizierte. Gerade bei Leuten, die erwürgt worden waren, lag der Verdacht auf eine natürliche Todesursache doch total nahe.

»Aber die Marianne hat gmeint, dass sie sowieso sofort gwusst hat, dass des Mord sein muss. Weil doch der Poldi nicht einfach so stirbt. Und dass es ihr schon recht gwesen wär, wenn die Polizei sich das alles angschaut hätt. Bevor die Burgl …«

Großmutter hörte zu sprechen auf und starrte auf unseren Herd. »Des wenn'st dir vorstellst. Der Poldi liegt schon in der Aussegnungshalle, alles ist schön hergricht, und dann kommt die Polizei und konfisziert den Leichnam. Wo er doch schon seinen guten Anzug anghabt hat, den schwarzen aus dem feinen Stoff, und ein schwarzes Krawatterl dazu. Und dann schneiden's den Anzug auf, wo sie des doch alles auch vorher hätten machen können.«

Meine Großmutter war keine Anhängerin der geradlinigen Erzählung. Hatte sie nicht eben gesagt, dass der Poldi erdrosselt worden war? Wieso hatte dann der Max nicht schon längst eine Obduktion angeordnet?

»Aber wieso war denn die Polizei nicht am Tatort?«, fragte ich verständnislos nach. »Ist das nicht normalerweise so, wenn Erdrosselte gefunden werden?«

»Wegen der Burgl halt. Die hat doch mit ihrem Mann den Poldi gfunden und dann des Betttuch weggschnitten, das der Poldi um den Hals gwickelt ghabt hat. Und hat ihm ein kariertes Halstüchl umgebunden, dass es nicht ganz so komisch ausschaut. Die blauen Flecken. Am Hals. Da haben die Rettungssanitäter halt erst einmal an einen Herzinfarkt gedacht.«

Ich starrte sie sprachlos an. Es war einfach immer wieder faszinierend, wie in unserem Dorf die Tatsachen so lange verdreht wurden, bis keiner mehr wusste, wo oben und unten war.

»Die hat das Mordwerkzeug entfernt?«, hakte ich nach. Kein Wunder, dass Max nicht gleich ermittelt hatte, bei diesem entscheidenden Ermittlungsnachteil. »Aber wieso macht sie denn so etwas?«

»Sie hat's nur gut gmeint«, sagte Großmutter, die das offenbar total nachvollziehen konnte.

»Gut gmeint«, echote ich kopfschüttelnd. Das sah jetzt aber gar nicht gut für den Gschwendner aus.

»Weil, wie schaut denn des aus? Der ehrwürdige Herr Richter. Und ein Betttuch um den Hals.«

So ehrwürdig war der nicht. Meinen Informationen zufolge hatte er sich mit allen verbrüdert, die mit ihm beim Seldschukenwirt gesoffen hatten. »Herr Richter« sagte sowieso kein Mensch zu ihm, sondern nur Poldi. Und ich wollte lieber nicht wissen, wie es mit seiner Ehrwürdigkeit im Gerichtssaal aussah.

»Und da hat sie sich halt gedacht, alle wären froh, wenn das mit dem Betttuch nicht rauskommt.« Großmutter nickte beifällig. »Mir wär des auch lieber, man würd mich nicht mit einem Betttuch um den Hals finden. Grad, wenn man der Herr Richter ist.«

»Und wieso soll das peinlich sein?«, fragte ich ungläubig, weil ich gar nicht tot gefunden werden wollte, weder mit noch ohne Betttuch.

»Das hätt ja so ausgschaut, als hätt er ein Gspusi im Jagdhäusl gehabt.«

Der Zusammenhang zwischen dem Betttuch um den Hals und einer Geliebten fand ich etwas weit hergeholt. Großmutter drehte sich wieder zu mir um und hob den Zeigefinger. Hätte sie bei der Kripo gearbeitet, wären solche Fälle in Nullkommanichts gelöst. Zumindest mit der Rosl und der Annl an ihrer Seite.

»Weil seine Frau, das Marianndl, hat gsagt, der Poldi, der tut nicht mal im Winter so was um den Hals. Und jetzt plötzlich, toterweise, sollt er plötzlich damit anfangen.« Großmutter nickte zufrieden und drehte sich weg, offensichtlich der Meinung, dass genug gesagt worden war.

»Ein Leintuch«, sagte ich, »das macht doch niemand, der einigermaßen bei Trost ist.« Besonders der Leopold Fischer nicht, der Richter. Euer Ehren mit Betttuch um den Hals! Vor allem interessierte mich brennend, weshalb Max mir gegenüber mit keinem Wort die Leiche mit ohne Betttuch erwähnt hatte, die offensichtlich schon ein paar Tage tot war. Er wusste doch um mein spezielles Verhältnis zu Leichen!

»Die Burgl hat gsagt, manche Leut' machen komische Sachen. Vielleicht hat er gfroren, hat sie gmeint. Von wegen.« Großmutter schnalzte mit der Zunge. »Des siehst doch gleich am Hals, wenn einer dergurgelt worden ist«, erläuterte sie mit einer Routine, als würde sie ständig erwürgte Personen finden, und begann mit den Töpfen zu scheppern. »Und wenn sie ihm nicht noch das Halstüchl rumgewickelt hätte, wären die Sanitäter auch gleich drauf gekommen, was da passiert war.«

Ein Topfdeckel fiel zu Boden.

»Und deshalb glaub ich ja, dass der Mörder des mit dem Betttuch gmacht hat. Wieso sollt der Poldi denn auch so ein Trumm Stoff mit sich rumschleppen, des macht man doch ned.«

So ein Schmarrn. So ein Mörder ist ja auch nicht total bescheuert und rennt mit Betttüchern durch die Gegend. Aber das fand meine Großmutter anscheinend nicht seltsam.

»Und die neue Leiche, dieser Alfons S., wer soll das sein?«

»Der Karli«, wusste Großmutter. »Mei, war des ein fescher Kerl, früher, vor dreißig Jahren.«

»Und woher weißt du das schon wieder? War die Rosl schon da?«

»Freilich. Um sechs hat's schon ans Küchenfenster bumpert …«

Von den vielen Informationen bekam ich gerade stechende Kopfschmerzen.

»Und wennst mich fragst …« Sie wartete meine Reaktion nicht ab, weil auch ihr vollkommen klar war, dass ich keine diesbezügliche Frage stellen würde. »… dann hängt des doch alles mit dem Gschwendner zam. Diese Morde. Ist ja wohl klar, dass die Burgl keine Lust drauf hat, dass da die Polizei nachbohrt.«

Diese Antwort fand ich jetzt ausnahmsweise ausgesprochen tiefsinnig. Nachdem sich alle Gespräche der letzten Wochen nur um den Weltuntergang und Sauerkraut gedreht hatten, war die aktuelle Entwicklung richtig positiv zu werten.

»Der Mörder legt die Leichen dem Gschwendner doch extra vor die Tür. Oder meinst du, dass der da nicht mitdenkt? Des traut sich jetzt keiner sagen, besonders in der Zeitung«, fügte sie tadelnd hinzu.

Jaja. Weil würden wir so einen Schmarrn schreiben, bekämen wir gleich einen auf den Deckel.

»Vielleicht hatte der Letzte ja einen Herzinfarkt«, schlug ich vor, um das Gespräch am Laufen zu halten, »den kann man auch direkt vor der Hofeinfahrt vom Gschwendner haben.«

»Der Karli«, erläuterte Großmutter pointiert. »Der ist doch erst fünfundfünfzig. Der wird jetzt einen Herzinfarkt haben. Akkurat in der Hofeinfahrt vom Gschwendner.«

»Es gibt Männer, die sterben mit vierzig am plötzlichen Herztod«, verteidigte ich den Karli.

»Stimmt auch wieder«, pflichtete sie mir bei und runzelte die Stirn. »Aber wieso hätt dann der auch so ein Betttuch um den Hals haben sollen?«

Stöhnend ließ ich meinen Kopf auf die Tischplatte knallen – so sehr hasste ich es, wie Großmutter immer penetrant die allerwichtigsten Details verschwieg.

»Wie jetzt, der hatte auch ein Betttuch um den Hals?«

Das waren genau die Einzelheiten, die wir in der Zeitung nicht schreiben durften, die aber in der Metzgerei bis zum Erbrechen durchdiskutiert wurden.

»Ja. Und so ein Bandl um die Händ'.«

»Ein Band?«

»Ein Schnürl«, sagte Großmutter ungeduldig. »Ich hab's ja selber auch ned gsehen, aber die Burgl hat gsagt, dass beide mit so einem dunklen Bandl gefesselt waren, hätt ihr Mann zumindest gsagt. Weil, der hat ja den Karli gfunden.«

Ich presste meine Zeigefinger an die Schläfen.

»Wie jetzt? Der Gschwendner hat beide Leichen gefunden?«

Großmutters Blick sah nach »freilich« aus. »Deswegen glaub ich ja, dass des schon ein Mord war.«

Ja. Wieso sollten sich die zwei vorher fesseln, in Erwartung ihres Herzinfarkts? Je länger ich Großmutter zuhörte, desto hundsgemeiner fand ich es im Übrigen von Max, dass er mit keinem Wort erwähnt hatte, was für einen seltsamen Fall er gerade bearbeitete. Wobei man ihm zugutehalten musste, dass er die ganze Geschichte mit den entfernten Betttüchern auch noch nicht so lange wissen konnte.

»Gut, dass der Gschwendner alles seiner Frau sagt«, sagte ich schließlich, und bei »seiner Frau« versagte meine Stimme. Vielleicht sollte ich Max mal bei der Burgl vorbeischicken.

»Mei, die werden sich da halt drüber unterhalten. Die Burgl hat nämlich gsagt, dass sie fand, dass des ausgschaut hat wie diese Strickln in dene Kapuzenpullis. Und dass sie sich gar nicht vorstellen kann, dass der Karli oder der Poldi überhaupt Kapuzenpullis besessen haben.«

»Und wann hat die Burgl zugegeben, dass sie die Betttüchln entfernt hat?«, wollte ich krächzend wissen.

Großmutter fiel schon wieder scheppernd ein Topfdeckel zu Boden. »Wie der Karli auch so rumgelegen ist. Da hat sie sich gedacht, dass das die Polizei interessieren könnt.«

Ich fischte nach meinem Handy und drückte auf Wahlwiederholung, um Max endlich meine Freude über die zwei nicht von mir gefundenen Leichen mitzuteilen, denn die nun folgende Geschichte von der Burgl und ihrer Abneigung dem armen Mariandl gegenüber wollte ich nicht hören. Weil ich bei meinem Probesatz aber nur einen Krächzer herausbrachte, drückte ich das Gespräch wieder weg, bevor die Verbindung hergestellt worden war. Mit dieser Stimme konnte ich gar nichts mitteilen. Außerdem war das Entscheidende doch, dass ich überhaupt nichts damit zu tun hatte, und somit eigentlich noch nicht einmal die Notwendigkeit bestand, dass ich mich bei Max meldete. In aller Ruhe würde ich den letzten Artikel vor meinem Urlaub fertig schreiben und sogar noch dafür sorgen können, dass endlich der Typ vorbeikam, der das Bad fliesen sollte. Ich bootete meinen Laptop und legte einen großen Zettel daneben.

»Wenn ich's dir sag«, sagte Großmutter. »Das hängt alles

zam. Jetzt sind schon der Poldi und der Karli mit einem Betttuch dergurgelt, da kannst dir doch ausrechnen, wie's weitergeht.«

»Wie denn?«, fragte ich abgelenkt.

Unter diesen Umständen konnte man unmöglich einen Artikel über das phonetische Schreibenlernen verfassen.

»Der hat ja noch mehr Spezln«, erklärte sie mir. »Glaubst, der Nächste, der des Betttuch um den Hals hat, ist der Gschwendner selber.«

Ich ging ins Internet und sah sofort meine letzte Suche aufploppen.

»Das biologische Alter«, stand da und »Berechnen Sie Ihr biologisches Alter.«

»... oder ein anderer von seinen Spezln. Des muss doch dem Max auffallen. Und wenn ich mir vorstell, dass die Burgl dann Witwe ...«

Während Großmutter weiter über die Burgl redete, die sie ja wegen ihrer schlimmen Kindheit voll ins Herz geschlossen hatte, klickte ich auf eine der zahlreichen Seiten, auf denen man über das biologische Alter nachlesen konnte. Eine wirklich blöde Angewohnheit von mir: Dass ich mich überhaupt nicht unter Kontrolle hatte, wenn es um Selbsttests ging. Dass ich grundsätzlich im Internet so leicht die Beherrschung verlor. Ich konnte mich so lange von der einen zur nächsten Seite weiterklicken, bis mir ganz damisch im Hirn wurde.

Aber mir den ganzen Schmarrn von der Burgl anzuhören, darauf hatte ich auch keine Lust. Da kam ein klitzekleiner Selbsttest doch sehr gelegen, um mich auf meinen Artikel einzustimmen. Und das biologische Alter war unglaublich interessant. Vielleicht war ich nicht sechsundzwanzig Jahre, wie angenommen, sondern eigentlich schon fünfunddreißig. Und dann würde ich mir überlegen müssen, ob meine schlechte Laune heute Morgen nicht eigentlich eine verfrühte Midlife-Crisis war.

»Wie alt sind meine Vorfahren?«, unterbrach ich Großmutters Überlegungen zur Burgl und zum Gschwendner.

»Du wirst doch wissen, wie alt ich bin«, bekam ich statt einer Antwort.

»Aber die Eltern meines Vaters«, sagte ich schlecht gelaunt. Nachdem ich bis heute nicht wusste, wer mein Vater war, kannte ich natürlich auch seine Eltern nicht.

»Die kümmern uns nicht«, antwortete sie, nun ebenfalls schlecht gelaunt. Uns vielleicht nicht, aber für den Test wäre das jetzt schon hilfreich gewesen.

»Wie essen Sie? Fastfood?«

Ja, gerne. Aber Großmutter kochte ständig, das konnte man auch nicht verkommen lassen. Ich seufzte. Aber ob das eine gesunde, abwechslungsreiche Mischkost darstellte? Gestern hatte es zum Beispiel Rindssuppe mit Nudeln gegeben, und die Zwiebeln und zerkochten Karotten hatte ich heimlich entsorgt.

Und dann endlich eine Frage, die ich uneingeschränkt bejahen konnte: »Sind Sie zufrieden mit Ihrem Sexleben?«

Jawoll. Das war ich. Seit ich mit dem Kriminalhauptkommissar Max Sander zusammen war, lief in der Hinsicht alles bestens. Die sexuellen Aktivitäten wurden nur hin und wieder durch meine Leichenfunde getrübt. Dann stritten wir uns nämlich, und ich rauschte beleidigt ab, bevor wir etwas tun konnten, das man gemeinhin zu einem befriedigenden Sexleben zählt. Oder Max musste ständig mit Hochdruck ermitteln und hatte keine Zeit für sein und mein Privatleben.

Nachdem ich diese letzte Frage beantwortet hatte, kam heraus, dass mein biologisches Alter fünf Jahre unter meinem tatsächlichen lag. Also praktisch noch fast ein Schulkind. Schlecht gelaunt starrte ich auf den Bildschirm. So jung wollte ich nun auch nicht sein. Vielleicht hätte ich doch angeben sollen, dass ich rauchte und dass meine Großeltern väterlicherseits schon früh gestorben waren. Das konnte durchaus sein, ich kannte sie schließlich nicht.

Versuchsweise machte ich den Test mit Großmutter noch einmal. »Bist du glücklich? Vorwiegend ja, eher nein oder nein«, wollte ich von Großmutter wissen.

»Ich wär schon glücklich, wenn du einmal die Küch' wischen tätst«, sagte sie mir. »Des würd mir schon reichen.«

Okay.

»Und wenn ich sie nicht wische? Bist du dann vorwiegend ja, eher nein oder gar nicht glücklich?«, fragte ich weiter.

Großmutter sah mich böse an. »Dass du dich auch ewig rausredst«, sagte sie böse. »Anstatt dass des einfach machst, wird einfach drum herumgredt.«

»Ich sag's dir gleich, für dein biologisches Alter ist das total unvorteilhaft, wenn du eher unglücklich bist«, verriet ich ihr, statt auf das dämliche Küchenwischen einzugehen. »Und wie viele Leute stehen dir nahe?«

»Am nächsten ist mir dein greisslicher Hund, der greissliche«, schimpfte sie vor sich hin. »Siehst doch, wie er mir ewig im Weg umeinander liegt.«

Im Gegensatz zu mir stand Großmutter das halbe Dorf nahe, um es beim Namen zu nennen. Insbesondere, wenn sie ihre Medikamente nicht vergaß und sich angemessen in der Öffentlichkeit benahm. Nämlich ohne Verfolgungstheorien zu äußern.

»Würd mich nicht wundern, wenn ich mich mal derfall, nur wegen deinem Hund.«

Mich würd's nicht wundern, wenn sie über die Sauerkrautkartons fiel, die wir in der Küche herumstehen hatten.

Vielleicht hatte ich ja bei meinem Text mit der Anzahl der Menschen, die mir nahestand, etwas übertrieben. Wer stand mir denn nahe? Also, unsere Nachbarin, die Laschingerin zum Beispiel, die stand mir oft nahe, wenn sie sich über den Giersch beschwerte. Oder die Rosl, wenn sie sich darüber echauffierte, dass mein Hund irgendwohin kackte und ich nicht gleich einen Salto machte, um in Lichtgeschwindigkeit diesen Haufen einzutüten. Vielleicht hätte ich nur drei mir nahestehende Personen angeben sollen. Großmutter. Max. Und Anneliese, meine beste Freundin. Und einzige, um genau zu sein.

Und auch bei meiner Schlafqualität hatte ich etwas übertrieben. Wenn ich nur daran dachte, wie oft ich durch eine herumgeisternde Großmutter aufgeweckt wurde. Oder dass ich Sex haben musste, um mit meinem Sexualleben zufrieden sein zu können, was mich ganz massiv vom Schlafen abhielt.

Großmutter dagegen war bestimmt superzufrieden, keinen Sex haben zu müssen, und lebte in dem Glauben, dass sie supergut schlief, weil sie das nächtliche Herumgeistern am nächsten Morgen schon vergessen hatte.

Ich klickte auf »Testergebnis«. Abzüglich 12,9 Jahre. Großmutter war also etwa dreiundsiebzig Jahre alt. Wenn ich sie hätte einschätzen sollen, hätte ich gesagt, von ihrer Energie her vermutlich so um die fünfzig, von ihrer Schlagfertigkeit eher Mitte dreißig. Ich war frustriert, tröstete mich aber damit, dass ich minus 12,9 Jahre schließlich erst dreizehn Jahre alt wäre, und das war echt indiskutabel.

»Eigentlich bist du gar nicht sechsundachtzig«, verriet ich ihr krächzend und klappte jetzt doch schnell den Laptop zu, um den Test nicht auch noch für Max zu machen. »Sondern dreiundsiebzig. Ist das nicht toll?«

Viel zu spät hatte sich der Frühling eingestellt. Ich war quasi aus der Winterdepression direkt in die Frühjahrsmüdigkeit geschlittert. Alles blühte gleichzeitig, als eine Art Entschuldigung. Ich stand in unserem Garten und starrte in den angrenzenden Reisinger-Garten. Etwas melancholisch, zugegebenerweise. Denn zu Lebzeiten hätte es das bei der Reisingerin nie gegeben, Milchscheckln im Garten. Aber jetzt, wo sie tot war – alles verlottert, wie Großmutter erst gestern festgestellt hatte.

Unsere Nachbarin, die Reisingerin, Gott hab sie selig, hatte sich nämlich nach der Gallen-OP noch eine Lungenentzündung zugezogen, war gar nicht mehr aus dem Krankenhaus entlassen worden, sondern nach einer Embolie »einfach nicht mehr aufgewacht«. Großmutter hatte mir erläutert, dass das auch ihr Traum war, so sie sich bezüglich ihres Todes denn etwas wünschen durfte.

Gerade wurden dort die Möbel herausgetragen, und mit

Schweißflecken unter den Armen blieb der Schwager der Reisingerin am Gartenzaun stehen und sah mich griesgrämig an. Eigentlich hätte man ihn auch einfach Reisinger nennen können wie seinen Bruder. Aber wie auch dem Rest der Dorfbevölkerung kam uns das nicht über die Lippen. Er wurde intern nur als »der Schwager« bezeichnet. Wenn man mit ihm persönlich zu tun hatte, musste man grunzende Laute hervorbringen, das galt dann als Gruß.

»Der Wohnzimmerschrank ist wie neu«, brummte der Schwager ohne Begrüßung. »Den könntest schon ablösen.«

»Nein«, krächzte ich verzweifelt.

Nicht schon wieder dieses Thema! Langsam, aber sicher zweifelte ich an meinem Entschluss, mit Max ins Reisinger-Haus einziehen zu wollen. Allein schon das Zusammenziehen mit einem Mann sollte man sich gut überlegen. Man wusste nie, wie sich das auf die Beziehung auswirkte. Und auch bei Großmutter auszuziehen – zugegeben, es war nur das Nachbarhaus, aber man konnte nie wissen, was ihr so in der Nacht alles einfiel. Da war es besser, man schlief Wand an Wand.

»Nagelneu«, wiederholte er sich und ging mit zorniger Miene weiter.

Den Begriff »nagelneu« definierten er und ich unterschiedlich. Der Wohnzimmerschrank war zweifelsohne Baujahr 1960 und somit deutlich älter als ich. Und nicht einmal ich war nagelneu, auch wenn mein biologisches Alter exorbitant niedrig war. Kraftlos starrte ich dem Schwager hinterher, unschlüssig, ob ich mich zu meiner Heiserkeit beglückwünschen sollte oder nicht.

Die Sonne strahlte vom Himmel, nachdem wir sie monatelang vermisst hatten. Als eine schwarze Wolke auftauchte, schien sie noch gleißender. Während ich durch den Garten schlenderte, überlegte ich mir, ob ich Max doch noch davon überzeugen sollte, dass Zusammenziehen quasi den Anfang vom Ende einer funktionierenden Beziehung bedeutete. Und dass der Schwager dermaßen die Pest war, dass wenn schon nicht das Zusammenziehen unsere Beziehung auf eine harte Probe stellte, so doch dieser Vermieter.

Ich sah zu, dass ich in den Teil des Gartens kam, wo mich der Schwager nicht entdecken und davon überzeugen konnte, noch weiteren Müll, den er nicht wegfahren wollte, zu übernehmen. Wenn möglich, verbunden mit einer hohen Ablösesumme.

Die Blätter der Rose glitzerten. Das Gras glänzte silbern. Die Tulpenblätter bohrten sich gerade durch den Rasen, die Gänseblümchen blühten, und die Veilchen schimmerten mattlila. Mein Handy düdelte »We speak no americano«.

Anneliese.

»Noch immer nichts«, sagte sie statt eines Grußes. »Mir reicht's so langsam mit dem Schwangersein.«

Ich gab ein zustimmendes Gebrummel von mir und blieb vor dem Rhabarber stehen, der sich schon durch den Humus brach und gewaltige Blätter erahnen ließ. Annelieses drittes Kind konnte jeden Moment auf die Welt kommen, jedenfalls war das Annelieses große Hoffnung.

»Ich will nicht, dass eingeleitet wird. Das hatte ich schon beim Binerl, und das war die Horrorgeburt.«

Vor einem Jahr hatte sie zwar etwas ganz anderes gesagt, aber in Ermangelung einer Stimme erwiderte ich einfach nichts. Auch dass sie vor einem Jahr rumgeheult hatte, dass sie einfach nicht schwanger wurde und jetzt im schwangeren Zustand alle fünf Minuten bei mir anrief, um mir die Pein einer Schwangerschaft zu erklären. Das war als Nicht-Schwangere vermutlich einfach nicht nachzuvollziehen.

»Und wenn man über den Termin kommt, muss man ständig zur Kontrolle zum Arzt«, sagte sie noch. Dann kochte auf ihrem Herd wohl etwas über, denn sie drückte mich mit einem entnervten »Scheiße, die Milch« einfach weg.

Während ich noch dumpf vor mich auf die blühenden Narzissen und Vergissmeinnicht starrte und für mich beschloss, dass Kinderkriegen und Milchkochen nichts für mich war, ging auf meinem Handy eine SMS ein.

Endlich mal jemand, der kapiert hatte, dass ich gerade unmöglich telefonieren konnte. Wer das wohl war? Ich bekam eigentlich nie eine SMS. Höchstens von Anneliese, die mir mitteilte, dass sie noch keine Wehen hatte. Mit Max schrieb ich mir keine SMS mehr, weil ich gelesen hatte, dass Simsen der Beziehung schadet.

»Räum in Reisingers Gartenhaus auf. Als wahre Journalistin wirst du alles ans Licht bringen«, las ich und runzelte die Stirn.

Das klang ja sehr mysteriös. Die Handynummer des anonymen Absenders war mir jedenfalls unbekannt.

Ein bisschen klang die Nachricht, als sollte ich sie sofort löschen und nicht weiter darüber nachdenken. Besonders das Reisingersche Gartenhaus löste bei mir ein mulmiges Gefühl aus. Da brauchte es nur halb so viele Ohrenhüller und Spinnen geben wie in unserem und ich würde dieses Häusl nicht betreten. Niemals.

Trotzdem las ich die SMS noch zweimal. Reisingers Gartenhaus klang auch ganz komisch, weil man bei uns »Gartenhäusl« sagte. Während ich überlegte, schloss ich die Augen. Nachrichten ohne Absender sollten ignoriert werden, sagte mir mein Bauch. Die Luft war erfüllt vom Geruch nach zertretenem Schnittlauch, nach Sonne auf nasser Erde und einem Hauch von Flieder. Frühlingshauch. Plötzlich fand ich es sehr wahrscheinlich, dass die SMS von einem Witzbold stammte. Beruhigt öffnete ich wieder die Augen.

Direkt vor mir stand der Schwager am Zaun – und seine Miene war richtig böse.

»Wie bitte?«, krächzte ich, weil ich den Verdacht hatte, dass er mit mir geredet hatte.

Was er sagte, verstand ich nicht so ganz, aber wenn ich mich nicht vollkommen verhört hatte, hatte er mir gerade empfohlen, keine Tampons in sein Klo zu werfen, weil, das wusste man ja, wie das war. Mit den verstopften Klos von den Mietern und den jungen Dirndln, die von Klos keine Ahnung haben.

Dann ging er wieder ins Haus. Sein Rücken strahlte die Gewissheit aus, dass ich ihm durch meinen Einzug in sein Haus wenn nicht finanziellen Ruin anheimbringen, so doch zumindest das Klo total verstopfen würde.

Ich antwortete verspätet und krächzend: »Das ist die totale Frechheit.«

Nicht, dass es irgendjemand gehört, geschweige denn verstanden hätte. Ich sah mit pochenden Kopfschmerzen in unseren Garten.

Blöder Schwager.

Vielleicht stammte die SMS von einer der Rosenkranztanten. Die mich zum Aufräumen animieren wollten. Wieso ich damit allerdings im Gartenhäusl von der Reisingerin anfangen sollte, war mir nicht ganz klar. Eine Kohlmeise turnte durch den Apfelbaum, laut Zizipee schreiend. Vielleicht sollte es auch gar nicht anonym sein, sondern die Technik unerfahrene Absenderin hatte übersehen, dass man ja nicht ahnen konnte, wer einem eine SMS geschrieben hatte.

Da sich der Schwager inzwischen verdünnisiert hatte und ich grundsätzlich nicht auf mein Bauchgefühl hören wollte, wenn es darum ging, meine Neugierde zu befriedigen, kletterte ich vorsichtig über unseren Komposthaufen in den Reisinger-Garten hinüber. Das war früher meine Standardroute gewesen, wenn ich nicht die Straße entlang zum Kaugummiautomaten gehen wollte. Unschlüssig blieb ich vor dem Häuschen stehen.

Die hellgrünen Rosenblätter schwammen in der Frühlingsluft wie kleine, helle Fische vor der dunkelbraunen Holzwand, die Forsythie daneben blühte so strahlend gelb, dass einem die Augen schmerzten, und auf der anderen Seite des Häuschens schlug der Flieder aus. Friedlicher ging es praktisch nicht. Eine Hummel irrte scheinbar ziellos durch den Laschinger-Garten, vorbei an dem noch grauen Lavendel und dem ebenso unansehnlichen Salbei. Der ungeerntete Rosenkohl war umgefallen und aufgeplatzt.

Das Häuschen war im Gegensatz zu unserem hauptsächlich

ein Lager für das Brennholz, trotzdem hatte es sich die Reisingerin nicht nehmen lassen und hübsche rot karierte Vorhänge genäht, die jetzt etwas schlaff an den Seiten der Fenster hingen. Durch das Fenster hindurch sah man nicht viel, es war schon längere Zeit nicht geputzt worden und mit einem grauen Film überzogen. Wenn man aber die Nase ganz nah an die Scheibe brachte, konnte man erkennen, dass noch etwas Brennholz vorrätig war. Auf dem kleinen Holzstapel stand ein Weidenkorb, um das Holz ins Haus zu tragen. Selbst durch das schmutzige Fenster konnte man die Spinnweben erkennen, die sich über den Korb gelegt hatten. So wie ich den Schwager kannte, würde er demnächst verlangen, dass wir ihm sowohl das Brennholz als auch den Korb ablösten für teuer Geld.

Ich beugte mich so weit ans Fenster, dass meine Nasenspitze die schmutzige Fensterscheibe berührte. Aber auch jetzt sah ich nichts Verdächtiges.

Was sollte schon sein?

Unentschlossen drückte ich die Türklinke nach unten, die Tür war nicht verschlossen. Sie ging unglaublich leicht auf, als wäre sie frisch geölt und täglich benützt. Ich wappnete mich – mein Grusel vor Spinnen und Ohrwürmern war wirklich intergalaktisch.

Das Erste, auf das ich starrte, waren die Sohlen von zwei schwarzen Bikerboots. Langsam glitten meine Augen weiter. Obwohl mein Bauchgefühl schon längst darauf hinwies, dass der geeignete Moment zur Flucht gekommen war, blieb ich stehen, und meine Augen verselbstständigten sich. Mein Blick glitt über einen unglaublich dicken, haarigen Bauch. Darüber spannte sich ein rotes T-Shirt, das nach oben gerutscht war und die blanke Haut freigab. Meine Augen saugten sich an der Tätowierung fest, die in altdeutscher Schrift den prallen Bauch zierte: »Made in Germany«.

Dass ich stehen blieb, kann ich nur so erklären, dass ich mich in einer Art Schockstarre befand und außer meinen Augen überhaupt nichts bewegen konnte. Vielleicht weigerte sich mein Kopf auch einfach zu akzeptieren, dass ich gerade jemandem voll auf den Leim gegangen war. Oder ich war einfach noch so durchdrungen von der Gewissheit, dass ich nie wieder eine Leiche finden würde, dass ich es schlicht nicht glauben konnte.

Aber vor mir auf dem staubigen Holzboden lag verdreht ein Mann. Ein unglaublich dicker Mann mit Motorradstiefeln, speckiger Ledermotorradhose und einem roten T-Shirt.

Eine gefühlte Ewigkeit später konnte ich wieder klar denken. Ich hörte mich selbst nach Luft schnappen, und das riss mich aus meiner Lethargie. Rückwärts stolpernd stürzte ich wieder ins Freie, und dank meiner Erkältung bekam ich nicht einmal ein Quietschen heraus. Nach Sauerstoff ringend krallte ich mich an den Zaun der Laschingers und starrte hinüber. Das hätte mir doch gleich klar sein müssen, dass eine anonyme SMS eine Falle war!

Ich nahm mein Handy aus der Tasche, rief Max an und versuchte erneut, meinen Probesatz zu sprechen. Ich bekam überhaupt keinen Ton heraus, obwohl ich mich räusperte und schluckte. Ein Eichelhäher flog durch den Laschinger-Garten und landete im Apfelbaum. Mit schräg gelegtem Kopf sah er mich böse an.

Ich konzentrierte mich eine Weile auf meine Atmung, da mir schon ganz schlecht vom Hyperventilieren war. Mein Scheißkarma, dachte ich mir. Es war doch so toll gelaufen. Mit dem Leichenfinden. Und dann fällst du auf so eine bescheuerte SMS rein und läufst freiwillig in dein Unglück!

Gedanklich probte ich ein paar Sätze für die Polizei. Also. Das Gartenhäusl mit dem Brennholz. Da liegt jemand drin, der so unglaublich dick ist. Und so unglaublich tätowiert. Und so unglaublich tot.

Ich tippte eine SMS an Max.

»Toter in Reisingers Gartenhäusl«, begann ich. Genau genommen schrieb ich: Totrr ih reisigrs garzenhqusl. »Komm sofort. Oder ich ticke aus.«

Das »Oder« hätte ich mir sparen können. Denn ich würde austicken, egal, ob er kam oder nicht, und zwar innerhalb der nächsten fünf Minuten. Dabei hatte ich gehofft, das schlimmste Ereignis des Jahres, nämlich das Aussuchen einer gemeinsamen Küche mit Max, schon überlebt zu haben …

Im selben Moment hörte ich Schritte auf dem Gartenweg.

»Das Häusl vermiet ich nicht mit«, sagte hinter mir der Schwager. »Da tun wir gar ned lang umeinander, weil des bräucht ich. Für des Holz.«

Ich wirbelte erschrocken herum.

»Das ist ein Tatort«, krächzte ich, jetzt doch heilfroh, jemanden in meiner Nähe zu wissen, auch wenn es der bescheuerte Schwager war.

Er verschränkte die Arme vor der Brust und verstand ganz offensichtlich überhaupt nicht, was ich ihm zu bedeuten versuchte.

»Ich hab noch so viel Holz draußen liegen. Vom letzten Schneebruch«, sagte er knapp, als wäre ich am Schneebruch schuld, und gab noch ein paar Geräusche von sich, die ich nicht deuten konnte.

Ich wollte überhaupt gar keine Häusln mieten, in denen irgendwelche Toten herumlagen.

»Da liegt ein Toter drin, da dürfen Sie nicht reingehen«, bekam ich jetzt doch heraus.

»Euer Holz könnt's da stapeln«, sagte er und deutete auf die Hauswand hinter mir. »Da trocknet's auch, wenn'st des drei Jahr liegen lässt. Da braucht man kein Häusl ned.«

Scheißholz. In seinem Häusl lag ein Toter, und er hielt mir Vorträge übers Holztrocknen. Er hatte kein Wort von meinem Gekrächze verstanden, denn er öffnete die Tür, offenbar von der Auffassung getrieben, ich sei schon dabei, in sein Gartenhäusl einzuziehen.

»Ja. Sakradi«, sagte er. »Glaubst des ned.«

Eine SMS gluckste auf meinem Handy.

»???«, schrieb Max.

Ja, genau so fühlte ich mich im Moment. Wie drei Fragezeichen und ein Schluck Wasser in der Kurve. Ich tippte möglichst konzentriert meine nächste Nachricht.

Toter. In. Reisinger. Gartenhaus.

Das musste doch so verstanden werden, auch wenn Max ein Mann war.

Vorsichtshalber behielt ich mein Handy in der Hand.

»Das ist ein Tatort«, wies ich den Schwager nochmals auf das Offensichtliche hin, aber das störte ihn überhaupt nicht.

»Was macht denn der Maneder in meinem Häusl?«, fragte er verblüfft und mehr an den Toten gewandt als an mich. Seltsamerweise fragte er sich überhaupt nicht, wieso der Typ tot war. Außerdem hatte er ihn, im Gegensatz zu mir, innerhalb kürzester Zeit identifiziert! Gut, ich hatte die Flucht ergriffen, bevor meine Augen bis über den Bauch hinausgewandert waren.

»Gestern waren wir noch beim Seldschukenwirt, da hat er ordentlich gsoffen, und jetzt liegt er im Gartenhäusl umeinander.« Seine Stimme hörte sich nach »Glaubst des ned« an.

Mein Handy meldete wieder eine SMS.

»Maneder?«, erkundigte sich der Schwager mit brummiger Stimme bei seinem Trinkkumpan.

Ich starrte auf die Antwort von Max, während der Schwager auf seinen toten Spezl starrte. Obwohl ich den Schwager definitiv nicht leiden konnte, war ich ihm momentan wirklich dankbar, dass er hier war.

»Soll das ein Witz sein?«, lautete die SMS.

Wer macht denn schon in solchen Dingen Witze!

»Nein«, simste ich zurück. Mensch, Max! Dieses »Nein« kostete mich zwanzig Cent!

»Du glaubst nicht, was der trinken kann. Der trinkt jeden untern Tisch«, fuhr der Schwager fort, ungeachtet der Tatsache, dass der Maneder tot war. »Ich weiß noch, letztes Jahr. Da hat der Sepp einen Infarkt ghabt, und der Rettungshubschrauber ist kommen, aber der Maneder, der hat weitergsoffen.«

So viel hatte ich den Schwager noch nie reden hören. Noch dazu so verständlich.

»Vielleicht hat ja diesmal selbst er zu viel getrunken…«, schlug ich krächzend vor und fragte mich, wieso der blöde Maneder das alles im Gartenhäusl von den Reisingers machen musste.

»… und wollte hier seinen Rausch ausschlafen.«

»A geh, Mädl«, sagte der Schwager im Tonfall meiner Großmutter. »Des ist doch ein Mordsumweg, vom Seldschukenwirt hier in mein Gartenhäusl. Wieso sollt der denn so einen Schmarrn machen?«

Er drehte sich noch immer nicht zu mir um, sondern stemmte die Hände in die Hüften.

»Außerdem, was tät er mit dem Betttuch um den Hals …«, fragte er sehr analytisch nach.

Ich kniff die Augen zusammen. Aus der Traum vom Herzinfarkt. Er legte seinen Kopf schief und ging dann doch noch einen Schritt hinein.

»Tatort«, krächzte ich ein drittes Mal vergebens.

»… und dem Strickl um die Händ«, fügte er hinzu, mental immer noch in der Lage, sich alles genau anzusehen.

Eine gefesselte Leiche im Gartenhäusl. Der Poldi, der Karli. Betttuch und Schnürl.

Auch ich konnte mich jetzt nicht mehr beherrschen und spitzte in das Gartenhäusl hinein. Meine Neugier war stärker als mein Ekel.

Der Maneder war irrsinnig dick. Vom vielen Bierhinterschütten hatte er eine derart pralle Kugel vorne dran, dass der Bauch von der Anneliese, die kurz vor der Geburt stand, echt Peanuts dagegen war. Um seinen Kopf trug er ein schwarzes Biker-Bandero, das mit züngelnden roten und gelben Flammen bedruckt war. Seine nach hinten verdrehten Arme zeigten die komplett tätowierte Haut: zwei schwarze Schlangen, die sich um unglaublich dicke Arme wanden. Und die Arme waren wirklich extrem dick, andere Leute hatten Beine, die nicht dicker waren als diese Arme.

Ehe ich dem Schwager noch einmal einschärfen konnte, nichts am Tatort zu verändern, begann er an seinem Freund zu rütteln. Betttuch hin oder her, schien er zu denken. Im besoffenen Zustand traute er dem Maneder noch eine ganze Menge zu, nur nicht, dass er erdrosselt worden war.

Erst jetzt sah ich, dass die Handgelenke vom Maneder tatsächlich mit einer dunklen Kordel gefesselt waren und dass diese tatsächlich wie die Kordeln aussahen, die man in Kapuzenpullis fand. Ich fand es unglaublich, dass der kräftige Maneder diese Schnüre nicht einfach gesprengt hatte, mit seinen dicken, muskulösen Armen.

Mein Handy gab einen Gluckser von sich.

Max, dachte ich. Vielleicht entschuldigte er sich jetzt dafür, dass er mir nicht zutraute, eine Leiche von einer Nicht-Leiche zu unterscheiden.

»Maneder«, sagte der Schwager lauter als nötig. »Was machst denn für einen Schmarrn?«

Der Maneder antwortete nicht.

»Reiß dich zam«, sagte er noch, dann stand er auf und drehte sich zu mir um.

»Also, vielleicht ist er ja tot«, äußerte er seinen vagen Verdacht.

Ich drehte mich von den beiden weg, zog mein Handy aus der Jackentasche und las die Nachricht.

»Na, schon Rückschlüsse gezogen?«, lautete die Nachricht, die definitiv nicht von Max kam.

Ich war auf seltsame Weise irritiert. Denn ich hatte das schwammige Gefühl, dass irgendjemand meine Gedankengänge mit den Kordeln um die Handgelenke mitbekommen hatte und jetzt wissen wollte, wie ich mir das erklärte. Es dauerte eine ganze Weile, bis ich kapierte, dass die Nachricht genau von dem Handy gekommen war, das mich hinüber zu Reisingers Gartenhäusl geschickt hatte.

Ich lief zum nächsten Busch und übergab mich.

Kurz darauf kam Joe sehr lässig und cool in den Garten geschlendert.

Joe war deshalb unser Dorfpolizist, weil unser eigentlicher Polizist, der Schorsch, sich einen ganz komplizierten Trümmerbruch zugezogen hatte und seit Längerem nicht in der Lage war zu arbeiten. Seit einiger Zeit wurde Joe von allen Dorfbewohnern hartnäckig mit Hans angeredet. Das war schon ein irrsinniger Fortschritt, weil es auch Zeiten gegeben hatte, nämlich das vorausgegangene halbe Jahr, in denen überhaupt niemand ein Wort an ihn gerichtet hatte. Was ich ziemlich gemein fand, weil Joe bestimmt auch lieber in einer größeren Stadt gewesen wäre, aber ohne zu murren seit fast acht Monaten Dienst in unserem hinterletzten Kaff tat. Einen Johann als Joe anzusprechen ging jedenfalls in unserem Dorf nicht, weil Joe schließlich kein Name war. Es sei denn, man hatte Dreck am Stecken. Oder um mit den Worten vom Kreiter zu sprechen: Bei einem amerikanischen Gangster lass I mir das ja eingehen. Aber ein bayerischer Polizist heißt doch ned Joe.

Es wurde schlichtweg nicht honoriert, dass Joe seinen Job wirklich gut machte, sich richtig reinhängte und auch nie einen Zwischenstopp in nahe gelegenen Wirtshäusern machte. Joe scheute sich vor keiner Art von Einsatz. Erst vor Kurzem hatte er Anneliese mit Blaulicht ins Krankenhaus gefahren, die meinte, dass ihr eine Sturzgeburt ohne Wehen bevorstand und ihr Thomas zu viel getrunken hatte, um noch einwandfrei Auto fahren zu können. Okay, sie hatte sich geirrt, schließlich war sie noch immer schwanger, aber nicht einmal das hatte bei Joe Ärger hervorgerufen.

»Kein Problem«, pflegte er lässig zu sagen, wenn sich herausstellte, dass seine Anwesenheit gar nicht erforderlich war. Und der vermeintliche Einbrecher bei der Annl ihr eigener Fernseher war, den sie versehentlich nicht abgeschaltet hatte.

Anscheinend hielten weder Max noch Joe es für möglich, dass inzwischen sogar in Gartenhäusln in Nachbarsgärten Leichen herumlagen, denn Joe war ganz ohne Blaulicht und ohne

Verstärkung gekommen. Wahrscheinlich bestand sein Auftrag darin, mir als Freund und Helfer gut zuzureden und mich darauf hinzuweisen, nicht so viele blutrünstige Krimis im Fernsehen anzusehen.

»Manche Betrunkene sehen aus wie tot«, erläuterte mir Joe dann auch sogleich gut gelaunt.

Joe war echt ein feiner Kerl. Dazu sah er auch noch wirklich phantastisch aus, nämlich wie Brad Pitt in jung. Er machte irrsinnig viel Fitnesstraining und Wing Chun und stellte einen entsprechend gestählten Körper zur Schau. Wenn er einem zuzwinkerte, wurde einem ganz anders. Also mir zumindest.

Wobei ich zugeben muss, dass ich momentan bereit gewesen wäre, jeden Polizisten als unglaublich gut aussehend einzustufen, so er denn nur bei mir blieb, bis endlich die Leiche abtransportiert war.

Ich nickte nur, immer noch der Sprache verlustig, während der Schwager sich nicht verkneifen konnte zu sagen: »Des musst wegmachen, den Speiberer, des fangt doch zu stinken an.«

Joe ging zum Gartenhäusl, anscheinend um den Maneder zum Aufstehen zu bewegen. Er verschwand ein Weilchen und kam dann mit gefasster Miene wieder heraus.

»Okay«, sagte er munter und sah immer noch nach »kein Problem« aus.

»Betrunken?«, krächzte ich.

Er nahm meine eiskalten Hände in seine warmen und sah mir tief in die Augen. An seinen zusammengepressten Lippen sah ich schon, wie die Antwort ausfallen würde.

Er schüttelte den Kopf.

Max und ich saßen uns am Küchentisch gegenüber, während Großmutter ihre Mehlpackungen nach dem Verfallsdatum sortierte. Sie konnte immer noch nicht verstehen, dass ich so blöd war, auf eine anonyme Nachricht hin mein Leben zu riskieren und das Gartenhäusl von der Reisingerin zu betreten.

»Der ist da drin mal der Holzstoß zamgfallen«, erläuterte

sie bestimmt zum hundertsten Mal. »Und wenn ich's dir sag, wenn sie da mit drin gewesen wär, dann wär sie damals schon gstorben.«

»Im letzten Jahrtausend«, sagte ich, was meine Standardantwort auf ihre Erzählungen aus der Vergangenheit war.

»Der Maneder«, sagte sie zungenschnalzend und ging auf meine Frechheiten nicht ein. »Welcher von den beiden?«

»Ich kenn den eigentlich gar nicht. Der Schwager hat gesagt, dass das der Maneder sei«, erklärte ich ihr. »Aber wie der mit Vornamen heißt, weiß ich auch nicht.«

»Die heißen beide ned Maneder«, klärte sie mich auf, »sondern Manfred Eder. Aber Mane Eder kannst doch ned aussprechen. Der junge, der hat so eine riesige Wampen. Und sein Onkel, der heißt genauso. Der ist eine schiegelte Bassgeign.«

Ich warf Max einen Blick zu, aber er wirkte zu beschäftigt, um sich Gedanken darüber zu machen, was ein »schielender Kontrabass« sein könnte.

»Der mit dem dicken Bauch«, brachte ich mit Mühe hervor.

»Wundert mich gar nicht, dass es der ist«, erklärte sie.

Max sah auch so aus, als würde ihn gar nichts wundern. Er hielt meine rechte Hand in seiner linken und klickte auf meinem Handy herum, um die zwei SMS zu lesen.

»Wieso?«, fragte er dann doch nach, als Großmutter keine Begründung lieferte.

»Mei. Wenn doch seine Harley bei uns vor dem Gartentürl steht. Da kann er ja nicht weit sein.«

Ich drückte mein Gesicht auf die Unterarme und gab ein dumpfes Stöhnen von mir.

»Ach, das ist sein Motorrad?«, vergewisserte sich Max.

»Ich wüsst nicht, wer noch mit so was rumfährt«, erklärte Großmutter. »Aber des machen solche, die so einen Lebenswandel haben.«

Und so dick sind. Da kommt was anderes als eine Harley gar nicht infrage.

»Welcher Lebenswandel?«, fragte Max abgelenkt nach, zog

gleichzeitig sein Handy heraus und begann, eine SMS zu tippen.

Ich richtete mich wieder auf und warf Großmutter einen warnenden Blick zu, den sie großzügig ignorierte. Nicht jetzt diese Geschichte.

»Na ja, der Maneder war halt …«

Eigentlich sollte ich richtig gespannt sein, wie Großmutter die Tatsache zu formulieren gedachte, dass der Kerl so etwas von schwul gewesen war.

»Andersherum«, sagte sie schließlich nach längerem Zögern, weil Max und ich sie ansahen und ihr nicht aus der Patsche halfen. Energisch stapelte sie ihre Mehlpackungen zu einem Turm.

»Und dann fährt man eine Harley?«, fragte ich kopfschüttelnd. Es wurde echt immer schlimmer.

»Woher soll ich des wissen?«, antwortete sie schnippisch und legte die letzte Packung obenauf.

»Die reichen jetzt aber für den Weltuntergang«, sagte ich. Vor meinem inneren Auge sah ich schon die ganze Speisekammer randvoll mit Mehlpackerln und Sauerkraut.

»Die anderen Toten auch?«, wollte Max wissen und legte sein Handy auf den Tisch.

»Welche anderen?«, fragten Großmutter und ich unisono.

»Die anderen Ermordeten«, erläuterte Max. »Waren die auch homosexuell?«

»Der Poldi«, erinnerte ich Großmutter. »Und der Karli. Die sind doch auch gestorben.«

»Bloß weil einer stirbt, ist er doch nicht andersherum«, erklärte sie Max zuvorkommend. »Und der Poldi war doch ewig lang verheiratet. Außerdem war er doch ein ehrwürdiger Herr Richter.«

Max hielt weiterhin meine Hand fest und griff nach seinem Smartphone, das auf dem Tisch zu wandern begann, weil der Vibrationsalarm losging.

»Also mit seiner Frau, dem Mariandl. Die haben sogar drei

Kinder miteinander. Oder glaubst, die hat sie von einem anderen?«

»Ja«, sagte Max ins Telefon, vielleicht auch zu der Frage meiner Großmutter, und streichelte mit seinem Daumen über meine Hand. Das war zwar einerseits sehr nett und beruhigend, aber andererseits fand ich es beunruhigend, dass er es nötig fand, mich zu beruhigen.

»Ich glaub nicht, dass die Kinder von einem anderen sind«, wies Großmutter Max zurecht. »Die schaun genauso aus wie er. Den gleichen Zinken im Gsicht und die dicken Augenbrauen.« Sie schob mir einen riesigen Stapel Mehl vor die Nase. »Des ghöret aufgeräumt.«

Ich presste zum wiederholten Male meine Augen zusammen und hoffte auf ein spontanes Ereignis, das meine persönliche Lebenssituation total veränderte.

»Wir brauchen auf jeden Fall die Einzelverbindungsnachweise von den Providern«, sagte Max mit seiner energischen Hauptkommissarstimme ins Telefon. »Ja, alle. Und zwar nicht irgendwann, sondern bald.«

Sein Gesprächspartner, eindeutig weiblich, zwitscherte etwas ins Telefon.

»Mit bald meine ich jetzt. Sofort. Gestern«, schnauzte Max die nette Dame am anderen Ende der Leitung an. Ich schenkte ihm einen verwunderten Blick. Max schnauzte nämlich nie Leute an. Die Frau am anderen Ende der Leitung zwitscherte weiter.

»Ich telefoniere noch einmal mit dem Vorermittlungsrichter, das muss schneller gehen«, antwortete er mit einem leicht grimmigen Unterton.

Dann sagte er eine ganze Zeit lang gar nichts mehr, bevor er sich bei der Anruferin bedankte und das Gespräch wegdrückte.

»Wir haben ja die Nummer von dem Handy, von dem aus dir die SMS geschickt worden ist …«, fing er mit einem nicht zu deutenden Gesichtsausdruck an.

Schon an seiner Tonlage wusste ich, dass die neueste Information nicht dazu beitragen würde, die Lage, und vor allen Dingen meine Lage, zu entspannen.

»Was ist denn eine Es Em Es?«, fragte Großmutter dazwischen.

»Eine Nachricht. Die ich auf dem Handy lesen kann«, erklärte ich, und mein Herz schlug mir im Hals.

»Das Handy gehörte Leopold Fischer«, sagte Max, und der Griff um mein Handgelenk wurde fester.

»Dem Poldi, dem ehrwürdigen Herrn Richter?«, fragte Großmutter nach, die für ehrwürdige Angelegenheiten sehr empfänglich war, und schüttelte energisch den Kopf. »Des kann gar ned sein. Wieso sollt der denn so einen Schmarrn akkurat an die Lisa schreiben?«

»Der Poldi ist doch tot«, erinnerte ich sie heiser.

Und zwar schon vier Tage lang.

»Ein Toter schickt dir doch erst recht nix«, sagte sie und kam aus dem Kopfschütteln gar nicht mehr heraus. »Hab ich's dir ned immer gsagt, dass so ein Händi nix is?«

Kapitel 2

Max hatte den Arm um meine Schultern gelegt und ging mit hinaus in den Garten, um sich wieder in die Ermittlungsarbeit zu stürzen. Als er sich am Gartentor kurz zu mir drehte, um sich zu verabschieden, sah er meine trostlose Miene. Sein Gesicht und seine Augen wurden plötzlich weich, und ich wusste, er würde mich gleich in den Arm nehmen.

»Bleib am besten heute mal zu Hause«, schlug er mit sanfter Stimme vor, die mich stutzig machte.

Zu Hause bleiben? Als hätte diese Aufforderung mein Gehirn wieder in Gang gesetzt, kam die Erkenntnis wie ein Wasserfall über mich.

Der Typ, der mir Nachrichten schrieb, musste ja der Mörder sein! Wer sonst hatte das Handy von einem Toten und verschickte damit Kurznachrichten? Und er hatte mir bereits zwei Nachrichten geschickt. Innerhalb einer halben Stunde. Dass das ein Zufall war, schied also komplett aus. Ich blickte hinter mich, um zu sehen, ob Großmutter mithörte. Die wollte ich damit nicht belasten.

»Wieso schreibt mir dieser Blödl Nachrichten?«, fragte ich Max leise. »Es gibt doch so viele Leute, denen er Nachrichten schicken könnte.«

Es fühlte sich an, als wäre das alles unwirklich. Die Leiche im Gartenhäusl. Die Spurensicherung im Reisinger-Garten. Das Handy in meiner Tasche, das mich irgendwie mit dem Mörder verband.

Vom Bauch her kommend rollte eine größere Hysteriewelle heran. »Glaubst du, dass mich der Typ umbringen will?«

Daran hatte ich bis jetzt noch keine einzige Sekunde gedacht.

»Kennst du diesen Leopold Fischer?«, wollte Max ganz sachlich wissen, ohne auf meine Frage einzugehen.

Ich schwieg. Ich war zu beschäftigt zu verarbeiten, dass Max nicht mit »Nein« geantwortet hatte. Drei Leichen mit Betttuch um den Hals. Natürlich war das der gleiche Mörder! Das bedeutete, dass der Kare recht hatte mit seinem Titel. Ein Serienmörder mitten unter uns. Es gab kaum Serienmörder. Und dann schrieb ausgerechnet einer dieser seltenen Serienmörder mir eine SMS!

Zwei SMS, um genau zu sein.

Ich beglückte Max mit noch mehr Schweigen.

Vielleicht spürte er, dass ich plötzlich alles kapiert hatte. Dass da ein Mörder mit mir kommunizierte. Dass das nicht okay war. Dass ich selbst in Gefahr war, allein schon deswegen, weil es einen Mörder gab, der mich kannte. Der sich über mich Gedanken machte.

Die Panikwelle krachte mit Gewalt ans Ufer meines Bewusstseins.

Max zog mich in seine Arme und hielt mich fest. Es war einfach toll, Max zu haben, und da am Hals roch er wirklich richtig gut.

»Ich will nicht erwürgt werden«, stellte ich klar.

»Ich glaube nicht, dass er das vorhat«, stellte Max klar.

Okay. Es war wichtig, dass Max diesen Typen schnappte. Deswegen war es wichtig, dass ich ihm half. Kannte ich Leopold Fischer?

»Also«, setzte ich an. Ich wusste, wie er aussah, der Poldi, Euer Ehren, aber ich konnte mich nicht erinnern, jemals mit ihm auch nur ein Wort gewechselt zu haben. Geschweige denn, dass wir Telefonnummern getauscht hatten.

»Seine jüngste Tochter war mit mir auf dem Gymnasium«, erklärte ich seinem Hemd, an das ich mich mit geschlossenen Augen schmiegte. »Allerdings zwei Klassen über mir. Und ich hatte mit ihr überhaupt keinen Kontakt, genau genommen, und mit ihrem Vater auch nicht. Weil sie aus Unterbachenreuth waren, und mit denen hatte man einfach keinen Kontakt, auch als Schüler nicht.«

»Hatte er deine Handynummer?«

Das wäre die einfachste Erklärung. Der Mörder ruft eine Nummer aus dem Adressbuch des Handys an, das er mitgehen hat lassen. Aber wieso sollte Poldi, den ich nicht richtig gekannt und der mich vermutlich überhaupt nicht gekannt hatte, meine Handynummer haben?

»Ich gebe eigentlich nicht jedem Hiasl meine Nummer«, erwiderte ich mit trotziger Stimme. »Außerdem … der Kerl musste ja gewusst haben, dass mir das Reisinger-Gartenhäusl ein Begriff ist.« Und dass ich einfach nur rübergehen musste, um nachzusehen.

Max schwieg eine Weile.

»Das Handy kannst du ja mir mitgeben«, schlug er vor. »Dann brauchst du keine weiteren SMS zu lesen.«

Max meinte, dass ich noch weitere SMS erhalten könnte? Das Handy in meiner Tasche fühlte sich plötzlich wie ein kompletter Fremdkörper an.

»Findet einfach den Mörder«, warf ich stattdessen ins Rennen, »dann brauchen wir uns über mein Handy gar keine Gedanken mehr zu machen.«

Max ging auf meinen tollen Vorschlag nicht ein.

»Und die sind alle auf die gleiche Art und Weise umgebracht worden?«, vergewisserte ich mich.

»Sieht so aus«, seufzte Max. »Die Fundsituation ist jedenfalls identisch. Bettlaken um den Hals, mit einer Kordel zusammengebundene Handgelenke.«

»Er fesselt seine Opfer, und dann erdrosselt er sie«, sagte ich. Dass Max mir diese Ergebnisse einfach sagte, war wirklich der Gipfel! Was das bedeutete, war mir sofort klar. Er hatte nicht die geringste Angst, dass ich irgendetwas unternehmen würde, um seine Ermittlungen zu gefährden, wie es sonst meine Angewohnheit war.

»Seltsamerweise nicht«, sagte Max nachdenklich. »Zumindest bei den ersten beiden Opfern war das nicht so.«

»Er fesselt sie im Nachhinein?«, wiederholte ich erstaunt. »Er betäubt sie, fesselt sie und erdrosselt sie dann?«

»Er betäubt sie nicht. Die beiden ersten Opfer waren angetrunken und deswegen relativ leicht zu überwältigen. Sie haben sich sogar gewehrt, dazu mussten sie die Hände frei haben.«

»Dann habt ihr DNA vom Mörder unter den Fingernägeln«, riet ich.

»Nein. Wir haben … Fasern. Vlies.«

»Handschuhe.«

»Oder ein Pullover. Dunkelblau.«

Es war regelrecht gespenstisch, dass Max mir das einfach so sagte, ohne dass ich betteln musste.

»Der Maneder war auch volltrunken«, gab ich weiter, was mir der Schwager erzählt hatte. »Und dann fesselt er sie, unnötigerweise sozusagen? Wozu?«

Max schwieg eine Weile, und ich drückte mich leicht von ihm weg, um ihm ins Gesicht zu sehen.

»Das ist ihm ein wichtiges Detail. Vielleicht eine seiner Tötungsphantasien, die er sich unbedingt erfüllen muss«, versuchte Max eine Erklärung.

Tötungsphantasien? Das konnte jetzt wirklich nicht wahr sein, dass ich mit Leuten zu tun hatte, die ganz konkrete Tötungsphantasien hatten.

»Dass er Tote fesselt? Ist seine Phantasie?«, fragte ich ungläubig.

»Ich weiß es nicht«, antwortete Max seufzend. »Wir stehen am Anfang der Ermittlungen.«

Ein bisschen Gas geben würde ungemein helfen.

»Die Möglichkeit, mit dem Typen zu kommunizieren, könnte uns jedenfalls enorm die Aufklärung des Falls erleichtern. Wenn du uns dein Handy geben könntest, wäre das nicht schlecht«, wiederholte sich Max.

»Das kann ich der Polizei nicht zur Verfügung stellen«, erinnerte ich ihn.

Allein schon, wenn was mit Großmutter war. Da musste ich jederzeit erreichbar sein. Max seufzte, anscheinend hatte er mit meiner Bockigkeit schon gerechnet.

»Darüber reden wir später noch einmal.«

»Außerdem müssen wir über das Badezimmer von den Reisingers reden«, fügte ich hinzu.

»Ist dort schon die Spurensicherung?«, fragte Max irritiert.

»Igitt«, widersprach ich. »Nein. Die Fliesen. Was wir da für Fliesen haben wollen.«

Max seufzte. »Jetzt nicht.«

Als wir gerade durch unser Gartentürl auf die Straße treten wollten, standen ein paar Frauen davor und sahen uns erwartungsvoll an.

Irgendjemand zischelte etwas von »Ausgerechnet beim Herrn Hauptkommissar im Garten«, als wären wir schon in das Reisinger-Haus eingezogen.

»Stimmt des?«, wollte die Rosl ohne weitere Spezifikation wissen.

Max' Griff um meine Schultern wurde fester.

»Ich hab's glei gsagt, dass des die Harley vom Maneder ist«, erklärte die Annl routiniert, als hätte jemand mit ihr gesprochen. »Ich kenn keinen, der eine Harley hat, außer dem Maneder.«

»Seit er in der Midlife-Crisis war«, bestätigte die Rosl.

»Dass der Poldi gestorben ist, hat ja jeder erwartet«, wusste die Zenz. »Ich mein, seine Frau, das Marianndl, hat zwar immer gsagt, der ist kerngsund, aber wenn'st dein rechtes Bein nachziehst, dann bist einfach ned kerngsund.«

»Der hat bestimmt ein Schlagerl ghabt. Garantiert«, erklärte die Annl.

»Wieso sonst sollt er so seinen Haxen nachziehen.«

»Aber er hat gmeint, dass da nix wär.«

»Und dass er nur ein anderes Auto braucht. Eins mit Automatik, dann fällt so ein Bein gar nicht ins Gewicht.«

Ich schob Max vorsorglich weiter in Richtung Reisinger-

Garten und nickte freundlich und beständig. Plötzlich fühlte ich mich fast pudelwohl. Inmitten von abstrusem Klatsch verbreitenden Weibern gab es kein Gefühl der Bedrohung mehr.

»Aber vom Maneder haben wir da noch nix ghört«, fügte die Annl hinzu, »Herr Hauptkommissar.«

Max blieb mit gerunzelter Stirn stehen.

»Wieso hat das jeder erwartet, dass der Herr Fischer stirbt?«, fragte er nach.

»Und der Maneder nicht«, setzte ich hinzu, weil das meines Erachtens die interessantere Frage war. Bei dem Bauch, den der vor sich hergeschoben hatte, war doch nur anzunehmen, dass der bald starb.

»Weil, das Mariandl, das ist die Frau vom Poldi«, erklärte die Rosl, »die hat immer gesagt, ihr wär's recht, wenn der Poldi vor ihr stirbt. Weil, was tät er ohne sie.«

»Erst letzte Woche hat's des gsagt. Der könnt sich nicht einmal ein Supperl in der Mikrowelle warm machen«, setzte die Annl hinzu. »Und wer würde ihm dann die Suppn warm machen, wenn sie's nicht tät.«

»Aufgschmissen wär er«, erklärte die Zenz, die davon echt Ahnung hatte, weil ihr Mann, der wäre ohne sie auch einigermaßen aufgschmissen.

»Deswegen wär des nicht schlecht, wenn er vorher sterben würd«, machte die Rosl weiter und fügte entschuldigend hinzu: »Hat sie jedenfalls gmeint.«

»Des sollt sowieso immer so sein«, erklärte die Zenz resolut. »Dass die Männer vor den Frauen sterben. Weil als Frau, da hast ja dann noch Ziele. Aber ein Mann, der ist dann …«

»… aufgschmissen«, nickten alle Frauen im Gleichtakt.

Alle sahen zwischen Max und mir hin und her, als würden sie auf Zustimmung hoffen. Max' Griff um meine Schultern wurde noch etwas stärker. Dann drehten sich die Weiber unisono weg, um noch einmal darüber zu diskutieren, wie lange man nach der Beerdigung des Gatten warten musste, bis man eine Radltour um den Gardasee machen durfte.

»Armer Max«, sagte ich zu ihm und schob ihn weiter. Denn wenn ich jetzt richtig Pech hatte, kämen die Weiber auf die Idee, mit Max über unsere neue Inneneinrichtung zu reden. Und ich hatte ganz fest vor, gar nichts zur Inneneinrichtung beizutragen, vor allen Dingen weder alte Möbel von Großmutter noch mein Bett, meine Kommode mit den Prilblumen drauf oder sonstige Dinge, die man ganz unmöglich neben den feinen Möbeln von Max platzieren konnte.

»Vielleicht sollten wir nicht zusammenziehen. Damit du nicht alles verlernst und später mal aufgschmissen bist.«

Max drückte mir wortlos einen dicken Kuss auf die Stirn und ging hinüber in den Garten der Reisingerin. Nach wenigen Metern bereits blieb er stehen und griff zum Telefon, vermutlich, um den uneinsichtigen Vorermittlungsrichter anzuschnauzen, dann verschwand er im hinteren Teil des Gartens beim Gartenhäusl. Der Eingang war zwar von der Straße aus nicht direkt einsehbar, aber zumindest ab dem Zeitpunkt, wo ich mich mit dem Schwager über den toten Maneder unterhalten hatte, hätte man mich von der Straße aus prima überwachen können.

Vielleicht hätte ich das Max sagen sollen. Aber ich konnte mich nicht überwinden, ihm jetzt hinterherzustiefeln und noch einmal einen Blick auf den toten Maneder zu werfen. Nur um ihm zu sagen, dass der Mörder mich gefühlt die ganze Zeit beobachtet hatte. Dass er gerade in dem Moment, wo ich den Maneder entdeckt hatte, seine zweite SMS geschickt hatte, konnte sich Max doch grad noch selber zusammenreimen.

Als Erstes versuchte ich, an meinem Artikel weiterzuarbeiten. Nachdem ich mich ausführlich darüber informiert hatte, dass jeder fünfte angehende Lehrer über unterirdische Sprach- und Rechtschreibfähigkeiten verfügte und stark bis sehr stark förderbedürftig war, erfüllte mich eine umfassende Mutlosigkeit. Statt weiterzuarbeiten, stellte ich mich ans Fenster und versuchte zu erkennen, was draußen auf der Straße vor sich ging. Ob die Spurensicherung jetzt schon da war. Und der Leichenwagen. Sobald ich mich hinsetzte, um an meinem Artikel weiterzuschreiben, musste ich sofort an die SMS denken. Ob mich der Typ beobachtete oder nicht und wo er gerade war, vielleicht ganz nah? Ich drückte fast meine Nase ans Fenster, als die von der Spurensicherung endlich auftauchten. Außerdem war es hochinteressant zu beobachten, wer alles vorbeiging, um neugierig in den Reisinger-Garten zu spitzen (das halbe Dorf), und wie lange die Rosenkranztanten am Gartenzaun durchhielten, bevor sie abzogen, um in der Metzgerei alles gründlich nachzubesprechen (eine Stunde).

Auf der Straße erblickte ich auch Maarten. Seine abstehenden Segelohren leuchteten rot, während er von Haus zu Haus ging und Anwohner zu befragen schien. Seit er keine Stoffhosen, sondern Jeans trug, sah er wie ein ganz normaler junger Mann aus. Okay. Wie ein ganz normaler junger ostfriesischer Mann, der versuchte, bayerische Anwohner nicht nur zu befragen, sondern auch zu verstehen.

Danach bemühte ich mich, mir nicht mehr vorzustellen, wie es wäre, wenn ich mit Joe auf seinem Motorrad durchbrannte. Ich würde niemals mit Joe durchbrennen. Aber die Vorstellung, keine Leichen, kopfschüttelnde Dorfbewohner und grummelnde Vermieter an der Backe zu haben, war trotzdem verlockend.

»Wie hoch liegen wir denn?«, fragte Großmutter und legte ihren Zeigefinger auf das Blatt Papier vor sich, um später an der Stelle weiterlesen zu können.

»Ich stehe«, antwortete ich unkonzentriert, während ich mich eigentlich fragte, ob es pietätlos wäre, gerade jetzt die Zimmer im Reisinger-Haus auszumessen. Vor allen Dingen das Bad. Solange das nämlich nicht gefliest war, hatte ich überhaupt keine Lust einzuziehen. Außerdem hätte ich es unglaublich gerne gesehen, dass jemand dieses blöde Gartenhäusl wegsprengte, bevor wir umzogen. Aber bis jetzt hatte ich noch keine Idee, bei wem ich diesen Sonderwunsch anmelden konnte.

»Über dem Meeresspiegel«, erklärte sie sanftmütig und las weiter.

»Was interessiert dich denn das überhaupt?«, fragte ich brummig.

Ich durfte mich jetzt auf gar keinen Fall von irgendeinem Mörder von den wesentlichen Dingen im Leben abhalten lassen. Die da wären: Das Reisinger-Haus einzugsfähig machen, meinen Artikel über das phonetische Schreibenlernen fertigstellen. Und alle Mehlpackungen von Großmutter in den Keller hinuntertragen.

»Bewegen Sie sich mindestens einhundertzwanzig Kilometer von den Küsten landeinwärts. Sie sollten sich wenigstens einhundertfünfzig Meter über dem Meeresspiegel befinden«, las sie mir als Erklärung vor. »Sind wir einhundertzwanzig Kilometer von der Küste entfernt?«

»Oma!«, entfuhr es mir entnervt.

Allmählich überkam mich das Gefühl, dass dieser Schwager mehr als die Pest war und der Umzug ins Reisinger-Haus ein Schwachsinn sondergleichen. Allein die Tapeten der Reisingers zu entfernen löste bei mir ein derart beklemmendes Gefühl aus, dass ich mit niemandem darüber reden wollte. Okay. Noch beklemmender, als die Spurensicherung im zukünftigen Garten zu haben, ging praktisch nicht.

»Was ist das überhaupt?«, wollte ich misstrauisch wissen und legte meinen Kopf schief, um zu lesen, was auf dem reichlich zerknitterten Zettel stand, den Großmutter vor sich liegen hatte.

»Vorbereitungen zum Weltuntergang«, stand da in dicken Buchstaben.

»Das sind Tipps. Für den Weltuntergang. Und weil du dich da ja gar ned informierst, muss es halt ich machen«, erklärte sie vorwurfsvoll.

Ich verkniff mir mein ständig wiederholtes Mantra, dass der Weltuntergang schon längst vorbei war, kein Mensch etwas davon bemerkt hatte und einem davon abgesehen die gehorteten Wienerln im Glas wenig nützten, wenn die Erde explodierte – oder wie auch immer so ein Weltuntergang ablief. Stattdessen drückte ich meine Nase ans Küchenfenster.

»Wir liegen über fünfhundert Meter hoch. Du musst dich also gar nirgends hinbewegen«, erläuterte ich ihr und hauchte meinen Atem gegen die Fensterscheibe. »Hast du hier irgendwo schon mal eine Küste gesehen?«

»Schauen Sie sich in Ihrer Region nach bereits bestehenden Luftschutzbunkern um. Überlegen Sie sich bereits jetzt den schnellsten Weg dorthin. Meinst, dass der Schmalzl einen Luftschutzbunker im Keller hat?«

Ich konnte schon wieder nicht mehr sprechen.

»Lebensmittel wie Reis und Nudelprodukte oder Nahrung in Dosen und Tuben, die nicht unbedingt gekocht werden müssen, sollten Sie vorrätig haben.«

»Von Sauerkraut steht da nix«, mischte ich mich ein, um einem weiteren Einkauf von Sauerkraut vorzubeugen.

»Halten Sie unabhängige Energiesysteme bereit, wie beispielsweise Autobatterien oder einen Dieselgenerator«, las Großmutter weiter vor.

»Nein«, krächzte ich. »Nein. Kein Dieselgenerator. Und Hände weg von ...«, meinem Auto, wollte ich sagen und krallte mich an meiner Handtasche fest, aber hier versagte vorausschauenderweise meine Stimme.

Um mir nicht noch mehr Blödsinn über den Weltuntergang anhören zu müssen, ging ich in den Garten. Beim Reisinger-Haus weizte noch immer oder schon wieder der Schwager herum. Seit die Spurensicherung in seinem Garten ein derart großes Engagement an den Tag legte, zeigte der Schwager überhaupt kein Interesse, nach Hause zu fahren, geschweige denn, seine Kommentare einzustellen. Seine unqualifizierten. Um nicht die vollständige Tragödie im Nachbargarten erleben zu müssen, lenkte ich den Blick in unseren eigenen Garten. Der Bärlauch war viel zu spät dran, brachte ich mich auf andere Gedanken, dicht an dicht bohrten sich die Blätter gerade erst aus der Erde. Die Narzissen waren bereits voll erblüht, der Schnittlauch wuchs dick und saftig.

Schlecht gelaunt klemmte ich mir den Packen Werbung aus unserem Postkasten unter den Arm. Jetzt konnte ich unmöglich Zimmer ausmessen, das kam bestimmt ganz blöd. Kurz überlegte ich, ob ich mein Handy einschalten sollte oder nicht. Um nicht weitere blöde SMS zu bekommen, hatte ich es komplett ausgeschaltet. Das machte ich sonst nie, ich war eigentlich immer erreichbar, allein schon für den Fall, dass unser Haus niederbrannte, weil Großmutter den Herd nicht ausgeschaltet hatte.

Der Schwager blieb direkt vor mir stehen, vielleicht, weil er von der Spurensicherung weggescheucht worden war.

»Des müsste alles weggmacht werden«, erläuterte er mir brummig und zeigte auf die vergammelten Zwetschgen unter dem Reisinger-Baum. Vielleicht meinte er auch die Hyazinthen, die alle aussahen, als hätte ihnen die Bärbel eine frische Dauerwelle verpasst.

»Und der Feldsalat wächst auch aus«, krächzte ich hilfreich, um irgendetwas zu sagen, sehr wohl wissend, dass er mich eigentlich dazu bewegen wollte, die vergammelten Zwetschgen aufzusammeln. Ich drehte mich von ihm weg, um mir nicht noch weitere Arbeitsvorschläge anhören zu müssen, und griff erneut nach meinem Handy.

Soll ich? Soll ich nicht?

»Ausgerechnet bei mir im Häusl«, sagte der Schwager schließlich hinter mir, und ich bekam jetzt doch ein klein wenig Mitleid mit ihm. Schließlich war der Maneder sein Freund gewesen. »Den ganzen Holzstoß, den ich erst aufgeschlichtet hab, einfach umgerissen«, sagte er grantig. »Da hab ich Stunden dafür gebraucht!«

»Vielleicht der Mörder«, schlug ich vor. Der Maneder, wenn sich gegen einen anderen wehrte, da blieb bestimmt kein Auge trocken. Man musste nur an seine dicken Arme denken!

»Ja. Die müssen ganz schön rumgerumpelt sein da drin«, erklärte er mir mitleidlos.

Ich würde mir ja eher darüber Gedanken machen, ob der

Mörder gar nicht den Maneder ermorden wollte, sondern den Schwager. Weil, wieso sollte der Maneder überhaupt in das Häusl hineingehen? Der Schwager hingegen, momentan quasi ganztags vor Ort, hätte mitten in der Nacht auch einfach verwechselt werden können.

»Der ganze Stammtisch. Einfach tot!« Er schüttelte den Kopf. »Letzte Woch' sind wir noch alle zamgsessen. Und jetzt ... Da fragst dich schon.«

Ich schloss die Augen. Hörte auf das Vogelgezwitscher, das Flöten der Amsel. Die Kohlmeisen und Blaumeisen schrien sich an. Der gesamte Stammtisch. Einfach tot. Daraus mussten sich doch Rückschlüsse auf den Mörder ziehen lassen. Das war doch ein wichtiger Hinweis darauf, dass sich der Kerl nicht irgendwelche Zufallsbekannte als Opfer auswählte, sondern einen Plan hatte.

»Stammtisch«, wiederholte ich interessiert und blickte ihn an. »Die waren alle drei beim Stammtisch? Der Poldi, der Karli und der Maneder?«

»Freilich. Jeden Mittwochabend. Und wenn's zamgangen ist, auch am Freitag. Da war ich in letzter Zeit nicht so oft.«

Ja. Weil er ja die ganze Zeit bei uns herumweizen musste.

»Bei so einem Stammtisch wird bestimmt Wichtiges besprochen«, sagte ich, um die Unterhaltung nicht einschlafen zu lassen.

»Na ja, gsoffen wird halt, ordentlich«, plauderte der Schwager aus.

»Schon schlimm, wenn man sich so lange kennt, und dann sind plötzlich alle tot«, äußerte ich mein Mitleid.

Der Schwager sah auf in die Baumwipfel und wirkte noch brummiger als sonst.

»Da fragt man sich dann halt, wer der Nächste ist«, stellte er fest.

Genau. Selbst der Schwager war darauf gekommen, dass der Mörder einen Plan hatte.

»Und? Irgendeinen Tipp?«, fragte ich neugierig, obwohl mir

der Gedanke an eine Liste, die der Mörder abarbeitete, wirklich Sorge bereitete.

Er sah jetzt richtig schlimm brummig aus und warf mir einen kurzen Blick zu, bevor er ihn wieder in die Bäume hob. »Mei. Der Gschwendner. Dass der noch lebt, wundert einen schon.«

»Der Gschwendner?«, fragte ich verblüfft.

»Da möcht man meinen, dass so einer wie der Gschwendner der Erste ist, der umbracht ...«, hielt er mitten im Satz inne, denn in dem Moment kamen die letzten beiden Männer von der Spurensicherung an uns vorbei. Der Schwager machte auf dem Absatz kehrt, um einen der beiden aus dem Nichts heraus vollzuschwallen. Der nette Blonde mit den strahlend blauen Augen blieb derweil bei mir stehen, vermutlich, weil er wusste, dass ich die Frau war, die mit einem Killer kommunizierte.

»Dass man davon gar nichts mitkriegt«, sagte ich, obwohl ich heilfroh war, dass ich nichts mitbekommen hatte. »Wenn der Mörder die Leiche durch die Gegend schleift.« Mal ganz zu schweigen von dem Mut, den dieser Mörder hatte. Jederzeit hätte Großmutter aus dem Fenster schauen können. Oder ich. Und dann hätten wir ihn auf frischer Tat ertappt!

»Hat er ganz offensichtlich auch nicht«, erklärte mir der Blonde. »Keinerlei Schleifspuren. Anscheinend ist hier auch der Tatort ...«

Kein Wunder, dass der Holzstoß umgefallen war.

»... und das Opfer ist vermutlich freiwillig in die Hütte gegangen. Dort hat er sich aber augenscheinlich gewehrt.«

Hey, der rückte ja heraus mit den Details, dass es eine reine Freude war. Ich tat, als wäre ich ständig in Ermittlungen integriert, und schaute wissend drein. Er nickte mir zum Abschied zu und ging aus dem Garten zu seinem Kollegen, der verzweifelt versuchte, den Schwager abzuschütteln.

Es hörte sich sehr eigenartig an, dass der besoffene Maneder freiwillig in das Gartenhäusl gegangen sein sollte, um sich dort erwürgen zu lassen. Dann musste er den Mörder jedenfalls gekannt haben.

Vielleicht kannte auch ich ihn persönlich.

Der Typ von der Spurensicherung rettete seinen Kollegen, und der Schwager stieg tatsächlich in sein Auto. Schade. Vielleicht hätte er mir noch verraten, wieso ausgerechnet der Gschwendner so gefährdet war.

Ich tastete nach meinem ausgeschalteten Handy. Ich lass mich doch nicht von irgendeinem Idioten vom Telefonieren abhalten, dachte ich mutig und begann meinen PIN-Code einzugeben.

Ein Anruf in Abwesenheit. Max.

Keine neue SMS.

Wie ist das Leben schön, dachte ich und merkte erst jetzt, dass mir die Knie zitterten. Vorsichtig legte ich den Packen Werbung auf das Gartenbankerl und setzte mich darauf. Die von der Spurensicherung fuhren weg. Unser Gartentürl quietschte, und Max kam auf mich zu. Meine Welt war plötzlich vollauf in Ordnung.

Max saß neben mir, ganz ohne Werbung unterm Hintern, und hielt meine Hand. Das war einerseits toll, andererseits jedoch komisch, weil wir nie auf dem Gartenbankerl saßen und uns an den Händen hielten. Okay, manchmal saßen wir einfach herum, und Max legte mir den Arm um die Schulter, um mir irgendeine Schweinerei ins Ohr zu flüstern. Aber in letzter Zeit hatten wir mehr darüber gestritten, wie wir die Wohnung einrichten sollten und ob es wirklich notwendig war, diese Messerbänkchen aus versilbertem Metall, die Tante Vega ihm huldvoll vermacht hatte, mit umzuziehen. Jetzt wäre ich selbst über so eine Diskussion heilfroh gewesen und hätte mich bereitwillig von der Sinnhaftigkeit von Messerbänkchen überzeugen lassen, von deren Daseinszweck ich überhaupt erst im Zuge der Umzugsplanungen erfahren hatte!

»Du bist beunruhigt«, stellte ich fest, obwohl eigentlich ich diejenige war, die nervös war. »Wegen der SMS.«

»Unter anderem«, antwortete er. »Hast du gestern in der Nacht irgendetwas mitbekommen?«

»Nein. Der Maneder ist angeblich selbst in den Garten gegangen«, verriet ich ihm die Ergebnisse der Spurensicherung.

»Ich meine mehr das Motorrad. Hast du das gehört?«

»Du meinst die Harley vom Maneder?« Ich seufzte. Gott sei Dank hatte ich einen richtig guten Schlaf, wenn ich einmal schlief. Anscheinend riss mich nicht einmal das Wummern einer Harley aus meinen Träumen. Und das, obwohl mein Fenster zur Straße hinausging.

»Nein.«

»Die ganze Nachbarschaft hat nichts gehört«, erzählte er frustriert.

»Um die Uhrzeit schläft man schließlich auch«, erklärte ich.

»Laschingers meinen, etwas gehört zu haben, kurz nach zwölf. Aber sie waren sich nicht sicher. Sie hat gemeint, es sei ein Traktor gewesen, und er meint, dass die Kirchturmuhr zu oft geschlagen hat.«

»Die haben doch das Schlafzimmerfenster nach hinten raus, die kriegen doch gar nichts mit«, erklärte ich ihm. »Sie hat immer Ohrstöpsel drin, weil er so schnarcht, und außerdem haben sie alles verrammelt. Also, Fenster zu, Rollläden unten. Damit es Einbrecher besonders schwer haben.«

Max sah sich meine Hand genau an, als würde ihm zum ersten Mal auffallen, dass ich Finger hatte.

»Vielleicht ist der Mörder ja ganz unauffällig mit dem Traktor gekommen«, wusste ich beizusteuern.

»Pass auf«, fing er an, ohne meinen Einwand zu kommentieren.

»Wer hat denn alles deine Handynummer?«

Ja richtig, irgendwie musste er ja daran gekommen sein. Aber die Leute, die meine Nummer hatten, konnte man an einer Hand abzählen.

Da wäre Großmutter – die hatte sie theoretisch, denn sie wusste immerhin inzwischen, welche Taste am Festnetz sie drücken musste, um mich an der Strippe zu haben. Das tat sie fast nie, weil ich erstens gerade im Auto sitzen und mich bei einem

Anruf von ihr zusammen mit meinem Auto um einen Baum wickeln könnte, was sie nicht wollte, und zweitens gleichzeitig dabei verstrahlt wurde. Weil Handystrahlung des Teufels ist.

Dass Großmutter irgendjemandem meine Nummer gab, war komplett ausgeschlossen, weil sie keine Ahnung hatte, wie man sich die Nummer anzeigen ließ, um sie abschreiben zu können.

Dann wären da noch Anneliese und Max.

Und natürlich dienstlich die Sekretärin und der Kare. Dem Kare war ohne Weiteres zuzutrauen, dass er meine Nummer ans schwarze Brett hing.

»Gib mir mal dein Handy«, sagte er, und ich reichte es ihm.

Ich starrte in den Garten und versuchte mir einzureden, dass immer noch alles in Ordnung war. Der Rittersporn trieb aus, wie jedes Jahr, nur viel zu spät. Der Birnbaum war kurz vor der Blüte. Geschäftige Ameisen trippelten auf ihrem Weg durch eine Rasenwüste, eine Honigbiene hing an einem Veilchen und brachte die Blüte schließlich zum Kippen. Neben mir spielte Max auf meinem Handy herum.

»Der Maneder ist total freiwillig in das Gartenhäusl gegangen«, sagte ich und sah in den Nachbargarten hinüber. »Mitten in der Nacht. Das ist doch auch nicht normal.«

»Er hat einen Anruf bekommen. Gestern um 23:29«, antwortete Max abgelenkt. »Und zwar von dem Handy …« Ich wusste es eigentlich schon. »Von dem Handy, von dem aus auch dir die SMS geschickt werden.«

»Dann hat der Mörder ihn hinbestellt«, flüsterte ich. Hat dort auf ihn gewartet, während ich kaum zwanzig Meter weiter den Schlaf der Gerechten schlief.

Max antwortete nicht, sondern klickte sich durch meine Anrufliste.

»So wenig Leute sind es nun auch nicht, die deine Handynummer haben. Wenn man noch die dazuzählt, die von dir angerufen worden sind. Schließlich gibst du damit deine Nummer weiter.«

Mist. Daran hatte ich nicht gedacht.

»Keine Ahnung, wen ich alles angerufen habe«, sagte ich schlecht gelaunt. Schließlich war ich berufstätig. Ich rief alle möglichen Leute von meinem Handy aus an.

»Was ist das für eine Nummer?«, wollte er wissen und zeigte mir das Display.

Ich runzelte die Stirn.

»Hat dich vorgestern Nachmittag angerufen.«

Vorgestern Nachmittag hatte mich hauptsächlich Anneliese angerufen, weil sie sich ausheulen musste, dass jetzt schon der Streit wegen der Babytaufe im Gang war, ob man nun das Taufkleid vom Thomas oder das von der Anneliese verwenden sollte.

»Die Fini«, erinnerte ich mich plötzlich. »Aber die ist keine Serienmörderin.«

»Und woher hat die deine Nummer?«

Meine Hand wurde glitschig, und ich zog sie aus Max' Griff, um sie an meiner Hose abzutrocknen.

»Keine Ahnung.«

Die Fini. Hatte mich wegen der Anneliese angerufen. Weil sie Annelieses Telefonnummer haben wollte, wegen ... wegen dem Maxi-Cosi, den sie an Anneliese verkaufen wollte. Und die Nummer ...

»Sie hat gesagt, sie hat bei der Zeitung angerufen. Und die Maria hatte sie ihr gesagt.«

Max schüttelte leicht den Kopf.

»Die gibt normalerweise keinem meine Handynummer. Also keinem Serienmörder«, erklärte ich fest. »Aber halt der Fini, weil die Maria doch die Fini kennt. Und ich auch. Und das weiß die Maria.«

Max seufzte trotzdem, vielleicht, weil es sich für ihn wirr anhörte.

»Und sie ist sicher keine Serienmörderin. Die war mit mir in der Grundschule, und ehrlich gesagt ist sie nicht die Hellste. Die hatte immer Angst im Dunklen. Und wenn man Buh geschrien hat, hat sie sich fast in die Hosen gemacht«, erzählte ich bereitwillig, weil es mir nicht recht erschien, die Fini in die Sache mitreinzuziehen, nur weil sie einen Maxi-Cosi verkaufen wollte. »Wenn man ihr eine Spinne unter die Nase gehalten hat, hat sie …«

»Ja, ja«, unterbrach mich Max verzweifelt. »Kennt die Fini den Fischer? Oder den Manfred Eder? Oder den …«

»Natürlich kennt sie die alle. Die kennen doch sogar wir, obwohl wir nicht in Unterbachenreuth wohnen«, antwortete ich ihm.

Meine Großmutter kam aus dem Haus, auf der Suche nach mir.

»Du müsstest mir mal die Nudeln runterholen. Die muss ich zählen.«

»Schmarrn«, sagte ich entkräftet. »Kein Mensch zählt Nudeln.«

»Die Packungen«, korrigierte mich Großmutter böse.

»Ich muss darüber nachdenken, ob die Fini den Fischer kennt«, widersprach ich, um nicht aufstehen zu müssen.

»Den Poldi? Freilich kennt sie den«, Großmutter stemmte die Hände in die Seiten. »Die war doch mit der … wie hat die denn gheißen, des jüngste Mädl vom Poldi… die waren doch Freundinnen. Noch heut. Und des soll was heißen …« Ausgerechnet die Tochter vom ehrwürdigen Herr Richter mit der Fini, die nicht einmal das Einmaleins konnte.

»Der Traudi«, vervollständigte ich ihre Angaben.

Großmutter senkte vertraulich die Stimme. »Aber jetzt ist die Fini doch mit dem Sturm zam.« Ihre Stimme klang nach »Stell dir das mal vor!«.

Interessant, was Großmutter alles wusste, obwohl sie erstens behauptete, nie aus dem Haus zu gehen, und zweitens, nie mit den Dorfbewohnern zu ratschen.

»Also nicht, dass die jemals gheiratet hätten, aber wohnen tut's halt bei ihm, die Fini. Hilft ihm in der Landwirtschaft.« Sie warf mir einen bedeutsamen Blick zu. »Die schmeißt praktisch den ganzen Laden vom Sturm, ihre Mama, die Burgl, ist schon ganz verzweifelt, weil sie sagt, des kann der doch allein machen. Aber so war die Fini schon immer. Die hat schon immer gedacht, sie muss alles machen, damit die Männer bei ihr bleiben …«

Jetzt kam gleich der Spruch »Wegen einer Stauern freckt koa Goas«, also, wegen eines Gebüsches stirbt keine Ziege, was die Fini anscheinend nicht wusste. Dass nämlich nicht sie auf den Sturm angewiesen war, sondern er auf sie.

»Und des sind halt schon komische Verhältnisse, da auf seinem Hof …«

»Jaja«, unterbrach ich sie hastig. »Schon klar.«

Sie sah mich ärgerlich an. »Was soll da klar sein? Die hätt sich auch mit einem anderen zamtun können. Der Sturm, der hat sie doch nicht mehr alle.«

Ich kannte den Sturm überhaupt nicht, weil der nämlich nicht mit mir in der Klasse gewesen war wie die Fini.

»Des ist so ein ganz ein Ruhiger, sagt nix. Da weißt nie, was der denkt.«

Und ob er überhaupt dachte.

»Den ganzen Tag nur mit dem Bulldog unterwegs.«

Deswegen vermutlich auch so schweigsam. Weil man sich eh nicht unterhalten konnte, wenn der Motor lief.

»Dass du den kennst«, sagte ich, um ihr die Bestätigung zu entlocken, dass sie das alles nur über drei Ecken wusste.

»Ich hab den schon jahrelang nicht gsehen«, erwiderte sie. »Aber der war schon als Bub riesig. Wie so ein Elefant aus Schönbrunn.«

Wichtige Infos für Mordermittlungen.

»Und die ist noch immer mit der Edeltraud befreundet?«, wollte ich wissen, mit einem schnellen Blick zu Max, der weiterhin interessiert unserem Gespräch lauschte.

»Ja. Die Traudi vom Poldi. Die fährt sogar zur Fini, wo's doch da ausschaut, des kannst dir gar nicht vorstellen. Wie Kraut und Rüben!«

»Warst du da auch schon?«, fragte ich spitz.

»Wie sollt ich da hinkommen, wo du mich nie wo hinfährst.«

Und wo sie ihre gesamte freie Zeit für die Aufstockung unserer Lebensmittelvorräte brauchte.

»Des hat mir alles die Rosl erzählt, und die weiß es von der Burgl, ihrer Schwester.«

Immerhin nur über zwei Ecken kam sie, diese Information, das verlieh ihr beinahe schon einen Wahrheitsanspruch.

Großmutter setzte sich auf die andere Seite von Max und stöhnte irgendetwas von ihren Füßen und der Qual, den Weltuntergang vorbereiten zu müssen.

»Meinst du, dass die Fini die Telefonnummer an die Traudi weitergegeben hat und die an ihren Vater?«, wollte ich von Max wissen. Das hörte sich derartig bescheuert an, dass es kaum zu glauben war.

»Die Fini ist doch gar ned gscheit genug für so was«, erklärte mir Großmutter. »Dass die Traudi mit der überhaupt befreundet ist, liegt ja nur daran, dass sich die Väter kennen. Der wird die Fini halt auch leidtun. Nehm ich mal an.«

»Wer ist denn der Vater von der Fini?«, fragte Max.

»Der Gschwendner«, erklärten Großmutter und ich unisono.

Max stöhnte auf, da er anscheinend nicht verstehen konnte, dass wir so ein wichtiges Detail einfach unerwähnt ließen.

»Aber die Fini hat doch mit so was nichts zu tun«, erklärte ich bestimmt. »Die ist geistig echt nicht ganz … ähm … auf der Höhe.«

Serienkiller mussten nämlich schon auf Zack sein. Und die Einfältigkeit der Fini sah man schon daran, dass sie mit so einer Pappnase wie dem Sturm zusammen war. Das hielt keine Frau aus, die bei Sinnen war.

»Du darfst dich jetzt nicht auf die Fini einschießen«, empfahl ich Max. Die hätte nämlich bestimmt mit ihrem eigenen Handy eine SMS an mich geschickt. Plus sie war die Tochter von der Burgl, die Nichte von der Rosl und dachte vermutlich ganztags an Rosenkranzbeten und was sie für Schuld auf sich lud, wenn sie etwas Böses tat. »Schau mehr auf die ganzen Kumpels vom Gschwendner.«

»Diese Hallodris«, war Großmutters Meinung dazu.

»Du müsstest untersuchen, was die Stammtischler drüben in Unterbachenreuth so treiben. Wenn die jetzt einer nach dem anderen sterben … gerade hat der Schwager noch gemeint, der Gschwendner ist der Nächste. Garantiert«, erzählte ich Max.

»Und wer ist bei dem Stammtisch?«, fragte er.

»Beim Stammtisch, da ist nicht irgendwer«, erklärte Großmutter. »Da treffen sich die ganzen Honoratioren vom Ort. Der Arzt. Der Bürgermeister. Der Lehrer. Der Richter.« Sie machte eine überlegende Pause. »Und natürlich die Geldigen. Wie der Gschwendner.«

»Der ist da ein richtiger Obermufti«, behauptete ich.

»Schwingt das große Wort«, nickte Großmutter bestätigend. »Da traut sich keiner aufmucken. Selbst der Bürgermeister ned.«

»Die haben einen Bürgermeister?«, fragte ich.

»Ja. Jetzt nicht mehr, wo's ihn umbracht ham«, erklärte Großmutter, als hätten die Bürger von Unterbachenreuth ihn abgemurkst. »Des war doch der Karli.«

»Siehst. Da will jemand die gesamte Oberliga umbringen und dann selbst die Macht übernehmen«, formulierte ich dramatisch. Diese Theorie machte mich richtig zufrieden, weil ich nämlich überhaupt nicht zu den Geldigen und Einflussreichen gehörte und somit keinerlei Grund bestand, mich umzubringen.

Max kommentierte unsere wilden Hypothesen nicht, vielleicht weil Großmutter stöhnend aufstand und wieder ins Haus ging. Wir standen auch auf, weil ich schließlich dringend die Nudeln vom obersten Fach herunterholen musste. Und Max sah auf meinem Handydisplay so schlecht, wenn die Sonne darauf schien.

Ich senkte die Stimme, während ich einen Arm voller Nudelpackungen neben das Spülbecken kippen ließ.

»Was denkst du denn?«

Ich fläzte mich Max gegenüber auf die Eckbank. Er klickte noch immer auf meinem Handy herum.

»Ganz ehrlich … Ich möchte wissen, wie der Mörder ausgerechnet auf dich kommt.«

»Weil ich deine Freundin bin«, flüsterte ich zurück, damit es Großmutter nicht hörte. Oder weil ich ständig Leichen fand, so etwas sprach sich schließlich herum. Bestimmt auch bis nach Unterbachenreuth.

»Er kennt dich«, sagte Max düster.

Das war zu befürchten. Dann sagten wir eine ganze Weile gar nichts, Max starrte noch immer auf mein Handy, ich aus dem Fenster. Im Nachbargarten weizte schon wieder der Schwager herum, was meine Laune ins Bodenlose sinken ließ. Anscheinend hatte er nur eine kurze Runde mit dem Auto gedreht und war gleich wieder umgekehrt. Er ließ sich nicht einmal von den schwarz-gelben Absperrbändern der Polizei abschrecken!

Der kommt doch eh nur wegen seiner Frau, die hält er nicht aus, hatte die Rosl gesagt. Aber genauso gut konnte man sagen, dass seine Frau damals das Saufen angefangen hatte, weil sie ihn nicht mehr aushielt. Manchmal ging er auch die ganzen sechs Kilometer zu Fuß zu uns rüber. Wenn »sWei«, wie er seine Frau nannte, den Ford zum Einkaufen brauchte oder die Tochter im Krankenhaus besuchte, die dort wegen ihres Blutzuckers war. Wo jeder wusste, dass die Tochter überhaupt nicht unter Diabetes litt, sondern in der Psychiatrie war. Als Ursache sah ich ebenfalls in erster Linie den Vater, da bekam man bestimmt alle möglichen psychiatrisch behandlungswürdigen Störungen. Zumindest würde es mich nicht wundern, wenn ich allein durch seine Anwesenheit eine Depression bekäme.

Ein Klingeln an der Tür riss uns aus unserer Sprachlosigkeit. Im nächsten Moment stand Joe in der Küche.

»Servus«, sagte er, sah von mir zu Max, weil wir so stumm voreinander saßen, und warf mir einen unglaublich strahlenden Blick zu. Seine Blicke sind gemeinhin phänomenal, und sie gelten oft mir.

»Servus«, sagte ich nach einer Pause und lächelte zurück.

»Mir wäre es wirklich lieber, du würdest uns dein Handy

geben«, sagte Max und warf Joe einen sehr dominanten und grimmigen Blick zu. Diese grimmigen Blicke mochte ich eigentlich auch sehr gerne, besonders, wenn er mich dann noch packte und an sich zog, um klarzustellen, dass ich zu ihm gehörte.

»Wieso«, fragte ich trotzig. »Kann uns doch egal sein, ob er mir eine SMS schreibt oder nicht.«

»Ich möchte nicht, dass der Mörder mit dir Kontakt aufnimmt«, erklärte Max dumpf. »Ich möchte, dass du damit überhaupt nichts zu tun hast.«

Joe nickte. »Ich finde das auch kritisch, wenn du mit ihm in Kontakt bist. Damit ist nicht zu spaßen.«

Max warf Joe einen weiteren »Meine Freundin – Finger weg«-Blick zu.

»Außerdem könnten wir so ganz phantastisch mit dem Mörder kommunizieren und Dinge erfahren, die wir sonst nie herausfinden würden«, erklärte mir Max. »Ohne dass du involviert bist.«

»Und wenn er herausfindet, dass er mit dir simst und nicht mit mir?«, fragte ich nach. Dann bekam ich wahrscheinlich den geballten Zorn ab. Eigentlich fand ich nämlich nicht, dass ich dadurch aus dem Schneider war, dass Max in meinem Namen SMS verschickte.

»Wie sollte er darauf kommen?«, fragte Max. »Außerdem ist es doch sehr wahrscheinlich, dass er eigentlich mit mir Kontakt haben will und nicht mit dir. Und an deine Telefonnummer ist er eben viel einfacher gekommen.«

»Ich kann nicht ohne Handy leben«, erinnerte ich Max.

Der presste sich die Zeigefinger an die Schläfen, anscheinend in der Hoffnung auf eine Eingebung.

»Und ich kann mir kein neues Handy leisten.«

»Schon wieder ein neues Handy«, sagte Großmutter so nah neben mir, dass ich erschrak. Ich legte meine Finger auf die Lippen, um die anderen davon abzuhalten, über das Handyproblem mit meiner Großmutter zu sprechen. Die hatte genügend Sorgen mit ihrem Weltuntergang, da brauchte sie sich nicht auch noch Gedanken über einen gestörten Serienmörder machen, der mit ihrer Enkelin kommunizierte.

»Ich gebe dir meins«, erbot sich Max.

Ich öffnete den Mund und schloss ihn wieder.

»Dein Smartphone«, sagte ich schließlich fassungslos.

Das war wahre Liebe. Es war einfach unglaublich, auf was Max alles bereit war zu verzichten.

»Dann speicherst du meine Nummer in euer Festnetztelefon ein, dann erreicht dich deine Oma auch jederzeit.«

»Wieso sollte ich die Lisa erreichen wollen?«, fragte Großmutter schlecht gelaunt.

»Wenn ich dir ein paar Packungen Nudeln mitbringen soll, zum Beispiel«, sagte ich.

»Das macht doch sowieso immer der Martin«, klärte mich Großmutter auf.

Jetzt presste ich meine Zeigefinger an die Schläfen. »Aber dann hast du kein Handy«, wandte ich noch ein, Großmutter ignorierend.

»Ich habe dann ja deins«, erinnerte er mich.

Wir starrten beide auf mein vorsintflutliches rosafarbenes Handy. Das war praktisch schon mehr als Liebe, seiner Freundin das Smartphone zu überlassen und mit einem rosa Handy zu telefonieren.

»Es macht dir gar nichts aus, wenn dir die Anneliese sagt, wann ihre Wehen anfangen?«, fragte ich fassungslos nach, und Max sah aus, als würde er gleich riesige Kopfschmerzen bekommen oder einen Schreianfall. Dann klingelte sein Smartphone, er stand auf, um den Anruf entgegenzunehmen, und verließ die Küche.

»Ich ruf dich doch nicht wegen Nudeln an«, kam Großmutter aufs Wesentliche zurück. »Als wenn ich sonst nix zu tun hätt.«

Joe sah auf seine Schuhspitzen und schwieg.

»Mir ist es halt lieber, wenn du die Möglichkeit hast, mich anzurufen«, wich ich aus.

Sie schüttelte mit einem Zungenschnalzen den Kopf und verschwand in der Speisekammer. Weiterhin schweigend, schenkte Joe mir einen intensiven Blick, und ich fühlte mich geschmeichelt und gleichzeitig unbehaglich. Als Max in die Küche zurückkehrte, hatte er eine tiefe Falte auf seiner Stirn. Und irgendwie hoffte ich, dass die Falte auf Joe zurückzuführen war und nicht auf eine neue Leiche, die nicht ich gefunden hatte.

»Und?«

»Wir wissen jetzt, von wo die zwei SMS verschickt worden sind, die du erhalten hast«, sagte er. Seine Miene war so düster, dass ich Angst bekam. »Es ist der Sendemast, in den auch dein Handy eingewählt war.«

Er ist hier. Ganz nah. Ganz in meiner Nähe.

Und er schickt mir die SMS, obwohl er sie genauso gut der Fini schicken könnte. Oder der Traudl. Deren Nummer hatte der Poldi bestimmt eingespeichert, war ja schließlich seine Tochter. Ich hatte plötzlich das fiese Gefühl, als würde mir eine eiskalte Flüssigkeit den Rücken herunterrieseln.

Max sah mich nur an, vermutlich hatte er ähnliche Gedanken. Mein Blick glitt zu Joe, der ebenso eine betretene Miene machte.

»Dann wisst ihr ja, wo er gerade ist«, sagte ich ruhig.

Damit war der Fall fast gelöst. Man musste einfach nur eine Hundertschaft Polizisten losschicken, in unserem Dorf jeden festnehmen, der ein Handy dabeihatte, und feststellen lassen, ob es sich um Poldis Handy handelte. Ganz einfach.

»Leider nicht«, antwortete Max mit ausdrucksloser Miene. »Wir wissen nur, in welcher Funkzelle sich das Telefon zuletzt eingeklinkt hat.«

»Beim ›Tatort‹ kriegen die dann aber immer raus, wo sich der Mörder aufhält, wenn er so blöd ist, sein Handy einzuschalten«, meckerte ich.

Max sog geräuschvoll die Luft durch die Nase.

»Man kann die Position des Handys nicht ganz so einfach bestimmen«, erklärte mir Joe in besonders friedlichem Tonfall.

»Weil man nur den Handymasten bestimmen kann, mit dem es zuletzt in Verbindung war.«

»Ob man die Position bestimmen kann, hängt davon ab, wie groß das Funkgebiet ist, das der Handymast abdeckt«, erläuterte Max ruhig und gesetzt. »Je kleiner das Funkgebiet, desto genauer kann die Position bestimmt werden. Aber ... die Funkzellen hier am Land sind relativ groß. Diese Sendemasten senden ihre Funkwellen bis zu fünfunddreißig Kilometer weit.«

Ich konnte mich auf so einen Quatsch gerade ganz schlecht konzentrieren.

»In der Stadt kann die Positionierung auf bis zu hundert Metern genau bestimmt werden«, übernahm Joe wieder. »Aber dazu ist es nötig, dass sich zwei oder drei Funkzellen überschneiden.«

Damit hatten sie sich also die letzten paar Stunden beschäftigt.

»Aber nicht hier auf dem Land«, fasste ich frustriert zusammen, weil ich plötzlich kapierte, was sie mir sagen wollten.

»Ausgerechnet der Sendemast, in den wir hier eingewählt sind, deckt einen ziemlich großen Bereich ab und hat in diesem Gebiet keine Überschneidungen mit anderen Sendemasten«, bestätigte mir Max. »Hier kann man nur die Entfernung zum Funkmasten errechnen.«

»Das muss doch reichen«, sagte ich hoffnungsvoll.

»Leider nicht. Denn man weiß dann auch nur, in welcher Entfernung zum Mast sich das Handy befindet. Nicht jedoch die Richtung.«

»Aber wenn man ihn ständig beobachtet, sieht man ja, wann sich das Handy wo einwählt.«

Das konnte doch nicht sein, dass keiner der Polizisten auf etwas derart Naheliegendes kam!

Die Stille zwischen uns dehnte sich.

»Er wird doch nicht ständig nur hier in unserem Dorf abhängen. Oder?«

Was für ein schrecklicher Gedanke!

»Das Handy hat nach dem Simsen nie Empfang«, sagte Max schließlich zögerlich.

Wir schwiegen erneut eine Weile vor uns hin. Das hörte sich für einen Serienmörder sehr vernünftig an. Er war also nicht total blöd.

»Er schaltet es nach dem Simsen immer aus«, sagte ich.

»Dann müsste er aber den PIN-Code des Handys wissen«, wandte Joe ein.

»Oder es ist ein Handy, für das man keinen PIN-Code benötigt«, antwortete Max.

Ich starrte für mehrere Sekunden auf mein rosa Handy neben Max' schickem Smartphone auf dem Küchentisch. Bis jetzt war mir nicht so richtig aufgefallen, wie nah mir der Mörder gewesen war.

»Es gibt auch andere Möglichkeiten, um keinen Handyempfang zu haben«, fügte Max hinzu.

»Unser Kohlenkeller«, sagte ich düster aus eigener Erfahrung.

»Vielleicht nimmt er auch nach jeder SMS die SIM-Karte raus«, sagte Max, »dann kann sich das Handy auch nirgendwo einwählen.«

Bis jetzt hatte ich geglaubt, dass der Mörder mich aufgrund einer offensichtlichen und eher nichtssagenden Logik ausgesucht hatte. Weil ich Max' Freundin war. Weil ich direkt neben den Reisingers wohnte.

»Wieso ich?«, flüsterte ich und starrte weiter auf mein Handy.

»Nun, das werden wir alles herausbekommen«, sagte Max munter, obwohl seine Augen noch immer sehr ernst aussahen. »Das ist vermutlich alles ein Zufall.«

Joe sah sich erneut seine Schuhspitzen an. Vor allen Dingen sah ich, dass bei beiden Männern die Augen kurz hinüber in den Reisinger-Garten glitten, bevor sie sich wieder auf mich konzentrierten.

Ich war ja nicht blöd.

»Die gleiche Masche hat er beim Maneder abgezogen. Angerufen und ihn im Reisinger-Gartenhäusl einbestellt«, flüsterte ich und sah ebenfalls hinüber in den Nachbarsgarten.

»Und wieso haben wir nicht mitgekriegt, wie er erwürgt worden ist?«, ergänzte ich.

»Wir wissen inzwischen, dass er die Tür des Gartenhauses selbst geöffnet hat. Seine Fingerabdrücke sind ganz deutlich auf der Klinke, die anscheinend vorher abgewischt worden ist«, wusste Max.

Mich überraschte es ein klein bisschen, wie ratzfatz es bei diesen Ermittlungen lief. Aber eigentlich kein Wunder, bei der großen Truppe, die Max diesmal zur Verfügung hatte. Trotzdem war es beunruhigend, mit welchem Hochdruck ermittelt wurde – ganz als würden sie mit weiteren Mordopfern rechnen. Ich schlang die Arme um meine Taille.

»Auch von innen wurde die Klinke abgewischt, und das Opfer hat die Tür selbst geschlossen.«

»Wieso hat er auch noch die Tür geschlossen?«, wollte ich wissen. Damit war aber immerhin klar, weshalb wir nichts gehört hatten. »Ist der Mörder erst später dazugekommen?«

Max schüttelte den Kopf. »Von der Fundsituation her ... das Häuschen ist ja nicht besonders groß ... muss der Mörder dort auf ihn gewartet haben.«

»Der Maneder hat ihn gekannt. Deswegen hat er die Tür hinter sich geschlossen, weil er sich in einer vertrauten Situation wähnte«, erklärte mir Joe.

Ich schluckte. Geahnt hatte ich es ja, aber den Beweis vorgesetzt zu bekommen, veränderte doch einiges. Denn wenn der Maneder den Mörder gekannt hatte, dann kannte ich ihn mit hoher Wahrscheinlichkeit auch.

Es war überhaupt kein Zufall, dass der Mörder genau dieses Gartenhäusl ausgesucht hatte. Und genauso wenig war es Zufall, dass er mich damit beauftragt hatte, hinüberzugehen und nachzusehen. Er hatte haargenau gewusst, dass ich das machen würde.

»Okay«, sagte ich, schob Max mein Handy über den Tisch und krallte mir das schicke Smartphone.

Bis zum nächsten Tag kämpfte ich mit meiner Strategie, nicht mehr an den Mörder zu denken. Wegen der ständigen Anrufe vom Polizeipräsidium – Max war nicht sehr erfolgreich gewesen, seine neue Handynummer unters Volk zu bringen – und der Horde Journalisten war das ein Ding der Unmöglichkeit. Da ich selbst Journalistin bin, brachte ich natürlich viel Verständnis dafür auf, dass dringend unser zukünftiger Garten gefilmt werden musste. Aber lieber wäre es mir gewesen, sie wären endlich verschwunden. Aber die Journalisten waren scheinbar mit Zeit gesegnet, denn sie filmten den Reisinger-Garten ungeachtet der Tatsache, dass dort gar nichts passierte. Hin und wieder stellte sich einer vor eine Kamera und äußerte sich mit ernster und wohlgesetzter Miene zum Fall.

Schließlich wurde es mir doch zu bunt, und ich packte meine Umhängetasche. Als ich das Gartentor öffnete, tat ich, als würde mich das alles nichts angehen, und ging erhobenen Hauptes auf mein Auto zu.

»Der Serienkiller ist von seinen sadistischen Phantasien beherrscht, er fühlt sich omnipotent, wenn er über Leben und Tod entscheidet. Die konkrete Tötungshandlung ist in ein bestimmtes Ritual eingebettet. Zwanghaft hält er daran fest«, konstatierte gerade ein junger Mann, der aussah, als müsste er beim Bierkaufen jedes Mal den Personalausweis zeigen. Ein junges Gerippe von Frau erklärte gerade mit verständnisvoller Miene: »… Tätertypus, der unter einer antisozialen Persönlichkeitsstörung mit Sadismusneigung leidet. Sexuelle Gewaltphantasien, die er über Jahre entwickelt hat …«

»… Persönlichkeit tief gestört …«, sagte gerade ein Dritter, und ich legte noch einen Zahn zu, um unbehelligt zu meinem Auto zu kommen.

Hoffentlich wussten die nicht, dass ich mit dem Mörder kommuniziert hatte. In dem Moment schwenkten die Kameras auf mich, und die Horde drehte sich geschlossen zu mir um.

Mist.

Ich arbeitete fieberhaft an einer ausweichenden Antwort –

schließlich lag meine Kommunikation mit dem Mörder auch schon mehr als vierundzwanzig Stunden zurück –, da tauchten wie aus dem Nichts der Schmalzl-Wirt und der Schorsch, Polizist a. D., auf und positionierten sich breitbeinig und mit grimmiger Miene rechts und links von mir.

Was hatte ich denn nun schon wieder angestellt? Dieses ständige Stirngerunzel ging mir gewaltig auf den Wecker!

»Na, wie hammas denn!?«, sagte der Schmalzl mit seiner tiefen Stimme, die buschigen Augenbrauen zornig gerunzelt.

»Glaubst des ned!«, fügte der Schorsch hinzu und schwang energisch seinen Stock.

Das ging mir jetzt wirklich zu weit. Ich war eingekesselt! Ich stemmte ebenfalls die Hände in die Hüften und erwiderte muffig: »Genau. Wie hammas denn?«

»Schleicht's euch«, sagte der Schmalzl mit seiner besten und brummigsten Ich-bin-der-Wirt-und-schmeiß-euch-jetzt-raus-Stimme. »Sonst scheppert's!«

Ich hielt verblüfft die Luft an. Die versammelten Journalisten traten Schritt für Schritt nach hinten, und ich hatte plötzlich das Gefühl, als würden die zwei als Bodyguards wahrgenommen.

Gleichzeitig kamen in breiter Front die Rosl, die Annl und die Zenz von der anderen Straßenseite auf die Journalisten zu. Langsam schwenkten die Kameras zu den dreien – vielleicht lag das aber auch an der Krücke vom Schorsch, denn er wirkte, als würde er sie notfalls einsetzen. Erleichtert schlüpfte ich in mein Auto.

»Danke«, flüsterte ich den beiden zu, bevor ich die Autotür zuknallte, etwas beschämt, dass ich ihnen nur das Schlechteste zugetraut hatte. Die beiden hatten noch immer eine Miene aufgesetzt, die besonders harten Bodyguards zur Ehre gereichte. Und das beim Schorsch! Der sich schon immer davor gedrückt hatte, mit Leuten Konflikte zu haben, insbesondere mit Verbrechern. Die beiden nickten mit knurrigem Gesichtsausdruck, als hätten sie bei Bruce Willis Privatstunden genommen.

Der Schmalzl sagte etwas wie »Fahr zu, Mädl«, und ich gab Gas.

Wer hätte das gedacht! Ich war von plötzlicher und vollkommen unerwarteter Sympathie für sämtliche Dorfbewohner erfasst und hatte richtig gute Laune.

Die Schlehen blühten weiß und hüllten die Hecken in einen sympathischen Flaum. Ich legte mich rasant in die Kurve – wenn man bei einem uralten Audi 80 von rasant sprechen wollte – und wich geschickt dem riesigen Schlagloch aus, das seit dem letzten Winter existierte. Ich liebte die Strecke zwischen unserem Haus und der Redaktion. Wenn, wie jetzt, wenig Verkehr war, konnte man richtig schön die Kurven schneiden und mit überhöhter Geschwindigkeit dahindüsen.

Ein bisschen Sorge machte mir die Journalistenmeute dennoch. Eigentlich war es zu erwarten gewesen – schließlich gab es nicht unbegrenzt Serienmörder, über die man berichten könnte. Aber ich hatte überhaupt keine Lust, dass die Sache mit meinem Handy herauskam.

Außerdem hatten mich die ganzen Mördercharakterisierungen auch ein wenig verstört ... dissoziale Persönlichkeit, sadistische Neigung und konkrete Tötungsphantasie klang nicht gerade vertrauenerweckend!

Im Radio lief gerade »Lemon Tree«, und die laue Frühlingsluft mit all ihren Gerüchen strömte durchs offene Fenster. Sie verwirbelte mir die Haare vor dem Gesicht. Die hellgrünen Blätter der Bäume betupften die dunklen Äste wie in einem Monet-Gemälde, malerisch waren ein paar Kirschbäume dazwischen gesprenkelt. Max' Auto hatte eine Klimaanlage, aber meins hatte noch so richtige Fenster zum Runterkurbeln, und der Wind konnte einem die schlechte Laune ebenso gut wegpusten wie die auf Volldampf gestellte Musik. Man durfte sich halt nicht vorstellen, dass man in einem kackbraunen Audi 80 saß, dessen Himmel mit Wäscheklammern zusammengeklammert war, sondern musste sich auf den Fahrtwind konzentrieren.

Eigentlich war es nicht schlecht, hier zu wohnen, dachte ich mir und versuchte die Fahrt durch diese frühlingshafte Landschaft zu genießen. Die Wiesen waren so schnell vom düsteren Braungrün zu einer sattgrün leuchtenden Fläche geworden, dass einem so richtig das Herz aufging.

Und eigentlich war es auch nicht schlecht, sein Handy getauscht zu haben. Ich hatte das schöne Gefühl, einem schlimmen Schicksal entronnen zu sein und noch einmal neu anfangen zu dürfen. Als hätte ich mit der Abgabe meines Handys die Verbindung zum Mörder einfach gekappt. Ich war mir plötzlich ganz sicher, dass alles gut gehen würde, Max, mein Held, den Mörder schnappen würde und ich mich voll darauf würde konzentrieren können, Generalkritik am bayerischen Schulsystem zu üben.

Dunkle Schleier legten sich so plötzlich über die Sonne, ein wenig wie Weltuntergang. Hinter mir noch ein hellblaues Himmelsfeld, das geschluckt wurde von den düsteren grauen Schwaden. Kein Sommerwetter mehr, Gänsehaut zwischen Sommersprossen.

Vielleicht ein Zeichen dafür, dass meine Kritik am Schulsystem nichts bringen würde.

Ein leises Ping neben mir auf dem Beifahrersitz zeigte mir, dass ich eben eine SMS erhalten hatte. Mein Herzschlag explodierte augenblicklich, und meine Hände klammerten sich schwitzig an das Lenkrad.

Ein Zeichen, dass ich handytraumatisiert und nicht mehr in der Lage war, eine SMS ohne Blutdrucksteigerung zu lesen.

Aber egal. Ich musste ja nicht unbedingt jetzt sofort die SMS checken. Ich konnte auch zu Max fahren und dort die Nachricht öffnen. Genauso gut könnte ich Max die Nachricht öffnen lassen, es war nämlich genauso gut möglich, dass das eine SMS für Max war, weil sich seine Abteilung schwer damit tat zu verstehen, dass er ab sofort mit einem hässlichen, alten und zudem rosafarbenen Handy zu telefonieren gedachte.

Für einen kurzen Augenblick schwebte meine Hand über dem Smartphone.

Genau in dem Moment rangierte der Kreiter mit seinem riesigen John Deere von einem seiner Felder auf die Straße, ohne darauf Rücksicht zu nehmen, dass ich gerade mit über hundert Stundenkilometer auf ebendieser Straße unterwegs war. Und noch dazu eine SMS erhalten hatte, die von sonst wem sein konnte. Mit einem Kreischen stieg ich voll auf die Bremse. Der Wagen drehte sich und schleuderte über die Straßenbegrenzung hinweg, bis ich im Straßengraben zum Stehen kam. Das Auto wippte so seltsam nach hinten, dass ich verkrampft das Steuer weiter umklammert hielt.

»Scheiße«, sagte ich und schlug mit einer Hand auf das Radio, um es zum Schweigen zu bringen.

Vorsichtig gab ich Gas, aber der Motor heulte nur auf. Mir brach der Schweiß aus.

Der Kreiter stand jetzt neben meinem Auto, stemmte die kräftigen Arme in die Seiten und schüttelte den Kopf. Wahrscheinlich in der Annahme, dass das ganze blöde Manöver meine Schuld ganz allein war.

»Mädl«, sagte er nur, so brummig, dass man ihn kaum verstand.

Ich gab noch einmal Gas, aber es tat sich nichts.

»Abschleppseil«, sagte er und hielt mir die Hand entgegen.

Vorsichtig stieg ich aus meinem Auto, um nach dem Abschleppseil zu suchen.

»Ist das jetzt kaputt, das Auto?«, frage ich, während ich es ihm reichte.

»Des war doch schon vorher kaputt«, erinnert er mich kopfschüttelnd. »Die ganzen Kratzer da, die rosten ja schon. Die sind uralt.«

Ich nickte, weil ich keine Lust auf weitere Diskussionen hatte und gerade eindeutig in äußerst weinerlicher Stimmung war.

Dann zog er mich ruckizucki raus, wahrscheinlich weil er so viel Übung hatte und ständig Leute, die er vorher zum Ausweichen gezwungen hatte, rausziehen musste. Das Abschleppseil warf er mir einfach vor die Fahrertür und hob zum Abschiedsgruß die Hand. Als hätten wir uns einfach so getroffen, und ich wäre nicht voll in den Straßengraben gegeigt. Ich starrte ein bisschen mein Lenkrad an.

Jetzt wäre eine Zigarette nicht schlecht gewesen. Vielleicht sollte ich das Rauchen anfangen. Oder irgendetwas einwerfen. Prozac zum Beispiel. Tavor. Valium. Irgendein Antidepressivum.

»Scheiße«, sagte ich zu mir selbst, dann nahm ich das Handy in die Hand und sah mir die neueste Nachricht an.

»Netter Versuch, Spatzl«, stand da, und dahinter war ein lachender Smiley.

Kapitel 3

Ich hatte das dringende Bedürfnis, nach Großmutter zu sehen. Ich wendete auf offener Strecke und beschloss, heute lieber Überstunden abzufeiern, als mit Bluthochdruck in der Redaktion herumzusitzen und doch nichts zustande zu bringen. Während ich noch kurz überlegte, ob ich nicht doch lieber gleich zu Max fahren und ihm von der traumatisierenden SMS erzählen sollte, sah ich im Vorbeifahren, dass die Journalistenhorde ihren Einsatzschwerpunkt vor die Metzgerei verlagert und das Filmen unseres leeren Gartenhäusls aufgegeben hatte.

Mit quietschenden Bremsen hielt ich vor unserem Gartentürl. Eine Weile blieb ich in meinem Auto sitzen und konnte mich nicht aufraffen auszusteigen und zu prüfen, ob mich meine zitternden Knie auch wirklich in unsere Küche tragen würden. »Mörder hat auch deine Telefonnummer«, schrieb ich an Max und schickte gleich eine zweite SMS hinterher: »SMS an mich auf dein Smartphone«. Okay. Vielleicht hatte ich auch »Sns ab nich« geschrieben.

Nein, nein, nein.

Ich ließ den gestrigen und heutigen Tag noch einmal Revue passieren. Wann hätte der Mörder bemerken können, dass ich mit einem fremden Handy unterwegs war? Dann klickte ich mich durch die Anrufliste, um zu sehen, wann ich mit wem telefoniert hatte.

Aber ich hatte kaum telefoniert – und das, obwohl Max eine Flatrate besaß. Schließlich war ich heiser. Lediglich die paar Anrufe von Max' Dienststelle waren aufgelistet, als die Kollegen noch nicht wussten, dass wir Handys getauscht hatten.

Ich schlug entnervt auf das Lenkrad. Nein, ich hatte keine Angst, schärfte ich mir ein. Nein, er beobachtete mich auch nicht permanent. Es musste eine andere Erklärung geben. Dass jemand den Tausch mitbekommen hatte. In der Küche von Großmutter. Vor den Augen von Joe und Max.

Es wussten ja nicht nur Joe und Max Bescheid. Großmutter hatte ich die Nummer eingespeichert und Anneliese dazu angehalten, Max nicht von irgendwelchen Schleimpfröpfen zu erzählen. Mein Chef und der Kare waren eingeweiht. Und natürlich die gesamte Dienststelle von Max. Ich schlug noch einmal auf das blöde Lenkrad. Außerdem war nicht auszuschließen, dass Max inzwischen eine SMS an den Mörder geschrieben und dieser gleich kapiert hatte, dass die unmöglich von mir verfasst worden sein konnte. Weil Max bestimmt wieder Wörter wie »proaktiv« oder »Prozedere« verwendet hatte.

Drinnen heulte der Hund und bellte eine Oktave höher als sonst, was mich zutiefst beunruhigte. Das hörte sich richtig hysterisch an. Konnte es sein, dass es der Mörder auch auf Großmutter abgesehen hatte? Das Bellen ging in ein helles Quietschen über, und ich sprang aus dem Auto, mit dem festen Willen, dem Mörder meine Taschenlampe übers Hirn zu schlagen, sollte er Großmutter belästigen.

Noch während ich mit dem Schlüssel an der Haustür hantierte, öffnete mir Großmutter.

»Da kommst ja endlich.«

»Wieso endlich?«, wollte ich atemlos wissen, während unser Hund sich auf mich stürzte, als hätte er mich schon seit Jahrtausenden nicht gesehen. »Alles in Ordnung bei dir?«

»Der Schmid hat angerufen. Wegen der Fliesen. Schon zweimal.«

Ich kickte meine Schuhe in die Ecke und warf die Jacke auf das Schuhkastl. Gleichzeitig in einen Mordfall verwickelt zu sein und ein Haus zu renovieren war echt die Pest.

»Das Schuhkastl kannst auch mitnehmen, wenn'st ausziehst«, redete Großmutter ohne Punkt und Komma weiter.

Um Gottes willen!

»Und, wann kommt der Schmid jetzt?«, lenkte ich gekonnt von dem vermaledeiten Schuhkastl ab, das ich ganz sicher nicht mitnehmen würde.

»Um halb zehn«, sagte Großmutter. »Sind eh fast nur deine Schuh drin.« In dem greislichen Schuhkastl, dem greislichen.

»Halb zehn ist schon vorbei«, sagte ich mit einem Blick auf die Uhr.

»Dann eben halb elf«, fuhr sie mich an, als wäre das alles mein Fehler.

Halb elf war auch schon durch, ließ ich unausgesprochen.

»Oder morgen um halb zehn?«, sagte sie fragend, jetzt selbst irritiert.

Ich blinzelte gegen die Tränen an und nickte. Meine psychische Stabilität war gerade sehr gering.

»Schon gut. Reicht ja auch«, antwortete ich und umarmte sie. Das tat ich sonst nie. »Ich hab dich lieb.«

Das sagte ich sonst auch nicht. Kopfschüttelnd fuhr sie mir ein paar Mal ruppig über den Rücken.

»Bleibt dir ja auch nix anderes übrig.«

Dann schob sie mich mit dem Kommentar, dass sie nicht den ganzen Tag Zeit habe, von sich und schüttete eine Tasse Ostfriesentee in die Grünlilie. Schwächlich sank ich auf die Eckbank, ganz an den Rand, damit ich jederzeit aufspringen konnte. Mit Vorsicht, als könnte das Smartphone jeden Moment in die Luft gehen, holte ich es aus meiner Tasche und wählte Annelieses Nummer.

»Ich hab grad gar keine Zeit«, brüllte sie ohne Gruß ins Telefon, während im Hintergrund Kinder kreischten, und drückte das Gespräch weg.

Eine Sekunde später klingelte das Smartphone und zeigte »Lisa« an.

»Kann ich kommen?«, fragte ich Max, bevor er etwas sagen konnte.

Danach schaltete ich das Smartphone einfach ganz aus.

Als ich die Tür einen Spalt öffnete, standen die meisten der Polizisten gerade unter allgemeinem Stühlescharren auf und machten sich geschäftig auf den Weg in Richtung Ausgang. Der Konferenzraum schien bis auf den letzten Platz besetzt gewesen zu sein. An einer weißen Wand sah man noch das letzte Slide einer Power-Point-Präsentation eingeblendet. »Maßnahmenliste«, stand riesengroß als Überschrift darüber. Hier im Raum sah niemand aus, als wäre er im Wachkoma. Diesen Verdacht hatte ich hin und wieder beim Schorsch gehabt.

Während ich die Tür ganz aufmachte, richteten sich alle Augen auf mich. Max stand auf und nahm mich in den Arm, und das, obwohl Joe, Herr Winter, Maarten und jede Menge anderer Leute zusahen. Als wir uns setzten, schienen alle die angehaltene Luft auszuatmen.

Eigentlich hätte ich von Max' Ermittlungscrew schwer beeindruckt sein müssen. Aber uneigentlich machte mir die Professionalität ziemlich Angst, weil sie den Eindruck erweckte, als wäre die Lage tatsächlich hochbrisant, richtig gefährlich. Ausnahmslos hochmotivierte, top qualifizierte Polizisten, die immer »Hier« schrien, wenn es darum ging, Maßnahmenlisten abzuarbeiten und Power-Point-Präsentationen vorzubereiten.

Am Ende saßen nur noch zwei Unbekannte mit am Tisch bei Max, Herrn Winter, Joe und Maarten.

»Herr Börner, Frau Wein«, stellte Max sie mir vor.

»Hi«, sagte ich. »Ich wollte eure Sitzung nicht unterbrechen.«

»Wir waren sowieso fertig«, sagte Frau Wein mit glockenheller Stimme und lächelte mich freundlich an. So wie man eben Leute anlächelt, die man schon halb unter der Erde wähnt. Einen Augenblick zu lang starrte ich auf ihre sehr krause Dauerwelle und ihre dünnen, nur aus Muskeln bestehenden Unterarme. Ich wühlte in den Untiefen meiner Umhängetasche nach dem Smartphone von Max und reichte es ihm.

Während er sein Telefon einschaltete und den PIN-Code eintippte, warf er mir einen beruhigenden Blick zu.

»Netter Versuch, Spatzl«, las Max die SMS laut vor.

Auf meiner Schädeldecke lastete ein gleichmäßiger Druck, als würde mich jemand mit der Hand nach unten schieben.

»Spatzl«, wiederholte Herr Börner analysierend. »Er kommt aus Bayern.«

Herr Börner kam definitiv nicht aus Bayern, sondern aus Baden-Württemberg. Ich war mir hundertprozentig sicher, dass er zu einer Radarfalle »Blitzkäschtle« sagen würde, wenn die Sprache darauf käme.

»Oder jemand, der sich als Bayer ausgeben will«, widersprach Maarten, der das Wort »Spatzl« bestimmt auch verwenden konnte, wenn er nur wollte.

»Er will mir Angst machen«, sagte ich dumpf, da es mir komplett gleichgültig war, ob der Typ nun aus Bayern stammte oder nicht.

»Er will uns sagen, dass er schlauer ist als wir«, widersprach Max.

»Er will uns sagen, dass er uns einen Schritt voraus ist«, fügte Herr Börner hinzu. »Und dass wir ihm auch durch einen Telefontausch nicht entkommen.«

»Ich schmeiß mein Handy weg«, schlug ich mit Grabesstimme vor.

Alle schüttelten den Kopf.

»Wir würden doch gerne die Informationen auswerten, die er uns auf diesem Weg zukommen lässt«, erklärte Herr Winter ruhig. Herr Winter war einer der Polizisten, die mit Max an den Mordfällen ermittelten. Er hatte eine Stimme, die so tief war, dass man sie gut und gerne als Braunbärbrummen hätte durchgehen lassen können, zumal er bestimmt zwei Meter groß war und Schultern hatte wie ein amerikanischer Bison. Es war unglaublich beruhigend, dass Leute wie Herr Winter an diesem Fall beteiligt waren. »Menschen, die so überheblich sind, dass sie ihre Straftaten hinausposaunen, werden immer unvorsichtiger.«

Dann kam bestimmt bald die SMS, in der er mir schilderte, wann und wo er den nächsten Unterbachenreuther um die Ecke zu bringen gedachte.

»Es gibt Serientäter, die nach ihren Taten in ihre Stammkneipe gehen und davon erzählen. Die sich irgendjemandem anvertrauen müssen«, erzählte Herr Winter weiter. »Vielleicht hat der Mörder keinen, dem er sich anvertrauen kann. Oder vor dem er angeben könnte.«

Na prima. Vielleicht sollte ich bei der Telefonseelsorge anfangen.

»Und sie wollen eine Reaktion«, erklärte Maarten, der sich offensichtlich auch schon hochmotiviert in die Thematik eingearbeitet hatte.

»Du darfst auf keinen Fall Kontakt mit ihm aufnehmen«, unterbrach Max Maarten sofort, denn er ahnte schon, was ich mir als Nächstes zusammenreimen würde.

»Das wollte ich damit nicht sagen«, rechtfertigte sich Maarten entsetzt.

»Nicht einmal mit einer Drohung«, sagte Max zu mir, »oder mit der Forderung, dich in Ruhe zu lassen.«

Ich runzelte die Stirn. Er schob mir mein eigenes Handy über den Tisch zu und griff nach meiner Hand.

»Das ist genau das, was er will«, erklärte er und sah mir in die Augen, dabei streichelte sein Daumen sachte über meinen Handrücken.

Für einen klitzekleinen Moment fühlte ich mich ruhig und sicher. Dann fiel mir auf, was das Schlimmste an der SMS gewesen war. Bis jetzt hatte ich ein kleines bisschen gehofft, dass er mir nur schrieb, weil er Max' Nummer nicht wusste. Aber ganz offensichtlich war es überhaupt kein Problem für ihn gewesen, auch die herauszubekommen.

»Jede Reaktion von dir verschafft ihm Zufriedenheit. Ein Hochgefühl«, bekräftigte Maarten Max' Ansicht. »Es bestätigt ihn in dem, was er tut.«

»Er fühlt sich ernst genommen«, fügte Max hinzu.

Ich starrte auf mein Handy. Dass alle auf mich einredeten, machte die Sache nicht besser. Und von einem Mörder mit »Spatzl« angeredet zu werden, war das Letzte.

»Deswegen ist es so wichtig, dass du mit ihm keinen Kontakt aufnimmst. Der Realitätssinn von solchen Menschen ist nicht unbedingt der beste«, klärte mich Maarten auf. »Nach einiger Zeit fühlen sie sich allmächtig und meinen …«

Natürlich bemerkte ich den warnenden Blick von Max, der Maarten verstummen ließ. Er erläuterte nicht mehr, was Serienmörder so meinten, wenn sie mich an ihren Straftaten teilnehmen ließen.

»Ja«, sagte ich schließlich, da mir nichts anderes dazu einfiel.

»Wir haben eine Telefonüberwachung laufen«, erklang Herr Winters Braunbärbrummen.

»Ich bin nur so beunruhigt …«, fing ich an, und alle richteten die Aufmerksamkeit auf mich. Ich wollte gerade laut aussprechen, dass ich gehofft hatte, der Mörder könnte mich mit Max verwechselt haben, da fiel mir etwas noch Beunruhigenderes ein.

»Also, mal abgesehen davon, dass man von keinem Mörder eine SMS kriegen will, sieht es doch so aus, als würde er mich beobachten.«

Max' Griff um meine Hand wurde fester.

»Meint ihr, dass er mich beobachtet?«, fragte ich, weil keiner etwas sagte.

Was sonst, schienen alle zu denken, wie sollte er sonst wissen, dass ich das Handy von Max hatte.

»Das muss nicht sein«, erklärte Maarten mit analytischem Tonfall. »Er kann genauso gut Herrn Sander beobachten.«

Danke, Maarten. Du bist ein richtiger Freund.

Joe nickte. »Das ist sogar sehr wahrscheinlich.«

Danke, Joe. Du bist auch ein richtiger Freund.

Joe lächelte etwas verlegen, weil anscheinend der Rest der Truppe der Meinung war, dass das komplett unwahrscheinlich war.

»Es ist doch total auffällig, wenn man …«, er räusperte sich, »… als Mann mit einem rosa Handy telefoniert.«

Ja, richtig, dachte ich erleichtert. Das ist die Lösung. Der Mörder beobachtet die ganze Zeit Max, weil er natürlich wissen will, was die Polizei treibt. Wusste man doch aus Krimis, dass die Mörder immer an der Polizeiabsperrung standen und neugierig zusahen, was als Nächstes geschah. Und mit einem rosa Handy telefonieren, das war ja so etwas von auffällig. Da konnte sich der Mörder den Rest einfach zusammenreimen.

Mein Blick schweifte zu den Wänden mit den angepinnten Leichenfotos.

»Mord an Leopold Fischer«, stand da. »Tatort: vor Jagdhütte Gschwendner, zahlreiche Reifenspuren, alle überlagert von einem Pathfinder – Gschwendners Auto. Zigarettenkippen – DNA-Analyse veranlasst. Tausende von Fingerabdrücke im Jagdhaus.«

Déjà-vu, dachte ich mir und sah zu Joe auf, der neben mir stehen geblieben war.

»Hi«, sagte er leise und boxte mich sachte an den Oberarm. »Wir schaffen das.« Seine rechte Hand blieb einen Moment zu lange auf meiner Schulter liegen und rutschte erst unter dem grimmigen Blick von Max weg.

»Klar«, antwortete ich, während ich so tat, als hätte ich diesen Blick nicht gesehen, und nahm mein Handy.

Wie hoch die Wahrscheinlichkeit war, dass auch ich mit einem Betttuch um den Hals endete, wollte ich im Moment lieber nicht wissen.

»Die hängen doch alle drei zusammen. Der Poldi, der Karli und der Maneder. Die sind schon immer zusammengesteckt, schon als kleine Kinder«, erzählte ich, was ich vom Schwager wusste. »Da rächt sich doch jemand an der ganzen Clique, oder?«

»Gschwendner hat gesagt, dass sie kaum noch Kontakt gehabt hätten die letzten Jahre«, erzählte Herr Winter.

»Stammtisch«, verbesserte ich ihn düster. »Hat der Schwager erzählt, jeden Mittwochabend, und wenn sie Zeit hatten, dann auch am Freitag.«

Mein rosa Handy begann zu klingeln. Schon wieder war ich der Magnet für sämtliche Blicke im Raum.

Anneliese, formte ich wortlos mit den Lippen in Richtung Max und nahm im Aufstehen das Gespräch an.

»Du musst mir versprechen«, schrie Anneliese ins Telefon,

und ich war mir sicher, dass jeder im Zimmer ihre Stimme hörte, »dass du mitgehst.«

»Wohin?«, fragte ich vorsichtig auf dem Weg nach draußen. Das war jetzt bestimmt kein Gespräch, das ich hier vor der Mordkommission führen wollte.

»Ins Krankenhaus. Thomas will nicht mitgehen, kannst du dir vorstellen, dass dieser blöde Kerl nicht mit zur Geburt gehen will?«

Ich hatte den Eindruck, dass ich plötzlich das gesammelte Mitgefühl aller Männer auf meiner Seite hatte.

»Ja«, sagte ich. Verdammt, falsche Antwort. »Nein. Natürlich nein. Das ist unglaublich. Schließlich ist er der Vater.«

»Männer sind das Allerletzte!«, hallte es durch den Raum. »Aber ich sag's dir, ich will den blöden Kerl, den blöden, gar nicht dabeihaben, des dumme Geschwätz wie des letzte Mal, des hör ich mir nicht noch einmal an!«

Irgendwie hatte ich das Gefühl, dass ich auf Lautsprecher geschaltet hatte und alle riesige Ohrwascheln bekamen.

»Ich kann jetzt nicht sprechen«, antwortete ich und drehte mich wieder um. »Ich werde gerade verhört«, log ich, während ich mich neben Joe setzte.

Als ich das Gespräch wegdrückte, hatte ich massiv Herzrasen. Wenn man schon im Kontakt mit einem Psychopathen stand, sollte man sich nicht auch noch um seine schwangere Freundin kümmern müssen.

Vorsichtshalber schaltete ich mein Handy ganz aus und drückte Max sein Smartphone wieder in die Hand. Der Handytausch hatte ja schließlich keinen Sinn mehr.

Da Max noch eine ganze Weile beschäftigt sein würde, machte ich mich wieder auf den Weg nach Hause. Joe bekam den Auftrag, auf mich aufzupassen, und fuhr mit dem Polizeiwagen vor mir her. Um mich aufzumuntern, schaltete er hin und wieder die Leuchtanzeige mit der Aufforderung »Polizei! Bitte folgen!« ein. Beim letzten Mal entwischte mir sogar ein Lächeln.

Als wir vor unserem Gartentürl hielten, sah ich mich noch einmal um. Nichts Auffälliges zu sehen. Joe stieg aus, um mir die Autotür zu öffnen, und lächelte mir dabei beruhigend zu. Der Blick, den wir tauschten, löste bei mir Herzklopfen aus, vielleicht auch deshalb, weil ich damit rechnete, dass Rosl und Co. hinter einem Baum hervorspringen und »ertappt« schreien könnten.

»Soll ich noch das Haus durchsuchen?«, schlug er vor.

Nein, nein, nein, Lisa, dachte ich mir. Du stellst dir jetzt nicht vor, wie der gut aussehende Joe dein Schlafzimmer durchsucht!

»Nicht nötig. Den Serienmörder will ich sehen, der an Großmutter vorbeikommt«, sagte ich atemlos.

Wir nickten uns zu, Joe stieg wieder ins Auto, und ich ging ins Haus. Als die Tür hinter mir zufiel, hörte ich das Polizeiauto losfahren. Ich streifte meine Schuhe im Flur ab, warf meine Autoschlüssel auf das Schuhkastl und machte die Küchentür auf, um nach Großmutter zu sehen.

Mein Herz setzte für einen sehr langen Moment aus, dann schlug es umso schneller.

Mitten in der Küche lag Großmutter. Auf dem Rücken, die Augen geschlossen, ihr Gesicht totenbleich. Neben ihr unser Telefon, nur ein Stück von ihrer Hand entfernt.

»Oma«, krächzte ich.

Du kannst doch nicht einfach sterben, einfach so, ohne Bescheid zu geben. Meine Augen saugten sich an dem Telefon fest, das neben ihr lag. Vermutlich hatte sie sogar versucht, mich zu erreichen, aber ich Idiot hatte ja das Handy ausgeschaltet.

Verdammt.

Dieser blöde Mörder, der blöde.

Ich hätte sie retten können! Wenn ich nur erreichbar gewesen wäre!

»Da kommst ja endlich«, sagte sie so plötzlich, dass ich zusammenzuckte, und hob den Kopf etwas an.

Mir brach der Schweiß aus.

»Oma«, krächzte ich noch einmal.

Sie war kalkweiß, und der Schweiß stand ihr auf der Stirn.

Ihre Beine sahen seltsam aus, das rechte Bein nach außen verdreht und irgendwie kürzer als das linke.

»Was machst du da?«, fragte ich.

»Hilf mir hoch. Ich komm nicht mehr hoch«, sagte sie, als würde Aufstehen das Problem lösen. »Ich muss jetzt kochen. Was treibst dich denn so ewig rum?«

»Wieso liegst du auf dem Küchenboden?«, fragte ich noch einmal. Ich war jetzt wirklich ewig weg gewesen, ohne auch nur einen Gedanken an Großmutter zu verschwenden. Ich hatte nicht einmal an die Feuerwehr gedacht!

»Wieso stehst denn nicht auf?«

»Frag ned, hilf mir endlich hoch. Da waren die blöden Schachteln im Weg.«

Ja genau, diese dämlichen Sauerkraut-Notfall-Schachteln, die ich schon immer hatte entsorgen wollen.

»Weilst halt nix wegräumst«, sagte sie zu mir. »Und weilst halt ned heimkommst. Ich bin hingfallen, da bist grad weggfahren. Da hättst schon noch mal schauen können.«

»Tut dir was weh?«, fragte ich und reichte ihr die Hände, aber sie nahm sie nicht, sondern legte den Kopf zurück auf den Boden. Ich kniete mich neben sie, in meiner Brust hämmerte mein Herz.

»Ich hab dich angrufen«, sagte sie, und für einen Moment sah es aus, als würde sie zu weinen anfangen. Ich hatte das Handy ausgeschaltet gehabt. Wegen diesem hundsmiserabligen Mörder, dem hundsmiserabligen, hatte ich den Anruf von Großmutter verpasst! Statt Großmutter fing ich zu heulen an.

»Des wird schon wieder, jetzt heul ned umeinander«, sagte sie mit grantiger Stimme. »Und dass'd mich fei nicht ins Krankenhaus tust. Da kommt man in meinem Alter nicht mehr raus. Da stirbt man.«

»Oma«, sagte ich und unterdrückte das Schniefen. Ich musste jetzt stark sein und das Richtige tun. »Wo tut's denn weh?«

»Hast schon an der Reisingerin gsehen. Die kommt rein wegen der Galle, und drei Wochen später war sie tot.«

»Die wär doch eh gstorben«, lenkte ich sie vom Krankenhaus ab. »Wo tut's denn weh?«

Sie zeigte auf ihre Hüfte und schrie auf, als ich sie dort berührte. »Besser, ich koch jetzt«, erwiderte sie trotzig. »Wenn mir halt nicht so schlecht von den Schmerzen wär. Vielleicht wenn'st mir ein Aspirin holst. Da müssten wir noch eins haben.«

Ja, eine Packung, die wahrscheinlich älter war als ich.

»Ich ruf jetzt den Sanka«, antwortete ich mit möglichst energischer Stimme.

»Wenn ich da drin sterb, im Krankenhaus, dann bist du schuld«, sagte sie noch, aber anscheinend war ihr das inzwischen auch egal, denn sie schloss resigniert die Augen.

Im Krankenwagen neben Großmutter hörte ich mir ihre neuesten Wünsche bezüglich ihrer Beerdigung an, von denen die zwei wichtigsten die Abwesenheit von überbordendem Blumenschmuck war und dass ich ihr ja nicht den Rosenkranz mit ins Grab gab, weil der wäre im Falle ihres Ablebens nämlich meiner. Ich brummte zustimmend, um sie nicht noch weiter aufzuregen und vor allen Dingen mich nicht weiter in Rage zu bringen. Dieser blöde Mörder, dieser blöde!! Ich versuchte ruhig zu atmen, was mir ganz schlecht gelang.

Ich nahm mein Handy heraus und starrte es eine Weile an. Ich schwor mir hoch und heilig, nie wieder das Handy auszuschalten, auch wenn das bedeutete, im ständigen Kontakt zu psychisch gestörten Leuten zu stehen.

Ich begann zu tippen.

»Mir reicht's jetzt! Such dir jemand anderen zum Simsen – ich werde auf deine Nachrichten nicht mehr reagieren!!! Du blödes A.«

Ich überlegte, ob ich noch etwas von Großmutter schreiben sollte und dass ich Mörder für total schwachköpfige Hanswurste hielt, aber ich mäßigte mich. Vorsichtshalber löschte ich auch noch das »Du blödes A.«.

Natürlich hatte ich nicht vergessen, was Max mir gesagt hatte.

Und wie gefährlich es war, mit diesem Kerl – und meines Erachtens war es ein Kerl, weil Frauen so ein totaler Schwachsinn nicht einfiel – in Kontakt zu treten. Aber als ich Großmutters starren Blick an die Decke sah, schickte ich die Nachricht los.

Das brauchte ich jetzt einfach, um Dampf abzulassen.

»Dann braucht ihr eigentlich gar nicht mehr zur Reisingerin rüberziehen«, sagte Großmutter ganz entspannt. »Wenn ich jetzt sterb.«

»Du stirbst jetzt nicht«, sagte ich und bereute, dass ich das »Du blödes A.« gelöscht hatte.

»Da habt ihr dann ein Zimmer mehr. Aber schmeiß fei nicht meine ganzen guten Kleider weg.«

»Oma«, sagte ich genervt.

»Die haben was kost'!«, erklärte sie mir mit ernstem Blick. »Die kannst anziehen, wenn'st endlich mal wieder in die Kirch' gehen würdest.«

»Du stirbst jetzt nicht«, wiederholte ich krächzend. »Hast doch gehört, was die gesagt haben. Das ist ein Schenkelhalsbruch. Da stirbt man doch nicht dran.«

»Freilich«, erklärte sie mir geduldig. »Der Vroni ihre Mama ist daran gstorben, und die Mama von der Resi, und …«

»Musst dich halt zamreißen«, empfahl ich ihr düster, während mein Handy einen Gluckser von sich gab.

Du wirst jetzt nachsehen, was da steht, sagte ich mir. Sieht man ja, wohin das führte, wenn man nicht nachschaute. Vielleicht lag Anneliese in den Wehen und brauchte dringend einen Krankenwagen, und ich sah nicht nach, weil ich Angst vor einer SMS hatte.

»Spatzl, du machst das phantastisch«, simste mir der Mörder zurück.

Als ich vor dem Krankenhaus stand, begannen plötzlich meine Beine zu zittern, und ich hatte ein ganz damisches Gefühl im Kopf. Bis eben war alles noch ganz normal gewesen, Großmutter hatte mich – zwar totenbleich, aber richtig energisch – dazu aufgefordert, nicht hier im Krankenhaus dumm herumzustehen, sondern nach Hause zu gehen und die Küche zu wischen. Und lieber morgen zu kommen und ihr genügend saubere Unterwäsche mitbringen (damit sie nicht in dreckiger Wäsche sterben musste). Außerdem galt es, dafür zu sorgen, dass sie auf keinen Fall eingeäschert wurde. Ich hatte ihr, das alles ignorierend, noch ziemlich forsch empfohlen, genügend zu trinken.

»Dass ich recht bieseln muss«, hatte sie die Nase gerümpft. Dann machte ich mich tatsächlich auf die Socken, weil ich merkte, dass ich nah an einem hysterischen Anfall war.

Ich wählte Max' Nummer und überlegte mir, ob ich ihm das mit der neuesten SMS des Mörders gestehen sollte. Was hatte der eigentlich damit gemeint, dass ich das phantastisch machte? Ich machte doch gar nichts …

»Ja?«, fragte Max in genervter Tonlage.

»Ich bin im Krankenhaus«, erwiderte ich mit trotziger Stimme. »Und wenn ich dir eins verraten darf. Diesen blöden Mörder, den mach ich persönlich platt.«

»Wie bitte?« Jetzt klang Max erschrocken.

»Ich versprech's dir. Ich schreibe ihm jetzt gleich eine SMS, dass er mir nicht in die Quere kommen soll, weil ich vorhabe, mir eine Pumpgun zuzulegen…«

»Lisa!«, versuchte mich Max zu mäßigen, aber ich ließ ihn vorsichtshalber nicht zu Wort kommen, um nicht zugeben zu müssen, dass ich so eine ähnliche SMS schon geschrieben hatte.

»Wahlweise opfere ich ein Betttuch von uns«, keifte ich hysterisch ins Telefon. »Und die Kordel von meiner Jogginghose.«

Das war jetzt echt albern. Komischerweise machte es in meinem Kopf bei dem Gedanken an Jogginghose »Pling«.

»Bleib, wo du bist!«, unterbrach Max diesen Gedanken.

»Mir bleibt nichts anderes übrig«, antwortete ich grantig. Schließlich hatte ich kein Auto. »Und ich muss dem Schmid das Haus aufsperren. Der fliest uns doch das Bad«, erklärte ich ihm. »Kannst du nicht den Joe vorbeischicken, damit er mich heimfährt?«

Bevor ich das nicht alles erledigt hatte, konnte ich auch unmöglich irgendwelche Mörder plattmachen.

Dass Max tatsächlich Joe vorbeischickte, war eigentlich ein Wunder, angesichts der bösen Blicke, mit denen er Joe regelmäßig bedachte. Und wenn ich es mir genau überlegte, hatte er mit seiner Eifersucht auch recht. Denn in meinen nächtlichen Phantasien, in denen ich versuchte, mich von der Realität wegzubeamen, kam es durchaus vor, dass ich mich hinter Joe aufs Motorrad klemmte und aus dem Staub machte.

Während mich Joe nach Hause kutschierte, schaffte er es, mich ein wenig zu beruhigen, indem er mir von einem guten Dutzend Leuten erzählte, die er persönlich gekannt hatte und die einen Oberschenkelhalsbruch um Jahre überlebt hatten. Er tätschelte sogar während der Fahrt beruhigend meine Hand, weil ich hin und wieder schniefen musste, obwohl ich mich so zusammenriss. Immerhin schniefte ich nicht mehr, als wir in unsere Straße einbogen.

Dort stießen wir auf einen mittelgroßen Menschenauflauf vor dem Reisinger-Haus, sodass ich gleich die Befürchtung hatte, der nächste Tote sei gefunden worden.

Die Rosl riss sofort die Beifahrertür des Polizeiwagens auf und hätte mich am liebsten persönlich aus dem Wagen gezogen. »Gut, dass'd endlich heimkommst. Wie geht's denn der Oma? Ich hab dir noch schnell ein Gulaschsupperl gemacht«, sagte sie und drückte mir eine noch sehr warme Tupperdose in die Hand. »Damit du was zum Essen hast.«

»Der Kreiter, der Schmalzl und der Troidl helfen grad dem Schmid«, erläuterte die Annl und drückte mir einen Teller mit einem Stück Marmorkuchen in die andere Hand. »Ich hol gleich noch mein Putzzeug. Mit fremdem Putzzeug mag ich ned putzen.«

»Ja. Da graust's einem, wenn man mit dem Putzzeug von einem Toten putzt«, bestätigte die Zenz.

»Welches Putzzeug?«, fragte ich misstrauisch nach und fühlte mich, als wären Außerirdische in unserem Dorf gelandet, die sich als Zenz, Rosl und Annl ausgaben.

Während ich aus dem Auto ausstieg, sah ich zu, wie der Loisl gerade zielsicher das Reisinger-Haus betrat. Anscheinend noch so nüchtern, dass man keine Angst um ihn haben musste. Ich fragte mich lieber nicht, wie sie es geschafft hatten, in das Reisinger-Haus zu kommen, wo weder Großmutter noch ich zu Hause gewesen waren, um aufzusperren. Außerirdische hatten bestimmt ihre eigenen Methoden.

»Jetzt, wo die Oma dir nicht helfen kann«, erklärte mir die Rosl ihre Motivation und tätschelte meinen Rücken, weil ich beide Hände voll mit Gulaschsuppe und Marmorkuchen hatte. »Ich meine, wie sollst du des alleine schaffen. Des Haus renovieren. Die Oma nicht da. Den Mannsbildern wär des gar nicht aufgfallen, des Problem. Aber jetzt reißen's dir grad die Tapeten runter, und wir putzen den Saustall weg.«

Mit »die« meinte sie vermutlich die Außerirdischen, die sich als unsere männliche Dorfbevölkerung ausgaben.

»Weißt ja, wie die Männer sind. Die hinterlassen einen Saustall, dass dir graust.«

Ich nickte nur, weil mir für das Verhalten meiner Mitmenschen gerade die Worte fehlten. Hatten sie nicht gestern noch die Köpfe geschüttelt, die Stirn gerunzelt und die Fäuste in die Hüfte gestemmt, sobald sie nur an Lisa Wild dachten? Großmutter hätte mir im Leben nicht beim Weißeln geholfen, wollte ich sagen, aber weil mir die Suppe in der Hand zu heiß wurde und ich mich nicht mit intergalaktischen Mächten anlegen wollte, sagte ich nur brav danke.

Joe hatte seine Ich-bin-im-Dienst-und-werde-nicht-lachen-Miene aufgesetzt, und ich bedankte mich auch bei ihm für das Herumkutschieren.

»Soll ich noch das Haus kontrollieren?«, fragte er mich schon wieder, und ich schüttelte den Kopf. Die Ratschkathln würden mich sicher retten, sollte etwas sein. Ich rannte los, weil die Gulaschsuppe sonst auf dem Bürgersteig landen würde.

»Mei, dieser Joe. Des is ein ganz ein Wilder«, sagte die Annl, »war der nicht des letzte Mal im Dschungelcamp? Mir wär's so gwesen, als hätt ich ihn im Fernsehen gsehn.«

Vielleicht als Orlando Bloom in ›Fluch der Karibik‹, dachte ich. Verzweifelt balancierte ich das Stück Kuchen auf der Gulaschsuppe, während ich vor der schwierigen Aufgabe stand, die Haustür aufzusperren. Drinnen bellte sich der Hund in höchsten Tönen die Seele aus dem Leib.

»Wissen kannst des ned«, hörte ich die Zenz bestätigen. Gleichzeitig sprang der Hund an mir hoch, und der Marmorkuchen schlitterte durch den Flur. Schnell ließ ich die Tür hinter mir zufallen, um zu verheimlichen, dass der Marmorkuchen jetzt von unserem Hund gefressen wurde. Als ich vom Fenster in den Reisinger-Garten sah, konnte ich den Metzger und den Schmalzl mit einem Tragl Bier durch den Reisinger-Garten gehen sehen – vermutlich um den Loisl ruhig zu stellen –, und der Schmalzl-Sohn kam mit einer Leiter auf den Schultern durch den Garten marschiert.

Bevor alle im Haus verschwanden, machten sie noch eine schnelle Besichtigungstour zum Gartenhäusl – das war so schön mit Polizeiklebeband verklebt, das war wirklich sehenswert.

Ich stellte die Gulaschsuppe ab und setzte mich auf die Eckbank. Es war ein Ding der Unmöglichkeit, gerade jetzt umzuziehen! Ich musste mich ab heute ganztags um meine Großmutter kümmern! Vor mir auf dem Küchentisch lag der letzte Einkaufszettel von Großmutter. »Sechs Dosen Sauerkraut«, stand ganz oben.

Eine Runde Heulen konnte nicht schaden.

Ein gutes Weilchen später erst gelang es mir, mich aufzuraffen und hinüber ins Reisinger-Haus zu gehen, um dort nach dem Rechten zu sehen, meinen guten Willen zur Mithilfe zu demonstrieren und meinen unausgelasteten Hund an der Leine hinter mir herzuzerren.

Dort wurde ich mit einem großen Hallo empfangen.

»Mei, die Lisa«, sagte der Schmalzl. »Denk dir nix. Des kriegen wir schon hin. Das geht ruckizucki.«

»Die Lampen taugen alle nix«, erklärte mir die Rosl. »Aber des wünschst dir halt zur Hochzeit.«

Ich nickte der Einfachheit halber. Vielleicht waren es doch keine Außerirdischen. Das klang jetzt ganz original nach der Rosl.

»Und des mit der Oma, des wird schon wieder«, sagte die Kathl und tätschelte mir die Hand.

»Du gehst jetzt brav heim«, empfahl mir die Zenz. »Und erholst dich ein bisserl. Wir machen des schon.«

»Wir passen schon auf, dass die Mannsbilder keinen Krampf machen«, flüsterte die Annl mir zu.

Nickend ging ich wieder nach draußen. Wenigstens mit dem Hund eine Runde gehen, damit der das Notwendigste erledigen konnte. Er zerrte mich auch schon sehr energisch vorbei an den Reisinger-Tulpen. Die waren von jetzt auf gleich erblüht und – wahrscheinlich um die Reisingerin, Gott hab sie selig, zu ärgern – innerhalb eines halben Tages fast verwelkt.

»Des geht alles so schnell«, würde Großmutter sagen, »früher war des alles anders. Da haben die Tulpen geblüht, tagelang. Ich hau die raus. Des is ja kein Zustand.«

Genauso wenig war es ein Zustand, dass ich ständig daran denken musste, was Großmutter vermutlich sagen würde, wenn sie hier wäre.

Als ich beim nächsten Garten vorbeiging, sah ich die Laschingerin mit dem erklärten Ziel, den Giersch auszurotten.

»Wenn'st da nicht jede Wurzel rausreißt, dann kommt er wieder«, schrie sie mir über den Zaun hinweg zu. »Wie geht's der Oma?«

»Wird schon wieder«, schrie ich zurück, dann begann ich schneller zu gehen, damit der Hund wenigstens ein klein wenig Bewegung hatte und nicht schon wieder in unseren Garten kacken musste. Dabei kam ich beim Schorsch vorbei, unserem Polizisten im Krankenstand. Der hatte bei sich im Garten schon alles raspelkurz gemäht, weil er nichts anderes zu tun hatte. Er zeigte mir das Daumen-hoch-Zeichen, vermutlich um mir zu bezeugen, dass auch die Bedrohung durch einen Serienmörder ein Ende haben würde.

Als ich gerade in den Wald einbiegen wollte, hielt neben mir ein verrosteter Passat Kombi. Anneliese schubste die Beifahrertür auf.

»Steig ein«, rief sie. »Ich hätte jetzt Zeit, um den Maxi-Cosi abzuholen.«

Ich wägte ab, was jetzt wichtiger war. Mein Hund oder dass Anneliese den gebrauchten Maxi-Cosi von der Fini, der Tochter vom Gschwendner, abholen wollte. Ein Blick auf Annelieses gewaltigen Bauch hinter dem Steuer ließ mich zu ihren Gunsten entscheiden.

»Soll ich fahren?«, wollte ich wissen, weil es so aussah, als könnte sie nicht einmal mehr lenken. So richtig Lust hatte ich zwar nicht, aber vielleicht hatte Anneliese dann ein Einsehen, dass ich nicht auch noch bei einer Geburt dabei sein musste, wenn ich mich im Vorfeld schon so reingehängt hatte.

»Ich komm da gar nicht mehr raus, hinter dem Lenkrad«, sagte Anneliese, dann lachte sie über mein Gesicht, und ich schubste meinen Hund in den Fußraum.

Wir tuckerten nach Unterbachenreuth hinüber, und Anneliese erzählte mir von ihren Vorbereitungen für das Kinderzimmer, während ich leer vor mich hinstarrte.

»Ich hätte noch von meiner Aussteuer so nette Bettwäsche. Mit Blumerln«, sagte sie. »Die könnt ich dir schenken, für deine neue Wohnung.«

»Die Oma hat auch von ihrer Aussteuer so nette Bettwäsche«, antwortete ich und versuchte, nicht allzu panisch zu klingen.

Dann bogen wir von der Landstraße auf eine Schotterpiste ab, die in einen Wald hineinführte. Langsam schaukelten wir den Waldweg entlang, Anneliese ließ kein einziges Schlagloch aus.

»Ganz schön einsam«, stellte ich ein klein wenig beunruhigt fest.

»Ja, ich könnt so nicht wohnen. Des liegt mitten im Wald, der Hof. Da wenn was ist, dann schaust blöd«, erklärte mir Anneliese. »Da kommt nie einer vorbei. Vielleicht im Herbst. Wenn Volkswandertag ist, den machen sie immer da raus. Und wenn man Pech hat, schießt der Sturm auf einen.«

Sie lachte, als sie mein Gesicht sah, sagte noch einmal »Schmarrn« und »Du verstehst überhaupt keinen Witz mehr«.

»Ich kriege Nachrichten von einem Serienmörder«, erinnerte ich sie. Da war man ein bisschen empfindlich bezüglich Mordanschlägen und der Nachricht, dass der Lebensgefährte von der Fini, der Bene Sturm, auf Passanten schoss.

»Schon komisch, dass er die dir schickt. Wär doch logischer, wenn er die der Traudl schicken würde. Des ist die Tochter vom Poldi.«

Das wusste ich.

»Hat der Max schon eine Theorie, weshalb des immer die Spezln vom Gschwendner sind, die umgebracht werden?«

»Keine Ahnung«, antwortete ich und starrte weiter nach draußen. Das Unterholz wurde immer dichter, es ging bergauf und bergab, und wir hatten uns von der eigentlichen Straße bestimmt schon zwei Kilometer entfernt. »Hast du denn eine Theorie?«, wollte ich von Anneliese wissen. Ich versprach mir zwar nichts als Antwort, unterhielt mich aber im Zweifelsfall lieber über Mordtheorien als über Geburtsdetails.

»Na ja. Ist halt komisch. Die sind schon ewig lang beste Freunde. Der Maneder, der Mane, der Poldi, der Gschwendner und der Franz. Die haben schon vor zwanzig oder dreißig Jahren zamghalten.«

»Welcher Franz?«, fragte ich nach. War der etwa auch schon tot?

»Du kennst doch den Franz. Der Schwager vom Reisinger.«

Natürlich, aber dass der Franz hieß, konnte man doch nicht ahnen.

Anneliese schwieg eine Weile.

»Hat jedenfalls meine Mama gsagt. Dass des ein geflügeltes Wort war, leg dich ned mit dem Gschwendner und seinen Spezln an.«

Das machte aber jemand gerade. Definitiv.

»Der Sturm hat eigentlich nicht so richtig dazugehört«, fügte sie hinzu.

»Wie jetzt?«, fragte ich alarmiert. »Der ist auch ein Spezl vom Gschwendner?«

Ich hatte Max versprochen, zu keinem der in den Mordfall verwickelten Personen Kontakt aufzunehmen. Genau genommen gehörte die Fini ja auch zu den Beteiligten. Schließlich war sie eine Tochter vom Gschwendner. Aber wenn der Sturm auch zum engeren Kreis der Gschwendner-Spezln gehört hatte …

»Der hat da irgendwann nicht mehr mitgmacht«, sagte Anneliese beruhigend und kurvte umständlich um ein besonders tiefes Schlagloch herum. »Beim Saufen. Beim Kartenspielen. Aber der ist sowieso so komisch gworden, vielleicht liegt des daran.«

Super, ich fuhr zu jemand auf einen einsamen Hof, der komisch geworden war und auf dessen Grundstück ich erst beim nächsten Volkswandertag gefunden werden würde.

»Weil, saufen tut er schon. Halt nur noch daheim.«

Als wir endlich auf eine Lichtung hinausfuhren und das Wohnhaus vom Sturm sahen, hatte ich eine ganz blöde Vorahnung. Der Hof sah nämlich richtig verwahrlost aus und entsprach in allen Details meiner Phantasie von der Wirkstätte eines serienkillenden Einsiedlers. Außerdem steckte auf dem Zaun neben der Hofzufahrt ein riesiger Schafsschädel mit geschwungenen großen Hörnern. Das wirkte richtig einladend auf jeden Besucher, der sich zufällig hierher verirrte. Anneliese fuhr ganz langsam und linste aufmerksam nach draußen.

»Wegen der Krähenfüße«, wisperte sie mir zu. »Die verstreut er manchmal im Hof, um das Gschwerl abzuschrecken.«

Sie parkte direkt vor dem Wohnhaus und riss die Autotür auf.

Inzwischen hatte es zu nieseln angefangen. Die Wassertropfen schwebten in der Luft, die Welt war grün und nass, und das

Moos am Nussbaum sah richtig wohlgenährt aus. Ich schluckte gegen einen Kloß im Hals an.

»Soll ich dir nicht einen neuen Maxi-Cosi kaufen?«, wollte ich wissen und blieb vorsichtshalber sitzen.

Sich so einer Gefahr auszusetzen, nur weil man ein paar Euro sparen wollte. Selbst mein Hund ging auf Tauchstation und wollte nicht aussteigen.

»Meine Oma ist auf mich angewiesen. Wenn ich jetzt sterb ...«

»So ein Unsinn. Die Fini hat gsagt, der ist so gut wie neu. Der ist noch von ihrer Schwester, den hat die daglassen damals ...«

Jaja. Ich wollte nicht wieder die ganze blöde Geschichte hören. Anneliese wuchtete sich mit Stöhnen hinter dem Steuerrad hervor und verfluchte zum wiederholten Mal die Hundertzahl an Einschränkungen, die man als Schwangere hinnehmen musste. Nachdem ich ausgestiegen war, drehte ich mich einmal im Kreis. Am Wohnhaus blätterte bereits der Putz ab. Es war vielleicht ursprünglich einmal weiß gewesen, jetzt war es grau. Der Stall sah noch viel schlimmer aus, anscheinend war an allen möglichen Stellen Wasser hineingelaufen, auch hier fiel der Putz von der Wand, und wo die Regenrinne undicht war, wuchsen Algen in Streifen an der Mauer. Vor dem Stall sprossen Brennnesseln in die Höhe, und vor der Holzscheune steckten zwei Beile in einem riesigen Hackblock. Davor war eine Blutlache, und an einem der Beile klebte Blut.

Der Serienkiller verwendet Betttücher und keine Beile, rief ich mir ins Gedächtnis. Irgendwo muss auch ein Einsiedler seine Gockerln schlachten.

Aus dem dunklen Stall kam eine riesige Gestalt mit einem ungepflegten, struppigen Bart heraus. Sie hatte einen seltsam schwankenden, gebeugten Gang, als wäre sie eigentlich ein Elefant. Wenn ich nicht gewusst hätte, dass das der Bauer Sturm war, ich hätte ihn glatt für Hagrid gehalten, der gerade loszieht, um Harry Potter zu helfen. Er sah uns unter seinen buschigen Augenbrauen böse an. Anscheinend hatte er nicht das Bedürfnis, uns zu helfen.

Wortlos ging Anneliese an ihm vorbei und klopfte energisch an die Haustür, auch nicht weiter darauf erpicht, den Sturm näher kennenzulernen. Direkt neben uns wucherte völlig wild und unbeschnitten eine Kletterrose. Sie trieb gerade aus, und an den roten Blättern hingen dicke Wassertropfen, die auf unseren Köpfen landeten, als ein Windstoß durch die Zweige fuhr.

»Zu dem brauchst nix sagen«, empfahl sie mir. »Der flippt wegen Sachen aus, das glaubst du nicht.«

Doch. Wenn ich ihn mir so ansah, glaubte ich alles, was mit meiner Ermordung endete.

»Der war doch voll im Clinch mit dem Gschwendner und seinen Spezln«, erklärte sie mir in ganz normalem Tonfall. Anscheinend hatte sie überhaupt keine Angst, dass er zuhörte und uns eins über die Birne zog. »Da war erst vor ein paar Wochen die Polizei da und hat ihm die Waffen weggenommen. Alle. Auch das Jagdgwehr.«

Das klang doch nach einer richtig logischen Begründung, wieso alle Spezln vom Gschwendner mit Betttüchern erwürgt und nicht erschossen worden waren. Weil die Polizei dankenswerterweise seine Waffen konfisziert hatte. Und dann gab es sogar noch ein plausibles Motiv: Wegen des Streits mit der Gschwendner-Clique entwaffnet zu werden, hatte den Sturm bestimmt irrsinnig wütend gemacht.

»Hättest du mir das nicht vorher sagen können?«, fragte ich böse und drehte mich mit dem Rücken zur Tür, um Hagrid im Auge zu behalten. Nicht, dass ich gleich weißen Stoff um den Hals spürte. Und wieso war nicht Max schon längst einmal hier gewesen und hatte den Typen gefilzt? Sich für die Fini interessieren, aber ihren psychisch gestörten Lebensgefährten ignorieren!

»Und was für ein Clinch?«

»Da fragen wir gleich die Fini. Ich hab's dir doch gleich gsagt, komm mit, das interessiert dich auch.«

Sie klingelte an der Wohnungstür. Ja, aus der Ferne schon. Aber ich wollte nicht Gefahr laufen, nur wegen eines nebensächlichen Interesses ermordet zu werden.

»Mei, die Fini«, sagte sie dann mit glockenheller Stimme, als die Tür geöffnet wurde.

Fini war mit uns in die Grundschule gegangen. Ich brachte zwar momentan ihr jetziges Aussehen nicht mit einem Bild aus der Vergangenheit zusammen – was daran liegen mochte, dass sie mindestens zwanzig Jahre älter aussah als Anneliese und ich zusammen. Entweder war sie magersüchtig geworden, oder sie war schwer krank: ein Klappergestell mit einem Kopf, der viel zu groß für ihren ausgezehrten Körper war. Das Gesicht war braungebrannt und runzelig.

»Mei, die Annelies'«, sagte die Fini freundlich. Sie hatte eine so tiefe Stimme, dass sie durchaus auch als Mann durchgegangen wäre. »Kommt's doch rein. Ist des deine Große?«

Ich sah an mir herunter und fragte mich, ob mich die ausgebeulte Jogginghose so jung erscheinen ließ. Anneliese bekam einen biestigen Gesichtsausdruck, weil sie es definitiv nicht leiden konnte, wenn man ihre beste Freundin für ihre Tochter hielt. »Nein, das ist die Lisa.«

»Ach. Die Wild Liesl«, sagte die Fini, als wäre ich nicht dabei.

Ich krächzte irgendetwas, das ich selbst nicht verstand. Irgendwann musste ich echt zum Arzt.

»Kommt's nur schnell rein. Er …« Sie zeigte mit ihrem Kinn Richtung Fenster, wo sie anscheinend den Sturm vermutete. »… hat ganz schlechte Laune. War nämlich heut schon der Papa da und hat sich beschwert.«

»Der Gschwendner Papa«, fügte Anneliese bedeutsam hinzu, als könnte ich vergessen haben, wer Finis Papa war.

Und der Sturm hatte ihn nicht gleich erwürgt, das war eine gute Nachricht. Vielleicht waren ihm inzwischen die Betttücher ausgegangen.

»Wegen dem Jagen. So eine Gschicht«, erklärte sie kurz angebunden und ging vor uns in die Küche. Anneliese stieß mich mit dem Ellbogen in die Seite: »Hab ich's dir nicht gleich gsagt, das wird interessant!«

In einer Schachtel neben dem Ofen hörte man es piepsen.

Einige Küken wuselten darin herum, und es roch verdächtig nach Hühnerscheiße. Die Küche war vermutlich aus dem Jahr 1950 und seit der Zeit auch nicht mehr gründlich gereinigt worden. Direkt vor dem Ofen lagen mehrere Stiefel, die vor Dreck starrten, auf dem Tisch stapelte sich das Frühstücksgeschirr mehrerer Tage. Es roch so abartig nach kaltem Zigarettenrauch, dass meine Halsschmerzen noch schlimmer wurden.

»Welche Geschichte?«, fragte Anneliese dankenswerterweise nach.

»Der Bene darf doch nicht mehr auf die Jagd«, erklärte sie mit gesenkter Stimme und hustete dann rauchig. »Weil er manchmal einfach umeinander schießt …«

Sie warf immer wieder einen Blick auf die Tür hinter uns, als hätte sie Angst, dass sie jeden Moment aufgehen könnte.

»Ich bin ja froh, dass sie ihm alles weggnommen haben. Manchmal hat er sich einfach mitten in den Hof gstellt und hat in die Luft gschossen und dabei gebrüllt.«

Meine Traumvorstellung von einem Partner. Jemand, der wie Hagrid aussah und wie von Sinnen brüllend auf seinem einsamen Hof herumschoss.

»Da kannst echt froh sein, dass er die ganzen Waffen nicht mehr hat«, versuchte sich Anneliese in Empathie.

»Aber seit er keine Waffen mehr hat, ist des auch nix. Er ist die ganze Zeit nur noch grantig, da kann man machen, was man will.«

Sie schob einen Topf mit undefinierbarem Inhalt von der Herdplatte und wischte sich die Hände an der schmutzigen Schürze ab, die sie umgebunden hatte.

»Und jetzt ist er halt richtig sauer, weil die anderen auf seinem Grund und Boden jagen. Und da macht der Zindler Sachen, ich find's ja nicht richtig, aber was soll ich machen. Der hört ja nicht auf mich. Grad wenn er getrunken hat, dann geh ich ihm halt aus dem Weg.«

Das hatte ich auch fest vor. Wir blieben in der Küche stehen, während sie ins Nebenzimmer ging.

»Zindler?«, fragte ich leise nach. »Wieso sagt sie Zindler zu ihm?«

»So nennen die doch den Sturm. Weil er als Jugendlicher immer so gezindelt hat.«

Ach ja, gezündelt. Ein Pyromane. Ich erinnerte mich vage daran, dass einmal eine Zeit lang ständig irgendwelche Scheunen in der näheren Umgebung gebrannt hatten. Das war also der Sturm gewesen.

»Mei, schaut's da aus«, sagte die Anneliese zufrieden und hob mit spitzen Fingern zwei Geschirrtücher hoch, die ursprünglich rot-weiß, jetzt aber eher grau mit schwarzen Flecken waren. »Von Hygiene haben die noch nix ghört.«

Sie ließ die Geschirrtücher schnell wieder zwischen die Kaffeetassen mit dem alten Kaffee und den ertrunkenen Fliegen fallen, weil die Tür ging.

»Wie neu«, sagte Fini, als sie mit dem Maxi-Cosi zurückkam und ihn Anneliese überreichte.

»Was ist mit der Jagd vom Sturm?«, bohrte ich trotzdem nach, die Angst um mein Leben vergessend.

Die Fini kam ein klein wenig näher und senkte die Stimme: »Das ist doch alles sein Land, verstehst? Des alles, da rundherum. Und früher hat er da gjagt und die anderen mitgnommen. Aber er hat halt jetzt kein Geld mehr, des mit der Landwirtschaft läuft so schlecht. Deswegen hat er die ganze Jagd verpachten müssen. Jetzt dürfen nur noch die anderen, und er schaut zu. Und dann hat er in seinem Zorn auf die anderen gschossn … Also, auf den Papa, den Poldi, den Karli und den Maneder. Wisst's des ned?«

Ich schüttelte den Kopf. Ich wusste nur, dass der Poldi, der Karli und der Maneder inzwischen tot waren und bestimmt nicht mehr zur Jagd gehen würden. Auch nicht auf dem Land vom Sturm Bene. Und mit jedem Gschwendner-Spezl weniger wurde das besser.

»Und wieso haben sie ihm die Jagderlaubnis entzogen?«, fragte Anneliese, um mir die Recherche zu erleichtern.

»Weil er doch dem Maneder damals auf der Treibjagd in den Hintern gschossen hat. Und alle ham gsagt, dass er des absichtlich gmacht hat.«

»Nein«, sagte Anneliese begeistert.

»Und ich glaub auch, dass des Absicht war, weil er sich nämlich damals so über den Maneder geärgert hatte, weil der immer so dumme Sprüche grissen hat.«

»Nein«, sagte ich total verschreckt, weil ich hinter mir etwas knarzen hörte.

»War ja nur Schrot«, fügte Fini entschuldigend hinzu, die meine Reaktion bemerkt hatte. »Und jetzt hat er doch eh keine Waffen mehr. Auch die Schrotflinte hat er abgeben müssen.«

Wie beruhigend. Anneliese nickte weiter begeistert, sie kannte die Geschichte auch noch nicht.

»Die Schrotflinte hat er nämlich heimlich behalten.« Fini senkte die Stimme. »Im letzten Herbst. Da war er nämlich so grantig, weil er am eigenen Grund und Boden ned jagen darf, dass er trotzdem gekommen ist, auf die Jagd. Und hat rumgschossen. Und rumgschrien. Dass des sein Grund und Boden wär und dass da keiner jagen dürft, nur er.«

»Aber er hat das doch verpachtet«, stellte Anneliese fest.

»Ja. Aber da geht's halt mit ihm durch, wenn's ums Jagen geht. Wenn der ned jagen darf, dann ist er den ganzen Tag grantig. Da ist ihm alles wurscht, ob ich daheim sitz und mit dem Essen auf ihn wart. Ob die Küh' gmolken ghören oder die Odelgrube schon wieder überläuft ...«

Ich konnte mir sehr gut vorstellen, wie Max das in seinem Bericht formulieren würde. Verminderter Affekt. Bindungsstörung. Realitätsprobleme. Eingeschränkte Urteilsfähigkeit.

»Ich misch mich da nicht ein.« Fini hob beide Hände und zeigte uns die Handflächen. »Schön blöd wär ich.«

Ob ihr Papa dabei erschossen wurde, war ihr anscheinend wurscht. Anneliese stellte den Maxi-Cosi ab.

»Wenn'st mir zehn Euro gibst, sind wir quitt.«

»Hast du zehn Euro dabei?«, fragte Anneliese mich und

stemmte sich die Fäuste in den Rücken. Ich zog die Hosentaschen von meiner Hose heraus, um zu zeigen, dass außer einem benutzten Taschentuch nichts zu holen war.

»Und was war jetzt da mit deinem Papa?«, fragte ich, während Anneliese ihre Geldbörse aus der Tasche zog und Eurostücke und Zehnerln auf den Tisch zu zählen begann.

»Wieso ist der heute gekommen?«, bohrte ich noch einmal nach, weil Fini nicht antwortete. Möchte man doch meinen, dass es ihm seit letztem Herbst reichte vom Zindler. Schließlich wusste man auch nie, ob er nicht doch noch irgendein Gewehr zu Hause hatte – und auch eine Ladung Schrot im Hintern fand ich jetzt nicht ohne. Außerdem wunderte es mich, dass ich da Zusammenhänge sah und der Gschwendner ganz offensichtlich nicht.

Fini schüttelte abwehrend den Kopf. Als sie sich die Münzen von Anneliese in die Hand kehrte, sagte sie schließlich doch: »Die Sache mit den Rollmopsglasln. Ich hab mich schon gwundert. Wieso der Bene da zehn Rollmopsglasln in der Küch' in die Sonn' stellt. Und ich hab noch gsagt, die werden dir doch alle gstinkert. Aber er hat mir nur gsagt, ich soll mich um meine eigene Sach' kümmern.« Sie stopfte sich die Münzen in die Hosentasche. »Ist mir ja auch wurscht. Ob er da Rollmopsglasln in die Sonn' stellt.«

Ich nickte brav, weil ich mehr daran interessiert war, gesund und munter diesen Hof wieder zu verlassen.

»In die Sonn'«, wiederholte Anneliese aufmunternd. Ihre Neugier war eindeutig größer als ihre Angst.

»Und dann waren die Glasln vor zwei Tagen einfach weg, alle. Wollt schon fragen, ob er die jetzt gegessen hat, aber ich hab mich ned traut.«

Ich nickte wieder brav, weil ich mich bestimmt auch nicht trauen würde, Hagrid Fragen zu stellen. Wie das jetzt alles mit dem Gschwendner zusammenhing, war mir ein Rätsel.

»Aber am nächsten Tag war der Meier da und hat gsagt, dass ihm jemand gstinkerte Sachen auf die Einfahrt gworfen hätt.

Und ob der Sturm Bene was damit zu tun hat. Ich hätt ja was sagen können, aber ich schneid mir doch nicht ins eigene Fleisch. Und heut ist der Papa kommen. Dem hat der Bene die Rollmöpse ins Cabrio gekippt. Des muss eine Schweinerei gwesen sein …« Sie seufzte. »Des schöne Cabrio. Mit dem willst doch nicht mehr rumfahren, wenns nach gammeligen Rollmöpsen riecht.«

Das war irgendwie schon ein klein wenig lustig. Vielleicht war er doch ein lustiger Geselle, der Zindler-Hagrid-Sturm-Bene. Aber vielleicht war er auch derjenige, der mir ständig SMS schickte.

»Hat der Sturm Bene ein Handy?«, wollte ich wissen.

Die Fini schüttelte den Kopf. »Für so was ist kein Geld da. Außerdem kennt er sich mit so neumodischem Zeug nicht aus. Ich hab des alte von meiner Mama.« Sie senkte die Stimme. »Aber des dürft's ihm nicht sagen, sonst nimmt er mir des weg.«

Aber Poldis Handy konnte man ja auch ohne Geld benutzen. Außerdem schätzte ich den Sturm so ein, dass er schon längst bemerkt hatte, dass die Fini ein Handy besaß. Ich griff nach dem Maxi-Cosi, zum Zeichen, dass wir uns jetzt verabschieden wollten. Ich wusste jedenfalls ganz sicher, dass wir möglichst schnell von hier abhauen sollten. Mit oder ohne Maxi-Cosi.

»Und wenn'st noch Möbel für die neue Wohnung brauchst«, sagte sie freundlich zu mir, »wir haben im Stall drüben noch eine Eckbank. Wie neu. Und ein Schuhkastl.«

Oh. Nein. Ich nickte brav. »Ich meld mich. Wenn wir was brauchen.«

»Passt's auf euch auf«, sagte sie noch.

Als ich die Tür aufriss und nur an Flucht dachte, prallte ich gegen eine Wand, die sich als Mensch herausstellte. »Pass auf, wo'st hintrittst«, brummte Hagrid, und seine Augen sahen aus wie glühende Kohlen.

»Spatzl«, setzte er hinzu.

Kapitel 4

Ich will nicht behaupten, dass mein ganzes bisheriges Leben an mir vorbeizog, während ich mich an die Wand drückte und den Sturm Bene in seine Wohnung ließ. Aber immerhin überdachte ich die letzten vierundzwanzig Stunden, in denen ich einfach in den Tag hineingelebt hatte, ohne an einen vorzeitigen Tod zu denken. Mein Herz hatte jedenfalls beschlossen, aus Sparsamkeitsgründen seine Tätigkeit einzustellen, zumindest fühlte es sich so an. Plötzlich hatte es Anneliese auch unglaublich eilig, zum Auto zu kommen. Energisch schob sie mich hinaus ins Freie, weil ich zu paralysiert war, um die Flucht zu ergreifen.

Als wir endlich im Auto saßen und die Türen von innen verriegelt hatten, schob Anneliese ihre verspiegelte Pilotenbrille aus ihrer Frisur cool vor die Augen. Das einzige Relikt aus der Zeit, als sie noch Privatdetektivin werden wollte.

»Weißt du, was das heißt?«, wollte Anneliese wissen, während sie ungeschickt versuchte, den Autoschlüssel ins Schloss zu stecken.

»Dass der Zindler alias Sturm Bene in seiner Analphase stecken geblieben ist?«, fragte ich. Und dass er sich überlegen sollte, eine Therapie zu beginnen.

Sie zerrte energisch an dem Gurt, um ihn über ihren riesigen Bauch zu spannen.

»Dass der ziemlich spinnt, der Kerl«, erklärte sie mir, während sie den Motor so hektisch anließ, dass er ihr gleich wieder stotternd absoff. Als sie schließlich mit völlig überhöhter Geschwindigkeit vom Hof schoss, atmete ich auf. »Außerdem ist er mit der ganzen Gschwendner-Clique zerstritten. Das würd ich dem Max erzählen. Wenn ich du wär.«

Wir flogen über die Schlaglöcher.

»Fahr langsamer«, sagte ich mürrisch. Das würde ich nämlich machen, wenn ich sie wär. »Sonst gehen die Wehen los.«

»Das wär mir grad recht«, antwortete sie grimmig.

»Ich glaube, der ist der totale Psycho«, schloss ich meine Erzählung über den Sturm Bene, alias Zindler, und setzte mich mit dem Laptop auf mein Bett. »Und er täte echt gut daran, die geeigneten Medikamente einzuwerfen.«

Es war wirklich komisch, wenn Max bei mir im Zimmer war. Das machten wir sonst überhaupt nie, nie, niemals nicht, wenn Großmutter zu Hause war – und sie war ja sonst immer zu Hause. Sie hatte nämlich die unangenehme Eigenschaft, ständig nachfragen zu müssen, ob Max nicht doch noch irgendwas erledigen könne, oder ihr lag etwas auf der Zunge, das sie uns ganz unbedingt erzählen musste. Also, hauptsächlich Max, weil sie mir das alles für gewöhnlich schon zehnmal erzählt hatte.

»Und«, fügte ich bedeutsam hinzu, »er hat Spatzl zu mir gesagt. Spatzl«, wiederholte ich mich. »Verstehst?«

Das hatte ich ihm, ganz nach Großmutters Manier, auch bestimmt schon zehnmal erzählt, damit die Botschaft auch ganz sicher ankam.

Max erwiderte nichts. Normalerweise hätte er vermutlich gesagt, dass Spatzl ein geläufiges Kosewort in Bayern war und nicht nur von Serienmördern verwendet wurde. Oder dass der Mörder uns alle in die Irre führen wollte, weil er das Wort Spatzl verwendete, obwohl er der letzte Saupreiß war.

»Ich hab mit dem doch überhaupt nichts zu tun«, entkräftete ich Max' Argumente, die er noch gar nicht formuliert hatte. »Kein Mensch sagt zu mir Spatzl, verstehst, nicht einmal du! Soll ich die Fini anrufen, ob er sie auch Spatzl nennt?«

Das war nämlich meine große Hoffnung, dass der Zindler so ein eingeschränktes Vokabular hatte, dass er zu jedem Spatzl sagte, im Prinzip auch beispielsweise zu meiner Großmutter. Oder zum Maarten.

»Sturm Benedikt«, wiederholte Max stattdessen den Namen vom Zindler, während ich den Laptop hochfuhr und meine nackten Beine unterschlug. Max nahm sein Smartphone zur Hand. Während er ein Telefonat führte, sah ich meinem Laptop beim Booten zu. Im Stillen beschloss ich, damit meine Schuldigkeit getan zu haben und dass es höchste Zeit war, mich von meinem Leid abzulenken. Ich würde weder Psychopathen googeln noch die Sterblichkeitsrate bei Oberschenkelhalsbrüchen im hohen Alter. Ich würde ungehemmt meiner Lieblingsbeschäftigung der Selbsttestung nachgehen. Das würde mich auch davon ablenken, dass mich Hagrid Spatzl nannte. Und davon, dass ich Max schonend darauf vorbereiten musste, dass ich keine Ahnung hatte, wie ich gleichzeitig mit ihm zusammenleben sollte und mich um meine schwerkranke Großmutter kümmern. Das ging eigentlich gar nicht.

»Sprechen Sie mit Ihrem Partner über Ihre Sexphantasien?«, las ich laut vor, während Max mit Herrn Winter telefonierte und mir drohende Blicke zuwarf.

»Guter Sex ist mir in der Beziehung sehr wichtig«, klickte ich an. »Mögen Sie Pornos?« Fragend sah ich Max an. Der drückte mit grimmig gerunzelter Stirn seinen Zeigefinger auf die Lippen.

»Fesselspiele. Gruppensex...«, flüsterte ich mir selbst zu, um ihn nicht noch mehr zu verärgern.

»Ich bin der Mal-so-mal-so-Typ«, erklärte ich Max, als er endlich mit dem Telefonat fertig war.

»Könntest du deine Fragen in Zukunft vielleicht stellen, wenn ich nicht gerade dienstlich telefoniere?«, grummelte er mit immer noch leicht steiler Stirnfalte.

»Vielleicht solltest du um diese Zeit nicht dienstlich telefonieren?«, schlug ich vor. »Wir haben bestimmt zu wenig Sex«, wechselte ich das Thema. »Und weißt du, was dann das Problem ist? Wir setzen keine Kuschelhormone frei.« Da hatte ich momentan bestimmt riesige Defizite.

»Kuschelhormone?«, fragte Max, während er sich das schwarze T-Shirt über den Kopf zog und ich in den Genuss kam, Max' Sixpack zu bestaunen. Wie er das schaffte, so einen Sixpack zu behalten, wo er doch gerade so einen Stress hatte und ich ständig Schokolade essen musste. Anscheinend machten Männer das mit der Stressbewältigung komplett anders.

»Oxytocin. Das Anti-Stress-Hormon Prolaktin. Und das ...« Ich geriet ein wenig ins Stocken, weil ich zufrieden zusehen musste, wie er aus seiner Jeans schlüpfte. Das sah wirklich phantastisch aus, wenn Max seine Hose ablegte. »Und das Glückshormon Serotonin. Das ist ganz wichtig, dass man das freisetzt. Hin und wieder.«

Max sah viel zu groß aus für mein kleines Zimmer. Und mein Bett war auch viel zu schmal für mich und seine breiten Schultern. Es sei denn, wir stapelten uns in der Nacht.

»War jetzt der Fliesenleger da?«, wollte er wissen, gar nicht so sehr an meinem Serotoninspiegel interessiert.

»Hm«, machte ich, weil ich die Geschichte mit dem Fliesenleger, wenn möglich, verdrängen wollte. Der hatte nämlich die Fliesen aus dem Flur herausgerissen, weil der Schmalzl der Meinung gewesen war, dass man das nicht so lassen könnte. Und wenn ich nicht aufpasste, lagen da bestimmt bald die gleichen Fliesen, wie sie der Schmalzl auf seinem Wirtshausklo hatte. Nur weil beim Schmalzl noch ein paar Kisten im Keller lagen, die er loswerden wollte.

»Darum war ich auch in letzter Zeit so häufig krank«, erklärte ich ihm. »Hier steht: Ein Orgasmus ist also nicht nur ein schönes körperliches Erlebnis, er stärkt auch das Immunsystem und hilft, Stress abzubauen.«

»Aha«, machte Max und sah noch einmal auf seinem Smartphone nach eingehenden SMS. »Wenn du ein bisschen netter zu deinem Lieblingsbullen bist, dann stärkt er bestimmt auch noch dein Immunsystem ...«, grinste er schließlich.

Ich musste bei »Lieblingsbulle« als Erstes an Joe denken, was mir unglaublich peinlich war, deswegen lenkte ich sehr geschickt ab.

»Und jetzt machen wir das alles noch einmal für dich«, beschloss ich großzügig. »Wann hatten Sie zum letzten Mal Sex? Vor drei Monaten?«, las ich vor.

Er rollte mit den Augen. »Dann war ich ja nicht besonders gut, wenn du dich an vorgestern nicht mehr erinnern kannst«, scherzte er.

Also wenn wir nicht gleich Sex haben, wirkte sich das bestimmt irrsinnig blöd auf seinen Sextyp aus.

»Und wie oft hättest du es gerne«, murmelte ich so leise, als wollte ich mit mir selbst sprechen.

»Ich hasse Selbsttests«, sagte Max und versuchte, mir den Laptop zu entwinden.

»Ich liebe das. Das entspannt mich total. Da denke ich überhaupt nicht mehr an komische Typen, dunkle Nächte, Betttüchln und Kordeln«, antwortete ich und klammerte mich an meinen Laptop. Und an Leute, die mich Spatzl nannten. Mit einem sehr geschickten Polizistengriff, mit dem er bestimmt auch randalierende Serienmörder lahmlegen konnte, schaffte Max es, mir den Laptop wegzunehmen. Mit einem breiten Grinsen schaltete er ihn aus.

»Das schaffe ich auch«, behauptete er genüsslich, und ich ließ es auf den Versuch ankommen.

Am nächsten Tag hatte ich ein Date mit dem leitenden Oberarzt.

»Außerdem können die Patienten nach einer Totalendoprothese oder Duokopfprothese die betroffene Seite sehr viel schneller belasten. Das ist besonders bei älteren Personen sehr wichtig, um einer Immobilität vorzubeugen«, sagte der Arzt, und ich konnte ihn nur anstarren.

Duokopfprothese?

Mit mir kommunizierte ein komplett irrer Massenmörder. Ich hatte keinerlei Hirnkapazität frei für Duokopfprothesen.

»Einen Oberschenkelhalsbruch operiert man heutzutage immer. Ihre Großmutter hat eine mediale Schenkelfraktur, mit Abstand die häufigste Form des Oberschenkelhalsbruches«, erklärte er mir sehr freundlich, als würde das die Sache irgendwie vereinfachen. »Wir haben ein künstliches Hüftgelenk eingebaut, das war die beste Lösung.«

»OP?«, krächzte ich entsetzt.

»Das hat nur dreißig Minuten gedauert. Deshalb gibt es selbst bei sehr alten Patienten kaum Probleme«, erklärte er mir. »Ganz wichtig ist, dass die Patienten so schnell wie möglich wieder auf die Beine kommen. Am Nachmittag nach der OP müssen sie eigentlich schon wieder durch den Krankenhausflur laufen können.«

»Am Nachmittag«, krächzte ich noch einmal. Das waren ja tolle Aussichten für Oma. Wahrscheinlich würde sie sich morgen gleich selbst entlassen und mir was kochen, weil ich ja demnächst verhungern würde.

»Jaja«, sagte er freundlich. »Die Zeiten sind vorbei, wo man drei Monate mit Streckverband im Bett liegen muss.« Er schüttelte mir schon einmal prophylaktisch die Hand, damit ich wusste, dass die Zeiten der Unterhaltung auch vorbei waren. »Deswegen ist auch die Sterblichkeit gesunken. Früher lag die noch bei fünfzig Prozent, inzwischen nur noch bei drei Prozent.«

Und schon eilte er durch die Tür. »Eine riesige Erfolgsgeschichte der Chirurgie. In zehn Tagen haben Sie Ihre Großmutter wieder. Aber in Zukunft sollten Sie alles tun, um einen Schenkelhalsbruch zu vermeiden.«

Ja, ich würde sofort die ganzen Kisten mit Sauerkraut entsorgen, das war gewiss.

»Kalzium. Vitamin D«, rief er noch hinterher. »Walken. Fahrradfahren.«

Ich ließ den Mund offen stehen, dann schloss sich die Tür hinter dem Oberarzt.

Walken. Fahrradfahren. Wenn ich das meiner Großmutter vorschlug, würde sie mich sofort aus dem Krankenzimmer werfen.

Großmutter war komplett verändert. Sie wirkte hochgradig depressiv und schweigsam. Ich saß eine Weile neben ihrem Bett und hielt einfach nur ihre Hand, die mir besonders faltig und weiß vorkam. Auf meine Frage, wie's ihr ginge, hatte sie abwesend »gut« geantwortet. Ich hätte schon wieder heulen können. Dann kam eine putzmuntere junge Krankenschwester hereingewirbelt, die das Essen brachte und einen guten Appetit wünschte.

Ich hob den Plastikdeckel hoch und starrte auf das Tablett. Suppe und Zwieback. Großmutter sah überhaupt nicht hin.

»Suppe«, sagte ich. Krampfhaft überlegte ich mir ein Gesprächsthema, das sie aus ihrer Lethargie reißen könnte.

»Der Loisl hat sich neu eingekleidet. Echt, topmodisch, weiß gar nicht, wo man solche Sachen noch herbekommt«, erzählte ich, damit irgendjemand etwas sagte.

»Der Loisl?« Großmutter schüttelte den Kopf, als sie das Essen sah. »Der kleidet sich doch nicht neu ein. Der Zwieback bleibt mir ja im Hals stecken.«

»Wenn ich's dir sag«, beharrte ich schon etwas motivierter. »Eine neue Hose – hat zwar nicht super gepasst, aber trotzdem, mal so richtig sauber. Und ein T-Shirt ... Schwarz und durchsichtig ...«

Ich zerbrach den Zwieback und ließ ihn in die Suppe fallen. »Das musst aufweichen, sonst kriegst das harte Zeug doch gar nicht runter.«

»Durchsichtig?« Großmutter kam aus dem Kopfschütteln gar nicht mehr heraus, war aber immerhin von ihrer Mahlzeit abgelenkt. »In seinem Alter kannst doch nicht mehr mit durchsichtigen Hemden rumlaufen.«

Ich hob mit dem Löffel ein eingeweichtes Zwiebackstück aus der Suppe. Der Loisl war wahrscheinlich noch nie so gebaut gewesen, dass durchsichtige Hemdchen attraktiv gewirkt hätten.

»Ich kann selber essen«, erklärte sie brummig und nahm mir den Löffel ab. Brummig war besser als depressiv.

Jawoll, durchsichtig, man hatte sogar die Brustbehaarung im Detail sehen können. Und das bei der kalten Witterung. Ich wollte lieber nicht wissen, was das für seine Gesundheit bedeutete. »Vorne mit zwei kämpfenden Drachen«, berichtete ich, weil Großmutter nach dem ersten Löffel keine Lust mehr hatte, weiterzuessen.

»Die haben gscheit mit dem Salz gespart«, meckerte sie.

»Echt der Wahnsinn mit dem Loisl«, ging ich nicht auf ihre Kritik ein, für die ich insgeheim richtig dankbar war.

Nachdem sie sich noch einen zweiten Löffel einverleibt hatte, fügte ich hinzu: »Und die Annl hat behauptet, dass er auf Freiersfüßen wandelt.«

Danach hatte mir die Langsdorferin mit dem Gehwagerl fast die Fersen weggefahren. Und mir die Empfehlung gegeben weiterzugehen, »sonst ham wir glei einen Stau ...«, anscheinend der Meinung, dass ich nichts lieber sah als den nackten Oberkörper vom Loisl.

»Der wandelt ned auf Freiersfüßen«, wusste Großmutter und löffelte sich Suppe in den Mund. »Der war nur wieder beim Altkleidercontainer. Willst nicht auch was essen?«

»Das ist doch dein Essen«, sagte ich und versuchte, nicht übermäßig angeekelt zu klingen. »Du musst doch zu Kräften kommen.«

»Da ham's doch jetzt einen Altkleidercontainer neben der Metzgerei aufgstellt«, erklärte sie mit missbilligendem Tonfall. »Und der Loisl hat gsagt, da sind so schöne Sachen mit dabei, des könnt man sich gar nicht vorstellen.«

Ja, vor allen Dingen so topmodische Oberbekleidung aus den Achtzigern.

Die nächsten Tage vergingen wie im Flug. Die Vormittage verbrachte ich in der Klinik bei meiner extrem depressiven Großmutter. Jeden Tag passierte etwas anderes, das mich beunruhigte, außerdem waren Krankenbesuche irrsinnig anstrengend. Einmal behauptete Großmutter, dass das Clownsbild, das in ihrem Zimmer hing, sich manchmal auf den Kopf stellte. In der folgenden Nacht überlegte ich mir zu Hause eine Lösung, nämlich das blöde Bild abzuhängen und in den Schrank zu stellen. Als ich aber wieder im Krankenhaus auftauchte und den Plan in die Tat umsetzen wollte, unterstellte mir Großmutter, blödsinnige Sachen zu erfinden. Schließlich könnten sich an der Wand hängende Clownsbilder schlecht umdrehen. Wie wahr.

Nicht nur ich war deprimiert, auch Max hatte schlechte Laune, denn die Mordermittlungen drehten sich im Kreis. Der Mörder meldete sich nicht mehr bei mir, was ich ihm hoch anrechnete, auch wenn es Max nicht weiterhalf.

Max und ich waren nach der ersten Woche, in der ich mich mehr im Krankenhaus als zu Hause aufhielt, mehr als erschöpft. Nicht einmal zum Sex konnten wir uns am Abend aufraffen, ich schlief meistens schon, bevor mein Kopf überhaupt das Kissen berührte. Was vermutlich daran lag, dass wir zu zweit in meinem engen Bett schliefen. Aber ich wollte meinen Hund nicht mit zu Max nehmen, und Max hatte anscheinend das Bedürfnis, mich in der Nacht vor Serienkillern zu bewachen.

Wenn ich nicht gerade im Krankenhaus war oder im Reisinger-Haus nach dem Rechten sah – das jetzt komplett unter dem Regiment von der Rosl stand, die dafür sorgte, dass die Männer in ihren Bemühungen nicht nachließen –, war Maarten mein treuer Begleiter geworden. Brav servierte er mir alle Heißgetränke, nach denen mir gerade der Sinn stand. »Eine reine Sicherheitsmaßnahme«, hatte Max beteuert. »Du bist nicht in Lebensgefahr.«

Aber nachdem es trotzdem aussah, als würde ich ständig bewacht werden, fühlte es sich durchaus ein bisschen wie Lebensgefahr an.

Auch meine heutige depressive Verstimmung wurde von Maarten erfolgreich unterbrochen. Ich sah ihm beim Kaffeekochen zu und stopfte die zwei Golatschen in mich hinein, die er vom Bäcker mitgebracht hatte. Es war nicht auszuschließen, dass er eine der Golatschen selbst hatte essen wollen. Zwischen den einzelnen Bissen erzählte ich mein tragisches Schicksal.

»Sie stirbt nicht, oder?«, wollte ich von ihm wissen, während er mir einen riesigen Kaffeebecher zuschob. Die Sache mit dem Clownsbild hatte mich wirklich fertiggemacht.

Maarten schüttelte den Kopf. »Großmutter hat doch einen eisernen Überlebenswillen«, erklärte er mir. »Das ist doch das Wichtigste bei der ganzen Sache. Die ist ganz schnell wieder auf den Beinen.«

Aber ob es sinnvoll war, gerade jetzt mit Max zusammenzuziehen, wo mich Großmutter bestimmt rund um die Uhr brauchte …

Ich hätte schon wieder heulen können.

Als ich schließlich doch den Laptop herauszog und beschloss, meinen Artikel zu Ende zu bringen, klappte auch Maarten seinen Rechner auf und begann über Serienkiller nachzulesen.

»Serienmörder sind auch arme Schweine«, sagte er. »Man könnte da vieles vermeiden … so tragisch, das Ganze.«

Na ja. Schulkinder waren auch arme Schweine, dachte ich mir. Die durften zwei Grundschuljahre damit vertrödeln, falsch zu schreiben, und brauchten dann ganz viel Nachhilfe, um das richtige Schreiben zu lernen. Wie ich das jemals angemessen formulieren sollte, war auch eine Frage mit latenter Tragik.

Neben mir ploppte das Telefon, und Maarten griff sofort danach. Er hatte nämlich die wahnsinnig gute Idee gehabt, einen eigenen SMS-Ton für den Mörder einzustellen, ein dezentes Plop statt Gluck, damit man sofort wusste, wann Herzrasen angesagt war und wann nicht. Und dann konnte auch gleich ein Polizist die SMS lesen und ich ganz entspannt sein.

»Und?«, fragte ich und bekam entgegen dem Plan ganz unentspannt mein obligatorisches Herzrasen.

Er nickte, las aber nicht vor, sondern griff nach seinem eigenen Handy.

Ich stand auf und tigerte durch die Küche. Sah eine Weile aus dem Fenster. Konzentrierte mich auf die Tulpen. Die blühten noch nicht, aber die Farbe schimmerte schon durch die geschlossenen Kelchblätter.

»Ist ja fast wie in Holland«, würde Großmutter jetzt sagen.

Unruhig setzte ich mich wieder an den Tisch.

»Eine neue Leiche?«, fragte ich nach, weil ich mich nicht beherrschen konnte.

Mit bestimmter Miene legte er mein Handy außer Reichweite und schüttelte den Kopf.

»Noch schlimmer?«, mutmaßte ich, beugte mich nach vorne und krallte mir das Handy.

Noch schlimmer als eine schlimme SMS war eine SMS, von der ich mir nur ausmalen konnte, wie schlimm sie war.

Ich tippte zweimal falsch meinen PIN-Code ein, dann klickte ich mich zur SMS.

»Oma im KH? Dann haben wir eins gemeinsam. Keine Familie.«

»Ich mag nicht mehr«, sagte ich leise, während Maarten Max anrief. »Sag ihm das. Dass ich nicht mehr mag. Und dass er was machen soll.«

Maarten war so nett und übermittelte meinen Wunsch wortgetreu.

»Er hat keine Familie«, wiederholte ich. »Sollen wir mit ihm eine Runde heulen oder was? Bringt er jetzt alle möglichen Leute um, damit die Hinterbliebenen keine Familie mehr haben? Das hilft doch wirklich keinem, diese Aussage!«

Ich tippte in mein Handy: »Was soll das werden? Eine Selbsthilfegruppe?«

Mein Handy blieb stumm.

Maarten und ich sahen uns eine Weile an.

»Der Kerl hängt die ganze Zeit in unserem Dorf ab und beobachtet mich. Das muss doch irgendjemandem auffallen, oder?«

Außer natürlich, es war jemand, auf den kein Mensch achtete, weil ihn jeder kannte.

»Kann man Serienmörder an irgendetwas erkennen?«, fragte ich reichlich verzweifelt.

»An seiner Vergangenheit«, sagte Maarten schließlich. »Die meisten Serienmörder sind in ihrer Kindheit traumatisiert worden.«

»Traumatisiert«, wiederholte ich skeptisch. »Und was ist ein Trauma? Meine Mutter ist abgehauen, als ich zwölf war, das war auch nicht schön.«

Maarten seufzte. »Meistens sind das Gewalterfahrungen. Oder sexueller Missbrauch. Das kann man leider nicht verallgemeinern – also, dass jeder, der in seiner Kindheit etwas Schreckliches erlebt hat, dann auch zum Täter wird. Die Forschung ist noch nicht so weit, dass man da was verallgemeinern könnte.«

»Wir müssten also herausbringen, ob irgendjemand aus unserem Dorf eine blöde Kindheit hatte«, schlug ich vor, weil ich langsam nicht mehr glaubte, dass der Serienmörder irgendjemand war, den wir nicht kannten. »Und was heißt das jetzt für unseren Serienmörder? Dass er schon als Kind immer gewürgt worden ist? Am besten mit einem Betttuch? Wieso eigentlich Betttuch?«

Nichts war unpraktischer für so einen Mörder, als ein Betttuch mit sich herumzuschleppen.

»Es gibt doch auch praktischere Dinge, die man zum Erwürgen hernehmen kann«, kritisierte ich. »Habt ihr die Bevölkerung davor gewarnt? Dass sie auf Leute achten sollen, die mit Betttüchln bewaffnet herumlaufen?«

Maarten sah aus, als würde er sich wünschen, dass Max endlich auftauchte.

»Und wieso diese komischen Kordeln? Meinst du, es ist jemand, der einfach zu viel von diesem Zeug zu Hause hat?«

»Von den Kordeln?«, fragte Maarten etwas irritiert nach, der anscheinend noch nicht davon traumatisiert war, dass wir viel zu viel von allem zu Hause hatten, besonders von Spiralnudeln.

Ich vergrub mein Gesicht in meinen Händen. »Ich wollte damit nur sagen, Betttücher … ob ihr über die Betttüchln schon mal nachgedacht habt, das ist doch nicht normal.«

»Ja«, erklärte Maarten eifrig. »Das engt die Suche nach dem Täter nämlich ein. Es gibt den planenden und den spontanen Täter. Der spontane mordet, weil er in die betreffende Situation kommt. Ein junges Mädchen, das zufällig alleine in der Nacht durch die Stadt radelt. Der Streit mit der Freundin. Wir dagegen haben es mit einem Planenden zu tun, der sich seine entsprechenden Waffen mitnimmt.«

»Das Betttuch«, sagte ich noch immer dumpf in meine Hände hinein.

»Er bespitzelt sein Opfer im Vorfeld und plant die Tat genau«, fuhr er fort.

»Mich«, sagte ich und nahm die Hände von meinem Gesicht. »Er bespitzelt mich.«

Das Schweigen zwischen uns füllte den gesamten Raum.

»Wie geht's Großmutter?«, fragte Maarten in die Stille hinein.

»Inzwischen tyrannisiert sie schon die ganze Station«, berichtete ich brummig. »Das ganze Krankenhaus weiß, dass sie gar keine Zeit hat, im Krankenhaus abzuhängen, weil sie eine komplett unfähige Enkeltochter hat. Und ihre größte Sorge ist, dass die Rosl nichts mehr im Reisinger-Haus zu tun hat und dann bei ihr in der Küche zu putzen anfängt. Um dann überall herumzuerzählen, wie es bei uns ausschaut.«

Maarten grinste.

»Es schaut im Übrigen auch nur so aus, weil ich es nicht gebacken kriege. Wenn sie zu Hause wäre, wäre das alles ganz anders.«

Ich persönlich fand es supertoll, dass die Rosl im Reisinger-Haus mal klar Schiff machte. Das war wirklich wunderbar. Auch wenn ich immer noch nicht verstanden hatte, warum sie das eigentlich für mich taten.

Weil ich ganz schlecht Luft bekam, setzte ich mich in den Garten auf unser Bankerl. Ich versuchte mich auf die zahlreichen Meisen zu konzentrieren, die gerade den totalen Zirp-Flash bekamen und sich gar nicht mehr beruhigten. Zu meinen Füßen blühte ein Meer von Hyazinthen in Dunkelblau, Kopf an Kopf. Der Rhabarber wucherte, es war abzusehen, dass wir uns wochenlang nur von Rhabarber ernähren mussten. Dort, wo der Salat wachsen sollte, machte sich der Giersch breit. Ich nieste schon wieder wegen der Birkenpollen.

Der will dich nur fertigmachen, dachte ich mir. Er will so tun, als würde er mich die ganze Zeit beobachten. Und das stimmte einfach nicht. Man musste eigentlich nur eine Leberkässemmel kaufen, schon wusste man, dass Großmutter im Krankenhaus war. Das war aber auch nicht beruhigend. Denn dann war es jemand aus unserem Dorf, der ungehindert Zugang zu unserem Dorftratsch hatte. Und wieso der dann in Unterbachenreuth Kahlschlag machte und nicht bei uns, ging nicht in mein Hirn.

Schließlich kam Joe auf mich zugeschlendert, setzte sich neben mich und legte den Arm locker hinter mich auf die Lehne der Bank, gerade so, dass er mich nicht berührte. Wir redeten nicht miteinander, und ich musste mich ständig konzentrieren, dass ich nicht näher zu ihm rutschte. Und auch er schien sich konzentrieren zu müssen, dass seine Hand nicht plötzlich auf meiner Schulter landete.

Dann wirbelte dankenswerterweise Anneliese mit so viel Elan in den Garten, dass man glatt vergessen konnte, dass sie schwanger war.

Wir sahen beide Joe hinterher, der zu Maarten in die Küche ging, während Anneliese wieder mit ihrer Ich-muss-unbedingt-das-Kinderzimmer-fertig-kriegen-Tirade anfing, entweder, weil sie meinte, dass mich das prima ablenkte, oder weil sie die unsensibelste beste Freundin auf der ganzen Welt war.

Ich schaltete auf Durchzug.

Hin und wieder stand Anneliese auf und behauptete, nicht mehr sitzen zu können. Der Birnbaum hatte schon dicke Knospen, der Lavendel war abgestorben, der Rasen übersät von Gänseblümchen und Löwenzahn. Ich dachte wieder darüber nach, dass der Mörder jemand sein musste, den wir alle kannten. Und der eine traumatische Kindheit gehabt hatte.

»Die Reisingerin wenn das sehen würde«, sagte Anneliese

plötzlich, als wäre ihr jetzt erst aufgefallen, wie der Garten aussah.

»Ja, das muss schlimm sein, wenn man so aus dem Himmel herunterschaut und dann sieht, wie's im Garten aussieht«, sagte ich ernst, und Anneliese schüttelte den Kopf über so einen Quatsch.

Noch dazu bei der Reisingerin, die stets einen ätzenden Kommentar über Unkrautsamen, Hundekot und Wildwuchs von Hecken auf der Lippe gehabt hatte. Der blassblaue Himmel verdüsterte sich durch eine dunkelgraue Wetterfront, was die Vögel noch mehr zum Zwitschern anregte. Ein kalter Windhauch ließ mich aufstehen, Gänsehaut lief über meine Arme in die Finger.

»Und drum wollte ich dich fragen«, sagte Anneliese abschließend und sah mich erwartungsvoll an. »Wie das jetzt wäre.«

»Was?«, fragte ich entgeistert.

»Ob du mitgehst.« Als sie meinen verständnislosen Blick sah, fügte sie ärgerlich hinzu: »Zur Geburt. Oder hast des schon wieder vergessen?«

Dann murmelte sie etwas von Drückebergern und besten Freundinnen.

»Aber…«, krächzte ich. Natürlich hatte ich das nicht vergessen. Aber ich hatte gehofft, sie hätte es getan. Oder zumindest der Thomas sich daran erinnert, dass er dran war, mit Geburt und so. »Also. Dazu musst du wissen … dass ich keine Ahnung habe. Von Geburten. Ich kann dir da gar nicht …«

»Du musst ja nicht helfen. Du sollst nur dabei sein und mir die Hand halten. Weil der Thomas, der kippt mir wieder um, und das kann ich auch nicht brauchen.«

Echt, der Thomas. So ein Loser.

»Vielleicht kippe ich auch um«, sagte ich kraftlos.

»Schmarrn«, antwortete sie sehr überzeugt. Als ich nichts darauf erwiderte, fragte sie vorsichtig: »An was denkst du?«

»An den Mörder«, erläuterte ich brummig. »Und dass wir den alle kennen.«

»Ich kenn den nicht«, sagte Anneliese bestimmt.

»Der läuft durch unser Dorf und telefoniert mit mir«, fauchte ich sie an. »Meinst du, der wär nicht schon lang aufgefallen, wenn ihn keiner kennen würde?«

»Und wieso sollt des jemand von uns machen?« Anneliese schüttelte den Kopf.

»Weil er traumatisiert ist. Schon seit seiner Kindheit«, erklärte ich ihr wieder etwas ruhiger. »Kennst du da jemanden?«

»Traumatisiert«, wiederholte Anneliese. »Durch was?«

»Das wissen wir natürlich nicht«, erklärte ich geduldig. »Durch irgendetwas Bedrohliches, das die Person erlebt hat und dem sie hilflos ausgeliefert war.«

»Im Krieg, oder was? Der Stangl und der Schaller, die waren im Schützengraben«, erklärte Anneliese.

Ja, aber die waren uralt und im Altenheim respektive im Krankenhaus. Gerade die zwei hatten echt gute Alibis.

»Und die Frau vom Schwager, die ist von ihrem Mann direkt in den Alkohol getrieben worden. Die hat zwar die Kurve gekriegt wegen der Anonymen Alkoholiker ... aber vielleicht ist sie trotzdem vom Schwager traumatisiert?«

Das klang sehr wahrscheinlich. So wie es aussah, hatte Anneliese leider auch keine Tratschinfos für mich.

»Vielleicht ist es irgendjemand von den Anonymen Alkoholikern.«

»Die sind aber anonym«, erklärte ich ihr.

»Die werden jetzt anonym sein«, sagte Anneliese kopfschüttelnd. »Die sind doch beim Schmalzlwirt, während sich die Samstagsbastler treffen. Da siehst doch, wer zu den Alkoholikern geht und wer zu den Samstagsbastlern. Außerdem brauchst doch nur die Langsdorferin fragen, die geht auch immer noch hin.«

Ich räusperte mich umständlich, weil ich es nicht gut fand, dass man alle Alkoholiker aus unserem Dorf aus der Anonymität riss.

»Ein Vergewaltigungsopfer«, spekulierte ich weiter, »jemand, der als Kind missbraucht worden ist. Oder geschlagen.«

»Die Fini hat öfter eine Watschen kassiert. Von ihrer Mutter«, wusste Anneliese.

Ich winkte ab und sackte wieder in mich zusammen. Wir hatten keine Ahnung von den Traumata unserer Dorfbewohner. Allein, was die Rosl und die Burgl im Krieg erlebt hatten, war bestimmt hochgradig traumatisierend, aber dass die jetzt seriенmordend herumzogen, konnte ich mir nicht vorstellen.

»Du kannst natürlich auch auf die Kinder aufpassen, während ich mit dem Thomas im Krankenhaus bin«, sagte Anneliese nach einer längeren Pause, sich wieder an das Ursprungsthema erinnernd.

Das war echt Erpressung.

»Gut, du gehst also mit«, sagte Anneliese zufrieden und strahlte, als ich nicht darauf antwortete. »Lisa, ich wusste, auf dich ist Verlass!«

Ich nickte nur, zu feige für Ehrlichkeit. Dann sprang sie plötzlich auf und packte mich bei der Hand. »Der Schmalzl kommt. Da müssen wir rüber! Sonst klebt der dir die alten Tapeten an die Wand, die er im Keller gefunden hat.«

»Mir wurscht«, antwortete ich und lehnte mich zurück.

»So ein Schmarrn. Das ist überhaupt nicht wurscht«, erklärte sie mir und zog mich einfach hoch. »Du wirst doch jetzt nicht wegen so einem Mörder schwächeln. Später ärgerst dich grün und blau!«

Mochte sein. Später war ich vielleicht aber auch tot. Anneliese zog mich einfach mit sich mit. »Mach dir nicht so viel Sorgen wegen dem Mörder. Der Max, der findet den schon. Außerdem …« Sie öffnete mir das Gartentürl, weil sie in ihrem Zustand natürlich unmöglich über den Komposthaufen klettern konnte, »… vielleicht ist das ja ein netter Mörder.«

»Netter Mörder«, echote ich. So einen Blödsinn hatte ich ja noch nie gehört. Ich dankte dem Himmel zum wiederholten Male, dass Anneliese ihre Karriere als Privatdetektivin an den Nagel gehängt hatte.

Als ich gerade den Schmalzl im Reisinger-Haus kontrollierte, sah ich durch das Badfenster, dass endlich ein daytonagrauer Audi vor Großmutters Gartentürl hielt. Ich stand vollkommen fassungslos vor den Badfliesen und wusste nicht, was ich sagen sollte. Deswegen bedankte ich mich nur artig und sah zu, dass ich möglichst schnell zu Max kam.

»Die haben eine Blumenborte ins Bad gefliest«, zischte ich Anneliese zu. »Ich krieg die Krise.«

Mal abgesehen davon, dass Max auch die Krise kriegen würde. Der wollte nämlich ein einfarbig weißes Badezimmer. Und nicht Blumenmuster in Augenhöhe.

»Spätestens nach einem halben Jahr siehst des nicht mehr«, erklärte Anneliese und verabschiedete sich dann meines Erachtens ziemlich übereilt.

Hauptsache noch nicht ermordet, dachte ich mir. Da waren Blümchenfliesen echt Peanuts. Ich konnte mich jetzt einfach nicht darum kümmern, ob irgendwelche Tapeten aus den frühen Siebzigerjahren verwurschtelt worden waren. Vermutlich würde sich das noch rächen. Ich stürmte in unsere Küche, wo mir Joe mit forschem Schritt entgegenkam, offensichtlich von Max mit einem neuen Auftrag versorgt. Max breitete gerade einen Stapel Blätter auf dem Küchentisch aus – sämtliche Telefondaten aller Ermordeten, inklusive der Angehörigen.

»Und, alles klar?«, fragte er nett und zog mich kurz in seine Umarmung.

»Na ja«, antwortete ich.

Max sah mich prüfend an und sagte sehr freundlich: »Dann gehen wir doch mal in unser Haus rüber. Während Maarten hier die Telefondaten kontrolliert, könnten wir …«

O nein.

»Nicht nötig«, lenkte ich ihn ab. Das mit der Blümchenborte würde ich ihm nach dem zweiten Glas Rotwein zeigen.

»Okay«, erwiderte er unschlüssig, weil ich ihm die letzten Tage die Hölle heiß gemacht hatte, dass er sich zu wenig um unseren Umzug kümmerte.

»Dürft ihr das?«, lenkte ich ihn ab und zeigte auf die Telefonlisten.

»Wenn die Angehörigen zustimmen, ja«, antwortete Max, und wir sahen zu dritt in die Blätter.

Dass ich mitlesen durfte, war bestimmt gelogen. Aber ich kannte inzwischen keine Hemmungen mehr, datenschutzmäßig.

»Ihr könnt ja auch die SMS lesen«, sagte ich fassungslos, als ich die Nachrichten vom Mariandl an ihren jüngst verstorbenen Mann las. Das war ja richtig, richtig furchtbar, wenn alles von jedem gelesen werden durfte.

»Wann kommst denn endlich heim?«, stand da mit mehreren Fragezeichen. Und die nächste SMS lautete: »Mir reicht's langsam!«, auch das mit mehreren Ausrufezeichen.

»Klar«, sagte Max.

Das waren ganz schlechte Neuigkeiten. Ich würde nie wieder eine blöde SMS schreiben, wenn Krethi und Plethi mitlesen konnten.

»Da!«, sagte ich, als ich eine Nummer erkannte. »Der Beweis, dass die Fini auch Quatsch erzählt. Da hat der Zindler den Poldi angerufen, und das, obwohl sie gesagt haben, sie hätten keinen Kontakt.«

»Oder die Fini hat ihre Freundin Traudl angerufen«, sagte Max.

»Ha, die Traudl wohnt nicht mehr bei ihren Eltern!«, triumphierte ich. »Und hier und hier hat er noch mal angerufen.«

Ich verteilte die Telefonlisten trotz Max' Protest über den gesamten Küchentisch. »Und da hat er beim Gschwendner angerufen. Mitten in der Nacht. Um drei, um vier und um fünf und in der nächsten Nacht auch …«

»Oder die Fini hat bei ihren Eltern …«

»Quatsch, kein Mensch ruft seine Eltern um drei Uhr in der Nacht an.«

»Vielleicht kurz bevor sie zum Melken geht?«, schlug Max vor.

Ich kaute auf meiner Unterlippe. Schmarrn. Die wird vor dem Melken ihre Mutter anrufen.

»Die melken nicht um drei Uhr, sondern um sechs«, sagte ich knurrig.

»Vielleicht misten sie vorher aus…«, meldete sich Maarten zu Wort.

»Jetzt hört doch endlich auf mit eurem blöden Herumgerede!«, rief ich empört. »Außerdem misten die nie aus, da stehen die Viecher bis zum Anschlag in der Scheiße. Und können wahrscheinlich froh sein, wenn sie um neun gemolken werden. Das ist doch der Beweis, dass der Sturm Bene doch noch Kontakt hatte.«

Wenn ich Max wäre, würde ich den Sturm sowieso gleich verhaften.

Das Festnetztelefon von Großmutter begann zu schrillen, und im nächsten Moment hatte ich eine ungehaltene Schmalzlin am Telefon, die wollte, dass ich ihrem Mann ausrichtete, dass er mal gefälligst wieder zu Hause erscheinen sollte. Ich hatte den Eindruck, dass sie eher kontrollieren wollte, ob er wirklich im Reisinger-Haus war. Ich versprach es ihr.

Danach hüpfte Max' Smartphone summend über den Tisch. Außer mir sah niemand so aus, als würde er davon Herzrasen bekommen. Max nahm das Gespräch entgegen, dann nickte er den anderen zu.

»In der Papiertonne von den Gschwendners wurde die Verpackung von Bettlaken gefunden.«

Max holte seine Autoschlüssel aus der Hosentasche.

»Ich komme mit«, sagte ich hastig.

»Das ist nicht nötig«, sagte Max ebenso hastig.

»Ich werde jetzt nicht alleine durch die Gegend gurken. Vergiss es«, erklärte ich böse.

Max steckte sein Smartphone ein. Ich steckte mein rosa Handy ein.

Die Gschwendner Burgl stand mit in die Hüften gestemmten Fäusten neben ihrer Mülltonne. Sie war hochrot und fleckig im Gesicht, und ihr riesiger Busen wogte aufgeregt in der hochgeschlossenen Bluse auf und ab. Von ihrem Mann war weit und breit nichts zu sehen.

»Des heißt gar nix«, keifte sie gerade die Typen von der Spurensicherung an, die zu jedem ihrer Sätze nur freundlich nickten und wahlweise »Ja« oder »Natürlich« sagten.

»Ich kauf doch ned bei Tchibo meine Leintücher«, keifte sie weiter.

»Die sind aber ned schlecht«, sagte vom Nachbarszaun die Kalhammerin. »Nur die Falten, des stört mich halt, des ist dann nach einem Tag nicht mehr ganz glatt.«

Die Kalhammerin hatte sich für dieses Polizeiereignis richtig aufgetakelt und stützte sich gemütlich mit beiden Unterarmen auf der Briefkastensäule ab.

Max sah sich die Papierverpackung der Bettlaken durch die Beutel der Spurensicherung an.

»Microfaser Spannbettlaken«, stand da, direkt unter dem Tchibo-Logo. »Superweich, leicht und atmungsaktiv.« Von atmungsaktiv konnte beim Poldi und dem Maneder echt nicht die Rede sein.

Ich stellte mich vorsichtshalber zu der freundlichen Kalhammerin, weil mir die Burgl gerade sehr diabolisch vorkam.

»Natürlich kauft die auch bei Tchibo«, flüsterte sie mir vertraulich zu. »Die hat sogar einen Computer und macht des online. Hat's mir erst an Weihnachten gesagt, wie praktisch des wär. Und dann sagen, ihr würd des Zeug ned ghören. Wer meint's denn, dass ihr den Müll reinsteckt in die Tonne. Ich jedenfalls ned.«

Ich nickte.

»Da war doch vorletzte Woche die Aktion bei Tchibo, da hat man zwei Betttüchln für den Preis von einem bekommen. Ich mach des schon, da sparst richtig Geld«, verriet mir die Kalhammerin und tippte mir dann mit der Hand auf den Unterarm. »Und cremefarben passt ja auch zu allem.«

Ein Mörder, der so sparsam war, dass er das Mordwerkzeug verbilligt bei Tchibo kaufte.

»Cremefarben?«, fragte ich laut nach. Woher wusste sie denn das?

»Des hat die Burgl gsagt, ich hab doch keine cremefarbenen Betttüchln, da könnt's nachschauen!«

Nachdem die cremefarbenen Leintücher an den Hälsen der Spezln ihres Mannes gelandet waren, konnten sie auch schlecht bei ihr im Schrank liegen.

Die Burgl warf ihrer Nachbarin einen bösen Blick zu, anscheinend hatte sie den letzten Satz gehört. »Ich kauf keine cremefarbenen Betttüchln. Nur weiße. Schon immer.«

»Des siehst doch in der Nacht gar ned.«

»Aber dann hab ich des Gefühl, ned auf weißen Tüchln zu liegen. Und des ist halt ned ganz so hygienisch.«

Max schien hart an seiner Mimik zu arbeiten, denn außer einem kleinen Stirnrunzeln sah man ihm nichts von seinen Gedanken an. Mit undurchdringlicher Miene überreichte er einem von der Spurensicherung wieder die Tüte mit dem Tchibo-Beweismaterial.

»Das sind nicht unsere Betttüchln«, beharrte die Burgl, und ihre Stimme wurde weinerlich. »Mein Mann bringt doch nicht seine Spezln um, wieso sollt er denn des machen? Der hat doch was anderes zu tun, als Leut' umzubringen!!«

»Da jeder zu der Mülltonne Zugang hat, kann auch jedermann hier seinen Müll entsorgt haben«, sagte Max freundlich und wurde von der Burgl mit einem dankbaren Blick belohnt.

Die Kalhammerin richtete sich auf und machte Anstalten, zurück ins Haus zu gehen. Nachdem die Burgl wohl nicht ursächlich für den Mord an drei Männern verantwortlich war, gab es keinen Verweilgrund mehr.

Ich tippte Max kurz an die Hand. »Und wo sind die Plastiktüten, die außen herum gehören? Wenn man Fingerabdrücke findet, dann doch wohl auf den Plastikhüllen.«

»Da waren keine Plastikhüllen«, erklärte der Typ.

»Ja, weil das die Papiertonne ist«, erklärte ich ihm nachsichtig, da er anscheinend keine Ahnung von Mülltrennung hatte. »So etwas kommt doch in den gelben Sack.«

Max nickte mir mit einem leichten Lächeln zu. Denn wenn die Burgl in ihrem gelben Sack die Plastikhüllen von den Betttüchern hatte, dann konnte sie sich nicht so leicht rausreden, von wegen, das hätte jeder hineingestopft haben können. Weil, die gelben Säcke, die stellte man nur zur Abholung an die Straße. Ansonsten hatte man die bei uns im Dorf im Keller stehen.

»Wir bräuchten noch Ihre gelben Säcke«, sagte er zur Burgl.

Die Kalhammerin lehnte sich wieder gemütlich mit beiden Ellenbogen auf die Briefkastensäule. Der Blick, den uns die Burgl zuwarf, hätte einen Ochsen töten können.

Da mich keiner aufhielt, trottete ich mit Max, den zwei Typen von der Spurensicherung und Joe hinter der Burgl her. Das Haus war ein typisches Achtzigerjahrehaus, riesig und ursprünglich bestimmt dunkel gestrichen. Aber inzwischen waren alle dunklen Holzverkleidungen weiß übermalt worden. Der Vorgarten war sehr gediegen, mit verrosteten verschnörkelten Stühlen und verrosteten Rosenbögen auf alt getrimmt. Die Burgl führte uns mit bitterböser Miene in die gute Stube, die richtig schick minimalistisch, sehr edel und überhaupt nicht Achtzigerjahremäßig eingerichtet war. In einer Ecke stand ein cremefarbener Kachelofen auf einem weißen Sockel mit drei goldenen Sonnen darauf, daneben eine riesige kupferfarbene moderne Vase, aus der eine sehr moderne Dekoration von Ästen und Zweigen rankte. Die Wand gegenüber war komplett verglast, und man konnte in einen ganz offensichtlich von einem Landschaftsarchitekten angelegten Garten blicken. Mitten in dem riesigen Wohnzimmer standen eine genauso riesige cremefarbene Couchlandschaft und ein langgestreckter gläserner Couchtisch. An Geld fehlte es offensichtlich nicht. Direkt vor dem Tisch kniete ein vielleicht zehnjähriges Mädchen und malte.

»Ich hol die Säcke schon«, erklärte die Burgl würdevoll.

»Wir kommen mit«, sagte Max sehr zuvorkommend, als würde er ihr damit einen Gefallen tun, und lächelte sie an. Dann drehte er sich zu mir um und sagte leise: »Du kannst gerne fahren.«

Ich nickte und blieb eine Weile unschlüssig neben dem Mädchen stehen.

»Hat die Oma was angstellt?«, wollte es von mir wissen, als die Männer mit der Burgl verschwunden waren.

»Ich glaube nicht«, antwortete ich. Wenn man Mülltrennung nicht als Verbrechen ansah, dann nicht. »Omas stellen doch nie was an, oder?«

Das Mädchen grinste mir zu. »Aber vielleicht der Opa, oder?«

Ich zuckte mit den Schultern. Für Opas wollte ich jetzt nicht meine Hand ins Feuer legen.

»Bist du oft bei deiner Oma?«, wollte ich wissen, um von dem Mordthema abzulenken.

»Den ganzen Tag.«

»Ich auch«, sagte ich.

Wir grinsten uns verschwörerisch zu.

»Geht deine Mama auch den ganzen Tag in die Arbeit?«

»Keine Ahnung. Die hat sich verzupft.«

Sie starrte mich erst einmal sprachlos an. »Echt? Bei mir hat sich der Papa verzupft.«

Wir grinsten wieder.

»Männer sind nämlich so«, erklärte sie mir altklug. »Sagt die Oma.« Sie senkte ein wenig die Stimme, um ins Detail zu gehen. »Hat die Oma erst gestern dem Opa gesagt. Dass Männer wohl nie nix kapieren.«

»Kapieren?«, wiederholte ich das letzte Wort.

»Ja. Und dass er sich doch zamreimen könnte, was das bedeutet.«

»Was denn zusammenreimen?«, wurde ich neugierig.

»Wieso die alle umgebracht werden.«

Die Burgl. Aber wieso sagte sie denn der Polizei nicht, was sie sich schon zusammengereimt hatte? Denn wenn der Gschwendner nicht derjenige war, der alle umbrachte, war doch der logische Rückschluss, dass er vermutlich der Nächste sein würde, der ein Betttuch um den Hals hatte.

»Und was hat er sich zusammengereimt?«, wollte ich wissen.

Sie zuckte mit den Schultern. »Keine Ahnung. Darüber haben sie nicht geredet.«

Schade.

»Vroni, geh auf dein Zimmer«, sagte die Burgl hinter mir scharf und warf mir einen sehr grimmigen Blick zu.

Ich verdünnisierte mich ebenfalls, und zwar in die Küche, wo die Spurensicherung den Inhalt der zwei gelben Säcke auf Zeitungspapier gekippt hatte, und sich jedes Stück Müll einzeln ansah.

Während ich all die Milchtüten, Red-Bull-Dosen und Verpackungen von löslichem Kaffee bestaunte, flüsterte ich Max meine neuesten Ermittlungsergebnisse zu.

»Dass der Gschwendner sich das zusammenreimen könnte?«, hakte Max noch einmal nach.

»Stopp«, sagte ich und zeigte auf eine Plastikverpackung. »Das könnte so eine Verpackung sein.«

Die Burgl kam wieder in die Küche, stemmte ihre Fäuste in die Hüften und schüttelte den Kopf.

»Mir einen Saustall hermachen«, zischte sie vor sich hin. »Des, wenn nicht weggräumt wird, ich schalte den Staatsanwalt ein!«

»Und hier …«, sagte Max, die Burgl ignorierend. »Die Gleiche noch einmal.«

Die Burgl verstummte und sah mit großen Augen auf die Plastikverpackungen.

»Und hier«, sagte der von der Spurensicherung triumphierend.

»Das ist nicht von mir«, betonte die Burgl, aber es schlich sich ein komischer Unterton in ihre Stimme. Als wäre sie sich plötzlich nicht mehr so sicher. »Der ganze Sack ist nicht von mir …«

»Wer hat Zugang zur Speisekammer?«, fragte Joe sachlich

und zog sehr professionell einen Notizblock aus der Tasche. »Wer hat Zugang zum Haus?«

»Stopp. Hier«, sagte ich noch einmal und deutete auf eine vierte Tüte.

Bei der Mordwerkzeugentsorgung auf Mülltrennung zu achten, war wirklich voll verschärft.

»Wovon könnten diese Verpackungen sein, wenn nicht von Bettwäsche?«, fragte Joe, und die Burgl schüttelte nur den Kopf. Sie war knallrot im Gesicht, und der Schweiß stand ihr auf der Stirn.

»Ich habe keine Ahnung«, flüsterte sie.

Die folgende Nacht verbrachten Max und ich getrennt – schließlich mussten wir auch einmal schlafen. Zu meiner Sicherheit schlief Maarten im Wohnzimmer auf der Couch, was echt eine Zumutung für den armen Kerl war. Allerdings konnte auch ich nicht einschlafen, ständig dachte ich daran, dass ich bald nicht mehr in diesem Bett schlafen würde. Und wie das funktionieren sollte, mit mir außer Haus, wenn meine Großmutter aus dem Krankenhaus zurückkehrte und auf meine Hilfe angewiesen sein würde. Ganztags. Ganznachts. Außerdem hatte ich plötzlich das ungute Gefühl, dass meine Großmutter mit der Prophezeiung recht gehabt hatte, dass man ab einem bestimmten Alter nur zum Sterben in Krankenhäuser kam.

Am nächsten Morgen fühlte ich mich richtig unausgeschlafen und deprimiert. Eine Weile beobachtete ich Maarten, der mit Großmutters Filterkaffeemethode nicht zurechtkam und den gesamten Küchenkasten flutete, dann starrte ich aus dem Fenster und beobachtete den Star aus dem Reisinger-Garten, der bald Max' und mein persönlicher Star sein würde. Er schleppte Nistmaterial an, ein riesiger Strohhalm hing aus seinem Schnabel und zog ihn fast zu Boden. Als das Festnetztelefon klingelte, sprang ich so hastig auf, dass ich beinahe auch über die Sauerkrautschachteln gefallen wäre.

»Hallo«, sagte Joe. »Soll ich vorbeikommen?«

»Ich muss jetzt dann ins Krankenhaus«, sagte ich erleichtert, dass es nicht jemand vom Krankenhaus war. »Zur Oma. Gibt's bei euch was Neues?«

»Die Gschwendnerin ruft alle paar Minuten im Präsidium an«, erklärte er mir. »Und ich hoffe immer, dass ich nicht derjenige bin, an den sie weitervermittelt wird.«

»Wieso?«, fragte ich. Ich konnte mich gerade nur schwer auf das Gespräch konzentrieren.

»Weil sie Fingerabdrücke abgeben musste«, erklärte Joe geduldig. »Und ihr Mann auch.«

Wie die Verbrecher, hörte ich sie in meinem Kopf sagen. Was mich momentan wirklich tierisch beunruhigte, war, dass der Mörder vermutlich vier Bettlaken gekauft und die Verpackung schön brav per Mülltrennung entsorgt hatte. Das sah sehr zwanghaft aus. Und es sah so aus, als würde er mit dem Morden nicht aufhören. Jedenfalls nicht, bevor er auch das vierte Bettlaken verwendet hatte. Wenn er nicht zu Hause sogar noch einen unausgepackten Doppelpack Tchibo-Bettlaken liegen hatte und plante, drei weitere Menschen umzubringen.

»Bestimmt hatte der Mörder immer brav Handschuhe an«, sagte ich schließlich. »Oder glaubst du, dass der Gschwendner seine Spezln umbringt?«, wollte ich von Joe wissen.

»Ich muss jetzt los, der Hund macht mir noch in die Wohnung«, beendete ich das Gespräch, als Joe nicht antwortete.

Kraftlos blieb ich am Küchentisch sitzen, obwohl der Hund schon fiepte, und dachte eine Weile über die Burgl nach, die wegen der Betttuchverpackungen so aus allen Wolken gefallen war. Denn das konnte natürlich heißen, dass die Gschwendners wirklich mit den Morden nichts zu tun hatten. Oder aber, dass die Gschwendnerin nichts davon wusste, was ihr Mann so trieb. Oder aber, dass die Gschwendnerin früher einmal in der Laienspieltruppe von Unterbachenreuth mitgespielt hatte und deswegen erschrockenes Erstaunen perfekt imitieren konnte.

Außerdem musste ich daran denken, was es bedeutete, wenn nicht die Gschwendners selbst die Mörder waren. Dann musste der Mörder zumindest Zugang zu ihrem Haus haben. Mir schwirrte der Kopf, und ich versuchte alle diese Gedanken zu verscheuchen.

»Soll ich mit dem Hund gehen?«, bot sich Maarten an, da er anscheinend wenig Lust verspürte, Kaffeesatz vom Boden zu wischen.

Als ich gerade aufstand, um in die Gänge zu kommen, wie Großmutter zu sagen pflegte, sah ich die Rosl, die Annl, den Schmalzl und den Kreiter durch den Vorgarten auf das Reisinger-Haus zugehen. Ich hatte keine Ahnung, wieso sie sich weiterhin so für mich ins Zeug legten. Auch wenn es vermutlich um reine Neugierde ging und es schlichtweg gemütlicher war, sich im Reisinger-Haus einen Kaffee aufzubrühen, als in der Metzgerei in der Schlange zu ratschen, war ich ihnen echt dankbar.

Plötzlich spürte ich wieder ein bisschen Energie in mir. Ich holte das quatschnasse Kissen, das ich auf dem Gartenbankerl vergessen hatte, und warf es in den Hausflur. Danach organisierte ich einen Korb voller Leberkässemmeln in der vollkommen ausgestorbenen Metzgerei. Kein Wunder, die üblichen Verdächtigen hingen schließlich gerade im Reisinger-Haus ab und warteten auf wichtige Informationen. Statt wie üblich über den Zaun hinüber zum Reisinger-Haus zu klettern, ging ich brav durch das Gartentürl. Ich hatte zur Abwechslung so richtig positive Gefühle für all diese Leute. Bis jetzt hatte ich keinen Finger gerührt, und sämtliche Tapeten waren schon von den Wänden.

Ich trug den Korb mit den Leberkässemmeln in die Küche.

In dem kleinen Zimmer neben der Küche hörte ich eine sehr energische Auseinandersetzung zwischen Rosl und dem Schmalzlwirt.

»Die Wand haun wir raus«, erklärte der Schmalzl mit brummiger Stimme. »Heut hat man des so, eine große Küch', was willst mit dem Kammerl!«

»Des wird doch die Speis!«, keifte die Rosl ihn an. »Des

bleibt so. Da kommen ein paar schöne Regale rein, da hab ich noch welche im Keller …«

»Wenn ich's dir sag«, sagte der Schmalzl ärgerlich. »Eine große Küch', und ich hab noch eine Eckbank, die würd dann grad reinpassen, wenn ich die Wand raushau …«

Argh.

Ich stellte den Korb auf den Tisch und schrie »Leberkässemmeln« ins Haus hinein, und gleich kamen auch alle, um sich zu bedienen. Um das mit der Eckbank und den Regalen würde ich mich später kümmern.

»Mei, akkurat der Karli«, heulte die Annl neben mir, während die Rosl mit hochrotem Kopf aus der zukünftigen Speisekammer trat. »Ich kann's immer noch ned fassen.«

»Erst letztes Jahr hat er doch die Sach' mit dem Auto überlebt«, sagte die Zenz.

Seltsamerweise starrten alle auf mein Handy, das ich neben den Korb gelegt hatte.

»Welche Sach'?«, fragte ich nach.

»Da ist er doch mit dem Radl unterwegs gwesen, und dann hat ihn einer mit dem Auto erfasst.«

»Mit hundertdreißig«, sagten die Weiber synchron und schüttelten, ebenfalls sehr synchron, ihre Köpfe, dass die grauen Löckchen nur so wackelten.

Die Rosl hatte ihre blau geblümte Kittelschürze an. »In dem Alter ist des nicht selbstverständlich, dass des überlebst, wenn'st in ein Auto fliegst«, erklärte sie mir das Problem. »Durch die Windschutzscheibe. Auf den Schoß vom Ebner. Der hat sich die Schulter brochen. Und der Karli des Handgelenk.«

»Aber er hat immer gsagt, mei, einen Salto mortale hab ich halt gmacht, dann hab ich erst einmal keine Luft kriegt. Aber außer dass mir mein Gebiss nausghaut hat, ist nix passiert.«

Ich nickte begeistert.

»Da hätt er doch auch des noch überleben können«, erklärte Annl mit Nachdruck.

»Den Mord?«, fragte ich dümmlich.

Alle schüttelten erneut den Kopf. Ob wegen mir oder der Annl, war mir nicht klar.

»Die Reisingerin hat einen Dreck hinterm Kühlschrank, des glaubst ned«, sagte die Rosl dann, und im selben Moment kam der Schmalzl in die Küche.

Er nahm sich gleich zwei Leberkässemmeln und deutete auf die Küchenzeile. »Des machen wir morgen auf einen Tag. Heut Abend haun wir die raus, und morgen steht des. Und in zwei Tagen, da ziehen wir um.«

»Aber«, sagte ich etwas ratlos. War nicht eigentlich ICH diejenige, die umziehen sollte? Vor allen Dingen war es Max, der umziehen musste, weil ich ja nur mein Zahnbürstl umziehen würde.

»Ich muss morgen die Oma aus dem Krankenhaus holen.«

Und dann ganztags Großmutter überwachen.

Der Schmalzl warf mir einen bitterbösen Blick zu.

»Des wird doch keine zwei Tag dauern.«

Der Einfachheit halber nickte ich nur.

»Ihr heiratet's aber schon. Bevor ihr da einzieht?«, fragte die Rosl mit strenger Miene.

»Ähm«, antwortete ich und sah schon alle das Haus verlassen und mich mit all der Arbeit alleine lassen.

»Drum prüfet, wer sich ewig bindet«, sagten die Langsdorferin und die Kathl gleichzeitig, die erfreulicherweise der Meinung zu sein schienen, man bräuchte nicht gleich alles überstürzen. Der Wahn ist kurz, die Reu ist lang, würde Großmutter an der Stelle zitieren. Dankbar nickte ich.

»Das ist nicht ausgeschlossen«, sagte ich und hoffte, dass Max meine wirren Reden zum Thema Heirat nicht mitbekommen würde.

Hinter mir kam der Loisl herein. Er wirkte ziemlich nüchtern und hatte einen riesigen Kohldampf. Bestimmt hätte er gleich zwei Semmeln auf einmal genommen, wenn er nicht mit einer Hand seine Hose hätte festhalten müssen.

»Der Kommissar ist ein feiner Kerl«, sagte der Schmalzl, der die Hochzeitsthematik wohl nicht mitbekommen hatte.

»Und so zuvorkommend. Der grüßt dich immer. Und hält dir die Tür auf«, berichtete die Annl gerührt.

»Nie ein schlechtes Wort«, ergänzte die Rosl. »Über niemanden. Und des, wo er doch wissen muss, was es für Hallodris gibt.«

»So intelligent«, sagte die Kathl.

Vielleicht hatten sie ja doch erfahren, dass ich den Heiratsantrag von Max abgelehnt hatte.

»Dem kannst kein X für ein U vormachen«, schloss sich der Loisl der allgemeinen Meinung an.

»Und so fesch«, fügte die Langsdorferin hinzu und zwinkerte mir zu, als würde sie sich einen ganz anzüglichen Kommentar verkneifen. Ja, fesch war er wirklich, mein Max, dachte ich stolz, und zuvorkommend und überhaupt. Ich lächelte zurück.

»Die hab ich aus dem Container«, lenkte der Loisl das Gespräch von der prekären Hochzeitsfrage auf seine neue Hose. »Die ist nagelneu, die Hosen.«

»Weiß gar nicht, wer so was wegschmeißt.« Die Zenz schüttelte den Kopf, und ich dachte bei mir: »Bestimmt jemand, der noch keine Not kennengelernt hat.«

Das war wieder ein Spruch von Großmutter, und ich fühlte mich furchtbar deprimiert, dass ich mir ihre Weisheiten schon selbst vorsagen musste.

Die dunkelblaue Jogginghose sah wirklich nagelneu aus und schien noch überhaupt nicht getragen worden zu sein. Hinter dem Loisl drängten sich jetzt der Troidl und der Kreiter herein. Mannometer, sogar der Kreiter!

»Wahrscheinlich, weil der Gummi kaputt ist«, mutmaßte die Annl. »So eine Hosen kannst doch nicht brauchen.«

»Weil, so kannst ja keinen Sport machen«, sagte der Schmalzl mit dröhnender Stimme. »Wenn'st immer den Bund festhalten musst.«

Die Männer lachten laut, die Frauen schüttelten die Köpfe.

»Die kannst doch nicht zum Weißeln anziehen. Die ruinierst dir doch«, sagte die Annl. »Mit der Farb.«

»Macht nix. Ich hab noch zwei daheim. Genau die gleichen«, sagte der Loisl stolz.

»Ich will dich ned nackert sehen«, gackerte der Kreiter los, »wenn'st beim Weißeln vergisst, die Hosen festzuhalten.«

Wieder schlugen sich alle Männer laut lachend auf die Schenkel, und ich sah sofort einen Loisl ohne Hose vor mir.

Dann gluckste mein Handy, allerdings nicht im Mörder-Plopp-Modus, und die Blicke aller schnellten zu mir. Die Frauen sahen aus, als würden sie gleich zu schreien anfangen. Und die Männer, als würden sie ihre Jagdgewehre repetieren, um notfalls irgendwelche Serienmörder abzuballern. Irgendwie waren die alle richtig in Ordnung, dachte ich, obwohl ich auch gerade ziemlich Herzklopfen hatte.

»Wie geht's der Oma?«, fragte Anneliese per SMS.

Ich las die Nachricht laut vor, und ein allgemeines Aufatmen erfüllte die Küche.

Dann verschwanden die Männer aus dem Raum und gaben dem Loisl noch ein paar wertvolle Tipps, um die Hose oben zu halten.

»Pressbandl«, sagte der Metzger. »Da gibt's nix Besseres, damit eine Hosn ned rutscht.«

Dann hörte man wieder dröhnendes Lachen, das das ganze Reisinger-Haus ausfüllte.

Kraftlos setzte ich mich zu den Frauen und nahm mir auch eine Leberkässemmel, obwohl ich heute noch keinen Finger in meinem neuen Zuhause gerührt hatte. Während die Annl noch etwas davon erzählte, dass in der Küche zu wenig Steckdosen seien und ihr Schwager, der Elektriker, sich das doch anschauen könnte, aß ich meine Semmel und sah der Rosl zu. Irgendwie war es toll, so viele Leute im Haus zu haben. Und Leberkässemmeln mit süßem Senf waren auch irrsinnig beruhigend.

Kapitel 5

Nach meinem Krankenhausbesuch düste ich gleich weiter ins Polizeipräsidium. Ich musste Max möglichst schonend darüber informieren, dass er in zwei Tagen umzuziehen hatte, wenn er, der Held des Dorfes, sich's nicht mit allen verscherzen wollte. Wahrscheinlich flippte er mir aber schon bei der Erwähnung von Umzugskartons aus. Zwei Stufen auf einmal nehmend rannte ich in den ersten Stock zu seinem Büro. Die Tür war nur angelehnt, und ich atmete einmal tief durch, als ich Maarten drinnen im Vortragston reden hörte.

»Der durchschnittliche Serienmörder in Deutschland ist männlich, deutsch, zwischen achtzehn und neununddreißig Jahre alt, ledig oder geschieden, kinderlos, von durchschnittlicher bis unterdurchschnittlicher Intelligenz«, erklärte er eben.

Aha, Maarten, der Statistikfreak, hatte zugeschlagen.

»Er hat ein geringes Bildungsniveau, ist Arbeiter, Handwerker oder arbeitslos, stammt aus einer Problemfamilie. Er gilt als sozialer Außenseiter mit Persönlichkeitsstörung und Minderwertigkeitsgefühlen.«

Das traf auf irrsinnig viele Menschen zu.

»Die Schwierigkeit bei Serienmorden ist oft, dass der Täter in achtzig Prozent der Fälle seine Opfer gar nicht kennt«, erklärte Maarten weiter. »Außerdem, dass viele von ihnen sozial isoliert leben oder äußerst geschickt darin sind, ihre Taten vor Freunden und Familie geheim zu halten.«

Maarten räusperte sich. »Das führt dazu, dass die Polizei diese Mörder erst sehr spät schnappt. Im Durchschnitt gehen da dreieinhalb Jahre ins Land. Nach einer Statistik begehen diese

Mörder in diesem Zeitraum durchschnittlich sechs zusätzliche Morde.«

Na super. Davon hatte unser Mörder immerhin schon drei absolviert. Wenn er in der Geschwindigkeit weitermachte, war nach diesen dreieinhalb Jahren ganz Unterbachenreuth dahingemeuchelt. Und die Gefahr, dass auch ich gemeuchelt wurde, war riesig.

»Er hat auf jeden Fall kein sexuelles Motiv«, sagte eine tiefe Stimme, die ich nicht kannte. »Wir haben auch keine Hinweise auf sadistische Handlungen.«

»Raubmord scheidet auch aus«, sagte Max.

»Vielleicht ist es ein Auftragsmörder«, sagte ich, während ich die Tür aufdrückte.

»Für einen Auftragsmörder hat er sich aber für eine sehr ungewöhnliche Form der Tötung entschieden«, erklärte Max und warf mir einen prüfenden Blick zu.

Mein Blick blieb an einer schriftlichen Zusammenfassung auf einem Flipboard hängen:

- *Keines der üblichen Mordmotive wie Eifersucht oder Habgier*
- *Tötungszeremoniell grotesk und sinnlos*
- *Opfer werden zu reinen Objekten degradiert*
- *Nicht zwingend psychotische oder schizophrene Symptome*
- *Charakterisiert als einer, der ohne Mutterliebe in einem Heim oder bei Adoptiveltern aufwachsen musste*
  Statistik zeigt: Serienkiller sind überdurchschnittlich häufig Adoptiv- oder Heimkinder

»Das klingt wie in einem Film«, kritisierte ich, während ich die Punkte überflog. Außerdem passte das doch alles gar nicht so richtig auf unseren Fall. »Kennt ihr irgendjemanden hier oder in Unterbachenreuth, der ein Adoptiv- oder ein Heimkind ist?«

Ich nämlich nicht.

»Wir müssen uns von diesen Erklärungsmustern lösen«, sagte

Max, als er meinen skeptischen Blick sah. »Jeder Serienkiller ist ein Phänomen für sich – man darf sich nicht von medial gelernten Erklärungsvorschlägen beeinflussen lassen.«

Max stand auf und zog mich in eine kurze Umarmung. Meine Hand ließ er danach nicht wieder los.

»Aber er hat eine Tötungsphantasie«, widersprach Frau Börner.

Tötungsphantasien waren doch bestimmt vollkommen normal bei Serienmördern.

Max und ich setzten uns nebeneinander, er legte meine linke Hand auf den Tisch und seine darauf.

»Das finde ich ein ausgesprochen wichtiges Element, gerade das mit den Kordeln«, erklärte sie weiter.

Alle drei Männer waren erst nach ihrem Tod gefesselt worden.

Max sah mich einfach nur an, ohne sich an der Diskussion zu beteiligen, und sein Blick erinnerte mich daran, weshalb ich mich in ihn verliebt hatte. Ich sehe dich einfach gerne an, hatte er mir gestern gesagt. Wenn du so lachst, wie du immer lachst.

Leider lachten wir in letzter Zeit irrsinnig wenig.

»Gerade dieses nachträgliche Fesseln, das für den eigentlichen Tötungsvorgang überhaupt keine Bedeutung hat – das muss für ihn eine besondere Bedeutung haben«, riss mich Frau Börner aus meinen Gedanken.

»Hilflosigkeit der Opfer«, schlug Maarten vor.

»Die Hände gebunden«, schlug Joe vor.

»Ein Stempel«, sagte Max, den Blick weiterhin auf mich gerichtet. »Seine Unterschrift. Es hat keinen Sinn, sondern dient nur dazu, uns zu zeigen, dass er es war.«

Sehr kommunikativ, der Typ.

Alle Blicke schwenkten zur Tür, als sie aufging und Herr Winter hereinkam. Er trug durchsichtige Tüten in einer durchsichtigen Tüte und warf sie auf den Tisch zwischen uns.

»Es sind auf jeden Fall Tchibo-Tüten von Betttüchern«, sagte er. »Leider ohne Fingerabdrücke.«

So gescheit war das serienkillende Heimkind mit Tötungsphantasie also doch gewesen. Ich verkniff mir einen Kommentar, weil Max sonst gemerkt hätte, dass ich hier nichts zu suchen hatte.

»Die gelben Säcke stehen immer in der Speisekammer der Gschwendners«, sagte Max nachdenklich, und seine Hand umschloss plötzlich mein Handgelenk. »Man kommt nur in die Speisekammer, wenn man durch die Küche geht. Der Mörder muss zumindest jemand sein, der weiß, wo die gelben Säcke der Gschwendners aufbewahrt werden.«

»In unserem Dorf bewahrt jeder seine gelben Säcke in der Speisekammer auf. Und wenn sie voll sind, werden sie in den Keller getragen. Bis auf den Loisl natürlich, der wirft einfach alles vor die Tür«, klärte ich die Polizei auf.

»Die Küche hat eine Tür in den Garten«, setzte Joe hinzu. »Angeblich steht die hin und wieder offen.«

Schließlich lüftete man ordentlich nach dem Essenkochen. Das konnte dauern. Gerade wenn man gerne Schmalzmauserln buk.

Am nächsten Tag holte ich meine Großmutter aus dem Krankenhaus. In Zeiten, in denen man von einem Serienkiller verfolgt wird, ist nichts besser, als wenn man Großmütter zu versorgen hat und alleine einen Umzug stemmen muss. Letzteres hatte mir Max bei meinem Präsidiumsbesuch abschließend eröffnet. Dass er gerade ganz, ganz schlecht umziehen konnte. Was für ein Glück für mich, versuchte ich mich aufzuheitern. Da konnte ich mich nämlich gar nicht exzessiv auf meine Urängste konzentrieren.

Großmutter war noch immer redlich genervt von all den guten Vorschlägen, die sie im Krankenhaus erhalten hatte.

»Übergangspflege. Hauskrankenpflege«, las ich, während ich sie mit dem Rollstuhl zum Auto rollerte, und fühlte mich trotzdem großartig, weil sie so klang wie immer. »Hört sich doch gut an. Notfallpiepser. Essen auf Rädern.«

Okay, wir hatten schließlich die Rosl, die sich gerne für uns kulinarisch reinhängte. Die kam zwar nicht auf Rädern, aber kochen konnte sie.

Es dauerte ewig, bis ich Großmutter vom Rollstuhl ins Auto bugsiert hatte.

»So«, sagte Großmutter unzufrieden, als ich losfuhr. »Jetzt koch ich dir erst einmal was Gscheits.«

»Die Rosl hat uns einen Auflauf gemacht«, antwortete ich. Also, schon vor drei Tagen. Aber vor drei Tagen hatte ich auch noch den Pichelsteiner von der Zenz essen müssen, die Zucchinisuppe von der Langsdorferin und den Marmorkuchen von der Annl. Danach war ich nicht mehr in der Lage gewesen, weitere Nahrung aufzunehmen.

»Meint die, ich kann nicht mehr kochen?«, fragte Großmutter noch schlechter gelaunt.

Als ich in unsere Straße einbog, fiel mir auf, dass über Nacht der Rest der Gartenpracht auch zu blühen angefangen hatte. Während Großmutter auf dem Beifahrersitz schimpfend etwas in ihrer Handtasche suchte und ich mit dem Rollstuhl neben dem Auto wartete, betrachtete ich tief durchatmend die Bäume. Die Mirabelle im Reisinger-Garten, festlich weiß geschmückt, die Birne, die Weichsel, die Zwetschge. Nur die Apfelbäume ließen sich noch Zeit. Die Kohlmeisen bekamen sich gar nicht mehr ein, kurzzeitig übertönt von einem Düsenjet, der über uns dröhnte und eine Wolke von Donner hinter sich herzog.

Dann hörte ich die Stimme vom Schwager, und meine gute Laune war auf einen Schlag dahin. Halb gebückt half ich Großmutter in den Rollstuhl. Als ich mich wieder aufrichtete, sah ich, dass Maarten anscheinend den Auftrag erhalten hatte, den Schwager zu befragen. Was ich persönlich für eine Gemeinheit von Max hielt, weil er doch wissen musste, dass Maarten als schüchterner Norddeutscher zwar alle möglichen Dinge recherchieren konnte, aber im Umgang mit unseren Dorfbewohnern zum einen verloren wirkte und zum anderen nichts verstand. Aber der Schwager war Max wohl nicht wichtig genug, um die Befragung selbst durchzuführen.

Neugierig schob ich Großmutter etwas näher an den Gartenzaun, um ein wenig mithören und Maarten notfalls helfen zu können, sollte sich der Schwager wieder einmal unmöglich benehmen.

Die beiden standen im Vorgarten, der Schwager hatte wieder vor, Holz zu sägen, die Kreissäge stand schon vor dem Gartenhäusl. Er schwadronierte herum, woher er die Kreissäge hatte und wie sich das mit dem ganzen Schneebruchholz verhielt. Maarten warf uns hin und wieder einen verzweifelten Blick zu, und ich versuchte ihm Handzeichen zu geben, dass er ihn unterbrechen musste. Vielleicht meinte er aber auch, dass ich ihm gerade das Zeichen für das Köpfen des Schwagers gegeben hatte, denn er hatte plötzlich eine furchtbar angestrengte Miene. Außerdem war allein schon seinem Blick zu entnehmen, dass er nur einen Bruchteil dessen, was der Schwager vor sich hinbrummelte, auch verstand. Großmutter dagegen hatte Ohren wie ein Luchs und kommentierte in Überlautstärke.

»Glaubst des nicht«, sagte sie gerade. »Da ist er auch noch stolz drauf, dass er seinem Bruder die Kreissäge abgeluchst hat. Schämen tät ich mich. Wirklich schämen!«

»Jaja«, unterbrach ich sie, weil Maarten gerade zu einer Erwiderung ansetzte. Eigentlich war ich ja richtig froh, dass sie so war wie immer, aber konnte sie sich nicht verbal ein bisschen zurückhalten?

»Sie haben einmal erwähnt, dass Sie meinen, dass der Gschwendner das nächste Opfer sein wird«, sagte er.

Das passte jetzt überhaupt nicht zu dem, von was der Schwager gesprochen hatte, aber nun gut.

Der Schwager sah ihn brummig an und wirkte, als würde er am liebsten seine Kreissäge einschalten.

»Na ja, weil er uns halt alle immer angstachelt hat«, sagte er undeutlich und nahm seine Hacke in die rechte Hand.

Maarten trat einen Schritt zurück.

»Wozu angestachelt?«

»Das würd mich auch interessieren«, sagte Großmutter und reckte den Hals, um über den Gartenzaun zu blicken.

»Ich hab jetzt keine Zeit für so was«, sagte der Schwager, streifte Großmutter mit zornigen Augen und drehte sich zur Kreissäge um.

»Du bist bei der Polizei!«, zischte ich Maarten über den Gartenzaun zu. »Der muss Zeit für dich haben!«

Hilflos sah Maarten von mir zum Schwager. Dann nahm die Kreissäge heulend Anlauf.

Na warte!

»Ich komm gleich wieder«, sagte ich zu Großmutter und haute die Bremse vom Rollstuhl rein.

»Lass mich nur allein in der Gegend stehen«, brummelte sie ärgerlich. »Wenn ich umkipp, dann lieg ich wieder da.«

Ich ließ die Aussage unkommentiert und rannte zum Reisinger-Haus hinüber. Das war gleich gegessen mit der Kreissäge, wenn ich den Hauptschalter umlegte.

Tatsächlich ging im nächsten Moment die Kreissäge aus.

»Wozu angestachelt?«, fragte Maarten noch einmal, als ich aus dem Haus kam.

»Wenn's um irgendwelche Bauvorhaben gegangen ist. Da war der Gschwendner immer der, der alle über den Tisch gezogen hat«, antwortete er nach einem längeren Zögern, als hätte ich auch ihm den Stecker gezogen. »Die anderen, die waren da doch gar ned schlimm, aber der Gschwendner halt. Deswegen wundert's mich, dass die anderen umgebracht werden, wo doch der Gschwendner der Schlimmste von allen ist.«

»Aber sie haben zum Gschwendner gehalten«, mischte ich mich ins Gespräch ein.

»Was willst machen«, brummelte der Schwager. »Man will ja nicht den Gschwendner zum Feind haben.«

»Der hat euch gescheit unter Druck gesetzt«, mutmaßte ich über den Gartenzaun hinweg. »Ich würde dem Herrn Backhus lieber alles sagen, schließlich weiß man nicht, ob man dadurch nicht sein eigenes Leben rettet.«

Maarten sah noch verzweifelter aus.

»Wir denken da auch schon ständig drüber nach«, überraschte

uns der Schwager. »Wer des sein könnt. Und weswegen. Aber die größte Sauerei damals, die er sich geleistet hat … da sind ja längst schon alle tot, die sich hätten rächen können.«

»Was war denn die größte Sauerei?«, fragte ich hemmungslos weiter.

Der Schwager stutzte. Plötzlich schien ihm aufzufallen, dass ich gar keine Polizistin war.

»Das mit dem Baugebiet«, sagte er abwehrend. »Das war eine Sauerei. Dem Dollinger alles abzuluchsen und dann ein Baugebiet draus zu machen. Aber der Dollinger ist schon lange tot, der kann keinen mehr umbringen.«

Ich hatte das Gefühl, dass er gerade etwas erfand. Sein Gesichtsausdruck war berechnend.

»Und der Sohn vom Dollinger, der hat sich vor drei Jahren derrennt. Mit dem Motorradl.«

Maarten nickte verständnisvoll. Ich schüttelte innerlich den Kopf.

»Mehr fällt mir dazu auch nicht ein.«

Maarten kam zu uns in den Garten, und Großmutter ließ sich von ihm aus dem Rollstuhl helfen. Sie hakte sich bei ihm ein.

»Du darfst so Leute wie den Schwager nie ausreden lassen«, gab ich meine Empfehlungen, während ich den Rollstuhl hinter den beiden herschob. »Und irgendwelchen Mist reindrücken auch nicht. Du bist schließlich eine Amtsperson, du musst dir keinen Quatsch über seinen Bruder und die Kreissäge anhören.«

Okay, und irgendwann würde auch ich es schaffen, mir keinen Mist mehr vom Schwager anzuhören.

Maarten seufzte und kam mit in die Küche. Er ließ sich auf einen Stuhl fallen. Großmutter tätschelte ihm liebevoll den Rücken, während ich ihr den Rollstuhl unter den Hintern schob. »Des wird schon. Nicht alle sind solche Hundlinge wie der Schwager.«

Na ja, die Polizei hatte eigentlich immer mit Kriminellen zu tun, und die waren meistens irgendwelche Hundlinge und nicht feingeistige, edelmütige Gesellen. Aber das verkniff ich mir. Seufzend begann ich, Kaffee zu kochen, obwohl ich das Gefühl hatte, ich sollte Umzugskartons füllen.

»Dann muss man das mit dem Dollinger weiterverfolgen«, sagte er resigniert.

»Das mit dem Dollinger ist der volle Krampf«, behauptete ich. »Das hat er nur erzählt, damit nicht rauskommt, was er damals gemacht hat.«

»Und woher weißt du das?«, wollte Maarten verzweifelt wissen.

»Na ja. Wie er halt gschaut hat«, sagte ich. »Als Erstes hat er ganz normal erzählt. Und plötzlich war ihm klar, dass er jetzt aufpassen muss. Hat man doch gemerkt.«

Maarten hatte es offensichtlich nicht gemerkt, denn er zog wortlos seinen Laptop heraus.

»Der Schmalzlwirt hat zu mir gesagt, dass der Gschwendner sich mit allen angelegt hat. Und dass 'a Scheidl alloa ned brennt.«

Mir entwischte ein Lächeln wegen Maartens lustiger Aussprache.

»Er wollte dir damit sagen, dass zum Streiten immer zwei gehören.«

Frustriert nickte Maarten. Großmutter rumpelte mit dem Rollstuhl in der Speisekammer irgendwo gegen, und ich rannte hektisch hinterher, um ihr zu helfen.

»Du solltest dich schonen. Und eine Reha machen«, erklärte ich ihr und schob sie zurück in die Küche.

»Nein, also, so eine Reha, des ist gar nix für mich«, erklärte mir Großmutter geduldig und rollte mit dem Rollstuhl gegen ein Küchenkastl. »Stell dir vor, wenn akkurat jetzt die Welt untergeht. Wenn ich mich da im Krankenhaus und bei dieser Reha rumtreib. Du weißt dir doch nicht zu helfen.«

»Also, wenn jetzt die Welt untergeht, ist das sowieso alles egal, ob sich jemand helfen kann oder nicht«, erklärte ich ihr im Gegenzug. »Außerdem hab ich den Max. Der weiß über alles Bescheid, auch über den Weltuntergang.«

»Ich geh trotzdem nicht. Ich hab für so was keine Zeit«, änderte Großmutter ihre Argumentation und fügte empört hinzu: »Weißt, was ich da machen sollt? Rumgehen!«

Maarten zog den Kopf ein.

»Reha ist total sinnvoll«, erklärte ich bemüht ruhig.

Das konnte jetzt wirklich nicht wahr sein, dass sich Großmutter weigerte, auf Reha zu gehen. Ich hatte weder Zeit für solche Diskussionen noch für private Rehamaßnahmen! Ich war hilflos einem Massenmörder ausgeliefert und dann auch noch das!

»Rumgehen«, wiederholte sie mit verengten Augen. »Des kann ich auch daheim! Rumgehen tut man doch sowieso den ganzen Tag.«

Um es mir zu beweisen, stand sie auf und machte einen Minischritt nach vorne.

»Aber dort geht jemand mit dir rum«, keifte ich sie an, meinen Vorsatz, ruhig zu bleiben, vergessend, »und hier muss ich das machen.«

»Des wirst du jetzt machen müssen«, keifte sie zurück und ruderte mit beiden Armen. »Des kann ich ganz allein.«

Von wegen. Ich packte sie vorsichtshalber am linken Arm, weil sie gefährlich ins Schwanken geriet.

»Bin schon immer allein rumgegangen«, sagte sie etwas ruhiger und setzte sich vorsichtig wieder in den Rollstuhl.

»Es gibt da eine Untersuchung …«, erklärte Maarten ablenkend, sehr bemüht, zur Deeskalation beizutragen.

Mit Not unterdrückte ich ein Stöhnen. Maarten hatte sich so stark in die Materie eingearbeitet, dass man nicht einmal Kaffee trinken konnte, ohne detailliert über Serienmörder und ihre Abartigkeiten informiert zu werden. Ich will nicht sagen, dass mich die Situation zermürbte. Aber die Serienmörderthematik war nicht unbedingt aufmunternder als die Rehathematik.

»… dass das Risiko, sich das Leben zu nehmen, unter Gefängnisinsassen im Vergleich zu freien Personen deutlich erhöht ist.«

Aha. Doch nicht Serienmörder.

»Und zwar interessanterweise ist es so ...« Er sah vorsichtig von Großmutter zu mir.

»... dass jeder zweite Selbstmord in den ersten drei Monaten nach der Inhaftierung begangen wird. Sechsundfünfzig Prozent. Stellt euch das mal vor.«

»Ich dachte, denen wird alles abgenommen, was man dazu verwenden könnte«, sagte ich düster und stellte drei Kaffeetassen auf den Tisch.

»Das sind hundert Gefängnisselbstmorde im Jahr«, fuhr Maarten ungerührt fort.

»Trotzdem mach ich keine Reha«, sagte Großmutter vollkommen unzusammenhängend, und Maarten atmete einmal hörbar ein. »Ich leg mich jetzt ein bisserl aufs Sofa.«

Erleichtert stand ich mit ihr auf und hakte mich unter. »Die machen da auch andere Sachen als rumgehen«, behauptete ich und dachte scharf nach, um ein paar zu erfinden. »Fangopackungen, beispielsweise. Wadenwickel. Rotlicht.«

Wir taperten Richtung Wohnzimmer.

»So ein Schmarrn hilft doch ned bei einem Oberschenkelhalsbruch«, erklärte mir Großmutter ärgerlich.

»Die kochen da für dich«, lockte ich sie. »Stell dir das doch mal vor.«

»Mir braucht keiner was kochen«, behauptete sie. »Das kann ich schon alleine.«

Von wegen.

»Und wer kocht dann für dich?«, fragte sie betrübt.

»Der Max«, schlug ich vor. Oder der Maarten, das wollte ich jetzt aber lieber nicht zu laut sagen. »Jetzt denk doch nicht ständig an mich, sondern zur Abwechslung einmal nur an dich.«

Außerdem hatte ich genügend damit zu tun, das ganze Sauerkraut zu vernichten, da brauchte es überhaupt keine Kochkenntnisse, sondern nur einen Topf und einen Herd.

Vorsichtig half ich ihr aufs Wohnzimmersofa und hob ihr die Beine hoch. Seufzend ging ich zurück zu Maarten in die Küche.

»Kannst du nicht auch so leckere Golatschen backen wie deine Großmutter?«, flüsterte er mir zu.

»Ich könnte dir eine Dose Sauerkraut aufmachen«, schlug ich liebenswürdig vor. »Wie kommst du eigentlich auf Gefängnis und Selbstmord? Solltest du nicht lieber einen Bericht über deine Schwagerbefragung schreiben?«

Er wurde ein bisschen rot. »Mir geht die ganze Zeit die Fundsituation der Leichen im Kopf herum. Es muss ja irgendeinen Grund haben, wieso der Täter das mit den Betttüchern und Kordeln so toll findet. Ich überlege mir das schon seit Tagen …« Er sah mir jetzt in die Augen. »… und bin zu dem Ergebnis gekommen, dass er Töten durch Erhängen nachstellt. Und das wiederum ist die häufigste Todesart im Gefängnis, in Ermangelung anderer Möglichkeiten«, erklärte er mir. »In Freiheit ist das Erhängen bei der Hälfte der Männer und einem Drittel der Frauen die gewählte Tötungsmethode. Aber in Haft bringen sich ungefähr neunzig Prozent der Männer so um.«

»Und dann die ganzen Leut', die man da allaweil sieht«, erläuterte Großmutter missgelaunt aus dem Wohnzimmer, noch immer in Gedanken bei ihrer Reha. »Das kannst du dir gar ned vorstellen, wie das ist.«

Ich starrte Maarten eine Weile an und versuchte Großmutters Worte auszublenden. »Mir hat schon die Dings da greicht, die mit mir immer im Zimmer war. Die hat gefurzt in der Nacht. Und bestimmt ist des wieder so.«

Maarten sah erschüttert aus und schien sich nur schwer auf seine Ergebnisse konzentrieren zu können. Dann nahm er versehentlich meinen Kaffee und trank ihn aus.

Ich seufzte noch einmal, sagte aber nichts, sondern sah wieder aus dem Fenster. Wir schwiegen wieder eine Weile, bis Maarten schließlich auf die Uhr sah.

»Ich könnt dir Essen auf Rädern bestellen«, kam Großmutters abschließender Kommentar aus dem Wohnzimmer. »Dann bräucht ich mir nicht gar so Sorgen machen.«

Ich ließ geräuschlos meinen Kopf auf die Tischplatte sinken.

Am nächsten Tag stach die Sonne heiß vom Himmel. In weiter Entfernung türmten sich schneeweiße Gewitterwolken auf und schossen geradezu in die Höhe. Obwohl die Kirchturmglocke erst elfmal schlug, war ich bereits komplett entkräftet. Nicht etwa, weil ich Großmutter so intensiv betreuen musste. Die hatte ich nämlich im Reisinger-Haus bei den Ratschkathln geparkt. Nein. Seit etwa fünf Uhr in der Früh war das ganze Dorf auf den Beinen, um alle Habe von Max in das Reisinger-Haus zu karren. Noch immer war ich nicht richtig wach, weil ich den größten Teil der letzten Nacht damit zugebracht hatte, zusammen mit Max seine Habseligkeiten in Umzugskartons zu stopfen. Vielleicht war ich auch so fertig, weil ich mit Max die meiste Zeit gestritten hatte. Er war der Meinung gewesen, er müsse die ganze Nacht ermitteln und nicht umziehen, und ich hatte schon mein restliches Leben inklusive meiner Beziehung komplett den Bach runtergehen sehen. Ganz abgesehen einmal von der Diskussion über die schreckliche Vase von Tante Vega, die Max partout nicht zerbrechen wollte, und über sein schreckliches Ledersofa, das ich noch nie hatte leiden können. Aber möbeltechnisch wollte ich mich nicht zu sehr aus dem Fenster hängen, schließlich hatte ich nur einen Albtraum von Schuhkastl zu bieten und ein Bett mit Prilblumen.

Immerhin hatte ich Maarten auf meiner Seite. Er hatte die letzte Nacht sogar auf dem Sofa in Großmutters Wohnzimmer verbracht, um Großmutter gleich in der Früh davon abzuhalten, sich haushaltstechnisch zu übernehmen.

»Einen Engländer«, riss mich der Schmalzlwirt aus meiner Umzugsdepression. »Und so ein Dichtungsringerl. Sonst kriegen wir die Spüle nicht dicht!«

»Oder einen Franzosen«, warf der Kreiter hilfreich ein. »Und so ein Dichtungsringerl hab ich daheim, da fährst zu mir und sagst meiner Frau, sie soll dir das ganze Packerl mitgeben.«

Ich hatte keine Ahnung, was ein Engländer war, am liebsten hätte ich Max angerufen und ihn angekreischt, weshalb er nicht endlich auftauchte. Oder ihm gesagt, dass ich die kurze Zeit, die ich geschlafen hatte, davon geträumt hatte, mit Joe und seinem Motorrad quer durch Amerika zu fahren.

»Und mich nimmst gleich mit«, sagte die Langsdorferin. »Und fährst mich heim. Ich hab noch so ein nettes Deckerl … außerdem muss ich mit dir reden …«

Als ich nach draußen ging, sehr langsam, die Langsdorferin untergehakt, spielte mein Handy »We speak no americano«. Inzwischen hatten ja Krethi und Plethi meine Telefonnummer – sogar die Frau vom Schmalzlwirt, die mir telefonisch gerne die undankbare Aufgabe aufs Auge drückte, ihren Mann heimzuschicken. Auf dem Display erschien »Anneliese«, und ich hatte bei meinem Leben versprochen, jeden Anruf von ihr anzunehmen.

»Nicht aufregen«, sagte sie munter. »Ich hab nur ein paar Senkwehen.«

»Prima«, seufzte ich erleichtert. Inzwischen hatte ich die volle Ahnung davon, dass es ganz normal war, Senkwehen zu haben, und nicht hieß, in den nächsten Minuten ein Kind zu gebären. »Und, was steht an?«

Bei mir stand nichts an, außer dass ich eine Tour durchs Dorf machen, diverse alte Weiber herumfahren und Gefahr laufen würde, dass mir alle Möbel hingestellt wurden, wo ich sie nicht haben wollte. Man musste nur an das Fliesendesaster im Bad denken! Max wäre beinahe ausgeflippt, als er die Blümchenborte entdeckt hatte, und ich hatte ihn nur damit beruhigen können, dass die Blümchenfliesen ein geringer Preis dafür waren, dass wir keinen Finger hatten rühren müssen, um unsere neue Küche aufzubauen! Die war nämlich wirklich toll geworden, weil der Schmalzl mit seiner heimlichen Wandrausreißaktion recht gehabt hatte.

»Mich hat nämlich grad die Fini angerufen und gesagt, dass ich meinen Geldbeutel hab liegen lassen«, kam Anneliese zur Sache.

Ich stöhnte, da mir schon klar war, was sie von mir wollte.

Ich war schon derart entkräftet von dem Umzug, von allen

Leuten, von der ganzen Nacht und von meinem derzeitigen Leben, dass ich nur noch regungslos auf die Gewitterwolken starren konnte, die von Grau über Blaugrau ins Schwarze übergingen. Und mit einem Zack auch die Sonne verschluckten und mich vor einem Sonnenbrand bewahrten.

Ein Windstoß fegte durch den Garten.

»Ich kann da jetzt unmöglich hinfahren. Ich ziehe gerade die Sachen von Max um«, sagte ich, während ich mit schreckgeweiteten Augen zusah, wie ausgerechnet der Loisl die Kiste nahm, auf der »Vorsicht, Glas« stand.

»Des machen die schon«, behauptete Anneliese, die natürlich wusste, wer den Umzug erledigte und dass ich sowieso allen nur im Weg stand. »Hey, ich hab seit Tagen meine Geldbörse nicht! Ich bin heilfroh, dass die Fini die gfunden hat. Ist ja klar, dass des bei dem Saustall, den die in der Küch' haben, so lange dauert. Aber ich brauch die echt dringend.«

Etwas depressiv beobachtete ich die weitere Entwicklung der Schlechtwetterfront, die sich schiefergrau aufbaute. Nur noch die obersten Wolkengebirge waren strahlend weiß und schoben sich gleißend über den blassblauen Himmel. Der Wind trieb mir ein Frösteln über die Arme.

»Vor allen Dingen fahr ich da nicht allein hin«, sagte ich. »Stell dir vor, der Sturm Bene ist der Serienmörder. Der schreibt mir doch Nachrichten.«

Und nannte mich Spatzl. Ich war mir ganz sicher, dass mir Max verbieten würde, alleine auf diesen Hof zu fahren.

»Der ist gerade nicht da, hat mir die Fini gesagt«, informierte mich Anneliese.

Ich bekam Kopfschmerzen. Anneliese wollte, dass ich zu einem Serienmörder fuhr. Und gleichzeitig krauterte im Reisinger-Garten der Schwager herum, beobachtete schlecht gelaunt, wer alles in »sein« Haus hineinging, und ergoss sich in Selbstgesprächen über die Missstände beim Umzug und im Allgemeinen.

»Gerade vielleicht nicht. Aber er kann jederzeit wiederkommen«, widersprach ich.

»Der ist zum Baumfällen in den Wald.«

Um diese Jahreszeit fällte überhaupt niemand Bäume.

»Ich brauch ganz dringend meine EC-Karte. Da kannst jetzt nicht so sein, wo ich doch so Senkwehen hab.«

Als ich nichts sagte, fügte sie hinzu: »Ich kann natürlich mitfahren. Aber wenn ich bei dem holprigen Weg eine Sturzgeburt hab, dann musst du halt abnabeln …«

»Okay«, sagte ich hastig. »Ich mach's. Ich muss nur noch …« Mein Testament machen oder so. Und dem Loisl die Kiste abnehmen.

Engländer oder Franzosen und meinen Autoschlüssel holen, dachte ich. Die Langsdorferin heimfahren, die Dichtungsringerln vom Kreiter.

Im Reisinger-Garten hörte ich das dumpfe Geschimpfe des Schwagers über den Verhau, die Baufälligkeit des Schuppens und die Licht- und Schattenverhältnisse im Garten, hauptsächlich hervorgerufen durch unsere blöden Bäume, die geschnitten oder, noch besser, gefällt gehörten. Es war ein unmöglicher Zustand, dass ständig der Schwager bei uns abhing. Hatte der kein eigenes Zuhause?

»Ich fahr schon mit dir mit«, holte mich die Langsdorferin aus meinen Gedanken. Die hatte ich komplett ausgeblendet, obwohl ich sie noch untergehakt hatte. »Dass'd nicht allein rausfahren musst. Ich hätt nur eine kleine Bitte an dich«, sagte sie mit sehr munterer Stimme, die mich stutzig machte.

»Weißt, wie ich meinen Mann gheirat hab, da hab ich mich auch in einen anderen verliebt«, erläuterte mir die Langsdorferin auf dem Weg zur Fini. Sie hielt brav den »Franzosen« in der Hand und die Packung Dichtungsringe und erläuterte mir die Dorfmeinung über meine Beziehung zu Max.

»Und, wenn ich's dir sag, das geht jedem so. Die Rosl hat erst gestern gsagt, sie wär vor der Hochzeit beinah mit dem Messerschleifer durchgebrannt.«

Nein. Das konnte ich jetzt wirklich nicht glauben.

»Der Joe, der schaut schon gut aus, aber der ist nix für dich. Des meinst jetzt nur, weilst Angst hast vorm Zamziehen.«

Die Langsdorferin sollte eine Praxis für Paartherapie eröffnen, dachte ich, während wir auf den Hof vom Zindler fuhren, ich nach Krähenfüßen spähend.

»Der Max, des is ein feiner Kerl. Der schaut gut aus, und der ist nett. Und der trägt dich auf Händen.«

Ja, wenn er nicht gerade in Ermittlungen verstrickt war und mich anfauchte, weil ich wieder nicht das tat, was er sich einbildete.

»Ja. Das stimmt«, sagte ich. Aber trotzdem sah der Joe phantastisch aus, und in meinem Bauch fing es jedes Mal zu kribbeln an, wenn er mich mit seinem speziellen Blick bedachte, auch wenn ich mir Mühe gab, dass es nicht so war.

»Ich such schnell die Fini«, sagte ich und sprang aus dem Auto, unentschlossen, was schlimmer war, die Langsdorferin, die mich durchschaut hatte, oder der Zindler, der mich vielleicht demnächst erwürgte.

Die Tür des Wohnhauses schwang nach innen, und ich rief noch einmal »Fini?« hinein.

Jeder Psychothriller fing genauso an.

Vorsichtig ging ich ein paar Schritte in den dunklen Gang hinein, der zur Küche führte. Als es irgendwo knackte, ging ich in einem Tempo, das kurz unterhalb von Flucht einzustufen war, wieder hinaus. Irgendwo auf dem Hof hörte ich etwas scheppern, und ich rief noch einmal »Fini«. Vielleicht hätte ich doch die Langsdorferin zum Aussteigen zwingen sollen.

»Ja! Im Stall!«, hörte ich ihre Stimme und atmete auf. Okay. Sie lebte noch.

Ich bückte mich in der Stalltür und sah die Fini im gleichen Outfit wie das letzte Mal, nur dass sie jetzt mit einem Schubkarren Maissilage zu den Kühen brachte.

»Ich bring's dir gleich«, sagte sie und wischte sich an ihrer Schürze die Hände ab. »Lang mach ich das nicht mehr mit.«

Ruppig kippte sie den Schubkarren aus und ließ ihn dann einfach mitten im Stallgang umgedreht liegen.

Wir gingen an den Kälbern vorbei, die, das nur nebenbei, bis zu den Knien in der eigenen Scheiße standen. Als ich Fini darauf hinwies, sah sie mich ziemlich giftig an und sagte: »Der lässt mich die ganze Zeit allein mit dem Scheiß und macht seinen Schmarrn.«

»Bäume fällen?«, fragte ich nach und sah mich um.

Irgendwie roch es hier ganz eigenartig. Nach Verwesung. Vielleicht war es auch die viele Kacke, die derart zum Himmel stank.

»Bäume fällen«, schnaubte sie verächtlich. »Das ist doch wieder nur so eine Schikane von ihm.«

Ich nickte.

»Ist ihm heut in der Früh eingefallen. Der Gschwendner, hat der Bene gsagt, der fährt immer durch meinen Wald, des lass ich mir nicht mehr bieten.«

Ich nickte weiter und hielt die Luft an.

»Wenn ich's dir sag, der fährt jetzt nur in den Wald, um ein paar Bäume zu fällen, die er quer über dem Weg liegen lässt. Damit der Papa nicht mehr durchfahren kann. Und wenn sich der Papa beschwert, dann sagt er ihm, dass der Bulldog grad den Geist aufgegeben hat. Und dass er den erst reparieren müsst.«

Während sie vor mir herging, sah ich auf ihren Haarknoten und ihren irrsinnig dünnen Hals, der aussah wie von einer Schildkröte. Kaum zu glauben, dass wir in Religion immer nebeneinandergesessen hatten. Sie redete wie mit sich selbst und schimpfte über den Sturm Bene, ihren Vater und ihre Mutter und überhaupt das Scheißleben.

»Und die Sach' mit dem Papa, des mach ich auch nimmer mit«, sagte sie, während sie die Haustür aufdrückte und vor mir in den Hausflur ging. »Der ist doch ein Hallodri, sagt der Bene immer. Aber das kann uns doch wurscht sein, was der Papa ist. Deswegen wohn ich ja nimmer daheim. Weil ich nimmer mag. Aber ich kann doch da ned ständig drüber nachdenken.«

Sie drückte die Küchentür auf.

»Über den Papa?«, fragte ich, nun doch interessiert. Über den Gschwendner-Papa hatten wir nämlich viel zu wenig nachgedacht. Wenn nicht der Gschwendner seine Spezln umgebracht hatte, dann ja wohl jemand, der den Gschwendner fertigmachen wollte. Und das bestimmt nur, weil der so ein Hallodri war.

Fini hörte zu sprechen auf und sah mich für einen Moment an. Sie wirkte plötzlich wie jemand, der keine Lust auf ein Gespräch hat.

»Ja«, sagte sie kurz angebunden und drückte mir den Geldbeutel von Anneliese in die Hand.

»Ist ja schließlich dein Papa«, sagte ich aufmunternd.

»Ja. Da kann doch ich nix dafür, wenn der Bene meint, dass der Papa …«

»Ja?«, nickte ich, als wäre ich ihrer Meinung.

»… vornrum so fein tut, und hintrum rennt er dir's Messer rein.« Ärgerlich winkte sie ab. »Wenn er bsoffen ist, dann schwingt er halt die großen Reden und meint, er wüsst von meinem Papa mehr als ich. Aber des stimmt nicht. Wenn der mehr wüsste, dann würd er nämlich was machen.«

Ihn erwürgen. Mit einem Betttuch.

»Was?«, bohrte ich nach.

»Na ja. Da hätt er bestimmt schon was gsagt. Und ein bisserl Geld rausgschlagen.«

»Ihn erpressen?«, wollte ich etwas enttäuscht wissen.

Aber inzwischen hatte die Fini anscheinend kapiert, dass ich sie aushorchte, denn sie verstummte.

»Kann dir ja wurscht sein, was dein Papa irgendwann mal gemacht hat«, sagte ich vorsichtig, um sie doch noch aus der Reserve zu kitzeln.

»Genau«, antwortete sie und sah aus, als hätte sie, obwohl sie sonst nie etwas kapierte, mein Ansinnen durchschaut.

»Ich zeig dir jetzt noch die Eckbank, die du haben könntest …«

»Nicht nötig«, sagte ich. »Wir haben schon eine …«

»Anschauen kost nix«, sagte die Langsdorferin hinter mir, der es im Auto offensichtlich zu fad geworden war, und ich hakte mich seufzend bei ihr unter, damit sie sich nicht auch noch den Oberschenkelhals brach.

»Riecht das hier nicht ein bisserl komisch?«, fragte ich, als wir zu den Garagen hinübergingen, und atmete durch den Mund.

Fini schien sich an dem strengen Geruch nicht zu stören, und auch die Langsdorferin sagte: »Ich riech nix. Aber ich riech nie was seit damals, wo ich die Nebenhöhlenentzündung gehabt hab.«

Vielleicht lag der Gschwendner-Papa schon hier in den Garagen herum, weil er sich über die Rollmopsglasln beschwert hatte, und der Sturm hatte das nur vergessen.

»So riecht's da immer«, behauptete Fini. »Da gwohnst dich schon dran, hat er zu mir gsagt. Das ist seine Truhe.« Sie öffnete das Garagentor, und der Geruch wurde bestialisch. »Und wenn der denkt, dass ich da irgendwas mach, dann hat er sich gschnitten …«

Ich tapste hinter ihr drein und hatte das ungute Gefühl, dass ich diese Truhe nicht sehen wollte. Der Gestank wurde wirklich ganz schlimm, nach Verwesung und Schabenscheiße oder so. Ich hatte meinen Finger schon an meinem Handy, um Max sofort zu benachrichtigen, sollte ich die Spurensicherung dringend vor Ort benötigen.

»Die ist halt bis oben hin vereist«, erklärte sie mir. »Deswegen schließt der Deckel nicht mehr gscheit.«

Ich starrte auf die Gefriertruhe vor mir. Vielleicht sollte ich erklären, dass ich zu Gefriertruhen echt ein gespaltenes Verhältnis hatte. Besonders zu solchen, die nicht mehr richtig funktionierten. Mit einem triumphierenden Lächeln hob sie den Deckel und gewährte mir einen Blick darauf. Die Gefriertruhe schien schon länger nicht mehr richtig zu schließen, denn es gammelte einfach alles, was drinnen lag, besonders das, was oben hineingestopft war.

Ganz oben konnte ich einen Fuchs identifizieren. Zwei Elstern. Zwei Rehbockschädel. Zwei Katzen. Das wäre für die Spurensicherung garantiert ein Heidenspaß gewesen, wenn ich die angerufen hätte.

»Weil er die Jagd ned hat, wildert er doch«, erklärte sie, als würde das alles erklären. Dann ließ sie den Deckel der Truhe wieder hinunterfallen und drehte sich um.

»Mei, andere sitzen den ganzen Abend vor dem Fernseher und zappen«, sagte sie. »Und der Bene rennt eben die ganze Nacht durch den Wald.«

Und knallte alles ab, was ihm vor den Lauf kam.

»Er hat ja jetzt keine Waffen mehr«, erinnerte ich sie. Und einen Fuchs mit einem Betttuch zu erwürgen stellte ich mir ausgenommen schwierig vor.

»Er rennt trotzdem die ganze Nacht durch den Wald«, sagte sie, während sie vor mir über den Hof zum Wohnhaus hinüberging. »Außerdem, so sicher bin ich mir nicht, dass der keine Waffen mehr hat.« Sie senkte ihre Stimme. »Weil, in der Scheune, da ist noch des alte Stroh, und ich könnt wetten, dass da noch was liegt. Vielleicht weiß er des selber nicht so genau, aber ich könnt mir des gut vorstellen.« Sie fügte mit trotziger, lauterer Stimme hinzu: »Und ist mir grad recht, wenn er die ganze Nacht unterwegs ist. Dann macht er wenigstens keinen Dreck daheim. Da wenn'st dann was sagst, dann sagt er nur Spatzl zu mir und meint, dass des reicht. Deinen Dreck sollst wegmachen, hab ich ihm gsagt, und die Stiefel draußen stehn lassen und die Klobürste hernehmen.«

»Ja«, sagte ich schwach. Spatzl.

Die Details dieser Beziehung gingen mich ja jetzt wirklich rein gar nichts an.

»Die Gefriertruhe würde ich auch nicht sauber machen«, bestätigte ich ihr.

»Das wär die Eckbank«, sagte sie und deutete auf ein paar Möbelstücke, die unter einer Schicht Heu verborgen waren.

Eine Eckbank mit roten Plastikpolstern und dazu passende Stühle.

Uaaah.

»Das kannst schön abwischen«, lobte die Langsdorferin das rote Plastik. »Und wenn'st hochklappst, kannst da die Müllbeutel aufheben.«

»Toll«, antwortete ich schwächlich und setzte energisch hinzu: »Aber wir haben schon eine Eckbank.« Bei der konnte man auch den Deckel hochklappen und Müll lagern.

Damit ich nicht zu undankbar wirkte, hob ich den Sitz der Eckbank hoch, das Heu rutschte herunter, und wir hatten einen prima Ausblick auf das, was der Zindler da aufhob.

Jede Menge Strickln.

Die Langsdorferin wollte nach dieser Entdeckung natürlich nicht mehr nach Hause, sondern dringend wieder zu den anderen Ratschkathln, und fuhr ganz begeistert wieder mit zurück zum Reisinger-Haus. Anneliese trudelte auch gerade dort ein. Sie war leider immer noch schwanger. Irgendwie war meine große Hoffnung, dass sich die Sache mit der Geburt irgendwann von selbst erledigte, ich eines Tages aufwachte, und sie hatte schon ihr Baby.

»Der Zindler benutzt keine Klobürste«, informierte ich Anneliese, während ich ihr die Geldbörse in die Hand drückte. »Außerdem wildert er, hebt Unmassen von Stricken auf und besitzt heimlich noch ein Gewehr.«

Dann schob ich meinen Hund in den Garten.

»Danke. Ja, hab ich auch schon gehört«, sagte sie, ohne zu spezifizieren, ob sie das Wildern oder die Klobürste meinte. »Der ist mir schon ein bisserl unheimlich.«

Prima. Aber mich hinschicken.

Schon von draußen sah ich, dass die Reisinger-Küche bummvoll war. Ich atmete einmal tief durch. Mir wuchs alles über den Kopf! Wie sollte ich mich anständig um Großmutter kümmern? Wie sollte ich meinen Beruf ausüben? Wie sollte ich eine normale Beziehung mit Max führen?

Im ganzen Haus herrschte rege Betriebsamkeit, und vor dem

Gartenhäusl standen der Schmalzl, der Metzger und der Schwager und diskutierten anscheinend den Mordfall durch, anstatt den Lieferwagen vom Metzger zu entladen. Dass der Schwager schon wieder da war, ärgerte mich irgendwie maßlos. Langsam nahm das mit ihm Dimensionen an, die mich richtig aggressiv machten. Um die anderen dagegen war ich richtig froh.

Es mag vielleicht verrückt klingen, aber es war ein gutes Gefühl, das halbe Dorf um mich versammelt zu wissen. Die Wahrscheinlichkeit, jetzt mit einem Betttuch erdrosselt zu werden, war verschwindend gering.

»Schau, Lisa, ich hab dir eine Porzellanschale mitgebracht«, sagte die Zenz und stellte eine riesige cremefarbene Porzellanschale auf den Küchentisch, auf dessen Rand buntes Porzellanobst klebte. So etwas Hässliches hatte ich mein Lebtag nicht gesehen. Einmal abgesehen von Finis Eckbank. Außerdem torpedierte das gerade gewaltig meinen Plan, all die Sachen von Großmutter, die sie mir für den Umzug aufs Auge drücken wollte, nicht mitzunehmen. Dass mich dieser Umzug in Joes Arme trieb, war kein Wunder.

»Die Lisa war gerade beim Sturm Bene draußen«, erklärte Anneliese, da sie meine Gesichtszüge entgleisen sah, und die geballte Aufmerksamkeit der Weiber schwenkte von dem Porzellan zu uns. Die Langsdorferin rollerte mit dem Gehwagerl zur Kaffeemaschine, um Kaffee aufzusetzen, vorbei an den gestapelten Umzugskartons, auf die ich gestern Nacht noch gewissenhaft »Küche« geschrieben hatte.

»Beim Zindler«, hauchte die Annl.

Genau auf solche Informationen hatten alle Weiber sehnlich gewartet. Über uns rumpelten die Männer mit den Möbeln.

»Der ist ein bisserl unheimlich«, sagten die Frauen unisono, während mir die Langsdorferin eine Kaffeetasse vor die Nase stellte. Die Frauen räumten gerade superordentlich das Geschirr von Max in die Küchenschränke ein, was ich nie so toll hinbekommen hätte. Es roch nach Kaffee und Kuchen. Großmutter saß wie Queen Mum an der Stirnseite von Max' Holztisch und gab Anweisungen, indem sie mit der Kuchengabel auf bestimmte Fächer zeigte.

»Ich geh mal und helf den Männern«, sagte ich, hin- und hergerissen zwischen dem Bedürfnis, Tratsch abzugraben, und meiner Umzugspflicht nachzukommen.

»Wahrscheinlich alles wegen seiner Mutter. Du kannst dir nicht vorstellen, wie die war!«, klärte uns die Rosl auf, während sie die sauberen Teller von Max noch einmal spülte. »Die war ein richtig faules Stück. Die Küh' haben im Stall gschrien, und sie hat sich die Nägel gemacht.«

Okay. Das mit dem Umzug musste warten.

»Des Mädel von ihnen, des is ja sofort abghaut. Die war aus der Schule draußen, und sofort ist sie in die Stadt gezogen, hat sich dort eine Arbeit gesucht«, wusste die Zenz. »Die ist nie wieder zurück auf den Hof.«

»Nicht einmal an Weihnachten«, sagte die Rosl genüsslich. »Wenn'st dir des vorstellst.«

Die Annl nickte. »Und dann hat sie ständig ihren Mann drangsaliert.«

Klar, wenn das Mädel nicht mehr da war zum Drangsalieren.

»Den armen Sturm Bene senior. Des war ein feiner Mann, der hatte ein Gewissen.« Und dann so einen Sohn!

»Bis er es eines Tages nicht mehr ausgehalten hat«, fuhr sie fort und verschränkte die Arme vor der Brust.

Die Zenz schnitt von einem Blech Zitronenkuchen zwei großzügige Stücke für Anneliese und mich ab und verteilte sie geschäftig auf zwei Blümchenteller von der Reisingerin.

»Und dann?«, wollte ich mit vollem Mund wissen. Wenn schon ratschen, dann mit allen Details. Vor allen Dingen wollte ich jetzt ein frühkindliches Trauma vom Zindler aufgetischt kriegen. Dann war nämlich alles klar.

»Der hat sich eines Tages einfach umgebracht«, wusste Großmutter zu berichten, während sie die Brösel vom Tisch wischte. »Seine Frau hat damals immer gsagt, dass sie schon gwusst hat, dass was nicht stimmt. Da ist er vom Stammtisch heim und hat sich an den Esstisch gesetzt. Sonst hätt er noch eine Halbe gezischt. Aber da hat er einfach nur so vor sich hingschaut, und dann wär er rausgegangen, auf den Hof, und ist nie wiedergekommen.«

Ja, wenn man sich den Hof ansah, bekam man auch ohne Schwierigkeiten eine Depression.

»In der eigenen Scheune«, erzählte die Zenz. »Und der Zindler hat ihn gfunden.«

Trauma. Trauma. Trauma, dachte ich mir.

»Des ist doch auch nix, wenn'st vom eigenen Buben tot gfunden wirst«, fügte die Rosl hinzu. »Und dann hat er halt mithelfen müssen, sogar im Haushalt, der Bub. Abspülen. Waschen. Betten überziehen. Des is doch nix, wenn ein Bub im Haushalt helfen muss.«

Alle Frauen schüttelten die Köpfe.

»Wieso?«, fragte ich nach. Ich fand das total phantastisch. Dann waren die Männer auch später nicht aufgeschmissen, wenn ihre Frauen früher starben.

»Siehst ja, was aus denen wird«, antwortete die Rosl spitz.

Total durchgeknallte Hagrids, wollte sie damit vermutlich sagen, die den ganzen Tag nur wilderten und Tierleichen in geöffneten Kühltruhen vergammeln ließen. Aber Max konnte auch sein Bett selbst überziehen und seine Wäsche waschen, und bis jetzt hatte ich noch nicht bemerkt, dass er zum Sonderling mutiert war.

»Und dann ist sie irgendwann abgehaut, zu ihrer Tochter in der Stadt. Weil sie auch Angst gekriegt hat vor ihrem eigenen Sohn. Wie er angefangen hat, alles anzuzünden, da hat sie's nicht mehr ausgehalten«, erzählte die Annl zufrieden, weil es so schön war, wenn die Leute unter ihren eigenen Erziehungsfehlern so leiden mussten.

Vor der Küchentür ertönte ein Scheppern, und eine Sekunde später ging der Loisl mit schuldbewusster Miene an der Küchentür vorbei.

»Er hat auf ihrem Hof nur die Scheune abgefackelt. Wo sich sein Papa umgebracht hat«, verbesserte die Langsdorferin sie. »Und das kann man doch auch verstehen.«

Genau. Weil, ich würde in einem unbeobachteten Moment auch das Gartenhäusl von der Reisingerin abfackeln. Das brannte bestimmt hervorragend, mit dem ganzen Brennholz darin. Deswegen war ich noch lange kein Psychopath.

»In die Scheune wär ich auch nicht mehr reingegangen«, sagte die Annl mit genussvollem Schauder.

»Die Burgl hat damals erzählt, dass die Mutter ihr erzählt hätt, dass das mit der Gewalt so überhandnehmen tät, dass man sich gar nicht vor die eigene Haustür trauen würd. Dass er nur noch rumballert die ganze Zeit und wegen nichts und wieder nichts Haus und Hof abbrennt«, erklärte die Rosl.

Das machte er ja auch heute noch. Sich mitten auf den Hof stellen und rumballern.

»Ich glaub ja, dass sie weg ist, weil er nichts mehr auf dem Hof gmacht hat. Die Viecha hat er lieber schreien lassen, als dass er sie gmolken hätt«, fügte die Annl eine andere Erklärung dazu. »Dann hätt sie plötzlich selber arbeiten müssen und nicht immer nur die Kinder rausschicken.«

»Das war ihr halt dann zu viel«, erklärte die Langsdorferin.

»Und in der Nacht immer die Angst, dass er sich nicht zamreißt und doch des Wohnhaus auch anzündet, da schlafst ja nimmer gscheit«, erläuterte die Rosl.

»Er hat aber nur die Scheune angezündet, wo sich der Papa umbracht hat«, beharrte die Langsdorferin. »Der hätte doch nie sein eigenes Haus angezündet. Wo hätt er denn dann selber gwohnt?«

Wer weiß. Ich traute dem Kerl – genau wie seine eigene Mutter – alles zu, seit ich seine Gefriertruhe gesehen hatte.

»Aber wieso er dann auch noch die Scheune vom Gschwendner abgebrannt hat?«

»Und vom Luke.«

»Und den Maibachers.«

»Und vom Schmalzbauer«, wusste jede im Chor eine andere Scheune, die auf das Konto vom Zindler ging.

»Weil, da drin hat sich sein Papa nicht umgebracht.«

Er hatte halt ein Scheunentrauma. Weil er so viel Abspülen hat müssen, das musste man schon verstehen. Da tickten Männer gerne mal aus.

»Und beim Schmalzbauer wär des Feuer beinahe aufs Wohnhaus übergesprungen«, sagte die Zenz sehr genussvoll, weil der Schmalzbauer, der war ein rechter Depp.

Wenn mich jemand gefragt hätte, dann hätte ich gesagt, dass der Zindler komplett durchgeknallt war. Da musste man nicht lange rumdiskutieren, woher das kam. Mich brachten jedenfalls keine zehn Pferde zurück auf diesen Hof. Und das Nächste, was ich machen würde, war, den Max anzurufen und ihn über alles zu informieren. Denn ich fand, dass damit eigentlich alles klar war. Der Zindler hatte sein Trauma, Strickln ohne Ende, und jetzt knallte er eben durch.

»Wo wollt's ihr denn den Schlafzimmerschrank stehen haben?«, fragte der Loisl, und ich stand auf, um meine Pflicht zu tun.

»Und deine Möbel?«, fragte mich der Schmalzl und krempelte sich sehr energisch die Hemdsärmel hoch. Um Gottes willen, nur nicht meine Möbel zu den tollen Möbeln von Max stellen.

»Die bleiben drüben. Damit sich die Oma nicht einsam fühlt«, fügte ich erklärend hinzu, weil die Männer etwas verständnislos wirkten.

»Ich hätt da noch so ein Schuhkasterl«, sagte die Rosl. »Ganz praktisch, da könnt ich dir noch die gestickten Deckerln von meiner Mama dazugeben. Und von meiner Aussteuer wären da noch ganz viele Handtüchln, die hab ich damals zur Firmung bekommen.«

O nein. Diese Sorte Handtücher hatten wir auch daheim.

»Die Oma hat …« gestickte Deckerln zum Saufuttern, verschluckte ich gerade noch, »… sehr viele. Deckerln. Und so.«

Mir traten die Tränen in die Augen, langsam wurde mir echt alles zu viel.

In der Küche ging es jetzt auch mehr darum, wo man welchen Topf hinstellen sollte und dass da noch ein gscheites Reindl fehlte und ob die Reisingerin nicht noch eins im Keller hatte. Den Keller hatte der blöde Schwager nämlich nicht geräumt.

Ich verließ fluchtartig die Küche und rief Max an.

»Es ist schrecklich«, stöhnte ich. »Kannst du nicht kommen, die richten uns gerade die Wohnung ein!«

Und wenn ich nicht aufpasste, bekam ich die Aussteuer von sämtlichen alten Weibern in der Küche aufs Auge gedrückt.

»Dann schmeiß sie raus!«, empfahl mir Max herzlos. »Das ist unsere Wohnung. Ich kann jetzt grad nicht.«

»Und der Vater vom Sturm Bene, der hat sich umgebracht. Hörst du mir zu?«

»Ja«, sagte er ungeduldig. »Und wie?«

»Na ja. Wie man sich halt so umbringt«, sagte ich schlecht gelaunt, weil ich selbst nicht daran gedacht hatte nachzufragen. So wie ich die Sturms und ihre zahlreichen Waffenvorräte unter Strohbüscheln kannte, hatte er sich vermutlich die Rübe weggeblasen. Aber die Rosl hätte das bestimmt gewusst. »Ich würde auf jeden Fall mal seine Alibis überprüfen.«

Er verriet mir, dass er das schon gemacht hätte, aber mehr auch nicht.

»Und der Sturm Bene hat in seiner Eckbank jede Menge Strickeln liegen«, fügte ich noch hinzu, und selbst in meinen Ohren klang das jetzt einfach lächerlich. Entnervt drückte ich das Gespräch weg.

Hinter mir hielt ein alter Fiat Punto, aus dem Maarten ausstieg.

»Du musst mich gerade nicht bewachen«, erklärte ich ihm, während ich vor ihm in die Küche von Großmutter ging. »Ich werde von der gesamten Dorfbevölkerung bewacht.«

Und in den Wahnsinn getrieben.

»Ich bleibe ein bisschen hier«, sagte Maarten, der offensichtlich keine Lust hatte, sich im Reisinger-Haus aufzuhalten.

»Ich muss gleich wieder rüber«, sagte ich verzweifelt. »Die räumen uns die ganze Wohnung ein!«

Aber erst einmal erzählte ich Maarten die ganze Zindler-Sturm-Geschichte noch einmal sehr ausführlich, obwohl ich den Eindruck hatte, dass der Sturm viel zu schlicht war, um sich eine andere Mordmethode auszudenken, und vermutlich alle eher angezündet hätte, als sie zu erdrosseln.

Maarten lächelte mich beruhigend an.

»Wär schon gut, wenn ihr den Sturm im Auge behalten würdet«, regte ich an und starrte aus dem Fenster. Dort luden gerade der Loisl und der Metzger den letzten Sessel aus.

»Wir haben ihn schon befragt«, sagte er, während er zusah, wie sein Laptop hochfuhr.

»Und?«

»Er war an allen drei Tattagen zu Hause«, gab er zu, weil er nicht so fies wie Max veranlagt war und sich an Schweigepflichten hielt.

»Haha«, machte ich. »Und wer gibt ihm das Alibi?«

Vielleicht der Loisl. Den konnte man bestimmt mit einem Tragl Bier bestechen.

»Seine Lebensgefährtin.«

Die Fini würde sich hüten, etwas anderes zu sagen, als dass er den ganzen Abend neben ihr auf dem Sofa gesessen hatte. Vielleicht sollte ich doch noch einmal hinfahren und sie befragen.

»Zu mir hat die Fini gesagt, dass er jede Nacht durch den Wald rennt. Weil ihm das Wildern so abgeht«, erzählte ich ihm. »Oder meinst du, dass er seit ein paar Tagen lieber vor der Glotze abhängt?«

»Und Handys haben sie auch nicht«, ignorierte er meinen Einwurf. »Weil sie auf dem Hof sowieso keinen Empfang haben. Funkloch.«

»Er telefoniert auch nicht vom Hof aus«, grummelte ich. Schließlich wussten wir, dass der Mörder immer vom Dorf aus mit mir Kontakt aufnahm. Wahrscheinlich stand er direkt vor meiner Wohnungstür, da war der Empfang prächtig.

Ich holte mein Handy aus der Tasche und drückte Wahlwiederholung. Schließlich musste ich sicher sein, dass Max das Richtige machte.

»Du weißt schon, dass diese Alibis überhaupt nichts wert sind, die die Fini ihrem Bene gibt, ja?«, erläuterte ich ihm ohne Gruß. »Die Fini hat nämlich einen Heidenrespekt vor Hagrid und würde alles bezeugen!«

»Hagrid?«, fragte Max etwas irritiert, dem anscheinend die verblüffende Ähnlichkeit noch gar nicht aufgefallen war.

»Dem Sturm Bene«, erwiderte ich schlecht gelaunt. »Ich verwette alle meine Habseligkeiten, dass die Fini alles beschwört, was ihr der Sturm aufträgt.«

Um nämlich nicht in der Gefriertruhe zu enden.

Max seufzte. Ich seufzte. Dann drückten wir gleichzeitig das Gespräch weg. Männer hatten irgendwie überhaupt kein Einfühlungsvermögen, sonst hätte er schon längst gemerkt, was für eine Schisserin die Fini war. Und ich auch, das nur nebenbei.

»Dann dir frohes Schaffen. Wenn jemand mit Betttüchern im Reisinger-Haus auftaucht, ruf ich dich an«, informierte ich Maarten und sah ihm dabei über die Schulter, um zu sehen, auf welchen problematischen Internetseiten er gerade surfte.

»So erkennen Sie einen Psychopathen«, sagte ich und beugte mich etwas weiter über seine Schulter. »O Gott. Hör dir das an. Es leben mindestens eine Million Psychopathen in Deutschland!«, las ich Maarten erschrocken vor, obwohl er es bestimmt selbst schon gesehen hatte. Eigentlich ein Wunder, dass ich nur einen an der Backe hatte! »Nur die Hälfte landet im Gefängnis. Erfahren Sie, wodurch sich Psychopathen verraten.«

Das hätte man mir mal ein bisschen früher erzählen sollen!

»Psychopathen sind skrupellos und haben kein Mitgefühl. Sie spüren die Folgen ihres Handelns nicht, da sie einen Gehirndefekt haben. Leid lässt sie kalt, sie haben keine Angst. ›Vier bis fünf Prozent der Menschen sind Psychopathen, aber nicht alle werden kriminell‹, sagt Niels Birbaumer, Professor für Medizinische Psychologie und Verhaltensneurobiologie der Universität Tübingen.«

Mit einem geübten Griff schob ich Maartens Hand von der Tastatur, die im Begriff war weiterzuklicken.

»Der Zwanzigpunkteplan. So erkennen Sie den Psychopathen.« Daneben war ein Button mit der roten Schrift »Bin ich auch ein Psychopath?«. Wäre ja nicht weiter schlimm, denn in jedem von uns steckte ein kleiner Psychopath.

Maarten schüttelte über den Zwanzig-Punkte-Plan nur den Kopf und schob meine Hand von seinem Laptop weg.

Ich las den letzten Satz der Psychopathen-Seite.

»Vielleicht wäre Ihr Leben leichter, wenn Sie sich ein wenig von psychopathisch geneigten Mitmenschen abschauen würden.«

Maarten klickte auf sein Mailprogramm. »Wolltest du dich nicht um deinen Umzug kümmern?«, schlug er vor, und die Psychopathen-Seite verschwand vom Bildschirm.

»Siehst du da keine Ähnlichkeit mit dem Sturm Bene?«, fragte ich nach. Vielleicht sollte ich diesen Test Max schicken.

»Das trifft doch auf ganz viele Leute zu«, erklärte mir Maarten beruhigend.

Ich fand das überhaupt nicht beruhigend. »Ja. Eben«, erläuterte ich. »Schlimm genug, dass es so viele Psychopathen gibt. Deswegen muss man aber trotzdem den Sturm mal unter die Lupe nehmen.«

»Da wäre ja dann jeder achtzigste Deutsche ein Psychopath«, rechnete Maarten mir vor, als er wieder aufsah. Er zeigte auf mich und sagte »neunundsiebzig«, dann zeigte er auf sich und sagte »achtzig«.

Haha. Wie lustig.

Wenn Maarten mit dabei war, ließ sich Großmutter widerstandslos in den Rollstuhl setzen und zurück in ihr Haus rollen. Bei mir hieß es dann immer, dass sie doch nicht behindert wäre und überhaupt.

»Da kannst jetzt gleich rübergehen und die ganzen Kartons ausleeren«, sagte sie zu mir.

»Das sind Max' Kartons«, redete ich mich raus. Ich würde erst einmal nur meinen Schlafanzug mit rübernehmen. Das musste reichen für den Anfang. Und vielleicht eine frische Unterhose und ein paar Socken.

»Die Rosl will dir ihre gesamte Aussteuer schenken«, verriet mir Großmutter ärgerlich. »Ich hab ihr gleich gsagt, dass wir des nicht brauchen.«

Danke, Großmutter. Das hätte ich mich nie getraut!

»Weil ich meine ganze Aussteuer auch noch hab«, erklärte sie bestimmt. »Ich such's dir gleich raus ... die Bettwäsch und die Handtüchln ... und die ganzen Tischdecken kannst auch ...«

»Weißt du, wie sich der Papa vom Zindler umgebracht hat?«, lenkte ich sie hastig ab, weil ich auch Großmutters Aussteuer nicht haben wollte, und fuhr etwas zu ruppig gegen die Bordsteinkante.

»Mich würd's nicht wundern, wenn du mich irgendwann rauskippst. Und ich mitsamt dem Wagerl im Vorgarten lieg«, äußerte sich Großmutter dazu.

»Ich hab alles im Griff«, behauptete ich. »Was war jetzt mit dem Papa vom Zindler?«

»Wie wird sich der schon umbracht haben«, erläuterte sie weiter. »Was machst denn in einer Scheune, aufgehängt hat er sich halt.«

»Weißt du das, oder nimmst du das nur an?«, bohrte ich weiter.

Großmutter warf mir einen vernichtenden Blick über ihre Schulter zu. »Das weiß ich. Weil damals, seine Frau, die hat gsagt, sie ist heilfroh, dass er sich nicht derschossen hat.«

Ich schloss für einen Moment krampfhaft die Augen und fuhr schon wieder mit dem Rollstuhl irgendwo gegen.

»Und wie genau erhängt?«, wollte ich wissen, während Maarten fragte: »Wieso heilfroh?«

»Ja, wir hätten halt alle gedacht, dass Derschießen für ihn des

Einfachste wär, wegen der vielen Waffen, die er daheim hat. Der war doch der gleiche Waffennarr wie sein Bub.«

Maarten und ich hievten Großmutter aus dem Rollstuhl, und sie blieb erst einmal bewegungsunfähig vor der Treppe stehen.

»Aber die Schweinerei beim Derschießen. Des wollt sie halt nicht haben. Deswegen heilfroh.«

»Wann war das?«, fragte Maarten weiter, und ich wollte gleichzeitig wissen: »Wie erhängt?«

»O mei, des is ja schon ewig her. Ich weiß noch, da war die Lisa noch ein ganz kleines Mäderl, da hat's ja noch Windeln dran ghabt …«

Jaja, dachte ich mir ärgerlich. Jetzt keine Details aus meiner Kindheit.

»Vor fünfundzwanzig Jahren muss das gewesen sein.«

Zum Jubiläum sozusagen rastete der Zindler jetzt aus, wenn das mal keine tolle Erklärung war!

»Deine ganzen Büchln nimmst aber schon mit«, wechselte sie abrupt das Thema.

Wie jetzt? Alle »Hanni und Nanni«-Bände?

»Dann fühlst du dich doch so einsam«, wich ich aus, und Großmutter warf mir einen reichlich ungehaltenen Blick zu.

»Und wie genau hat er sich erhängt?«, wiederholte ich mich. »Mit Betttüchln vielleicht? Und Kordeln um den Handgelenken?«

»Der wird halt ein Strickl gnommen haben. Sind doch bestimmt genug Strickln auf so einem Hof«, mutmaßte sie und setzte sich langsam in Bewegung. »Aber so genau weiß des kein Mensch, weil der Sturm hat nämlich seinen Papa da runtergholt. Und alles verbrannt. So hat des nämlich alles angefangen mit dem Rumzündeln. Dass er beinah auch seinen Papa verbrannt hätt, weil er's nicht mit anschauen hat können.«

Dann war also nicht ausgeschlossen, dass da Betttücher mit im Spiel waren.

»Und seine Frau hat gsagt, dass sie schon ein bisserl sauer gwesen wär, weil er des ausgerechnet an Allerheiligen machen hat müssen. Außerdem fühl ich mich ned einsam, bloß weil deine Büchln nimmer in deinem Zimmer verstauben«, fügte sie ärgerlich hinzu.

»Allerheiligen«, echote Maarten verständnislos.

»Ja, weil schließlich hätt er des auch zwei Wochen früher machen können.«

Ich klappte meinen Mund einmal auf und dann wieder zu, ohne einen Kommentar abzugeben. Das war jetzt bestimmt wieder etwas, was kein Mensch wissen wollte.

»Wieso?«, fragte Maarten, der solche Fragehemmungen nicht kannte.

»Wo doch dann das Grab schön herg'richt ist an Allerheiligen«, erklärte Großmutter, die die Argumentation anscheinend schlüssig fand. »Und dann braucht man bis ins Frühjahr rein gar nix mehr machen.«

Maarten sah mich mit großen Augen an.

»Und dann bringt er sich einfach um.«

»Na ja. Wenn sie doch das Familiengrab schön für Allerheiligen hergerichtet hat. Und dann bringt er sich um, und alles wird wieder herausgerissen mit dem Bagger, weil man ihn beerdigen muss«, erklärte ich Maarten und verdrehte die Augen.

Was für eine Verschwendung. Die ganze tolle Graberde und die frischen Blumen.

»Aber dass er als Selbstmörder überhaupt auf dem Friedhof beerdigt worden ist«, sagte ich.

»Weil sie halt gsagt haben, er wär vom Schober runtergfallen«, erklärte Großmutter. »Hast ja nicht wissen können, ob das vielleicht doch kein Selbstmord war. Schließlich hat dann der Sturm Bene zum Zindeln angefangen, und dann hat man natürlich nicht mehr so genau gwusst, wie's wirklich war.«

Dann setzte sie sich endgültig in Bewegung und ließ Maarten und mich stehen.

»Und seitdem ist der Sturm Bene total balla balla«, seufzte ich, denn das war für mich die wichtigste Erkenntnis dieses Gesprächs. Ich griff in meine Jackentasche nach meinem Handy, um Max über die neuesten Ermittlungsergebnisse zu informieren. Und vor allen Dingen darüber, dass wir diese Nacht schon in unserem gemeinsamen Haus nächtigen konnten. Das war mir nämlich richtig angenehm, heute Nacht einen großen, starken Polizisten an meiner Seite zu haben.

Während Großmutter in die Küche ging, hielt ich Maarten noch einmal zurück. »Vielleicht hat der Sturm jetzt ständig Aussetzer, dass er Leute so umbringen muss, wie sich sein Vater umgebracht hat.«

»Hm«, machte Maarten ein wenig zweifelnd.

»Oder vielleicht hat er seinen Vater auch schon so umgebracht.« Jetzt war ich voll in Fahrt mit meinen Theorien. »Eigentlich müsstet ihr den Kerl sofort in Sicherheitsverwahrung nehmen.«

Da würde ich mich wirklich sicherer fühlen, wenn dieser Kerl ausgeschaltet war.

»Dann hat er aber lange gewartet, bis er alle so umbringt, wie er seinen Vater schon umgebracht hat«, wandte Maarten ein.

»Ja. Weil sie ihm halt erst jetzt seine ganzen Waffen weggenommen haben«, erklärte ich ihm. »Vorher hätte er sie ja alle erschießen können.«

»Hat er aber nicht«, wandte er ein.

Okay, das war vielleicht eine kleine Schwäche meiner Argumentation. Aber der Zindler war auch nicht besonders helle. Vielleicht hatte auch er kleine Schwächen in seiner Argumentation.

Im nächsten Moment hielt ein daytonagrauer Audi hinter uns vor dem Gartentürl.

»Na endlich«, sagte ich zu Max, und es klang natürlich gar nicht vorwurfsvoll. »Wenn du dein Mobiliar suchst, es steht jetzt in diesem Haus da drüben.« Nicht zu vergessen die Porzellanobstschale der Zenz, das dreiteilige Tupperdosenset von der Rosl, das Strohblumengebinde von der Annl und ein komplett herrenloser potthässlicher Zinnkrug.

Kapitel 6

Am nächsten Morgen kannte ich mich erst einmal nicht mehr aus. Ich hatte das Gefühl, dass neben mir ein fremdes Handy klingelte und mir jemand den Arm um den Bauch gelegt hatte. Erschrocken schlug ich die Augen auf. Der Arm war nicht nur ein Gefühl, sondern Realität.

Max.

Außerdem klingelte Max' Wecker. Er schlug auch die Augen auf und lächelte mir zu.

»Guten Morgen.«

Ich entspannte mich wieder. Unser Umzugsstreit war vergessen. Was für ein wunderbares Leben ich hatte. Ich schlief jetzt jede Nacht neben einem großen, starken Polizisten ein, der all die zahlreichen Psychopathen Deutschlands davon abschrecken würde, mich zu stalken. Ich sprang gut gelaunt aus dem Bett und warf erst mal einen Blick hinüber zu Großmutters Haus. Es lag ruhig und friedlich da, nirgendwo Rauchentwicklung oder so.

Das Badezimmer hatte der Schwager vom Schmalzl wirklich super hingekriegt, die Blümchenborte konnte man ganz prima ausblenden. Ich stellte mich viel zu lange unter die Dusche und bewunderte die neuen Fliesen und die tollen Fugen. Als ich aus dem Bad kam, war Max natürlich nicht mehr im Bett. Ich hörte, dass er gerade in unserer Küche ein dienstliches Gespräch führte, und rannte, nackig wie ich war, vorbei an den ganzen Umzugskartons nach unten zum Wohnzimmer. Dort lagen nämlich meine Anziehsachen, quer verteilt durch den ganzen Raum.

Mein Hund lag direkt vor der Haustür und sah diese ganz intensiv an, in der Hoffnung, sie möge von alleine aufspringen, damit er sich in sein angestammtes Zuhause, nämlich bei Großmutter, zurückziehen konnte. Als er mich bemerkte, wedelte er ein bisschen mit dem Schwanz, starrte aber trotzdem weiter die Haustür an. Max lehnte am Rahmen der Küchentür und sah genauso phantastisch aus wie gestern Abend. Er hatte seine Jeans und ein frisch gewaschenes und ganz offensichtlich gebügeltes Hemd an, was sehr schick aussah. Es roch nach frisch gebrühtem Kaffee, und er hatte den Tisch gedeckt.

Wie wunderbar. Ich hatte einen athletisch gebauten, starken Polizisten mit stählernen Nerven zu Hause, den nichts aus der Bahn warf. Nicht einmal eine nackte Freundin am frühen Morgen! Und der auch noch den Tisch decken konnte!

Max gestikulierte in meine Richtung, als wollte er mich darauf hinweisen, dass ich nackt von der Dusche zum Wohnzimmer ging.

»Ja, da müssen zwei rausfahren und die Alibis überprüfen, bei allen drei Tatzeiten«, sagte er soeben und runzelte angestrengt die Stirn, um nicht zu grinsen.

Ich lächelte ihn fröhlich an und wackelte mit meinem nackigen Hintern, schließlich konnte ich in unserem Haus tun und lassen, was ich wollte. Schließlich musste er doch wissen, weshalb ich so nackt herumlief. Wer war denn ursächlich daran beteiligt gewesen, dass ich meine Kleidung im Wohnzimmer verloren hatte?

»Außerdem, wer Zugang zum Gschwendner-Haus hatte«, fügte er hinzu und gestikulierte noch immer von mir zum Fenster.

»Vor allen Dingen, ob die Fini mal mit einem Packen Müll nach Hause gefahren ist«, erinnerte ich ihn, obwohl er noch immer die Stirn runzelte. Schließlich konnte die Fini die ganzen Plastikverpackungen problemlos ihren Eltern in den gelben Sack gestopft haben.

Jetzt deutete Max zum Fenster, und viel zu spät kapierte ich die Zusammenhänge.

Der blöde Schwager.

Stand schon wieder mit grummeliger Miene direkt vor dem

Fenster. Mit einem Quietschen ließ ich mich zu Boden fallen. Max konnte das Grinsen nicht länger unterdrücken, als ich auf das Wohnzimmer zukrabbelte.

»Du Blödmann«, fauchte ich. »Kannst du mir das nicht gleich sagen?«

Er gestikulierte erneut, als würde das alles sagen.

»Vor allen Dingen, kannst du nicht machen, dass der Schwager wegbleibt? Das ist unerträglich!«, zischte ich hinterher.

Außerdem könnte Max mir meine Anziehsachen bringen, die verstreut im Wohnzimmer lagen.

»Bis später«, sagte er mit vollkommen dienstlicher Stimme in sein Handy, obwohl sein Grinsen von einem Ohr zum anderen reichte.

»Wenn du dem Schwager nicht klarmachst, dass er in unserem Garten nichts verloren hat, ziehe ich zurück zur Oma«, drohte ich, während ich mich am Boden zum Sofa schlängelte. »Außerdem sprenge ich morgen das Gartenhäusl, dann kann er sich sein blödes Schneebruchholz sonst wohin stecken.«

Max sah mir bei meinen Bemühungen zu, mich auf dem Boden liegend anzuziehen.

»Soll ich die Rollläden schließen?«, fragte er hoffnungsvoll.

»Nein, du sollst mir einen Benzinkanister organisieren«, antwortete ich, »und wenn du nicht willst, dass ich den blöden Schwager ankreische, mach das lieber du.«

»Ich kreische nie Leute an«, erklärte er mir geduldig und mehr damit beschäftigt, mir auf den Hintern zu schauen. »Der Kaffee ist übrigens fertig. Soll ich dir derweil schon ein Marmeladenbrot schmieren?« Das »Bis du angezogen bist« verschluckte er vorausschauend lieber.

Nach dem Frühstück hatte ich meine gute Laune wieder. Max hatte tatsächlich etwas zum Schwager gesagt, was ich allerdings nicht mitbekommen hatte. Er hatte zwar leider nicht herumgebrüllt, was ich mir wirklich gewünscht hätte, und auch der Schwager begann nicht zu schreien. Trotzdem hatte ich die große Hoffnung, dass das Gespräch dazu führen würde, dass der Schwager nie wieder auftauchen würde. Mein Hund saß schon wieder direkt vor der Haustür und winselte, weil er sich fern der Heimat wähnte. Als ich gerade los wollte, klingelte mein Handy. Es war die Fini.

»Stell dir vor, ich hab noch ein Gitterbetterl gfunden. Wie neu. Ich würd's für zwanzig Euro hergeben.«

»Ich brauch kein Gitterbetterl«, sagte ich alarmiert. Vor allen Dingen wollte ich nie wieder zum Sturm in die Einöde fahren und dort mein Leben riskieren.

»Doch nicht für dich«, antwortete sie ärgerlich. »Die Anneliese …«

»Die Anneliese braucht auch kein Gitterbetterl mehr«, wusste ich zu kontern, »die hat das Kinderzimmer schon vollkommen eingerichtet. Ist ja nicht das erste Kind.«

»Schade«, sagte Fini nach einer Pause. »Aber vielleicht braucht sie noch eins für ihre Mama, dass des Kleine auch bei der Oma schlafen kann.«

Ich holte tief Luft. Eigentlich log ich furchtbar ungern. »Die haben ein Reisebettchen.«

»Schade«, sagte die Fini nach einer längeren Pause, in der sie vermutlich überlegte, ob ich nicht schon einmal vorausschauend ein Gitterbettchen kaufen wollte.

»Gestern hat mir die Oma das mit dem Bene erzählt«, sagte ich in ihre Denkpause hinein. »Mit seinem Papa und so. Das ist ja echt furchtbar.«

Pause.

Jetzt könnte die Fini etwas sagen. Zum Beispiel, dass der Tod vom Sturm Papa mit dem Gschwendner ursächlich zusammenhing. Man hörte sie schlucken und dann sehr leise: »Wir reden darüber nicht mehr. Schon lange.«

Pause.

»Aber früher?«, stocherte ich weiter. Der Zindler war doch bestimmt wahnsinnig traumatisiert. Vielleicht hatte er ja auch einmal von einem seiner sicherlich zahlreichen Albträume erzählt.

Pause.

»Mei«, sagte die Fini langsam und immer noch sehr leise. Ich lauschte dem sphärischen Rauschen in der Leitung. »Eigentlich reden wir da nie drüber.«

»Du weißt schon, dass du der Polizei so was erzählen musst? Wenn der Zindler gar nicht zu Hause ist in der Nacht. Und wenn er ein Handy hat, auch wenn das gar nicht ihm gehört.« Das war jetzt etwas plump, aber auf eine andere Weise würde es die Fini einfach nicht kapieren.

»Fini? Bist du noch dran?«

»Ja«, sagte sie beleidigt. »Ich überleg halt grad, was er mir mal erzählt hat. Von dem Tag, an dem sich sein Papa umbracht hat.«

»Ja?«, sagte ich in die wohlbekannte Pause hinein.

»Deswegen ist des wahrscheinlich mit ihm so komisch, grad in letzter Zeit. Weil der Papa, der hat sich ja nicht einfach nur umbracht.«

»Sondern?«, fragte ich, als sie nicht weiterredete.

»Mei. Der hat kurz vorher noch mit ihm gesprochen. So ein letztes Wort gsagt, ihm etwas mit auf seinen Weg gegeben.«

»Bevor er sich umgebracht hat?«, staunte ich.

»Und deswegen hat er zum Beispiel des mit dem Maneder gemacht.«

Schrot in den Hintern geballert?

»Wie, das hat sein Vater, kurz bevor er sich umgebracht hat, gesagt? Dass er den Maneder erschießen soll?« Aber wieso hatte der Zindler damit so lange gewartet? Hätte er ja auch schon vor fünfundzwanzig Jahren machen können.

»Schmarrn«, sagte die Fini empört. »Der bringt doch niemanden um, der Bene.«

»Nein, nein, natürlich«, versicherte ich ihr, obwohl ich es zumindest sehr nah dran fand, wenn jemand mit Schrot auf Leute schoss. »Aber was hat jetzt der Vater genau gesagt?«

»Er hat mir halt mal erzählt, da hatte er aber schon ein paar Halbe gezischt gehabt, und ich weiß auch nicht so genau, ob des alles so gestimmt hat, was er so verzählt hat … also dass sein

Papa ihn hergerufen hat. Dann haben's zusammen eine halbe Bier trunken. Weißt, Bene, hat er damals gsagt. Merk dir eins, manchmal, da wollen deine Freindln was, was nicht recht ist.«

Ich nickte. Solche Freunde gab's.

»Und wenn jemand was will von dir, was ned recht ist, dann machst des nicht. Sonst geht's dir wie mir.«

Ich horchte in mein Handy und wartete auf einen erhellenden Satz wie »Der Gschwendner, der Saubeutel, macht jeden zum Kriminellen. Drum, irgendwann, bring ihn um«. Oder so ähnlich. Aber das war anscheinend die komplette Geschichte, denn es folgte wieder Schweigen.

»Und was hat das jetzt mit dem Hintern vom Maneder zu tun?«, fragte ich erstaunt. Da sah ich persönlich gar keinen Zusammenhang.

»Weil die doch was machen, was nicht recht ist. Dass die auf seinem Grund und Boden jagen, und er selber darf das nicht«, erklärte mir die Fini die ganze Geschichte aus der Sicht vom Sturm Bene.

»Aber sein Papa hat gesagt, dass er nichts tun soll, was nicht recht ist«, erklärte ich ihr die Rede vom Papa Zindler an seinen Sohn. »Und dem Maneder eins über den Pelz zu brennen ...« Ich hielt inne, weil sich das Schweigen von der Fini ziemlich beleidigt anhörte. »Na ja. Wie auch immer. Und was hat er gemeint mit ›sonst geht's dir so wie mir‹?«

»Mei«, sagte die Fini, anscheinend doch nicht beleidigt. »Dass er sich halt umbringen muss, nehm ich an. Weil, nachdem er des gesagt hat, ist er raus in den Heuschober und hat sich aufghängt.«

Jetzt schwieg ich.

»Er hat nicht einmal sein Bier ausgetrunken«, setzte sie noch erhellend hinzu.

Der Vater vom Sturm Bene hatte sich anscheinend gar nicht wegen seiner Frau umgebracht oder wegen der vielen Kuhscheiße, der er nicht mehr Herr geworden war, sondern wegen seiner »Freindln«, mit denen er etwas gemacht hatte, was nicht recht gewesen war.

»Und welche Freunde waren das?«, bohrte ich weiter.

»Woher soll ich des denn wissen? Ich hab doch den alten Sturm nie kennenglernt«, erklärte sie mir geduldig.

Jaja, schon klar, auch sie hatte damals noch in ihre Windeln gebieselt und von den dramatischen Ereignissen um sich herum leider nichts mitbekommen. Mein Hund kam in die Küche und sah mich sehr vorwurfsvoll an. Er wollte eindeutig zurück zu Großmutter.

»Und deswegen ist der Bene halt manchmal ein bisserl komisch, des muss man schon verstehen.«

»Was meinst du damit?«, fragte ich nach, weil ich gerne eine klare Definition dessen haben wollte, was aus Finis Sicht als »komisch« galt.

»Dass er manchmal nicht heimkommt in der Nacht«, erklärte die Fini. »Dass er in einem seiner Häusln schläft, obwohl er zu Hause ein gscheits Bett hat.«

»Aber wieso denn das?« Vielleicht hatte er ein »Gspusi« oder war so besoffen, dass er gar nicht mehr heimfand.

»Meinst, der sagt mir so was?«, grummelte sie. »Da kommt er halt gar nicht heim. Erst am nächsten Tag, mittags.«

»Was für Häusln sind das denn?«, fragte ich nach, weil sie das nicht weiter erklärungsbedürftig fand.

»Na ja, sein Papa hat halt überall so kleine Häusln aus Holz baut, weil, so was kannst ja eigentlich immer brauchen.«

»Kleine Häusln«, echote ich verständnislos.

»Neben den Fischweihern für des Fischfutter, zum Beispiel«, sagte sie ärgerlich, weil ich so schwer von Begriff war. »Des kennst doch auch.«

Ja. Da hatten wir als Kinder immer angenommen, dass eine Hexe drin wohnte.

»Drüben im Unterbacher Hölzl, damit er sich unterstellen kann, wenn's gscheit duscht. Und im Tiefloher Graben. Wahrscheinlich hat's dem auch oft greicht.«

Von der ganzen Kuhscheiße vermutlich.

»Und da ist er die ganze Zeit?«, vergewisserte ich mich.

Dann stimmten vermutlich alle Alibis überhaupt nicht.

»Die ganze Zeit nicht«, antwortete die Fini genervt. »Manchmal, wenn ihm halt so komisch ist, dann schlaft er dort. Legt sich einfach auf den Boden hin. Manchmal will er eben allein sein, und wenn man die ganze Gschicht von seinem Papa kennt, kann man des schon verstehn. Dann hat er's wieder im Kreuz und ist saugrantig, wenn er heimkommt. Aber ich misch mich da nicht ein.«

Pause.

»Brauchst nicht du ein Gitterbetterl?«, beendete die Fini souverän die Fragestunde. »Des kann fei schnell gehen, wenn man zamzieht. Plötzlich bist schwanger, und dann bist froh um so ein günstiges Gitterbetterl.«

Nach dem Telefonat ging ich zu Großmutter hinüber und machte damit meinen Hund überglücklich. Großmutter hingegen hatte schlechte Laune, als ich sie in den Rollstuhl bugsierte und Richtung Postkasten rollerte. Weil sie nämlich nicht so sehr auf die tollen gelben und roten Tulpen achtete, die sich weit geöffnet der Sonne entgegenstreckten, sondern nur auf das strahlende Gelb des Löwenzahns. Was ihr Anlass gab, einige abfällige Bemerkungen über »Milchscheckln« und den Zustand unseres Gartens von sich zu geben.

»Das ist ökologisch total verkehrt, die Artenvielfalt so zu reduzieren«, behauptete ich. »Wir sind hier der Artenpool für ganz Bayern. Wir haben alles. Milchscheckln, Gänseblümerln, Vergissmeinnicht. Ehrenpreis, Veilchen.« Sogar Wollschweber. »Und hier. Sogar eine vielleicht schon fast ausgestorbene Fliegenart.«

»Schmarrn, ausgestorben«, sagte Großmutter mürrisch, »die hocken auf deinen verfaulten Bananen und vermehren sich wie die Karnickel. Die könntest auch mal auf den Kompost werfen.«

»Das sind keine Fruchtfliegen«, erläuterte ich ihr, gab's aber auf. Für Großmutter gab's nur Stubenfliegen, Fruchtfliegen und Staunzen. Und die gehörten allesamt vernichtet, wenn's nach meiner Großmutter gegangen wäre.

»Deswegen ist des mit der Porzellanobstschale für dich gar nicht so schlecht. Sonst hast überall die Obstfliegen, weil'st nie des faulige Obst wegschmeißt.«

Im selben Moment tauchten die Rosl und die Annl neben dem Postkasten auf und winkten uns zu. »Ich hab mein altes Reindl mitgebracht«, sagte die Annl und zeigte mir die Bratreine. »Da kannst dem Max am Sonntag ein Gockerl braten.«

»Jetzt kommt schon, dann räumen wir das ein«, sagte die Rosl, als könnte ich das nicht allein. Ich seufzte. Zu viert rollerten wir hinüber, ich sperrte auf, und die Rosl begann erst einmal abzuspülen, damit sich der Herr Kommissar so richtig wohlfühlte, wenn er heimkam.

Großmutter verließ ihren Rollstuhl und hievte sich stöhnend auf die Eckbank. Kopfschüttelnd hielt sie mir die Geldbörse von Anneliese hin, die diese schon wieder vergessen hatte.

»Die hab ich ihr von der Fini geholt«, sagte ich, unter Einsatz meines Lebens nämlich.

»Dass sich die Fini da überhaupt wohnen traut«, sagte Großmutter. »Mitten im Wald.«

Ich sah aus dem Fenster und entdeckte den Schwager, der mit griesgrämiger Miene hinters Haus ging.

Den einsamen Wald fand ich gar nicht so furchtbar wie den Sturm. Wobei ich mir noch nicht ganz sicher war, wen ich furchtbarer fand. Den Sturm oder den Schwager.

»Beim Sturm traut sich doch eh keiner hin«, behauptete ich. Ich zumindest nicht. Ärgerlich stand ich auf, um zu beobachten, was der Schwager schon wieder vorhatte. Als Sekunden später die Kreissäge losging, war die Frage geklärt. So viel zum Thema Max und sein Gespräch mit dem Vermieter.

»Außerdem hat er doch überall Überwachungskameras. Da kann doch gar nichts sein«, erklärte die Rosl, während sie noch einmal über den unbenutzten Herd wischte. »Da brauch'st noch so ein Tüchl, mit Mikrofaser, dann wird das ganz sauber.«

Das war ganz sauber.

»Überwachungskameras?«, fragte ich stattdessen. Ich dachte,

der Sturm Bene hatte von nix Technischem eine Ahnung, und jetzt das!

»Ja, freilich. Die Traudi hat gemeint, dass ihr das so unangenehm ist. Als Erstes hat sie sich ja gedacht, dass das nur eine Attrappe ist, um das ganze Gschwerl abzuschrecken.«

Nun ja. Mir war nicht einmal aufgefallen, dass da eine Überwachungskamera war, so abschreckend konnte das also nicht sein.

Ich schluckte und überlegte, was ich alles gemacht hatte, als ich auf dem Hof war. Und ob die Kamera Ton hatte.

»Ja, die Burgl tut mir leid«, erklärte die Rosl. »Das ist doch nix, wenn dein Mädel mit einem zam ist, der ständig alles beobachtet und überwacht.«

Ich wusste, dass Max den Zindler gar nicht verdächtigte, an der Sache beteiligt zu sein. Aber die News mit der Überwachungskamera würde seine Meinung bestimmt radikal ändern! Ich schickte ihm eine SMS. Als keine Antwort kam, schickte ich Maarten auch noch eine SMS. Der hatte nämlich meistens mehr Einsehen, wenn es um meine göttlichen Eingebungen ging.

»Ich hätt vor dem Angst«, sagte die Annl.

Währenddessen wuselten die beiden komplett angstfrei in meiner Küche herum und machten auch dort sauber, wo es gar nicht dreckig war, jedenfalls meiner Meinung nach. Und Großmutter sah unzufrieden aus, weil sie nicht mitwuseln konnte.

Als es Sturm klingelte und mein Hund sich wie blöd aufregte, legte ich mir schon ein paar Worte für den Schwager zurecht. Aber es war Maarten.

»Ach, hier seid ihr«, sagte er erleichtert.

»Ich bewege mich in sehr engen Kreisen«, seufzte ich. »Wo sollte ich sonst sein?«

»Keine Ahnung. Aber ich habe den Auftrag bekommen nachzuschauen, weil du nicht ans Telefon gehst«, erklärte er mir. »Wir hatten Bedenken, dass du selbst auf diesen Hof gefahren bist.«

»Haha«, machte ich und ließ ihn ins Haus.

»Was ist?«, rief Großmutter aus der Küche.

»Sollte sie nicht auf Reha sein?«, wollte Maarten wissen.

»Nein, nein. Sie hat durch die pflegerischen Maßnahmen die Alltagskompetenz so weit ausgebaut, dass sie in ihrer häuslichen Umgebung überleben kann«, erklärte ich ihm so laut, dass es auch die anderen hörten, dann senkte ich die Stimme. »Außerdem hat man ihr eingeredet, dass es bei der Reha Leute geben soll, die Sex im Badezimmer haben. Und das will sie nicht.«

»Schmarrn«, mischte sich Großmutter, die für ihr Alter wirklich gut hörte, wütend ein, »des hat die Fritzi damals erzählt, bei ihrem Bandscheibenvorfall. Aber da siehst doch schon, dass des nix is für mich.«

»In der Reha wär's auch nicht so gefährlich wie hier«, erklärte ich erneut so laut, dass es auch ja alle hörten, und Maarten ging hinter mir in die Küche. »Der Schwager meint, der Gschwendner wär der Nächste, dann wärst du wenigstens in Sicherheit.«

»Der Gschwendner«, sagte Großmutter abgelenkt. »Dass der so hochgekommen ist, wundert mich nicht. Der wenn ein Geschäft wittert, dann ist er schon da.«

Ich nickte. Und damit hatte er sich's anscheinend bei jemandem total verschissen.

»Das war richtig ein geflügeltes Wort«, erzählte sie, während sie mit ihrer Krücke den Rollstuhl anstupste. »Da tut mir alles weh, wenn ich den ganzen Tag sitz.«

»Du sollst nur fünfzehn Kilo belasten. Darum sollst du mit dem Rollstuhl rumfahren«, sagte ich zum tausendsten Mal an diesem Tag. »Was war ein geflügeltes Wort?«

»Den Vertrag auf den Bierdeckel schreiben und mit Handschlag besiegeln. Des hat der Gschwendner so gmacht.«

»Und wenn ich's euch sag, des ist der Nächste, der tot rumliegt«, behauptete die Rosl.

Darin waren sich anscheinend alle einig.

Ich überprüfte mein Handy und sah, dass es sinnvollerweise auf stumm geschaltet war.

»Sorry«, sagte ich zu Maarten. »Fährt denn Max wenigstens auf den Hof? Wegen der Überwachungskameras«, erklärte ich den anderen, als Maarten nur nickte.

»Die finden da nix«, sagte die Annl. »Weil, blöd ist der ja nicht. Wenn die jeder gleich sehen würd, dann wüsst man ja, dass da Kameras sind.«

Darum hatte ich also nichts gesehen.

»Kameras findet man immer«, widersprach Maarten selbstbewusst.

»Die ist irgendwo eingebaut. Wo sie keiner findet«, wusste die Rosl.

»In so einem Schafsschädel«, wisperte die Annl geheimnisvoll. »Hat die Metzgerin gsagt. Wenn'st dir des vorstellst. Dass dich so ein Schafsschädel anglotzt. Und dich auch noch filmt.«

An den Schafsschädel konnte ich mich noch lebhaft erinnern.

»Und seine Überwachungsanlage findet auch keiner«, fügte sie hinzu.

Bis auf die Rosl, nahm ich zu Recht an, weil, die wusste über alles Bescheid. »Die hat er nämlich im Keller«, erklärte sie tatsächlich.

»Da schaut der Max schon nach«, versicherte ich ihr.

»Aber nicht im Keller im Haus«, erzählte sie. »Sondern im alten Kartoffelkeller, deswegen ist doch des so gruselig.«

»Deswegen fand die Burgl das doch alles so schlimm. Wenn man sich des vorstellt. Allein der Gedanke, hat sie gsagt, dass er mitten in der Nacht über den Hof gehen muss. Und dann da im Dunkeln so sitzt, vor seinem Computer, und alles auf seinem Hof überwacht, während man ahnungslos aus dem Auto aussteigt«, berichtete die Annl und schepperte mit den Töpfen.

Aber wer fuhr schon mitten in der Nacht auf den Hof vom Sturm Bene, das musste ja jemand sein, der noch verrückter war als er selbst. Ich nahm mein Handy und drückte Max' Nummer.

»Die Burgl hat am Anfang versucht, die Fini davon zu überzeugen, dass sie wieder heimkommt. Hat schon Angst gehabt, dass ihr der Sturm Bene blöd kommt, weil sie zu ihm ins Haus reingeht«, erzählte die Rosl weiter und stemmte die Arme in die Seiten.

Max' Smartphone hatte gerade keinen Empfang. Vermutlich war er schon längst auf dem Zindler-Hof, der in einem ausgeprägten Funkloch lag, und fand nichts, weil er keine Schafsschädel abmontierte.

»Und soll ich euch was sagen? Der Kerl war überhaupt nicht im Haus. Der ist die ganze Zeit im Keller gesessen vor seinen ganzen Computern. Fini, hat sie gsagt, des is doch nix. Wenn so ein Trumm Mannsbild am hellichten Tag im Kartoffelkeller hockt. Der ist doch nicht richtig im Kopf.«

»Ich hätt da Angst um mein Mäderl«, stimmte die Annl zu.

Großmutter schüttelte etwas ratlos den Kopf. Selbst ihr schien die Geschichte zu abstrus zu klingen.

»Und wenn ihr jetzt sowieso losfahrt«, sagte die Rosl energisch, »dann bringt's noch ein Packerl Mehl mit und ein Backpulver. Dann backen wir noch schnell einen Kuchen. Für den Herrn Hauptkommissar ...«

Maarten raste mit überhöhter Geschwindigkeit den gewundenen Waldweg hinauf zum Sturm-Hof und bremste vor der letzten Biegung so stark ab, dass ich die Befürchtung hatte, die Airbags könnten auslösen. Vor uns stand ein daytonagrauer Audi, und darin saß ein Max, der ziemlich demonstrativ den Kopf schüttelte. Ich sprang aus dem Auto.

»Wir wissen, wo die Kameras sind«, sagte ich, bevor er mir Vorwürfe machen konnte, dass er seine Zeit auf Einsiedlerhöfen verplemperte, weil ich Gerüchte verbreitete.

Mein Blick fiel auf die Fini, die mit vor der schmutzigen Schürze verschränkten Armen mitten im Hof stand. Verzweifelt sah sie von mir zu Max, als alle Polizeibeamten wieder aus ihren Autos stiegen.

»Aber wenn ich's euch sag! Der Bene. Der macht nix Schlimmes«, sagte sie vollkommen unaufgefordert.

»Du musst uns nur sagen, wo der Kartoffelkeller ist«, schlug ich vor, während Max den präparierten Schafsschädel entgegennahm, in dem die Kamera steckte.

»Eine Funkkamera«, sagte der Mann direkt neben ihm, vermutlich der Herr Meier aus der Computerabteilung. »Kann bestimmt problemlos die Videosignale per Funk bis zum Wohnhaus übermitteln. Die beste Möglichkeit, wenn man keine Kabel verlegen will oder kann.«

Ich drehte mich einmal im Kreis, als Fini nicht antwortete. Was hatte die Rosl gesagt? Der Kartoffelkeller war nicht im Haus, der Sturm musste über den Hof gehen, mitten in der Nacht. Wie gruselig.

»Tagsüber liefert diese Kamera Aufnahmen in Farbe«, erläuterte Herr Meier gerade. »Sobald die Dämmerung einsetzt, schaltet die Überwachungskamera auf Infrarot um. Dank der Infrarotnachtsicht hat sie bei völliger Dunkelheit eine Reichweite von gut zwanzig Metern.«

Alle drehten sich um und sahen in die Richtung, in die die Kamera gefilmt hatte. Ich drehte mich noch einmal im Kreis. Es gab das Wohnhaus, an das direkt der Kuhstall angrenzte. Unter dem Kuhstall konnte der Kartoffelkeller nicht sein, weil man dazu nicht über den Hof gehen musste. Man konnte sogar vom Haus direkt in den Stall hinübergehen, durch den Schlachtraum, wie ich wusste.

Wenn man über den Hof ging, landete man in der Holzscheune.

Langsam ging ich auf das Scheunentor zu. Daneben war eine Holztür, vor der brusthoch die Brennnesseln wuchsen. Trotzdem riss ich die Tür auf und verbrannte mir dabei die Hände an den Brennnesseln. Eine steile Treppe führte nach oben.

Dann sah ich nach rechts auf eine hölzerne Falltür direkt neben der zugewachsenen Tür. Die drei Stufen, die hinabführten, waren nicht zugewuchert. Seitlich wuchs dunkelgrünes Moos, aber dort, wo man ging, waren die Stufen abgetreten und glatt. Neben der Tür hing ein Stahlseil mit einem Gewicht. Vorsichtig zog ich die Tür nach oben. Eine steile Treppe führte in die Tiefe, die Dunkelheit verschluckte die letzten Stufen. Max schob mich zur Seite und machte eine Taschenlampe an.

Dicht hinter Max stolperte ich mit in die Tiefe. Es roch modrig und schimmelig, ein klein wenig nach überreifen Äpfeln, und als wären hier Kartoffeln vergammelt.

»Ich weiß nicht, wo er ist«, hörte ich von oben die Fini. »Im Wald. Da ist er allaweil. Wenn er nicht da ist. Dann ist er im Wald. Aber da macht er auch nix Schlimmes. Halt rumgehen.«

Jemand packte mich von hinten und hielt mich auf.

»Was hältst du davon, wenn du oben wartest. Dann kann die Spurensicherung inzwischen ihre Arbeit machen«, sagte Joe mit sehr netter Stimme. Er ahnte wohl schon längst, was unten wartete.

Wir sahen uns eine Weile in die Augen, dann wand ich mich aus seinem Griff. Schlimmer konnte es eigentlich nicht kommen, oder? Ich hatte schon so viele Leichen gefunden, ein toter Sturm Bene konnte mich jetzt auch nicht mehr erschrecken.

Max hatte den Lichtschalter gefunden, und eine nackte Glühbirne flammte auf.

»Ein Receiver«, sagte Herr Meier vor mir mit zufriedener Stimme.

Mitten im Raum stand ein alter Holztisch mit diversen elektronischen Geräten. Unter anderem ein Laptop, ein flaches Gerät, das vermutlich der Receiver war, und ein zusätzlicher Monitor. Auf einem umgedrehten Obstkistchen stand wackelig ein Drucker. Herr Meier setzte sich vor den Aufbau, holte aus seiner Jackentasche Handschuhe und zog sie über. Ich ließ meinen Blick durch den Raum schweifen. An den Wänden standen Obstkisten mit gammelnden Äpfeln und Kartoffeln. Auf einer lag noch ein Kürbis, der sich in einem nicht vorteilhaften Zustand der Verwesung befand.

Keine Leiche, dachte ich erleichtert.

Trotzdem packte mich Joe schon wieder an den Schultern und wollte mich wegdrehen. Kurz bevor er das geschafft hatte, erhaschte ich noch einen Blick auf etwas anderes, vor dem mich Joe anscheinend bewahren wollte.

Auf einer der Obstkisten lagen Bilder in Schwarz-Weiß, Bilder, die vermutlich der Bene von seinem Überwachungsmaterial ausgedruckt hatte.

Das oberste Bild zeigte mich mit etwas gehetztem Blick direkt vor der Haustür vom Sturm. Wenn die Bilder nicht schwarzweiß gewesen wären, hätte man vermutlich einen grünlichen Gesichtston feststellen können.

»Nichts anfassen«, warnte mich Max, als ich Joe mit einem Luftschnappen abschüttelte und auf die Bilder zuging. »Kannst du nicht draußen warten? Das ist ein Tatort.«

»Nein, kann ich nicht! Das bin ich!«, erklärte ich ihm sauer. »Ich habe ein gutes Recht zu erfahren, wieso ich hier rumliege!«

Etwas Unheimlicheres hatte ich noch nie gesehen. Max schaffte es, mich trotzdem von den Bildern abzudrängen. Er drehte sich von mir weg, mit dem ganzen Packen Papier in der Hand, und blätterte die Bilder einmal durch. Ich registrierte aus dem Augenwinkel mindestens drei Bilder, auf denen ich zu sehen war. Dann legte Max die Bilder weg und schob mich mit Gewalt ein paar Schritte Richtung Ausgang.

»Das ist der Mörder«, sagte ich. »Wetten? Und er sammelt Bilder von mir!«

»Er sammelt keine Bilder von dir«, erklärte mir Max geduldig, während er mich an sich zog. »Pass auf. Du fährst jetzt mit Maarten nach Hause.«

»Und du?«

»Wir sammeln sämtliches Überwachungsmaterial ein und werten es aus.«

»Er überwacht mich«, sagte ich.

»Er überwacht seinen Hof«, widersprach Max.

Aber wieso druckte er dann Bilder aus? Ausgerechnet von mir? Okay, ich war da gewesen. Aber das hatte er schließlich auch persönlich mitgekriegt! Ich war nicht auf seinem Hof herumgestrolcht und hatte sonst was angestellt.

»Okay«, sagte ich gnädig und spähte über die Schultern von Herrn Meier, der gerade die Überwachungsanlage anwarf und die ersten Bilder auf den zwei Bildschirmen zum Flimmern brachte.

»Was?«, sagte ich atemlos, während ich Max' Arm abschüttelte. »Der hat das alles gespeichert?

»Ja, das ist wunderbar«, sagte Herr Meier begeistert.

»Da können wir jetzt alle seine Alibis überprüfen und auch sehen, wer bei ihm auf dem Hof war«, erklärte mir Maarten.

Okay. So gesehen war es super. Aber was hatte ich dort auf dem Hof gemacht? Doch wohl hoffentlich nicht irgendwohin gepinkelt?

Am liebsten hätte ich den freundlichen Herrn Meier von der Computerabteilung weggezogen, um erst einmal selbst zu überprüfen, was auf dem Computer alles zu sehen war.

»In Farbe«, sagte ich fassungslos und starrte auf den Monitor.

Gott sei Dank hatte Max gerade vergessen, dass er mich rauswerfen wollte.

»Da habe ich die Geldbörse von Anneliese geholt. Und komme gerade raus aus dem Stall.«

Das war nach der Tiefkühltruhe gewesen. Der grünliche Gesichtsausdruck war total verständlich.

»Was ist das da?«, wollte ich wissen, als Herr Meier weiterspulte und zu einem Abschnitt kam, wo man einen Mann sah, der sich dem Wohnhaus näherte.

»Vielleicht ein Zeuge Jehovas?«, schlug Maarten vor, und wir beugten uns alle näher an den Bildschirm. »Der kommt zu Fuß und hat etwas in der Hand.«

»Den Wachtturm«, sagte ich ironisch. »So ein Schmarrn. Das seh ich ja von hier aus, dass das der Gschwendner ist.«

»Der Vater von der Fini?«, fragte Maarten. »Ist der zu Fuß die ganze Strecke gegangen?«

»Nein. Da kann man doch in der letzten Kurve parken. Das

kann ich mir nicht vorstellen, dass der die ganzen zwei Kilometer durch den Wald latscht.«

»Wieso fährt der nicht mit dem Auto auf den Hof?«, fragte Max misstrauisch.

»Das kann ich euch auch verraten. Der wollte nichts riskieren. Also, nicht schon wieder sein Auto voll mit vergammelten Rollmöpsen …«

Ich verkniff mir den Rest, als plötzlich die Fini über den Bildschirm flimmerte, anscheinend nicht gewillt, ihren Vater ins Haus hineinzulassen. Dann kam der Zindler hinter ihr an die Tür und stemmte die Fäuste in die Seiten. Er sah, gelinde gesagt, nicht besonders erfreut aus.

»Hat das auch Ton?«, fragte Max.

»Zu verrauscht«, erklärte Herr Meier knapp. »Ich kann versuchen, da noch was dran zu drehen, aber vermutlich wird man auch dann nur den Wind hören.«

»Vielleicht, wenn sie sich anschreien«, sagte ich hoffnungsvoll. Was für ein Glück, dass ich bei meinen Besuchen nicht rumgeschrien hatte.

Der Zindler ging jetzt einen Schritt auf den Gschwendner zu, und dieser wich einen ebensolchen nach hinten. Die Fini packte den Zindler am Arm, um ihn zurückzuhalten. Das war in etwa so effektiv, als hätte sich ein Zwerg an die Hose eines Riesen gehängt.

»Noch mal zurück«, sagte Max. »Der hat doch etwas in der Hand.«

Wir sahen zu, wie der Gschwendner langsam rückwärts von seiner Tochter wegging und gleichzeitig in seine Jackentasche fasste. Dann machte der Film beim Rückwärtsspulen einen größeren Sprung, und man sah die gleiche Sequenz noch einmal. Der Gschwendner marschierte wieder zu Fuß auf den Hof. Schweigend sahen wir uns die Sequenz noch einmal an, und Herr Meier stoppte, als der Gschwendner in die Jackentasche fasste. Bild für Bild klickte er weiter und vergrößerte dann den Ausschnitt.

»Eine Pistole«, sagte ich begeistert. »Der bedroht den Sturm.«

Und zur Strafe brachte der Sturm jetzt alle um.

»Was tust du eigentlich noch hier?«, fragte Max sauer.

Ich helfe euch, dachte ich.

»Soll ich die Fini befragen?«, fragte ich ablenkend. »Mir sagt sie bestimmt, über was sich die damals gestritten haben.«

Besonders, wenn ich ihr das blöde Gitterbettchen abkaufte, für den Fall des Falles.

»Nein«, sagte er streng und dann zu Herrn Meier: »Von wann stammt diese Sequenz?«

»Von vor drei Tagen.«

»Also hat der Gschwendner auch das Gefühl, dass der Sturm dahintersteckt«, sagte ich, begeistert darüber, endlich einmal jemanden auf meiner Seite zu haben.

»Lisa«, wiederholte sich Max streng und legte einen Stapel Papier auf einen Tisch.

Die Fotos!

Auf dem allerersten war in weiter Entfernung eine dicke Person zu sehen, mit dem Rücken zur Kamera.

»Ich muss euch die doch bestimmt identifizieren!«, sagte ich.

»Nein«, sagte Max.

»Und, weißt du, wer das ist?«, fragte ich schnippisch.

Natürlich wusste er es nicht.

Seufzend legte er mir die Bilder vor die Nase. »Er hat zwei Kameras. Eine filmt die Zufahrt, die andere die Haustür. Zwei Bilder konnten wir nicht zuordnen.«

Ich sah mir den dicken Mann an, der mit dem Rücken zur Kamera stand.

»Das ist der Postbote. Der kommt eigentlich mit dem Auto, traut sich aber nicht mehr in den Hof zu fahren wegen der Krähenfüße, die der Sturm da manchmal hinlegt.«

Dann kam ein Bild von Lisa im Auto. Lisa beim Aussteigen. Lisa beim Warten vor der Haustür mit dem Rücken zur Kamera. Lisa, die sich mit reichlich panischem Gesichtsausdruck nach hinten umdreht. Lisa beim Betreten des Kuhstalls. Lisa beim

Verlassen des Kuhstalls mit Fini. Lisa vor der Haustür, mit dem Gesicht zur Kamera.

Mir wurde schlecht. Wieso er ständig mich ausdruckte, war mir ein Rätsel. Dass von mir keine Bedrohung ausging, war doch klar. Und dass er mich nicht kannte, war quasi ausgeschlossen.

Ich starrte auf ein Bild von einem Mann mit Hut.

»Das ist der Gschwendner«, sagte ich, und mein Herz schlug mir noch immer im Hals. Das waren sieben Bilder von mir gewesen.

»Ja. Den kenne ich auch«, sagte Max.

Und dann ein Bild von einer schlanken Person von hinten, die vom Hof wegmarschierte.

»Über den muss ich noch nachdenken«, sagte ich. Konnte das der Karli gewesen sein, das zweite Mordopfer? Ein einsamer Wanderer, der sich auf den Hof verirrt hatte?

Ich drehte mich wieder zum Bildschirm um und zeigte auf das eingefrorene Bild vom Gschwendner mit seiner Pistole. »Das müssen wir unbedingt herausbekommen. Das war vor einer Woche, am besten ...«

Max packte mich am Arm und stieg mit mir aus dem Keller hinauf an die frische Luft. Als wir oben waren, nahm er mich sanft bei beiden Oberarmen.

»Was hältst du davon, wenn du zu Großmutter fährst, und ...«

»Max«, sagte ich nur.

»Du darfst hier nicht mitmachen«, sagte er liebenswürdig und streichelte mit beiden Händen meine Arme. »Auch wenn du anscheinend überzeugt davon bist, dass der Sturm Benedikt ...«

»Wenn du mir einmal zuhören würdest, dann wüsstest du auch, wieso ich das denke«, erklärte ich mürrisch. »Und wenn du dir die ganzen Erkenntnisse von Maarten anhören würdest. Der hat sich da richtig eingearbeitet, verstehst?«

»Lisa. Mein Job«, sagte er sanft, hörte zu streicheln auf und nahm mich in den Arm.

Ja, klar, aber konnte das nicht ein bisschen schneller gehen? Er könnte den Sturm einfach in U-Haft nehmen, dann wäre das

Problem schon einmal gelöst. Ich drückte meine Nase in sein Hemd.

»Okay, ich fahre, wenn du mir jetzt zuhörst«, sagte ich streng. »Hat dir Maarten nicht ausführlichst erzählt, weshalb ein Mensch zum Serienmörder wird? Es gibt dazu zig Untersuchungen. Und schwere Kindheit steht an oberster Stelle!« Ich drückte mich von ihm weg. »Schwere Kindheit, der Sturm hatte eine ganz grässliche Kindheit. Liebesentzug der Mutter, zum Beispiel, findet man ganz oft bei Serienmördern. Die Mutter vom Sturm ist einfach abgehauen, weil sie keine Lust mehr hatte auf Einöde und ihren eigenen Sohn.«

Und weil sie natürlich vor ihrem Sohn irrsinnig Angst gehabt hatte.

»Und Selbstmord des Vaters zählt bestimmt auch zu seiner traumatischen Kindheit«, zählte ich weiter auf. »Der hat den aufgehängt in der Scheune gefunden. Den eigenen Vater! Hat ihn abgenommen und dann noch angezündet! Das macht man doch nicht, wenn man nicht durchgeknallt ist.«

»Lisa«, sagte Max sanft, aber ich ließ mich nicht bremsen.

»Ganz auffällig ist auch Brandstiftung in jungen Jahren, das ergeben alle möglichen Studien! Und der Sturm hat sogar einen Spitznamen verpasst bekommen, so viele Scheunen hat der abgefackelt! Außerdem quält er Tiere!«

Zumindest ließ er sie in ihrer eigenen Kacke stehen. »Serienkiller sind meist Männer, emotionslos, intelligent und psychisch schwer gestört.«

»Wir machen natürlich ein psychologisches Täterprofil«, sagte Max, noch immer mit seiner freundlichsten Stimme, die mir vermutlich signalisieren sollte, dass er mich verstand und alles dafür tun würde, dass der Spuk bald ein Ende hatte.

»Okay«, machte ich einfach weiter. »Aber wusstest du, dass fünfundsiebzig Prozent der Täter Männer zwischen achtzehn und neununddreißig Jahren sind, ledig oder geschieden, und ...«

»Ja«, sagte Max nett und gab mir einen kurzen Kuss. »Ich

weiß. Jetzt lass dich bitte nach Hause fahren. Maarten vertritt deine Interessen.«

Der gute Maarten.

Als ich wieder zu Hause war, zwang mich Großmutter, mit ihr in den Garten zu gehen, um dort den Zustand unserer Vegetation zu prüfen. Während sie mit dem Rollstuhl versuchte, auf dem Gartenweg herumzurollern, und regelmäßig an Steinchen scheiterte, rief ich als Allererstes die Fini an. Ich musste sie warnen. Zwischenmenschliche Beziehungen konnten Serienmörder nämlich nur auf eine Art lösen: Indem sie töteten. Das wusste ich von Maarten.

Ich beschloss, dass ich dieses Gespräch auf keinen Fall Max beichten würde.

»Weißt' was«, sagte die Fini böse, als sie meine Stimme erkannte. »Dir verzähl ich grad gar nix! Was meinst, was der Bene sagt, wenn der merkt, dass der Kommissar seine Anlage mitgnommen hat.«

»Da kann doch ich nichts dafür. Überleg du lieber, was dein Papa bei euch mit der Pistole gemacht hat«, sagte ich entnervt. Wieso mich der Zindler ausdruckte, traute ich mich nicht zu fragen.

»Der hat doch keine Pistole«, sagte sie unwirsch.

»Ich erkenne Pistolen, wenn ich sie sehe«, antwortete ich cool, während ich mich in meine Inspirationsliege fallen ließ.

Die Fini verstummte für einen Augenblick. Die Apfelblüten schneiten friedlich auf mich herunter. Rosa-weiß auf meine dunklen Jeans. Der Bärlauch blühte schneeweiß, der Flieder in einem dunklen Lila. Das klang jetzt alles friedlicher, als es in Wirklichkeit war. Denn im Nachbarsgarten, der eigentlich mein eigener war, ging mit einem Heulen die Kreissäge vom Schwager an, die er jetzt bestimmt im Dauerbetrieb laufen lassen würde. Ich stand wieder auf und ging auf die andere Seite des Hauses, um überhaupt etwas zu verstehen.

»Aber des darfst nicht weitersagen«, sagte die Fini schließlich.

»Logo«, log ich kaltblütig.

»Das war wegen dem Rumgeballer vom Bene.«

»Rumgeballer«, wiederholte ich nur, weil ich nicht kapierte, was das mit dem Gschwendner zu tun hatte.

»Ja. Er hat halt dem Papa die Fenster vom Gartenhäusl rausgeschossen. Und der Papa hat gmeint, wenn er des noch mal macht, dann schießt er ihm auch ein paar Fenster raus.«

Vermutlich log die Fini genauso kaltblütig wie ich.

»Aber des würd der Papa nie machen.«

Natürlich nicht.

»Pass auf dich auf«, sagte ich nach einem kurzen Schweigen.

»Wieso?«, fragte die Fini spitz.

»Wegen dem Rumgeballer«, fauchte ich entnervt, weil mir mein Engagement nicht angerechnet wurde. »Dass du ihm nicht mal im Weg stehst.«

Unzufrieden drückte ich das Gespräch weg und ging wieder auf die Seite des Hauses, wo Großmutter mit dem Gehwagerl kämpfte. Hin und wieder sagte sie etwas zu mir, was ich wegen der Kreissäge nicht verstand. Aber da sie mit ihrer Krücke begleitend herumdeutete, konnte ich mir alles auch ohne Ton zusammenreimen. Ihr Lieblingssatz zurzeit war: »Das ghöret mal gmacht.« Dabei sagte sie nie, Lisa mach das, sondern bellte einen unklaren Befehl, als wäre noch jemand in unserem Haushalt, der das machen könnte. Entkräftet blieb ich vor ihr stehen. Der Rasen war übersät von Blütenblättern. Die Tulpen ließen ihre schon nach außen hängen. Vielleicht sollte ich sie abschneiden.

Ob die Sache zwischen dem Gschwendner und dem Sturm Benedikt mit den Morden zu tun hatte? Ich war von einer starken inneren Unruhe erfüllt. Irgendwie hatte ich das Gefühl, dass Max mit seiner rationalen Herangehensweise alles Mögliche übersah! Vielleicht konnte aber auch ich nicht mehr klar denken, seit ich die ausgedruckten Bilder von mir gesehen hatte. Deutete das darauf hin, dass die ganzen Morde doch mit mir zusammenhingen?

Nein, hatte mir Max ganz ruhig erklärt, als ich ihn vom Auto aus noch einmal angerufen hatte. Er hatte sämtliche Leute ausgedruckt, die von seiner Überwachungskamera erfasst worden waren. Sogar von Anneliese gab es Bilder.

Die hatte ich aber nicht gesehen, und irgendwie hatte ich Max im Verdacht, dass er das jetzt nur sagte, um mich zu beruhigen.

Plötzlich ging die Kreissäge mit einem Heulen aus. Großmutter deutete unter den Zwetschgenbaum und behauptete: »Weilst immer die Kerndln dahin spuckst. Die gehören in den Müll.«

Deswegen wuchsen da kleine Zwetschgenbäumchen. Wir ließen die Hälfte der Zwetschgen eh am Baum vergammeln. Da waren die paar Zwetschgen, die ich einfach fallen ließ, auch nicht das Problem. Drüben hörte ich den Schwager wegen irgendetwas fluchen.

Der Mann war die Pest! Nicht nur, dass er mir mit seiner Anwesenheit den Tag vergällte, seit die Polizeiabsperrung vom Gartenhäusl entfernt worden war, sägte er ganztags sein Schneebruchholz klein. Erst gestern hatte er uns noch einen Kordsamtsessel in den Keller getragen, weil er den zu Hause nicht mehr brauchte!

Langsam quälte sich die Sonne durch die graue Wolkenschicht. Plötzlich erstrahlten die Farben, ließen die Blätter silbern glänzen, und sofort war es brütend warm.

Großmutter sagte mürrisch: »Des is auch nimmer normal, mit dieser Hitz' im Frühling. Früher war des alles anders. Und deswegen glaub ich des schon mit dem Weltuntergang.«

Ich verdrehte die Augen.

»Allein schon, weil alles so komisch ist«, sagte sie.

Ich fragte mich mehr, wie ich jetzt ungestört nach Hause kam, wo doch der Schwager schon wieder am Werkeln war. Man hörte erneut einen lauten Schlag, als er mit dem Beil das Holz traf, dann rumpelte ein Holzstück gegen die Wand des Häusls, und der Schwager gab ein dumpfes Stöhnen von sich, zack. Bei dem würde es mich auch nicht wundern, wenn er irgendwann tot herumlag.

»Ich muss jetzt mal heim und was arbeiten«, sagte ich. Ich hatte den Artikel über das neue Schreiblernsystem immer noch nicht fertig. Vielleicht, weil ich es so unglaublich fand, dass Kinder wider jede Rechtschreibregel schreiben durften, wie es ihnen gerade passte. Und ich einfach nicht kapierte, was das für einen Sinn haben sollte, außer dass lauter kleine Legastheniker herumliefen.

»Kannst des nicht in der Küch' bei mir machen?«, fragte sie nach. »Weil ich dich bräucht, wenn ich was von oben runterholen muss.«

Ich nickte. Arbeiten sah zwar anders aus, aber ich konnte meinen Laptop holen und es versuchen.

Ich wartete einen Moment ab, in dem der Schwager vollständig hinter dem Gartenhäusl verschwunden war, und rannte dann im Höchsttempo auf der Straße hinüber zum Reisinger-Gartentürl. Dort stand allerdings schon die Langsdorferin mit ihrem Gehwagerl und wartete auf mich. Mist. Jetzt hatte ich so Glück gehabt, dass mich der Schwager nicht gesehen hatte. In dem Körbchen ihres Gehwagerls hatte sie einen schwarzen Topf, dessen Deckel mit einem roten Gummi fixiert war.

»Ein Hühnersupperl«, erklärte sie mir, ohne sich von der Stelle zu bewegen. »Eins musst dir merken, wenn's um Männer geht: Liebe geht durch den Magen.«

Gut, dass ich Großmutter hatte, die hin und wieder Max etwas für den Magen machte. Gleichzeitig ging wieder die Kreissäge vom Schwager an und mein Blutdruck nach oben.

»Und grad ein Hühnersupperl, das ist schön gsund und gibt Kraft«, brüllte mich die Langsdorferin gegen den Lärm an. »Die machst auch für deine Oma warm, da kommt's schnell wieder auf die Beine.«

»Ja«, sagte ich brav und sah mich etwas gehetzt um, als die Kreissäge wieder ausging. Das war doch echt kein Zustand, dass ich in meinem eigenen Garten Angst hatte, entdeckt zu werden!

Die Langsdorferin hatte sich anscheinend vorgenommen, mir

noch mehr gute Ratschläge für mein persönliches Glück zu geben, und keine Eile.

»Und mach dich hübsch für ihn«, mahnte sie mich mit einem schiefen Blick auf meine ausgebeulte Jogginghose. Sie senkte die Stimme. »Vor allen Dingen die Unterwäsch', des ist wichtig.«

Ich wurde rot.

Die Langsdorferin nicht.

»Mein Mann, der hat so gern die schwarze Unterwäsch' ghabt. Wenn ich die angehabt hab, das hat ihm gfallen. Da ist er richtig wild geworden«, erzählte sie aus ihrer Jugend. »Frühers war des ja so teuer, des Zeug. Aber einen schwarzen Büstenhalter hab ich mir dann mal gegönnt, so mit Spitze.« Sie warf mir einen etwas anzüglichen Blick zu. »Der hat ein richtig schönes Dekolleté gmacht. Da musst drauf achten. Dass der auch ein schönes Dekolleté macht.«

Ich nickte, durchaus erstaunt darüber, dass die Langsdorferin früher auf ihr Dekolleté geachtet hatte, und warf einen prüfenden Blick hinter mich in den Garten.

»Weil, wenn der Alltag einkehrt, muss man die Liebe pflegen.«

Sie fuhr mir mit dem Gehwagerl über die Zehen. »Das ist ganz wichtig. Dass man nett zueinander ist. Auch wenn man sich hagelt hin und wieder, am Abend, da musst deinen Max immer in den Arm nehmen und nett sein. Und nie zerstritten nebeneinander einschlafen, sondern Gute Nacht sagen und versöhnen.«

Und Sex haben. Das sagte sie jetzt zwar nicht, aber ihrem Blick nach meinte sie genau das.

Ich nickte wieder brav.

»Wie oft hab ich mir dacht, jetzt geh ich einfach«, erzählte sie. »An Scheidung hat man ja früher gar nicht gedacht. Aber ich schon. Ich hab mir gedacht, den Deppn, den lass ich stehn. Aber dann hab ich mich immer daran erinnert, dass wir uns damals gesagt haben, in guten und in schlechten Zeiten. Und dann hab ich mir gedacht, wär doch gelacht. Wenn ich jetzt die paar schlechten Tage nicht einfach aushalt.«

Sie wischte sich eine Träne aus dem Gesicht. Ich hatte das Bedürfnis, ihr auf die Schulter zu klopfen. Für eine Umarmung reichte es noch nicht ganz. Ob ich es mit Max auch in den schlechten Tagen aushielt? Zugegeben hatte ich auch schon des Öfteren daran gedacht, mich von ihm zu trennen, so im ersten Zorn. Jetzt hatte auch ich plötzlich Tränen in den Augen, die ich standhaft wegzwinkerte. Aber statt zu heulen, sagte die Langsdorferin plötzlich resolut: »Jetzt iss erst einmal ein bisserl was, dann geht's dir gleich wieder besser.«

Dann drehte sie sich um und rollerte energisch mit ihrem Gehwagerl los. Den Bruchteil einer Sekunde zu lang starrte ich ihr gerührt hinterher. Denn genau in dem Moment kam der Schwager um die Ecke und stemmte zornig seine Fäuste in die Hüften.

Mist.

»Des geht so ned«, sagte er, als müsste mir klar sein, worum es ging. »Hab ich ned gsagt, dass ich des Häusl nicht vermiet?«

»Ja«, sagte ich hilflos.

Ich hätte einfach schneller sein müssen, wie der Blitz durch die Haustür verschwinden.

Aber Moment mal! Wir zahlten Miete. Und ich hatte es satt, dass ständig der Schwager hier herumkroch!

»Sehr laut und deutlich«, sagte ich mit dem liebenswürdigsten Tonfall, den ich zustande brachte. »Wegen des Schneebruchholzes.«

»Ja, sagt sie«, zischte er mich an und meinte mit »sie« ganz offensichtlich mich. Hatte er vergessen, dass ich vor ihm stand? »Aber dran halten braucht sie sich wohl nicht? Da soll nicht rumgräumt werden! Des soll alles so sein, wie ich des mach, da soll die Kreissäge drin sein, weil draußen wird's mir feucht … Was tut's eigentlich die Kreissäge raus, des hat doch keinen Taug!«

Ich hatte gerade einen ganz massiven Aggressionsstau. Großmutter machte die Tür auf und ließ den Hund heraus, vermutlich sollte der mich vor dem blöden Schwager beschützen. Der begann prompt so laut zu bellen, dass ich kaum verstand, was mir der Schwager erzählen wollte.

»Die Kreissäg', die ist nagelneu, die hab ich extra gestern reingestellt, damit's nicht nass wird ... und dann wird's mir wieder rausgstellt ...«

So ein Schmarrn. Max hatte doch gar keine Zeit, irgendwelche Kreissägen rumzuschieben. In mir kochte es. Mein Hund hörte dankenswerterweise zu bellen auf und näherte sich dem Schwager, um ihn ausführlich am Schritt zu beschnüffeln.

»Ich hab die jetzt wieder reingestellt, und da bleibt die auch!«, muffelte er mich an, den Hund ignorierend.

»Weißt du was, diese blöde Kreissäge, die nimmst am besten mit nach Hause. Die hat hier gar nichts verloren!«, sagte ich bemerkenswert ruhig.

Er sah mich erstaunt an.

Ermuntert von seiner Sprachlosigkeit fügte ich drohend hinzu: »Weil, wenn das so weitergeht, dann spreng ich dieses blöde Häusl in die Luft.«

Ich merkte, dass ich nahe daran war, richtig hysterisch zu werden. Ich hatte es einfach satt, dass er mich behandelte, als wäre ich irgendein Verbrecher, der sein Haus besetzte. »Mitsamt der blöden Kreissäge, dem blöden Schneebruchholz und dem blöden Holzkorb!«

Meine Stimme war jetzt eindeutig hysterisch. »Mir reicht's langsam! Wir zahlen Miete, hast du des vergessen?«

Im Eifer des Gefechts war ich auch zum Du gewechselt.

»Und jeden Tag stehst du in MEINEM Garten!!! Jeden einzelnen Tag seh ich dich von aller Früh an in MEINEM Garten herumkrautern!«, schrie ich lauthals. »Das geht einfach nicht, verstehst, deine blöde Kreissäge! Dein blödes Gehacke!«

Dein blödes Gerede! Deine blöde Visage!, verkniff ich mir gerade noch. Außerdem war mein Vokabular gerade sehr eingeschränkt, außer »blöd« wollte mir nicht viel einfallen.

»Ich will dich einfach hier drin nicht mehr sehen! Das kannst doch alles in deinem eigenen blöden Garten veranstalten!«, schrie ich, begeistert, dass meine Stimme das überhaupt mitmachte.

»Verstehst du? Das. Alles. Ist. Gemietet!«, brüllte ich betont artikuliert.

Dazu machte ich einen heftigen Schwenker mit der rechten Hand, um zu zeigen, was wir alles gemietet hatten. Und vergaß das Hühnersupperl von der Langsdorferin. Der Deckel war ja eigentlich mit einem Gummi an den Topf geklammert. Trotzdem ergoss sich ein ordentlicher Strahl Hühnerbrühe über das Hemd des Schwagers.

Wir starrten beide sprachlos darauf.

Fettaugen auf kariertem Hemd sahen ziemlich ekelhaft aus.

»Ich will dich hier jedenfalls nicht mehr sehen!«, sagte ich abschließend und mäßigte mich in der Lautstärke.

Das mit dem Hühnersupperl war so nicht geplant gewesen.

»Wir sprechen uns noch!«, schrie er mir im Gehen hinterher, und seine Gesichtsfarbe hatte inzwischen ein tiefes Tomatenrot angenommen.

»Nein, eben NICHT!«, schrie ich wütend zurück. »Kapier's doch endlich! Wenn, dann nur noch telefonisch! Und zwar mit deiner Frau und nicht mit dir!«

»Mein Anwalt …«, schrie er zurück.

»Dein Anwalt, genau! Der kann gerne vorbeikommen! Aber du selber, verstehst, du brauchst hier nicht mehr rumlatschen! Nie! Wieder!«

Jawoll.

Mein Herz bumperte in meinen Ohren. Ich fühlte mich richtig aufgedreht. Die Laschingerin schloss mit einem Klappern ihr Küchenfenster. Großmutter stand am Wohnzimmerfenster und schüttelte den Kopf. Ich atmete einmal tief durch.

Kapitel 7

Am nächsten Tag widmete ich mich voll und ganz der Betreuung von Großmutter. Sie hätte das vielleicht anders beschrieben, da ich am Nachmittag hauptsächlich im Liegestuhl lag, während Großmutter im Rollstuhl auf dem Weg auf und ab rollerte und sich über alles beschwerte. Ein Apfelblütenblatt segelte mir in den Ausschnitt. Ein zweites fiel mir auf die linke Brust. Ein bisschen fühlte man sich wie eine Leiche, wenn man peu à peu von Blütenblättern bedeckt wurde.

Schlecht gelaunt versuchte Großmutter aus dem Rollstuhl heraus, eine verblühte Tulpe abzupflücken. Die sahen wirklich komplett derangiert aus, besonders die, von denen nur noch einzelne Stängel standen. Zack. Noch eine Apfelblüte auf die linke Brust. Eine Spinne huschte über meinen Arm, mit so dünnen Beinchen, dass ich sie gar nicht spürte.

Dann hörte ich ein Rumpeln, als Großmutter mit dem Rollstuhl rückwärts gegen die Mülltonne fuhr.

»Du kannst nicht vom Rollstuhl aus Rasen mähen«, krächzte ich. »Du bist total verrückt.«

Löwenzahnsamen trieben durch die Luft, die Blütenköpfe standen teilweise schon bar ihrer Wolle kahlköpfig im Rasen. Vergissmeinnicht in Hellblau, Millionen von Gänseblümchen. Hahnenfuß in Gelb. Ehrenpreis in Blau. Löwenzahn in Wuschelweiß. Konnte Großmutter nicht einfach das tolle Wetter genießen?

»Der Doktor hat gesagt, a bisserl Bewegung schad' nicht«, erklärte sie mir energisch. »Ich kann auch aus dem Rollstuhl raus.«

Ja. Aber damit hatte er bestimmt nicht das Rasenmähen gemeint.

»Schau gleich mal nach, ob der Reisingerin ihr Rasenmäher noch im Schuppen steht.«

Kam gar nicht infrage, jemals wieder dieses Gartenhäusl zu öffnen.

»Den hat die Spurensicherung mitgenommen«, behauptete ich, stand dann aber dienstbeflissen auf, weil Großmutter wirklich böse aussah. »Außerdem will ich mit dem Schwager nix mehr zu tun haben. Der hat mir unterstellt, dass ich seine Kreissäge heraushole.«

Großmutter schüttelte den Kopf. »Das war er selber. Steht ja schon wieder draußen.«

Ich richtete mich auf und sah hinüber zum Gartenhäusl. Tatsächlich. Vielleicht holte er sie ab, das war ja mal eine gute Nachricht. Vielleicht baute er sogar das Gartenhäusl ab und stellte es in seinem eigenen Garten auf. Dass meine Kreischattacke gleich solche Früchte trug … bis jetzt war der Schwager nämlich nicht mehr aufgetaucht!

Das Handy gluckste in meiner Handtasche.

»Immer dieses Telefon«, sagte Großmutter schlecht gelaunt.

»Ich hab Wehen«, simste mir Anneliese. »Halte dich bereit.«

Mist.

»Ich kann jetzt nicht Rasen mähen«, sagte ich Großmutter. »Ich muss mich bereithalten, bei Anneliese geht die Geburt los, hat sie mir grad geschrieben.«

»Früher, da haben wir halt ganz allein die Kinder kriegt, da haben nicht alle dabeigstanden«, kritisierte mich Großmutter. »Meinst, bei mir war jemand da? Meine Mutter ist los, um die Hebamme zu holen, aber bis sie die gefunden hatte, war das Kind schon da. Und deine Mutter war eine Steißlage, des war kein Spaß.«

Mein Handy ploppte schon wieder. Oje, das mit der Geburtsbegleitung überforderte mich.

»Ein Problem weniger«, las ich laut vor.

Ratlos starrte ich die Nachricht an und fragte mich, ob Anneliese jetzt innerhalb von zwei Minuten ihr Kind gekriegt hatte. Dann erst fiel mir auf, dass das Handy ja sein »Mörderploppen« von sich gegeben hatte.

»Problem weniger«, sagte ich noch einmal laut, diesmal mit Herzrasen.

»Ich hätt auch ein Problem weniger, wenn jemand Rasen mähen würd«, sagte Großmutter schlecht gelaunt.

»Vielleicht sollte ich den Mörder einladen«, sagte ich liebenswürdig. »Dann könnte er sich beim Rasen mähen abreagieren.«

Und bräuchte keine Leute umzubringen. Ich drückte auf Wahlwiederholung, um Max an die Strippe zu bekommen.

»So ein Schmarrn«, antwortete Großmutter ungehalten.

»Keine Ahnung«, sagte ich zu Max und starrte auf die riesige Kuchenplatte, die auf unserem Küchentisch stand. Max starrte mehr auf die riesige Porzellanobstschale von der Zenz, die ich dummerweise nicht verschwinden lassen konnte, solange noch zu erwarten war, dass ich die Mithilfe unserer Dörfler brauchte. »Ich habe doch keine Ahnung, was so ein Serienmörder für Probleme hat.«

Rein psychisch hatte so ein Typ bestimmt irrsinnig viele Probleme. Außerdem war nicht ausgeschlossen, dass Max und ich auch riesige Beziehungsprobleme bekamen, bei all dem Krempel, den die diversen Leute hier bei uns anschleppten.

»Will er uns damit sagen, dass alle bisherigen Opfer ein Problem für ihn waren?«, fragte ich.

Und die dringlichste Frage überhaupt: War auch ich ein Problem für ihn? Vielleicht sollte ich ihn das mal ganz explizit fragen.

»Dann müsste der Mörder aus dem direkten Umfeld der Opfer stammen«, schlug Joe vor. »Und die Männer sind keine Zufallsopfer.«

Wenn alle daumenlang der nächste Gschwendner-Spezl umgebracht wurde, oder Stammtischler, dann konnte man sowieso davon ausgehen, dass sie keine Zufallsopfer waren. Ich hatte echt gehofft, dass die Polizei bei ihren Ermittlungen schon ein bisschen weiter gediehen war.

»Ich frag ihn einfach«, sagte ich. »Was soll das Herumgerätsel?«

»Okay«, sagte Max ruhig und nickte mir zu.

»Welches Problem ist gelöst?«, tippte ich konzentriert ein, und Max nickte noch einmal. Senden.

Dann legte ich mein Handy auf den Küchentisch. Zunächst raste mein Herz noch, und ich konnte meinen Blick nicht vom Telefon abwenden. Aber mit jeder Minute, die verstrich, wurde ich unkonzentrierter. Schließlich stand ich auf, um unauffällig die Porzellanobstschale etwas weniger exponiert aufzustellen. Dann ging ich ans Fenster, um zu kontrollieren, ob aus Großmutters Küchenfenster dunkle Rauchschwaden quollen. Stattdessen sah es so aus, als würde es schneien, denn der Apfelbaum ließ seine Blütenblätter zwischen den Löwenzahn und die Gänseblümchen regnen, auf meine Inspirationsliege in Großmutters Garten, weil ich keine Lust hatte, im Reisinger-Garten herumzuliegen und dort Inspiration zu finden.

»Bevor ich meine Liege rüberhole, muss erst einmal das Gartenhäusl abbrennen«, wechselte ich das Thema, nachdem der Mörder keine Lust hatte, auf unsere Frage zu antworten. »Mich grausts so vor diesem Häusl, ich kann es keinem sagen.«

Die beiden Männer erwiderten nichts. Joe sah mitleidig aus, Max besorgt. Eine Weile starrten wir auf die reichhaltige Kuchenplatte zwischen uns, die mit den diversen Rührkuchen, Kleckslkuchen und Sahneteilchen eine Gesamtschau des nachbarschaftlichen Backtalents darstellte.

Irgendwie wäre es mir momentan lieber gewesen, mit Max über die Inneneinrichtung zu streiten. Nach einer halben Stunde diskutierten Max und ich noch eine Weile, wer jetzt mein Handy haben durfte, und ich setzte mich durch.

»Ich ruf dich an«, beruhigte ich ihn.

Joe grinste hinter Max' Rücken. Dann bekam Joe den Auftrag, auf mich aufzupassen. Bevor er verschwand, küsste Max mich noch sehr besitzergreifend.

Das war sehr beunruhigend, Max musste wirklich sehr um mich in Sorge sein, um ausgerechnet Joe als Aufpasser hierzulassen. Ich machte Joe einen Kaffee und bot ihm an, so viel vom Kuchen zu nehmen, wie er in sich hineinstopfen konnte. Aber er hatte keinen Appetit. Dann checkte ich meine Mails, während Joe mein Handy bewachte.

»Hast du eigentlich Familie?«, wollte ich wissen, um die Stille zu unterbrechen, und schenkte uns beiden noch mal Kaffee nach. Ich hatte auch keinen Appetit auf Kuchen. Joe zuckte nur mit den Schultern, seine Miene hatte sich verfinstert.

»Ja«, sagte er schließlich. »Klar. Aber nicht so wie bei anderen Leuten. Ich war ewig bei einer Tante und ihrer Familie. Die ich für meine Mutter gehalten habe, bis ich fünfzehn war.«

Oje. Hätte ich mal lieber nicht gefragt.

»Meine Eltern sind schon länger tot.«

»Ein Unfall?«, fragte ich, weil ich jetzt auch nicht einfach so das Thema wechseln konnte.

»Hm«, murmelte er bestätigend. »Meine Schwester war damals zehn. Ich war fünf.«

Er sah aus dem Fenster.

»Komischerweise kann ich mich nur an meine Schwester erinnern. Die Gesichter von meinen Eltern sind einfach weg. Als hätte es sie nie gegeben.«

Wir schwiegen wieder einen Moment, dann sagte er: »Sie hatte lange blonde Haare. Ich sah ihr immer beim Kämmen zu. Sie hatte eine dunkle, runde Bürste und hat immer aus dem Fenster gesehen dabei. Ich habe mich immer gefragt, wieso sie nicht in den Spiegel sieht.«

Ich legte meine Hand auf seine und drückte einmal tröstend zu.

»Meinen Vater habe ich nie kennengelernt«, sagte ich. »Und meine Mutter eigentlich auch nicht.« Nach einer Weile fügte ich hinzu: »Tut mir echt leid für dich.«

Seine Augen waren für einen Moment ausdruckslos, als wäre er in seiner Erinnerung gefangen, dann verzogen sich seine Lippen zu dem vertrauten Joe-Lächeln, und er zuckte mit den Schultern. »Ist ja lange her. Irgendwann muss man auch einfach loslassen.«

Ich nickte und ließ meine Hand auf seiner liegen.

Dann gluckste mein Handy, und ich zog wie ertappt meine Hand zurück. Joe lächelte mir kurz beruhigend zu, dann zog er mein Handy zu sich, um mir die SMS vorzulesen, obwohl sie eindeutig nicht vom Mörder kam.

»Habe Senkwehen. Schalt bloß dein Handy nicht aus«, bat mich Anneliese.

»Okay«, simste ich zurück.

Joe amüsierte sich über die SMS, und ich grinste auch.

»Ich muss mal zur Oma rüber, mal nachschauen«, sagte ich. »Die verteidigt mich schon.« Mit ihren Krücken kam uns kein Mörder zu nahe.

»Dann kontrollier ich hier noch mal alles«, erwiderte Joe, »und setz mich dann draußen ins Auto.«

»Ich wollte dich nicht rausschmeißen«, sagte ich.

»Ich kann ja auch reinkommen«, sagte er grinsend. »Vielleicht gibt's die leckeren Golatschen von deiner Oma.«

Wir nickten uns verschwörerisch zu, ich schnappte mir meine Umhängetasche und ging hinüber zu Großmutter.

Großmutter war noch immer schlecht gelaunt, weil nichts so passierte, wie sie es gerne hätte. Und am liebsten hätte sie gehabt, dass ich sofort die ganze Speisekammer ausräumte, um den Mehlmotten und Obstfliegen und wer weiß noch was für grässlichen Viechern den Garaus zu machen.

»Ich bring den Kompost raus«, sagte ich schließlich. »Davon werden die Obstfliegen auch weniger.«

Und vor allen Dingen würde ich so schnell nicht mehr hereinkommen, um weitere Arbeitsaufträge einzukassieren. Joe saß draußen im Auto und winkte mir zu. Ohne Eile schlenderte ich Richtung Komposthaufen, blieb ein Weilchen beim Rhabarber stehen, um ein paar Stängel abzudrehen. Der war ein so riesiges Gebirge geworden, dass ich einfach anfangen musste, Stängel verschwinden zu lassen, um mich in nächster Zeit nicht nur von Rhabarberkompott ernähren zu müssen. Was alles halb so schlimm war, weil es ja auch Leute gab, die Hunger leiden mussten, wie meine Großmutter zu sagen pflegte, deswegen konnte man um jedes Rhabarberkompott froh sein, das man essen durfte.

Mein Handy dudelte los, und ich sah am Display »Anneliese«.

»Fällt dir noch was ein, was ich vorkochen könnt?«, wollte sie von mir wissen. »Für die Zeit, wo ich im Krankenhaus bin?«

Ich räusperte mich. Irgendwie roch es hier gerade richtig angebrannt, nach einem schönen Holzfeuerchen. Ich drehte mich einmal im Kreis.

»Der Thomas soll selber kochen, finde ich«, erklärte ich ihr. »Damit er mal merkt, was er an dir hat.« Und später auch nicht aufgschmissen war, mit achtzig, wenn er für sich selbst kochen musste.

Irgendwo brannte es bei uns, inzwischen hörte ich sogar ein Knistern und Knacken. Ich setzte mich hastig in Bewegung auf der Suche nach dem Brandherd.

»Hab gerade noch mit der Fini geratscht, die war gerade unterwegs zu ihrer Mutter«, sagte Anneliese. »Hat ihre gelben Säcke hingebracht …«

Ich drehte mich um, um zu sehen, ob aus irgendeinem unserer Fenster die Flammen schlugen. Aber Großmutters Haus stand unversehrt vor mir.

»Die fährt ihre gelben Säcke zu ihren Eltern?«, sagte ich abwesend. Wem fiel denn so ein Quatsch ein?

»Weil die von der Müllabfuhr halt keine Lust haben, da raus zum Sturm Bene zu fahren. Oder halt nur ganz selten …, und da hat sie mir erzählt …«

Ich schnupperte.

»… dass sie sich vorgenommen hat, ein bisserl zu entrümpeln, und da bräucht sie halt …«

Klar. Die tolle Eckbank. Und das scheußliche Schuhkastl. Mit dem Telefon am Ohr ging ich in Richtung Komposthaufen, wo auch der Brandgeruch deutlich stärker wurde und das Knistern und Knacken lauter.

»Die fährt ihre gelben Säcke zu ihrer Mutter?«, hakte ich noch einmal nach und beschleunigte meine Schritte, weil das Knistern immer lauter wurde.

Als ich den Komposthaufen im Blick hatte, sah ich, was brannte.

»Sorry, ich muss jetzt aufhören«, krächzte ich und drückte das Gespräch einfach weg.

Nein, ich habe es ihm nicht gewünscht, dachte ich bei mir und kämpfte gegen die Übelkeit an, als ich das Gartenhäusl der Reisingers so brutzeln sah. Das war doch nur so eine Art schlechter Scherz gewesen. Den ich außerdem nur dem lieben Gott verraten hatte. Okay, und Max, aber der hatte doch bestimmt dichtgehalten!

Es prasselte richtig, aus dem Dach schlugen die Flammen empor, und schwarze Rauchwolken stiegen nach oben.

»Es brennt«, flüsterte ich.

Das war unglaublich. Von weit entfernt hörte ich zwei Sirenen, die sich schnell näherten. Ich beschloss, mit meinen Wünschen künftig etwas vorsichtiger zu sein, und sah zu, wie Joe über den Gartenzaun flankte, nur um dann resigniert stehen zu bleiben. Da war echt nichts zu machen.

»Bei euch brennt's Gartenhäusl«, schrie die Laschingerin aufgeregt über den Reisinger-Garten herüber, obwohl sie doch sehen musste, dass ich direkt daneben stand.

Dann wurde die Feuerwehrsirene so laut, dass meine Ohren dröhnten. Die Freiwillige Feuerwehr fackelte nicht lange, das Feuerwehrauto rammte die Reisingersche Briefkastensäule und den Jägerzaun. Fünf gelb-schwarz eingemummte Männer mit Helm sprangen heraus und entrollten die Schläuche. Das sah sehr professionell aus, auch wenn ich erkannte, dass unter anderem der Schmalzl und der Kreiter in dem Outfit steckten. Hinter Joes Polizeiauto hielten die Feuerwehr und ein Sanka. Wortlos sahen wir zu, wie sich der Garten in dichte Rauchwolken hüllte, während die Männer löschten. Schließlich kam auch Max. Er stellte sich kommentarlos neben mich und strahlte eine gewisse Resignation aus. Aber was sollte er auch sagen?

»Das war ich nicht«, erklärte ich ihm schuldbewusst, weil ich es mir ja eindeutig gewünscht hatte.

Er legte mir nur den Arm um die Schulter und drückte mich an sich.

»Das war vielleicht der Schwager, um uns richtig Ärger zu machen«, flüsterte ich.

Ich hatte Max gar nichts von dem Streit erzählt. Aber nachdem ich dem Schwager sehr deutlich gesagt hatte, dass ich das Häusl sprengen würde, war er mir wohl zuvorgekommen. Max drückte mich nur wieder, sah aber nicht überzeugt aus.

Bevor er dazu Stellung nehmen konnte, schrie plötzlich jemand »Person auf neun Uhr«. Das klang jetzt so, als würde gerade nicht das Reisingersche Gartenhäusl niederbrennen, sondern das Pentagon. Und als wären der Schmalzl und der Kreiter eigentlich ein Sondereinsatzkommando von Marines, die mit Terroristen in unserem Garten rechneten. Mehrere Feuerwehrmänner rannten los, die Atemmasken vor dem Gesicht, und zerrten eine leblose Person aus dem Gartenhäusl. Zwei Sanitäter joggten an uns vorbei. Nur Sekunden später krachte das Dach des Häusls ein.

»War das auch der Mörder?«, flüsterte ich.

Nachdem da noch eine Person gelegen hatte, war der Brandstifter bestimmt nicht der Schwager. Max und Joe ließen mich stehen, und ich blickte allein auf das schwarze Gerippe, das wir jetzt in unserem Garten stehen hatten.

Bewegungslos beobachtete ich die Feuerwehrleute, die mit Spitzhacken und Schaufeln in dem ehemaligen Gartenhaus herumgingen und nach Glutherden suchten. Irgendwie ahnte ich, dass die Person tot war. Und ich wollte nicht sehen, wer es war, weil ich es eigentlich schon wusste.

Als einer der Männer gegen einen Pfosten trat, stürzte alles in sich zusammen, und eine schwarze Wolke stieg in den Himmel.

Ich hatte mich zu Großmutter verzogen. Auf was ich jetzt nämlich wirklich verzichten konnte, waren die ganzen Sprüche am Gartentürl, und auf die Spurensicherung und den Leichenwagen gleich dreimal. Und auch die permanent gerunzelte Stirn von Max hob meine Stimmung nicht. Aber obwohl ich in der Küche vor meinem Laptop saß, bekam ich einiges mit. Weil Großmutter nämlich in ihrer Neugierde halb aus dem Wohnzimmerfenster hinaushing und dort abwechselnd mit den Ratschkathln und den Feuerwehrlern kommunizierte, die natürlich ein Einsehen hatten. Schließlich stand man mit einem Oberschenkelhalsbruch mit einem Bein schon im Grab, wie meine Großmutter nicht müde wurde zu betonen.

»Glaubst des nicht«, sagte sie hin und wieder in meine Richtung und wirkte gerade überhaupt nicht wie kurz vor dem Tod.

Nach einiger Zeit wurden auch schon wieder Fernsehkameras aufgebaut, um wieder in den Reisinger-Garten hineinzufilmen. Das zum Thema »Wir haben diesen Garten gemietet«. Nach einer Weile siegte dann doch meine Neugier, und ich stellte mich neben Großmutter und hörte mir das Geschwafel der Journalisten an. Zumindest die waren sich jetzt schon einig, dass der Bettlakenmörder wieder zugeschlagen hatte, obwohl noch überhaupt niemand wusste, wer das Opfer war und wie es umgebracht worden war.

Den altbekannten Serienmörderanalysen lauschend, musste ich an den Zindler denken, den lieben Sturm Benedikt auf seinem Einsiedlerhof. Und daran, wie er »Spatzl« zu mir gesagt hatte und wie seltsam manche Leute wurden, die jahrein, jahraus in der Einöde lebten und Rollmopsglaseln in die Sonne stellten. Noch immer war ich der Meinung, dass Max zu wenig in diese Richtung ermittelte. Ich beschloss, ihn noch einmal zu fragen, was ihn so sicher machte, dass nicht der Sturm hinter der ganzen Sache steckte.

»Die Menschen hier interessiert am meisten: Ist es einer von uns …«

Bevor die Journalisten noch ein Interview mit der Rosl und der Annl machen konnten, schickte Max sie weg, und ich setzte mich wieder in die Küche.

Daraufhin wurde die Lage draußen ernsthaft langweilig, die Rosenkranztanten verzupften sich, und Großmutter kam zu mir, um über ihre Hüfte zu klagen.

»Aber die Rosl meint auch, dass des so hat kommen müssen«, erklärte sie mir die Dorfmeinung. »Der war die meiste Zeit nur am Schimpfen und Rumbrummeln. Dass dieser Serienkiller mal die Schnauze voll von so jemandem hat …«

Selbst wir hatten die Schnauze voll von ihm gehabt.

»Wie der mit den Leuten umgesprungen ist«, erklärte sie stöhnend und rieb sich die Hüfte. »Hat er nicht vor Kurzem verzählt, wie er seinen Bruder über den Tisch gezogen hat? Hat ihm einen Holzspalter viel zu billig abgeluchst.«

Genauso wie die Kreissäge.

»So anschmieren. Des macht man doch nicht.«

»Aber der hat ihn doch bestimmt nicht umgebracht«, wandte ich ein. Soviel ich wusste, war der schon seit Jahren tot.

»Der wird des nicht nur bei seinem Bruder gmacht haben. Der hatte doch überall Feinde.«

Wenn selbst ich so negative Gedanken gehabt und hin und wieder von einem explodierenden Gartenhäusl geträumt hatte.

»Dass akkurat bei ihm der Serienmörder zuschlägt …« Großmutter ließ den Satz ungesagt.

»Ist der Schwager denn auch mit einem Betttuch umgebracht worden?«, wollte ich wissen.

»Ich war ja nicht drüben«, erklärte mir Großmutter etwas

missgelaunt, da anscheinend der Schmalzl bei den Ratschkathln nichts hatte durchsickern lassen.

»Ich geh jetzt rüber zu Max«, sagte ich und zog mir die Schuhe an.

Leider lief ich als Erstes den Typen vom Fernsehen in die Arme – ganz offensichtlich hatte es Max nicht geschafft, sie so richtig in die Flucht zu jagen.

»Lisa Wild«, sagte die hektische Blondine, und mir wurde sofort schlecht.

Wer hatte ihnen meinen Namen verraten?

»Sie kommunizieren mit einem der größten Massenmörder der Gegenwart«, ergänzte sie mit einer besonders mitfühlenden Stimme.

Woher wusste sie das?

»Nein«, behauptete ich. Ich kommunizierte nämlich mit gar niemandem, sondern der Typ simste mir. Das konnte man nicht wirklich als Kommunikation einstufen.

»Wie fühlt sich das für Sie an? Haben Sie deswegen schlaflose Nächte?«, fragte sie weiter, ohne auf meine Lüge einzugehen.

»Nein«, behauptete ich und versuchte mich verzweifelt durch die Reporter zu kämpfen.

»Jeder kann verstehen, dass sie darüber nicht sprechen will – seit Wochen ständig im Kontakt mit einem Mörder, der seine grausamen Phantasien an armen, unschuldigen Männern auslebt«, sagte ein Atze-Schröder-Imitator mit besonders mitleidiger Stimme, da ich nichts antwortete.

»Weshalb eine unbedeutende Journalistin eines Provinzblattes?«, fuhr die Blondine fort, als wäre ich gar nicht anwesend.

Moment mal, dachte ich empört. Was hieß hier unbedeutend?

»Die Forschung ist sich einig, dass ein Mörder nicht ohne Grund zu einer ganz bestimmten Person Kontakt aufnimmt. Steht sie auch in ihrem realen Leben mit ihm in Verbindung?«

»Nein«, fauchte ich sie an. Was für eine Frechheit!

»Was, denken Sie, will der Mörder Ihnen damit sagen? Oft

steckt eine tiefe Bewunderung hinter der Kontaktaufnahme – ein stummes Werben um die Angebetete. Soll es ein Liebesbeweis sein?«, ergänzte sie. »Will er ihr damit seine unendliche Liebe gestehen?«

»Seine Liebe?« Auf so einen Schwachsinn war ja bis jetzt überhaupt niemand gekommen!

»So ein Quatsch«, sagte ich ärgerlich.

»In welcher Beziehung könnte die Journalistin zu dem Mörder stehen?«, fragte jetzt ein anderer Reporter direkt in seine Kamera hinein, begeistert von der neuen Wendung. »Eine alte Liebschaft? Jemand, der die Aufmerksamkeit der hübschen Journalistin wecken will?«

»Kein Kommentar«, sagte neben mir die dunkle Stimme von Max, und er schob mich energisch von den Kameras weg.

In meinen Ohren hämmerte noch das Blut. Natürlich war das der totale Unsinn. Kein Mensch warb um mich. Jeder wusste, dass ich mit Max verbandelt war, dass ich mit ihm zusammenzog, Rosl verbreitete sogar heimlich, dass sie sich ganz sicher war, dass wir bald heiraten würden.

Aber wann hatten die Morde denn begonnen? Genau zu dem Zeitpunkt, als alle wussten, dass wir zusammenziehen wollten.

»Glaubst du das auch?«, wollte ich von Max wissen, der so grimmig dreinschaute, dass die Reporter ganz automatisch zurückgewichen waren. Vielleicht lag es auch daran, dass auch Joe und Maarten sehr grimmige Mienen aufgesetzt und mich in ihre Mitte genommen hatten.

»Nein«, sagte er kurz angebunden.

»Die brauchen nur einen besonders unheimlichen Beitrag für die Nachrichten«, erklärte mir Maarten.

Ja. Das war nämlich besonders unheimlich, wenn ich jemanden an der Backe hatte, der aus Liebe zu mir andere Menschen umbrachte. Aber nur, weil etwas besonders unwahrscheinlich war, hieß das noch lange nicht, dass es mir nicht passierte. Und noch immer war nicht geklärt, wieso die ganzen ausgedruckten

Bilder von mir im Kartoffelkeller gelegen hatten! Seinen lieben Schwiegervater hatte der Zindler nämlich nicht ausgedruckt. Aber von mir existierten allermindestens zehn Bilder!

»Jetzt wissen wir auch, was mit ›ein Problem weniger‹ gemeint war«, erklärte ich dem schweigsamen Max, während er die Haustür aufsperrte. »Nämlich der Schwager.«

Joe und Maarten dackelten hinter uns her und übersahen dezent, dass Max mich an der Hand hielt.

»Oder glaubst du, dass es gar nicht unser Mörder war?«

Verdammt. Jetzt war es schon »unser« Mörder. Max antwortete nicht auf meine Frage, sondern schob mich in die Küche. Das schlechte Gewissen wollte einfach nicht verschwinden. Vielleicht war es gar kein Mord gewesen. Vielleicht hatte ich den Schwager ja so aufgeregt, dass er nur noch ins Gartenhäusl taumeln konnte und einen Herzinfarkt erlitten hatte. Gleichzeitig war vielleicht etwas Brennendes umgefallen und hatte so lange geschwelt, bis irgendwann das Holz Feuer gefangen hatte.

»Erzähl mir doch erst einmal, was du gemacht hast, nachdem ich gegangen bin«, schlug Max vor, als wir um den Küchentisch saßen.

Jetzt wäre der richtige Zeitpunkt gewesen, um von meinem Streit mit dem Schwager zu erzählen. Und den möglichen Herzinfarkt zu erwähnen, den er sich aufgrund meines Herumgekreisches zugezogen hatte. Aber wieso hätte mir der Mörder dann eine SMS schreiben sollen?

»Vorhin bist du nicht durch den Garten zu Großmutter hinübergegangen?«, wollte Max von mir wissen. Er wusste, dass ich bevorzugt über den Komposthaufen kletterte, um von Großmutters in den Reisinger-Garten zu gelangen.

»Nein«, sagte ich und warf Joe einen Blick zu. Schließlich würde ich nie vor Joe über den Komposthaufen klettern. »Aber Joe … Hast du nicht noch den Garten kontrolliert?« Hätte er nicht den Schwager mit seinem Herzinfarkt finden müssen? »Das muss ja nur kurz vorher …«

Joe sah müde aus und strahlte Schuldbewusstsein und Verlegenheit aus. »Das war etwa um halb elf. Da war niemand im Garten.«

Maarten sah auf seine Uhr. »Das war ja gar nicht lange vorher.«

»Da muss er eigentlich schon im Gartenhäusl gewesen sein«, fügte Joe hinzu, und jetzt verstand ich auch sein Schuldbewusstsein.

»Das konntest du doch nicht ahnen«, tröstete ich ihn. »Dass er im Gartenhäusl sitzt.«

Mit dem Schwager, fiel mir im nächsten Moment ein. Da musste ja der Schwager mit dabei gewesen sein. Das war jetzt gruselig, und ich war dem Serienmörder extrem dankbar, das Gartenhäusl bei seiner Aktion abgefackelt zu haben. Sonst hätte ich das heute noch machen müssen.

»Kein Mensch kann doch ahnen, dass man das Gartenhäusl kontrollieren muss«, tröstete ich.

»Ich habe sogar das Gartenhäusl kontrolliert«, rechtfertigte er sein Versagen. »Die Klinke ließ sich aber nicht herunterdrücken. Es war abgeschlossen. Ich habe auch einen kurzen Blick durchs Fenster geworfen, aber nichts gesehen.« Seine Stimme wurde leiser, als er sagte: »Vielleicht hätte ich ihn retten können. Wenn ich genauer durch das Fenster geschaut hätte.«

»Das Häusl kann man doch gar nicht mehr absperren«, erklärte ich ihm als Trost und merkte, während ich redete, dass das gar kein richtiger Trost war.

Wir schwiegen eine Weile. Vermutlich hatte sich der Mörder an die Tür gelehnt und so verhindert, dass Joe die Tür öffnen konnte. So nah war bislang niemand dem Mörder gekommen.

»Der hätte dich auch plattgemacht«, prophezeite ich. »Du kannst froh sein, dass du die Tür nicht aufgekriegt hast. Hat er denn wieder seine Betttuchmasche abgezogen?«

»Nein«, antworteten Max, Maarten und Joe gleichzeitig.

»Dann war es auch gar nicht der Serienmörder«, spekulierte ich weiter. Wenn er sich nicht an die Sache mit den Betttüchern und den Schnüren gehalten hatte, konnte es genauso gut ein Trittbrettfahrer sein, der es toll fand, am selben Ort wie den Maneder auch noch den Schwager zu ermorden.

Keiner sah mich an. Vielleicht weil es dann ganz schlecht für mich aussah und ich die Hauptverdächtige für diesen Trittbrettfahrermord war.

»Wir nehmen an, dass er unter Zeitdruck war«, erklärte mir Max, und gleichzeitig verriet Maarten: »Wir haben ein angesengtes Betttuch und die Schnüre gefunden.«

»Er hatte schon alles dafür vorbereitet«, machte Max weiter und nahm wieder meine Hand in seine.

»Vielleicht hat ihn meine Anwesenheit aus dem Konzept gebracht«, mutmaßte Joe. »Und er hat sich dazu entschlossen, alles schnell durchzuziehen.«

Ohne Genuss sozusagen. Wieso er das Ganze nicht in der Nacht hatte machen können, war mir ein Rätsel. Tagsüber, das war echt die Härte.

Ich musste wieder an die Journalistin denken und an ihre Theorie vom Liebesbeweis. Vielleicht hatte sich der Mörder ja tatsächlich gedacht, die Lisa Wild, die ärgert sich ständig über diesen blöden Schwager, dann bring ich ihn doch um, dann ist sie ihn los. Und das Häusl, hat sie selbst gesagt, will sie demnächst in die Luft sprengen, das nehm ich ihr auch gleich ab.

Mir wurde schlecht.

Wer hatte meine Gedanken überhaupt mitgekriegt? Okay. Ich hatte gestern den Schwager angeschrien und ihm sehr laut und deutlich zu verstehen gegeben, dass ich sein Gartenhäusl mitsamt der Kreissäge wegsprengen würde. Zumindest die Langsdorferin, Großmutter und die Laschingerin hatten das bestimmt mitgekriegt. Und Mörder, die in Hecken saßen … O Gott, das war ja einfach nur noch schrecklich!

»Wobei er dieses Mal sowieso von seinem Konzept abgewichen ist, weil er den Reisinger noch mit einer eigenartigen Flüssigkeit bespritzt hat, die wir erst einmal identifizieren lassen müssen«, berichtete Maarten.

»Flüssigkeit?«, echote ich, mit meinen Gedanken noch bei einem Mörder, der mich aus lauter Liebe ständig beobachtete. Nein. Nein. Nein. Wieso sollte er denn den Poldi umgebracht haben und den Karli, die kannte ich ja gar nicht richtig, geschweige denn, dass ich etwas gegen sie gehabt hätte!

»So grünlichgelbe fettartige Schmiere«, erklärte Joe, »die Proben werden gerade im Labor untersucht.«

O nein. Ich war sofort wieder in der Gegenwart.

»Fettaugen«, antwortete ich schuldbewusst und wurde ein bisschen rot bei dem Gedanken, dass mit Steuergeldern gerade die Hühnerbrühe von der Langsdorferin analysiert wurde.

»Fettaugen?«, fragten die drei Männer unisono.

»Ich habe ihm gestern Hühnerbrühe über das Hemd gegossen«, erklärte ich mit angestrengt gerunzelter Stirn, um möglichst ernsthaft zu bleiben. Dass meine verbale Entgleisung so ans Licht kommen musste!

»Das klingt jetzt ein bisschen strange, aber … es hatte ganz natürliche Ursachen …«

Max sah mich mit seiner verzweifelten Meine-Freundin-tickt-aus-Miene an, und Maarten hatte ein Grinsen von einem Ohr zum anderen. Ich musste die Geschichte erzählen, um nicht als Verrückte dazustehen.

Das gelang mir nicht. Auch nach der Geschichte stand ich wie eine Verrückte da.

»Das war wann?«, wollte Max wissen.

»Gestern Nachmittag. Etwa um vier Uhr. Dann ist er losgezogen.«

»Losgezogen?«, fragte Joe.

»Ja, er war ein klein wenig wütend«, relativierte ich seine hochrote Birne und ließ auch unter den Tisch fallen, dass auch ich ein klein wenig aufgebracht gewesen war, »und ging wieder zurück hinter das Haus.«

»Du hast also nicht gesehen, dass er in sein Auto gestiegen und losgefahren wäre?«, fragte Maarten.

»Nein, weil er ja gar nicht mit seinem Auto da war«, erklärte ich. Sonst stünde das Auto noch immer vor unserem Gartenzaun. »Weil seine Frau doch einmal in der Woche die Tochter in der Psychiatrie besucht.«

»Psychiatrie«, wiederholte Max, sah aber nach »Fettaugen-einer-Hühnerbrühe« aus.

»Ja. Sie behaupten immer, dass die Tochter Diabetes hat, aber sie hat irgendeine psychische Störung. Da braucht seine Frau dann das Auto, und er geht zu Fuß von Unterbachenreuth zu uns herüber, um stundenlang im Garten herumzuheizen.«

Alle sahen mich an, als wäre ich nicht mehr ganz dicht. Was konnte ich dafür, dass der Schwager so ein unglaublich kompliziertes Leben gehabt hatte.

»Hast du das beobachtet?«, fragte Maarten nach.

»Was?«, fragte ich desorientiert, weil mich das Trommelfeuer der Fragen durcheinanderbrachte.

»Dass der Reisinger nach eurem Streit zu Fuß nach Hause gegangen ist?«

Ich runzelte angestrengt die Stirn. Er war noch einmal hinter unser Haus gegangen. Vermutlich, um sein Hackebeilchen und seine Brotzeit aus unserem Gartenhäusl zu holen. Was hatte ich in der Zeit gemacht? Ein klein wenig hyperventiliert, weil ich so tapfer gewesen war, ihm meine Meinung zu geigen. Dann war Großmutter am Fenster erschienen und hatte mich zusammengestaucht, weil sie fand, man könnte den Schwager nicht vor den Ohren der Laschingerin zur Sau machen. Außerdem wäre sie gerne dabei gewesen, wenn schon einmal jemand zur Sau gemacht wurde.

Mich hatte dann die Angst vor einer zweiten Konfrontation dazu veranlasst, in Rekordgeschwindigkeit meinen Laptop zu holen und in Großmutters Küche zu wechseln.

»Er hätte also auch noch eine Weile im Garten gewesen sein können«, schlussfolgerte Maarten. »Und ist vielleicht gar nicht nach Hause gegangen.«

»Ich dachte, er geht in den Garten und schiebt seine Kreissäge ins Häusl«, sagte ich. »Schließlich hat er sich ausführlich darüber beschwert, dass wir ihm ständig die Kreissäge aus dem Häusl holen und dass er die nicht im Freien stehen haben will.«

»Und was hattest du mit der Kreissäge zu schaffen?«, fragte Max.

»Menno«, sagte ich nur, »wenn, dann warst das du.«

Vielleicht hatte der Schwager auch eine Vorstufe von Alzheimer gehabt. Schließlich war er der Einzige gewesen, der Holz gehackt und kreisgesägt hatte ... Ich sah von Maarten zu Max.

Das bekleckerte Hemd, fiel mir wieder ein. Es war natürlich ziemlich unwahrscheinlich, dass er zuerst nach Hause gegangen war, um dann am nächsten Tag im schmutzigen Hemd wieder zu uns in den Garten zu kommen.

»Dann ist der gestern schon umgebracht worden.« O mein Gott. »Während Großmutter und ich in der Küche herumgesessen sind?«, fragte ich fassungslos. »Mit bekleckertem Hemd??«

»Das wird uns der Rechtsmediziner beantworten«, sagte Max ablenkend.

Das konnte ich ihm schon jetzt beantworten. Außerdem war der Zeitpunkt günstig, wenn ich in der Küche von Großmutter saß, da bekam man nämlich überhaupt nichts davon mit, was bei dem Gartenhäusl passierte.

Dann klingelte Max' Smartphone.

»Ja. Danke für die schnelle Analyse!«, sagte er nach längerem Schweigen mit einem bösen Blick in meine Richtung. Anscheinend hatte das Labor in Rekordzeit die Zusammensetzung der Langsdorferschen Hühnersuppe analysiert. »Das hilft uns weiter.«

Als er das Gespräch weggedrückt hatte, sah er mich eine Weile resigniert an.

»Okay«, sagte er schließlich in dem Tonfall, als wäre nichts okay. »Das war also gestern.«

»Ja. Und heute war ich den ganzen Vormittag und den halben Nachmittag bei Großmutter und habe die Stellung gehalten.« Und mich außerdem überglücklich geschätzt, dass ich durch mein forsches Auftreten den Schwager am Kommen gehindert hatte.

Dieses »Ich will dich nicht mehr sehen« hatte sich auf eine Art bewahrheitet, die ich wirklich nicht beabsichtigt hatte. Er hätte gerne noch lange und glücklich bei seiner Frau in Unterbachenreuth leben und dort sein Schneebruchholz stapeln können.

»Okay«, seufzte Max noch einmal. »Dann der heutige Tag. Nachdem ich weggefahren bin, bist du also auf der Straße zu Großmutter hinübergegangen.«

»Nach einiger Zeit ... ja«, antwortete ich.

»Hast du dabei nicht in die Gärten gesehen?«, vergewisserte sich Max noch einmal.

»Nein«, würgte ich die Frage ab. Ich konnte jetzt schlecht laut sagen, dass ich mich voll darauf konzentriert hatte, cool auszusehen, weil ich wusste, dass Joe mir aus dem Reisinger-Haus hinterherschaut.

»Aber das gibt's doch nicht, dass ihn keiner gesehen hat«, überlegte ich. »Habt ihr schon die Laschingerin befragt?«

Aber wie ich die kannte, war die beim Shoppen in der Stadt. Und Großmutter saß sowieso immer in der Küche und ging nicht mehr in den Garten. Hinten raus wuchsen so viele Büsche, dass die anderen Nachbarn sowieso nichts sehen konnten. Alles, was hinter dem Gartenhäusl geschah, konnte man von der Straße aus nicht sehen.

»Er ist genau genommen auch kein Serienmörder«, sagte Max nach einer Pause, »sondern ein Mehrfachmörder.«

»Sei nicht so kleinlich. Das kann uns vollkommen egal sein, was er ist«, fauchte ich ihn an.

Er nickte begütigend, aber Maarten fügte hinzu: »Serienmörder verspüren nämlich vor ihren Taten einen besonderen Druck, ihre Phantasien umzusetzen. Nach dem Mord sind sie erst einmal abreagiert und haben gar nicht das Bedürfnis, noch einmal zu morden. Diese Cool-down-Phase kann ganz lange anhalten.«

Maarten verstummte unter dem Blick von Max. Aber obwohl ich momentan auch unter einem irrsinnigen psychischen Druck stand, hatte ich den Hinweis von Maarten kapiert.

»Lass mich raten«, sagte ich mürrisch. »Monatelang. Jahrelang.«

Maarten nickte, weil ich so viel Ahnung hatte. »Dann staut sich das wieder an, sie malen sich ihre Phantasien aus, in allen Details. Irgendwann halten sie es nicht mehr aus, und sie morden wieder.«

Unser Mörder mordete sozusagen im Stundentakt. Und das war für einen Serienmörder nicht normal.

Am Abend wussten wir nicht viel mehr, obwohl Max den ganzen restlichen Tag am Telefon verbracht und jedem Dampf unterm Hintern gemacht hatte, den er an die Strippe bekam. Das Gartenhäusl war mit Brandbeschleuniger angezündet worden, es handelte sich also um keine spontane Selbstentzündung. Der Schwager war schon am Tag vorher umgebracht worden, wie ich mir schon gedacht hatte. Und vermutlich war ich die Letzte, die ihn lebend zu Gesicht bekommen hatte. Außerdem war er nicht an einem Herzinfarkt nach unserem Streit verschieden, sondern war erdrosselt worden, so wie all die anderen Opfer auch. Das war eine gewisse Beruhigung für mich.

Ich war von einer seltsamen Unruhe erfüllt, die mich hin und wieder wellenartig überschwemmte. Das fing im Kopf an mit dem Gefühl, als würde da eine Flüssigkeit hin- und herschwappen, bevor sie durch meinen ganzen Körper strömte. Der Mörder hatte sich bei mir nicht mehr gemeldet. Trotzdem hatte ich das Gefühl, dass uns noch etwas Größeres bevorstand.

Max schüttelte nur den Kopf, als ich von draußen hereinkam. Dankenswerterweise verlor er kein Wort darüber, dass ich im Schlafanzug und mit Hausschuhen auf der Straße herumlief. Mein Hund hatte so lange vor der Haustür gewinselt, bis ich ein Einsehen gehabt und ihn zu Großmutter hinübergebracht hatte. Das war auch besser so. Sollte der Serienmörder bei ihr einsteigen, hatte sie wenigstens den dummen Hund an ihrer Seite. Meine Großmutter hatte jedenfalls ganz viele Wörter darüber verloren, in welchem Aufzug ich mitten in der Nacht den Hund zu ihr brachte, und damit geendet, dass der Max mich nie heiraten würde, wenn mir bekleidungstechnisch ständig alles so entgleiste. Ich wies sie nicht darauf hin, dass ich mir immerhin meine ausgeleierte Jogginghose über den Schlafanzug gezogen hatte. Bei einer riesigen Mickymaus auf dem Oberteil machte das das Kraut wahrscheinlich auch nicht mehr fett.

Obwohl ich schon längst die Tür hinter mir geschlossen hatte, lag ein aufdringlicher Geruch von verbranntem Holz und Plastik in unserer neuen Küche. Max stand gerade vor einem Umzugskarton mit Geschirr, der komplett zu Bruch gegangen war.

»Tante Vegas chinesisches Porzellan«, sagte er und zeigte mir mit spitzen Fingern eine blaue, filigrane Scherbe.

»Wir trinken nie Tee«, erinnerte ich ihn und legte ihm meinen Arm um die Hüfte, um mich ein wenig an ihn zu schmiegen. Das war übrigens momentan die einzige Position, in der ich mich so richtig sicher fühlte. Max sah so aus, als hätte er sich mehr gewünscht, dass die Porzellanobstschale von der Zenz zu Bruch ging.

»Das war bestimmt der Loisl. Wenn einem ständig die Hose rutscht …« Ich begann zu kichern und ließ Max los, um ihm vorzumachen, wie breitbeinig der Loisl gegangen war, um die Jogginghose auf einer einigermaßen sittsamen Höhe zu halten.

Max schüttelte nur den Kopf angesichts meiner Albernheit. Vielleicht weil er wusste, dass das alles mehr Hysterie als Spaß war.

Mit einem Seufzen schlüpfte ich aus der Jogginghose und zog die Kordel darin wieder so, dass sie auf beiden Seiten gleich lang herausragte. Vor meinen Augen blitzte wieder das Bild vom Maneder auf. Die tätowierten Arme, gefesselt mit genau so einer Kordel. Sogar die Farbe stimmte. Ich bekam das Bild nicht aus dem Kopf und warf die Hose entnervt auf einen Küchenstuhl.

Besser an den Loisl denken und an die Feinrippunterhose, die manchmal hervorblitzte, wenn seine Altkleidercontainerjogginghose rutschte. Ich setzte mich auf den Küchenstuhl und starrte auf die dunkle Fensterscheibe, in der ich mein bleiches Spiegelbild sah und hinter mir Max, der in dem Karton vorsichtig nach Überlebenden suchte. Wieder musste ich kichern. Dann schoben sich die zwei Bilder übereinander. Die dunkle Jogginghose. Die dunklen Kordeln an Maneders Handgelenken.

»Der Altkleidercontainer«, flüsterte ich.

Was hatte Loisl gesagt? Macht nichts, wenn die Hose Farbe abbekommt. Er hatte ja noch zwei andere. Drei identische Hosen. Jogginghosen, von denen die Kordeln fehlten. Was hatte ich auch die ganze Zeit für ein Brett vor dem Hirn!

»Max«, schrie ich aufgeregt, und vor Schreck ließ Max die letzte heile Tasse klirrend in den Karton zurückfallen. »Der Loisl hat drei gleiche Jogginghosen!«

Max schüttelte entnervt den Kopf, weil ich ihn wegen einer sinnlosen Information derart erschrecken musste.

»Wir müssen sofort zum Altkleidercontainer! Der Mörder wirft seine ganzen Sachen rein, verstehst du, die Kordeln, die kommen von Jogginghosen. Und die Jogginghosen ohne die Kordeln, die hat sich der Loisl aus dem Container gezogen. Deswegen rutschen sie doch immer …«

Wir sahen beide schweigend zu, wie Joe unter dem Lichtstrahl mehrerer leuchtstarker Taschenlampen den Altkleidercontainerinhalt sortierte.

»Weil der Loisl schon alles durchgewühlt hat«, mutmaßte ich, als wir nur alte und abgetragene Kleidung fanden. »Der hat halt schon alle Jogginghosen genommen, die der Mörder hier hereingeworfen hat.« Und der Schwager war nicht gefesselt gewesen. Das hatte der Mörder vermutlich vergessen. Vielleicht weil es helllichter Tag gewesen war, als er den Schwager ermordet hatte. Oder weil er sich vor der Fettschmiere auf dem Hemd ekelte.

Da zog Herr Winter eine schöne Lederjacke aus dem Kleiderhaufen. Wow. Er fasste in die Außentaschen, dann in die Innentasche und zog ein Handy und eine lederne Brieftasche heraus. Wir beugten uns alle darüber, und Herr Winter klappte die Geldbörse auf.

»Karl Weber«, las er uns den Namen des Personalausweises vor.

»Der Karli«, sagte ich. Der war das zweite Mordopfer gewesen. Der Bürgermeister, der in der Einfahrt vom Gschwendner abgelegt worden war. »Ich dachte, ihr habt sein Handy schon kontrolliert?«, wollte ich wissen.

»Das dachten wir auch«, murmelte Max und ließ das Handy und die Geldbörse in einem Asservatenbeutel verschwinden. »Aber es gibt auch Menschen mit zwei Handys.«

Kapitel 8

Einer der vielen Vorteile von Hefeteigsachen war, dass sie nicht besser wurden, wenn man sie stehen ließ. Vor meiner Nase dufteten Großmutters Golatschen, die sie für Maarten gebacken hatte. Die Fundstücke aus der Altkleidersammlung waren auf dem Polizeipräsidium zur weiteren Untersuchung. Max saß neben mir, telefonierte und legte seinen Arm noch enger um mich. Es war unglaublich toll, sich an Max zu kuscheln und gleichzeitig Golatschen in sich hineinzustopfen. Das war warm und sicher. Und schmeckte gut.

»Ja, schick mir das per Mail«, sagte er müde.

Ich nahm mir die zweite Golatsche, bevor Max überhaupt angefangen hatte zu essen, verschluckte mich und begann zu husten.

»Dein Husten, der dauert zu lang. Da wenn'st nicht zum Arzt gehst, kriegst eine Lungenentzündung«, erklärte mir Großmutter.

»Ich hab mich verschluckt«, sagte ich kauend.

»Genau wie der Hannes vom Dorle. Der hat des ghabt, dann war er im Krankenhaus und nach drei Tagen tot.«

»Ja«, antwortete ich fröhlich. Golatschen tauchten selbst die blödesten Kommentare von Großmutter in ein rosarotes Licht. Dass der Hannes vom Dorle Lungenkrebs im Endstadium gehabt hatte, ließ Großmutter unerwähnt. Ich auch, denn ich war mit Kalorienaufnahme beschäftigt.

»Was ist?«, fragte ich Max, nachdem er aufgelegt hatte.

»Das war anscheinend das geheime Handy von Karl Weber«, erklärte er mir.

»Was braucht der ein geheimes Handy?«, echauffierte sich Großmutter.

»Oma«, warnte ich sie. »Das sind Ermittlungsergebnisse. Die dürfen wir nicht wissen.«

Ich schob Max eine Golatsche vor die Nase. »Und wieso braucht er jetzt ein geheimes Handy?«

Max schüttelte etwas verzweifelt den Kopf und sagte dann schließlich doch: »Anscheinend hatte er eine Freundin.«

»Der Karli?«, wiederholte Großmutter.

»Oma!«

»Das hätt ich euch auch so sagen können«, behauptete sie. »Der hatte nämlich was mit der Schwester von seiner Frau. Hat die Rosl gsagt. Weil seine Frau so biestig ist.«

»Oma«, sagte ich, jetzt richtig fassungslos.

»So biestig ist die auch ned. Die hat halt eine Depression, seit sie in den Wechseljahren …«

»Oma«, unterbrach ich sie und wandte mich wieder an Max: »Und deswegen hat er noch ein Handy?«

»Freilich, damit seine Frau des ned mitkriegt«, erklärte mir Großmutter.

Max konnte kurzzeitig ein Grinsen nicht unterdrücken. Ich stopfte mir noch einen Bissen Golatsche in den Mund, während Max wieder komplett ernst auf seinem Smartphone seine E-Mails checkte. Neugierig lehnte ich mich näher an ihn, um das Kommunikationsprotokoll von Karlis Zweithandy mitlesen zu können.

»Der muss mit ihm verwandt sein, so ähnlich wie der ihm ist«, hatte Karl an Poldi vor drei Wochen eine SMS geschrieben. »Du musst dir nur die Nasen anschaun.«

»Bist du dir sicher?«, lautete die Antwort von Poldi.

»Ich war beim Schmalzl drinnen. Und er war draußen beim Brunnen.«

»Was machen wir?«, fragte Poldi.

Dann kam ein SMS-Wechsel mit dem Schwager. »Ich hab ihn auch gesehen«, simste der Schwager. »Bei uns am Marktplatz. Aber das kann nicht sein.«

»Nach dieser ersten SMS war plötzlich ein reger Telefonkontakt zwischen den dreien«, sagte Max nachdenklich.

»Du meinst, dass sie diesen Unbekannten erkannt haben und der sich jetzt rächt?«, wollte ich wissen.

»Wer soll denn des sein?«, fragte Großmutter nach. »Ein Unbekannter, der vor dem Schmalzlwirt steht?«

Fremde gab es bei uns quasi nicht.

»Manchmal kommen auch Unbekannte vorbei«, sagte ich. »Ich habe zwar in letzter Zeit keinen gesehen, aber das schließt ja nicht aus, dass damals, Anfang April, mal einer da war.«

Mich würde mehr interessieren, wieso der Karli beim Schmalzlwirt abhing. Schließlich hatten die ihr eigenes Wirtshaus in Unterbachenreuth.

»Und wieso schreibt er nicht, wem der ähnlich schaut? Dann könnt ich euch helfen.« Großmutter wieder.

Ich biss von meiner Golatsche ab. »Anfang April kommt doch immer der Messerschleifer«, sagte ich mit vollem Mund.

»Der schaut aber gar niemandem ähnlich«, erklärte sie bestimmt. »Außerdem kennt er den doch bestimmt auch!«

»Oder jemand von der Müllabfuhr, was weiß ich«, ergänzte ich, »der wird doch auch nicht jeden Müllmann kennen. Oder die, die die gelben Säcke abholen, da sind ja schon manchmal ein paar Neue dabei.«

»Ich kenn da jeden«, behauptete Großmutter. »Und ähnlich schaun tun sich die da auch nicht.«

Ich dachte ein klein wenig an die Männer, die die gelben Säcke in das Müllauto warfen, konnte mich aber an gar kein Gesicht erinnern. Dann fielen mir wieder die gelben Säcke von der Fini ein.

Die hatte ich durch den Gartenhäusl-Brand komplett vergessen!

»Stell dir vor, die Fini fährt ihre gelben Säcke tatsächlich zu ihrer Mutter«, verriet ich Max.

»Die wollt auch uns schon die gelben Säcke vor die Tür stellen«, verriet mir Großmutter. »Weil die von der Müllabfuhr nicht zu ihnen rauffahren wollen, seit der Sturm Bene so rumg'schossen hat, damals, vor ein paar Jahren. Seitdem fahren die Gelbe-Sack-Männer nicht mehr rauf. Und seitdem muss die Fini die Säcke selber wegschaffen. Aber des kommt gar ned infrage. Dass wir diese ganzen Dosen vor dem Gartentürl stehen haben. Was sollen denn die Nachbarn denken!«

»Welche Dosen?«, wollte ich wissen.

»Diese blau-roten«, empörte sie sich. »Diese Drogen, du weißt schon.«

»Red Bull«, sagte ich, weil ich mich noch an die Dosen von der Burgl erinnerte. »Die Burgl trinkt die auch«, behauptete ich.

»Schmarrn«, behauptete Großmutter. »Die vertragt doch überhaupt nix, wegen ihrer Magenschleimhaut, dann wird's Red Bull trinken, wo's dir den Magen zamfrisst bei dem aggressiven Zeug.«

Davon hatte ich noch nie etwas gehört. Max sah zwischen uns hin und her wie bei einem Pingpongspiel.

»Jedenfalls kann es durchaus sein, dass die gelben Säcke nicht von der Burgl sind, sondern vom Zindler«, holte ich Max ins Boot. »Und dann haben wir die Lösung: Die Fini hat die gelben Säcke mit dem Zeug vom Sturm zu ihrer Mutter gefahren. Ist ja wohl klar, dass da die Betttuchverpackungen drin sind«, schlussfolgerte ich triumphierend, weil ich es schon immer gewusst hatte. Max stand auf und ging zur Küchentür hinaus, um in Ruhe mit seiner Truppe zu telefonieren. Dass er uns daran nicht teilhaben ließ, fand ich hundsgemein. Schließlich bekam er bei uns in der Küche immer die allerbesten Tipps.

Als ich mit der zweiten Golatsche fast fertig war, kehrte Max in die Küche zurück, und in meiner Handtasche ploppte das Handy.

»Mist«, sagte ich. »Akkurat jetzt kriegt die Anneliese ihr Kind. Wo ich so müd bin und schlafen will.«

Ich zog mein Handy heraus und stopfte mir vorsorglich einen Riesenbissen Golatsche in den Mund, erst dann fiel mir auf, dass es das Mörder-Ploppen gewesen war und nicht das Anneliese-liegt-in-den-Wehen-Glucksen.

Max nahm mir wortlos das Handy ab.

»Ich flipp aus«, flüsterte ich und stopfte einen Bissen Mohnmarmeladenklecks in mich hinein. Nach diesem Fall würde ich so viel zugenommen haben, dass ich mich nur noch rollend fortbewegen konnte.

»Jetzt fehlt nur noch einer«, las Max laut vor.

Mein Herz rumpelte ein paar Mal, bevor es weiterschlug. Wobei, eigentlich war das ja eine gute Nachricht. Weil es besagte, dass das Ganze schon bald ein Ende haben würde. Mir war sofort klar, wer dieser eine sein würde. Entweder ich oder …

Max stand auf, um telefonisch seine arme Mordkommission zu aktivieren. »Wer fehlt?«, wollte Großmutter wissen.

»Der Mörder will noch einen umbringen, und dann langt's ihm«, erklärte ich ihr.

»Der Gschwendner«, sagte Großmutter wie aus der Pistole geschossen, die sich, genau wie ich, sofort in den Mörder eindenken konnte. »Des hat der doch alles von langer Hand geplant. Dass es dem Gschwendner an den Kragen geht! Sachen gibt's.«

Max setzte sich wieder zu uns und sah Großmutter aufmerksam an.

»Und diese Betttücher waren eine Botschaft an den Gschwendner, wetten?«, fügte ich hinzu. »Damit er es so richtig mit der Angst zu tun kriegt.«

»Der hat sich den Gschwendner richtig aufgspart«, erläuterte Großmutter zufrieden. »Den allergrößten Hallodri zum Schluss.«

Max trommelte mit den Fingern auf die Tischplatte.

»A Sau bleibt a Sau, auch wenn'st ihr a seidenes Hemderl anziehst«, erläuterte Großmutter kryptisch.

»Und der Mörder ist damals Anfang April neben dem Brunnen gestanden. Der große Unbekannte, der vom Karli sofort erkannt worden ist. Jetzt müsstet ihr nur herausbringen, wer das war«, schlug ich vor und schob die Golatschen näher zu Max, der auch unter Stress nicht dazu neigte, unkontrolliert in sich hineinzustopfen. »Vielleicht war das ja der Sturm Benedikt.«

»Der große Unbekannte?«, fragte Großmutter zweifelnd. »Groß ist er ja schon. Aber den kennt doch jeder, da braucht er sich doch nicht fragen, wer des ist.«

Max sah plötzlich müde und demotiviert aus.

»Meine Hüfte«, sagte Großmutter und stand stöhnend auf. »Des wird nimmer. Irgendwann find'st mich auch tot. Glaubst des.«

»Mach bloß keinen Schmarrn«, warnte ich sie, »für so was haben wir gerade gar keine Zeit, dass du auch tot rumliegst.«

Energisch entwand ich Max mein Handy und tippte eine SMS an den Mörder: »Und wer fehlt jetzt noch?«

»Lisa«, sagte Max warnend.

»Das hat doch keinen Sinn so«, sagte ich. »Vielleicht fehle ich ihm noch, während jeder meint, es wäre der Gschwendner. Zack, bin ich tot. Das kann ich jetzt echt nicht brauchen.«

Mit einem energischen Klicken schickte ich die SMS weg. Immerhin konnte jetzt keine der Leichen mehr in unserem Gartenhäusl gefunden werden.

»Wer wohl«, kam prompt die Antwort, und dahinter war noch ein Zwinkersmiley gezeichnet.

»Halt ihn hin«, sagte Max, der über meine Schulter mitlas und gleichzeitig Herrn Winter anrief.

»Das ist keine Antwort«, simste ich dem Mörder und machte einen traurigen Smiley dahinter.

Wir starrten gemeinsam auf das Handy, selbst Großmutter schwieg in gespannter Erwartung. Wenn die von der Telefonüberwachung schnell genug waren, konnten sie vielleicht jetzt herausbekommen, von wo aus er telefonierte.

Die nächste SMS ploppte.

»Der Gschwendner«, war die Antwort, und bevor irgendjemand diese Aussage kommentieren konnte, ploppte es noch einmal, und ich las laut vor: »Der soll sich darauf einstellen, dass jetzt alles ans Licht kommt.«

»Der Gschwendner«, wiederholte Großmutter etwas erstaunt, obwohl sie genau das prophezeit hatte.

»Der Gschwendner«, flüsterte ich Max zu, als könnte der Mörder hören, was wir gerade redeten.

»Und was kommt ans Licht?«, wollte Großmutter wissen. »Kannst du den nicht anrufen und fragen? Immer dieses Hin- und Hergeschreibe. Des dauert ja ewig, da erfahrst doch nichts.«

»Der will doch nicht telefonieren«, erklärte ich ihr und begann wieder zu tippen. »Sonst erkenn ich ihn noch an der Stimme.«

»Du wirst jetzt einen Mörder kennen«, sagte Großmutter ärgerlich und begann Brösel von der Tischplatte zu wischen. »Wo solltest denn den kennengelernt haben?«

»Ich frag mich mehr, wieso er ihn nicht einfach umbringt«, erklärte ich ihr. »Vielleicht, weil dann nicht mehr das rauskommt, was den Gschwendner betrifft.«

Was könnte das nur sein?

»Polizeischutz«, sagte Max in sein Telefon und ließ alle unsere tollen Theorien unkommentiert.

»Und so ein Hallodri kriegt dann Polizeischutz«, sagte Großmutter in einer Lautstärke, dass es jeder mitbekam.

»Pscht«, sagte ich.

Ohne lange zu überlegen, tippte ich weiter: »Und was soll jetzt ans Licht kommen?«

Das könnte er uns doch einfach so verraten, dann wäre man nicht darauf angewiesen, dass es dem Gschwendner wieder einfiel. In der Küche war es totenstill. Nur ganz entfernt hörte man das Ticken der Standuhr aus dem Wohnzimmer. Wir warteten auf das Ploppen, aber egal, wie intensiv ich auf das Handy starrte, es blieb stumm.

»Der soll sich darauf einstellen, dass alles ans Licht kommt«, las ich noch einmal vor. »Der rächt sich am Gschwendner.«

»Und des mitten in der Nacht«, kritisierte Großmutter.

»Aber wieso hat er dann die anderen umgebracht?«, wollte Max wissen. »Und wieso alle mit dem Leintuch?«

»Vielleicht hat das Betttuch nichts zu bedeuten«, meinte ich. »Vielleicht wollte er damit nur darauf hinweisen, dass es immer derselbe Mörder ist.«

Das klärte aber immer noch nicht, wieso er überhaupt jemand anderen umbringen musste. Nur um dem Gschwendner Angst einzujagen? Dann klingelte das Handy von Max, und während er zuhörte, schlug er einmal mit der flachen Hand auf den Tisch. Ich zuckte zusammen. Max war so gar nicht der Typ, der sich den Ärger ansehen ließ. Er sprang auf und rannte hinaus. Sprachlos starrte ich ihm hinterher.

»Was hat er denn, der Max?«, wollte Großmutter wissen.

»Keine Ahnung«, antwortete ich und stand auf, um ihm nachzulaufen. Aber er kam mir schon wieder entgegen.

»Er hat schon wieder ausgeschaltet«, sagte er schlecht gelaunt, als er mit mir zusammenstieß.

»Und, wisst ihr, wo er während des Telefonats war?«

»Er war wieder hier in der Nähe eingewählt. Und er hat sich während der ganzen Zeit nicht wegbewegt.«

Ich starrte eine Weile nur auf mein Handy, dann sah ich Max an. »Was genau meinst du mit ›In der Nähe‹?«, wollte ich wissen.

Max sah sehr ausweichend aus.

»Du weißt doch, dass wir die Richtung nicht bestimmen können«, erklärte er mir. »Es kann auch nicht so nah gewesen sein.«

»Jetzt sag schon.«

Aber eigentlich wusste ich es schon – weshalb sonst war er eben gerade vor die Haustür gelaufen?

»Direkt vor der Tür …«

Nach dieser Nacht fühlte ich mich komplett gerädert. Ich hatte kaum geschlafen, und Max war sehr früh und ohne mich zu wecken aufgestanden und hatte sich wieder in die Ermittlungen gestürzt. Vorsichtshalber war ich wieder zu Großmutter hinübergegangen. Mir gegenüber am Küchentisch saß Maarten und las abwechselnd irgendein wichtiges Zeug im Internet oder auf den zahlreichen Papierausdrucken, die er dabeihatte. Ganz offensichtlich war er dazu abbestellt, auf Großmutter und besonders auf mich aufzupassen. Großmutter saß schon seit einer Stunde »gestiefelt und gespornt« bei mir am Tisch, weil ich sie zur Physiotherapie fahren sollte. Ich hatte ihr zwar mehrfach erläutert, dass noch genügend Zeit war, aber sie war schon inklusive ihres Hutes komplett angezogen. Als es an der Tür klingelte, sprang Großmutter nachgerade auf, und ich hörte sie eine Weile reden. Der Stimme nach war es die Rosl, die ganz aufgeregt erzählte. Ich stellte mich neugierig an die Küchentür, um mitzuhören.

»Angeblich«, sagte die Rosl eben. »Aber glaubst du, dass die Fini die ganzen Mannsbilder dergurgelt?«

»Na ja. Wenn die gelben Säcke halt ihr gehört haben und da des Klump drin war«, mutmaßte Großmutter. »Da weißt auch nicht, was'd denken sollst.«

Ach ja. Max hatte also bei der Burgl noch einmal nachgebohrt.

»Und die Burgl hat gsagt, sie versteht des alles gar nicht. Weil die Fini, die bringt ihr zwar immer die gelben Säck', aber die stellt's immer in die Garage. Und nicht zu ihr in die Speis. Und die wären auch immer zugeknotet. Was die bei ihr im Haus machen sollten.«

Gute Frage, musste ich zugeben.

»Weil sie wollt des Zeug vom Sturm auch nicht im Haus haben«, erläuterte die Rosl. »Des ganze Red-Bull-Zeug. Wie stehst denn da, wenn'st so was in der Speis hast.«

In der Speis war's ja wohl egal, schlimmer war es, wenn es zur Abholung draußen auf der Straße stand und alle Nachbarn sahen, dass man säckeweise Red Bull soff.

Dann musste die Rosl dringend weiter, vielleicht wusste die Laschingerin ja noch nichts von den gelben Säcken, und Großmutter kam zurück in die Küche.

»Habt ihr schon den Sektionsbericht vom Schwager?«, wollte

ich von Maarten wissen, während Großmutter schon wieder auf die Uhr sah.

»Darf ich nicht sagen«, behauptete Maarten.

Ich seufzte. »So ein Schmarrn. Natürlich darfst du das. Ich erlaub's dir.«

Er lachte, dann sagte er netterweise: »Diesmal ist er von seinem Plan abgewichen. Er hat ihn mit dem Stromkabel erdrosselt ...«

»Stromkabel«, sagte ich und riss die Augen auf. Ich würde mein altersschwaches Auto verwetten, dass die Fini niemanden mit Stromkabeln erdrosselte.

»Da ist doch kein Stromkabel im Gartenhäusl«, warf Großmutter ein.

»Doch. Das Starkstromkabel von der Kreissäge.«

»Ha«, machte ich. »Soll ich euch was sagen? Der Mörder hat sich das vorher alles angeschaut, da im Häusl. Mich hat nämlich der Schwager zusammengeschissen, weil ich angeblich seine Kreissäge aus dem Häusl rausgeschoben habe.«

Mir wurde kalt. Bei uns im Garten gingen Serienkiller ein und aus und bereiteten ihre Taten vor!

»Der Deifi hilft seine Leit, aber holn duad as aaa...«, erklärte Großmutter dem Maarten, der wieder seinen kryptischen Gesichtsausdruck bekam. Ob der Teufel seinen Leuten, insbesondere dem Schwager, geholfen hatte oder nicht, war mir eigentlich egal, aber einfach bei uns im Garten herummarschieren, das ging gar nicht!

»Dafür müsste man doch Zeugen finden können«, überlegte Maarten. »So viele Leute gehen da doch nicht ein und aus.«

Großmutter schüttelte den Kopf. »Hast du eine Ahnung! Im Reisinger-Garten sind doch mehr Leut' als in München auf dem Stachus! Jedes Mal, wenn ich rüberschau, steht jemand hinten im Garten und schaut sich das abgebrannte Gartenhäusl an.« Sie warf einen bedeutsamen Blick auf mich. »Wenn ich's euch sag! Grad, dass sie nicht in der Nacht drüben mit den Taschenlampen unterwegs sind.«

»Allein die ganzen Rosenkranztanten«, sagte ich. »Bist du dir sicher, dass da keine in der Nacht alles kontrolliert hat?«

Und der Kreiter, der Schmalzl, der Metzger und der Loisl hatten sich auch stundenlang mit dem Schwager hinten beim Gartenhäusl unterhalten. In letzter Zeit war doch das halbe Dorf durch unseren Garten getrampelt.

Maarten zog sein Handy heraus, wohl um Max zu informieren, und ich verfrachtete Großmutter hinaus in mein Auto, um sie endlich zur Physio zu fahren.

Als ich wieder zurückkam, saß Maarten noch immer in unserer Küche und starrte auf seinen Laptop.

»Musst du nicht mit auf den Gschwendner aufpassen?«, wollte ich wissen.

»Der ist gut bewacht. Ich kann mir nicht vorstellen, wie es dem Typen gelingen soll, den Gschwendner jetzt noch umzubringen. Leichter wäre es für ihn gewesen, wenn er es nicht angekündigt hätte.«

»Irgendwann hat er keinen Polizeischutz mehr. Der Typ hat doch bestimmt Zeit.«

Ich stand auf und sah hinaus auf die Straße – vielleicht stand der Kerl längst vor unserer Tür. Aber die Straße war verwaist. Eine Taube saß gurrend auf dem Dach und rief monoton nach ihrem Liebsten. Vielleicht hieß das aber auch etwas anderes, was keiner wissen wollte. Die Straße war nass, es nieselte, und peu à peu bildeten sich Pfützen auf der Straße. Die Blätter der Bäume waren schön saftig grün, es waren drei Tage Regenwetter angesagt.

In meiner Tasche hörte ich mein Handy ein dumpfes Geräusch von sich geben, konnte aber nicht erkennen, welches Glucksen es nun war.

»Wenn das die Anneliese mit Wehen ist, dann müsstest du die Oma von der Physio abholen«, erklärte ich ihm. Das war eh besser so, weil Großmutter nach der Behandlung immer ganz schlechte Laune hatte.

Natürlich war es nicht Anneliese mit Wehen.

»Hat er Angst?«, stand in der neuesten SMS.

Ich hielt Maarten das Handy so vor die Augen, dass er die Nachricht lesen konnte. Maarten sah etwas verzweifelt von meinem zu seinem Handy.

Während Maarten Max anrief, tippte ich in mein Handy »Wer?« ein und schickte die Nachricht einfach los.

Langsam, aber sicher hatte ich das blöde Spiel satt.

»Na, wer wohl«, kam Sekunden darauf die Antwort. »Der Gschwendner.«

Ich drehte das Handy in Maartens Richtung und Maarten las die Nachricht Max vor.

»Wieso sollte er?«, tippte ich wieder.

Maarten gestikulierte schon wieder wild, als könnte ihn der Mörder hören, wenn er jetzt einen lauten Kommentar von sich gab.

»Will er der Polizei gar nichts sagen?«, war die Antwort.

Das Gespräch erinnerte mich an etwas, das die Vroni mir vor einiger Zeit mal erzählt hatte. Dass die Gschwendnerin gesagt hatte, er solle doch endlich zur Polizei gehen, aber er partout nicht gewollt hatte.

»Was sollte er der Polizei denn sagen wollen?«, fragte ich zurück. Konnte der jetzt nicht mal konkret werden?

Diesmal warteten wir vergeblich auf eine Antwort. Maarten sah ziemlich verzweifelt aus.

»Es geht um Menschenleben«, erklärte ich, während ein daytonagrauer Audi vor unserem Gartentürl hielt. »Und auch wenn mir der Gschwendner superunsympathisch ist, ist das noch kein Grund, nicht alles dafür zu tun, dass er die Sache überlebt.«

Um die Kontrolle über meine maßlose Simserei zu behalten, nahm mich Max einfach mit zum Gschwendner, was ich für eine sehr vernünftige Lösung hielt. Mich interessierte es nämlich inzwischen auch brennend, was der Gschwendner von der neuesten SMS hielt.

»Du sagst nichts«, sagte Max in einem ziemlich dominanten Tonfall, bevor ich die Beifahrertür aufreißen konnte.

»Es ging die ganze Zeit um den Gschwendner«, sagte ich statt einer Antwort. »Und ich wette, der Gschwendner wusste das auch. Die ganze Zeit.«

Zumindest seine Frau hatte das gewusst. Wie unvernünftig war das denn, uns das zu verheimlichen?

Max zuckte nur mit den Schultern und wiederholte: »Du sagst nichts, egal was dir dazu einfällt.«

»Jaja«, antwortete ich gnädig und machte gleich weiter: »Deswegen auch die ganze Inszenierung. Wetten? Das war alles eine Botschaft an den Gschwendner.« So machten das Serienmörder nämlich grundsätzlich, alles war eine einzige Botschaft.

»Was für eine Botschaft?«, fragte Max nun doch interessiert nach, weil ich verstummte.

»Das muss so etwas sein, das nur ein Eingeweihter kapiert. Und der Eingeweihte ist der Gschwendner.«

Logischerweise. Weil inzwischen war der Mörder bestimmt ganz schön sauer, dass der Gschwendner nicht darauf reagierte. Da legte er sich so ins Zeug, und dem Gschwendner war's total egal.

Bei jeder der Leichen waren die Hände ja erst im Nachhinein zusammengebunden worden. Botschaft! Von wegen Tötungsphantasien, sexuelle Erregung und ähnlicher Unsinn.

»Eine Botschaft, die wir gar nicht kapieren können.«

Max sah noch immer nicht überzeugt aus.

»Außerdem glaube ich, dass der Mörder bei den Gschwendners einfach ein und aus gehen konnte. Der gelbe Sack.«

»Das konnten wir nicht mehr nachvollziehen«, sagte Max ärgerlich. »Sie wussten einfach nicht mehr, wie viele gelbe Säcke in der Garage hätten stehen müssen.«

»Aber die Gschwendners trinken kein Red Bull«, sagte ich triumphierend das, was die Rosl verraten hatte.

»Vielleicht aber die Fini«, sagte Max nachdenklich.

»Nein, nicht die Fini, der Sturm«, korrigierte ich. Der dröhnte sich ganz regelmäßig die Birne voll mit dem Zeug.

»Der Sturm ist nie hier bei Gschwendners«, erklärte Max, der schon in alle Richtungen ermittelt hatte. »Er war auch noch nie in ihrem Haus. Er hat mit den Gschwendners einfach überhaupt nichts zu tun.«

Jetzt sah er wieder reichlich genervt aus. Vielleicht weil ich ihm mit meiner Argumentation unterstellte, dass er selbst auf die offensichtlichsten Dinge nicht kam.

»Er bringt auch nie die gelben Säcke vorbei.«

»Vielleicht hat er es der Fini angeschafft«, beharrte ich. »Es muss ja jemand sein, der nicht verdächtig ist, wenn er bei Gschwendners im Haus herumlatscht.«

Deswegen hatte Max wahrscheinlich recht, wenn er nicht daran glaubte, dass der Sturm das alles inszeniert hatte. Wobei ich ehrlicherweise gestehen musste, dass ich mir auch nicht vorstellen konnte, dass eine Fini bei der Sache aktiv mitgemacht hätte. Ein passives »Das geht mich nichts an, ich hab nichts gesehen« war das höchste der Gefühle.

»Wir haben den Sturm überprüft«, sagte Max schließlich mit einem Wir-sind-auch-nicht-auf-der-Brennsuppe-dahergeschwommen-Funkeln in den Augen. »Er hat den Hof an den Mordtagen nicht verlassen, auch nicht für kurze Zeit.«

»Der wildert ständig«, widersprach ich. »Der ist doch jede Nacht im Wald unterwegs.«

Das wusste ich aus erster Hand! Mannometer, dass Max so blind war!

»Vielleicht. Aber um rechtzeitig bei den Tatorten sein zu können, hätte er ein Auto benutzen müssen. Und die Überwachungskamera belegt, dass das Auto in der Nacht nie bewegt worden ist.« Er legte eine bedeutsame Pause ein. »Selbst wenn er heimlich durch ein Fenster ausgestiegen wäre, um sich davonzuschleichen, hätte er sein Auto benützen müssen.«

»Dann eben mit dem Traktor. Nicht den Hauptweg entlang, sondern hinten hinaus, in den Wald hinein.« Der hatte da bestimmt seine Schleichwege und schaffte es rechtzeitig, bei einem Tatort zu sein.

»Den Traktor sieht man aber auch ständig in der Scheune stehen«, widersprach Max noch einmal.

»Na und? Manipulierte Überwachungskameras«, versuchte ich es noch einmal. Dann hatte der Zindler eben eine Methode gefunden, wie man diese Überwachungsdinger auf Standbild programmierte. Das war bei jedem anständigen Film so, dass das alles manipuliert war.

Max stieg mit einem Kopfschütteln aus, und ich folgte ihm.

Die Gschwendnerin machte sofort auf, weder aufgebrezelt noch sonst wie zurechtgemacht. Sie sah aus, als hätte sie in den letzten zwei Wochen fünf Kilo abgenommen und jede Nacht durchgeheult. Der Gschwendner sah nicht so aus, als würde ihn die Situation irgendwie ängstigen. Er war kleiner als ich, sehr schlank und wirkte, als wäre er den ganzen Tag an der frischen Luft: braungebrannt mit gesunden roten Wangen. Außerdem strahlte er jede Menge Energie und Fröhlichkeit aus, jedem Serienkiller zum Trotz.

»Lisa Wild«, sagte er freundlich zu mir und hielt meine Hand einen Moment fest. »Ich habe schon so viel Positives von Ihnen gehört.«

Ehrlich? Was konnte das bloß sein?

»Danke«, antwortete ich, weil mir nichts Besseres einfiel.

Wir setzten uns vor den gläsernen Wohnzimmertisch, und Max zeigte dem Gschwendner die neuesten Nachrichten. Stumm beobachtete ich, wie er mein Handy in die Hand nahm und die Nachricht zusammen mit seiner Gattin las. Seine Hände waren richtig gepflegt, als würde er zur Maniküre gehen.

Die Gschwendnerin schlug sich mit einem Aufschluchzen die Hand vor den Mund, als sie die SMS gelesen hatten. Statt sie zu beobachten, sah ich ihren Mann an. Der Blick, den er ihr zuwarf, war sehr interessant. Ihm fehlte jede Freundlichkeit. Wortlos stand sie auf und verließ das Wohnzimmer.

Seit ich diesen Artikel über Psychopathen gelesen hatte, war ich vorsichtig geworden. Der kurze Blick vom Gschwendner war so komplett anders als das, was er uns zeigte, dass ich es mit der Angst bekam. Der nette, joviale Gschwendner hatte doch wohl kein Problem mit seiner Impulssteuerung? Nach außen hin nett, aber in sich drin ganz viel Aggression? Außerdem war ich mir hundertprozentig sicher, dass die Gschwendnerin etwas wusste. Und vermutlich wäre es das Geschickteste, wenn ich jetzt aufstand und ihr nachging. Und sie psychisch voll unter Druck setzte à la »Wollen Sie als Witwe enden?«. Andererseits hatte ich den Eindruck, dass sie vor ihrem Mann noch einen Tick mehr Angst hatte als vor dem Serienmörder. Oder kam mir das nur so vor?

»Fällt Ihnen dazu etwas ein?«, fragte Max höflich und ließ den Gschwendner nicht aus den Augen.

Der gab mir wieder sehr freundlich und zuvorkommend mein Handy zurück, ließ sich aber mit seiner Antwort Zeit.

»Freilich«, sagte er aufgeräumt und schien überhaupt nicht irritiert zu sein. »Das war doch von Anfang an so. Der will mich in irgendetwas reinziehen. Der hat alles so ausschauen lassen, als würd ich mit drinstecken.« Mit einem vertraulichen Lächeln beugte er sich nach vorne und sah Max tief in die Augen. »Ich verlasse mich darauf, dass mich die Polizei vor diesem Kriminellen schützt. Da ich weiß, wie effizient die bayerische Polizei arbeitet, habe ich nicht einmal Angst.«

Schleimer!

»Es geht um Ihre Sicherheit«, erklärte ihm Max ruhig. »Es würde uns die Sache erleichtern, wenn wir mehr darüber wüssten, was der Mörder gegen Sie in der Hand haben könnte.«

Der Gschwendner hob etwas affektiert eine Augenbraue. »Ich hab's mir schon mit mehr Leuten verschissen, als Sie sich vorstellen können!«

Ja. Das konnte ich mir super vorstellen.

»Was ist denn mit Ihrer Frau?«, rutschte mir heraus, obwohl ich Redeverbot hatte.

Max warf mir den gleichen warnenden Blick zu, mit dem vorher der Gschwendner seine Frau bedacht hatte.

Der Gschwendner lächelte mich an, als würde er noch immer darüber nachdenken, was für eine wahnsinnig sympathische junge Frau ich doch war. »Das ist doch nur verständlich«, sagte er und zog eine mitleidige Miene. »Die letzten Tage waren furchtbar anstrengend für sie – sie ist richtig dünnhäutig geworden. Weil sie sich natürlich einredet ...«

»Ja?«, sagte Max ermunternd, weil er zu reden aufhörte.

»... dass so nach und nach alle umgebracht werden, die damals ... das mit dem Baugebiet durchgebracht haben.«

Baugebiet.

»Welchem Baugebiet?«, fragte Max nach und sah den Gschwendner interessiert an.

»Wenn'st ganz oben bist, dann hast mehr Feinde als Freunde«, erklärte er. »Ich wüsste nicht, was ich Ihnen dazu sagen könnte. Ich hab Betriebe aufgekauft. Ich hab Betriebe geschlossen. Wenn was wirtschaftlich laufen soll, da kannst keine Rücksichten nehmen.«

Über uns hörte ich ein Geräusch. Als ich den Blick hob, sah ich in einer Art Galerie die Vroni mit angezogenen Knien sitzen und lauschen. Als sie sah, dass ich sie bemerkt hatte, verzog sich ihr Gesicht zu einem breiten Grinsen. Auch ich zwinkerte ihr zu – dass wir bei unseren Großmüttern aufwuchsen, schweißte unglaublich zusammen. Hinter mir ging die Wohnzimmertür wieder auf, die Gschwendnerin kam herein und setzte sich wieder zu uns. Vroni schlich sich mit einem letzten Blick auf uns alle langsam von ihrer Lauschposition weg.

Max bedeutete mir mit einem Kopfnicken, dass ich mich verzupfen sollte, und ich stand bereitwillig auf. Ich war mir fast sicher, dass der Gschwendner nichts gestehen würde.

»Also, Ihnen muss doch die Kombination Betttuch und Kordel irgendetwas sagen«, sagte ich schlecht gelaunt, obwohl ich mich in die Befragung nicht einmischen durfte. Dieser blöde Mörder kommunizierte doch hauptsächlich mit dem Gschwendner, das lag alles so klar auf der Hand. Wieso der dann nichts kapierte, war mir echt ein Rätsel. Max' Blick in meine Richtung war richtig drohend.

»Ganz ehrlich: Ich habe keine Ahnung, was mir das sagen sollte«, sagte der Gschwendner ruhig, anscheinend überhaupt nicht irritiert, dass ich in seinen Augen bescheuerte Fragen stellte. »Und Sie können mir glauben, dass ich mir darüber auch schon nächtelang den Kopf zerbrochen habe.«

Da Max' Blick nicht besser wurde, nickte ich grüßend und verdünnisierte mich.

»Das ist jetzt sehr wichtig«, hörte ich Max in seinem ruhigen, unaufgeregten Ton sagen. »Können Sie sich vorstellen, dass sich der Mörder an Ihnen rächen will?«

Der Gschwendner hörte sich ehrlich erstaunt an.

»Die letzte SMS, die uns der Mörder zukommen ließ, lautet: ›Will er jetzt irgendetwas gestehen?‹«

Während ich leise die Tür hinter mir schloss, wiederholte er: »Ich habe, ehrlich gesagt, nicht die geringste Ahnung.«

Langsam ging ich durch die großartige Diele, die terrakottafarben gestrichen war, an dem riesigen goldenen Spiegel vorbei zur Eingangstür. Mir kam es komisch vor, hier auf Max zu warten. Allein schon, weil der antike Stuhl neben der Garderobe nicht so aussah, als wäre er zum Draufsetzen gemacht. Sondern eher danach, als würde im nächsten Moment ein Museumswärter auftauchen und einen höchst empört verscheuchen.

Die Vroni. Die Gschwendnerin. Das waren vermutlich die zwei Menschen, die gerne etwas gestehen wollten. Der Gschwendner hatte dazu ganz offensichtlich keine Lust. Als ich hinaus in den Vorgarten ging, sah ich die Vroni auf der Briefkastensäule sitzen und mit ihren dünnen Beinen baumeln. Es war bestimmt nicht okay, wenn ich Vroni befragte. Aber ich konnte mich ja auch einfach dazustellen und gar nichts sagen. Vielleicht fiel ihr ja etwas ein, das sie ohne Nachfrage erzählen wollte.

Vroni kaute aber nur verlegen an ihrer Unterlippe.

»Na, die Hausaufgabe schon fertig?«, wollte ich wissen, um ein Thema anzuschneiden, das nichts mit den Morden zu tun hatte.

»Sonst hilft mir immer die Oma. Dann geht's schneller«, erklärte sie mir und zog gelenkig beide Knie vor ihre Brust.

»Omas haben auch nicht immer Zeit«, antwortete ich. »Meine hat mir nie geholfen.« Weil sie der Meinung war, dass das die Arbeit der Lehrer war, für die sie gutes Geld bekamen.

»Meine hat eigentlich immer Zeit. Aber wegen der Morde hat sie keine Nerven mehr«, antwortete sie bereitwillig.

»Wegen der Morde hat sie keine Nerven mehr?«, wiederholte ich erstaunt.

»Sie rennt halt jetzt ständig dem Opa hinterher und redet auf ihn ein. Der ist schon tierisch angepisst.« Sie wurde ein wenig rot und verbesserte sich: »Grantig.«

Ich nickte verständnisvoll.

»Die Oma meint halt«, sie senkte die Stimme, »dass der Opa der Nächste ist. Und dass er endlich zur Polizei gehen soll.«

»Na ja. Jetzt ist die Polizei ja da. Und dann kann auch gar nichts mehr sein«, sagte ich munter und starrte eine Weile verlegen auf die Sommersprossen auf Vronis Knien.

»Aber der Opa will nicht zur Polizei gehen, er sagt, die passen schon auf, dass ihm nichts ist.«

Das war jetzt eine sehr eigenartige Aussage.

Max kam mit frustrierter Miene aus dem Haus und nickte mir zu.

Ich schreckte aus dem Tiefschlaf hoch und sah mich desorientiert um. Zu Hause, registrierte mein Gehirn. Kein Max da, sagte meine rechte Hand, die nach ihm tastete. Drei Uhr zwölf in der Nacht, sagte mein Wecker.

Mein Herz wummerte noch von dem abrupten Aufsetzen, und ich horchte in die Nacht. Okay. Ich war paranoid. Und ich war gestresst. Ich war eine Schisserin. Und gerade hatte ich eine Panikattacke, wegen nichts und wieder nichts. Aber mit einem

Mörder an der Backe und keinem großen, starken Polizisten, der direkt neben mir schnarchte, hatte ich das gute Recht, so zu sein.

Was war eigentlich der Grund dafür, dass Max nicht neben mir schnarchte? Er hatte mich angerufen, dass es spät werden würde. Aber so spät?

Ich horchte in die Dunkelheit und wartete auf einen Laut. Schließlich konnten auch paranoide Schisserinnen tatsächlich etwas gehört haben und deswegen aus dem Schlaf geschreckt sein. Vielleicht war es sogar Max, der nach Hause gekommen war.

Außer einem leichten Zischen in meinem Ohr hörte ich gar nichts. Ich schloss mit mir selbst einen Pakt. Sollte ich noch ein Geräusch hören, egal welches, würde ich Max anrufen. Sofort.

Als ich wieder auf mein Kissen sackte, lief mein Kopfkino selbstständig weiter. Die magersüchtige Journalistin stand vor mir und sagte mit weit aufgerissenen Augen: »Er ist in dich verliebt. Er tut das alles für dich.« Was für eine furchtbare Vorstellung, dass jemand für mich andere Leute töten könnte.

Klappe, sagte ich in Gedanken zur Reporterin.

»Wie ist es, sich ständig beobachtet zu fühlen?«, bohrte sie weiter, noch immer mit einer Miene, als würde sie sich entsetzlich fürchten.

Schluss. Aus. Ich drehte mich auf die andere Seite, versuchte, an Max zu denken. Dann sagte der Atze-Schröder-Reporter mit betretener Miene: »Aber wird er aufhören? Halt machen vor denen, die du wirklich liebst?«

Da geht's um etwas ganz anderes, sagte ich dem Atze-Schröder-Typen und drehte mich noch einmal um die eigene Achse. Gerade als ich fast am Einschlafen war, hörte ich wieder etwas.

Einen Moment lang wusste ich nicht, was es war, dann ploppte es erneut.

Mein Handy. Eine SMS. Ich zog mir die Decke über den Kopf.

Nein. Nein. Nein.

Das konnte ich morgen machen. Wenn er noch jemanden umgebracht hatte, dann konnte ich das auch Max morgen zu lesen geben.

Aber was, wenn der Mörder Annelieses Tod ankündigte?

Dann ploppte es noch ein viertes Mal.

Vorsichtig streckte ich meine Hand zur Nachttischlampe aus und schaltete sie ein. Keiner im Zimmer. Ich wickelte mich in meine Bettdecke und ging zu meinem Schreibtisch, um mein Handy auszustecken.

»Servus, Spatzl«, war die erste SMS.

»Noch wach?«, lautete die zweite.

Blöder Idiot, blöder.

»Es läuft alles bestens … ihr seid immer zwei Schritte hinter mir.«

»Kein Interesse?«

Und während ich mir noch überlegte, was das wohl bedeuten könnte, ploppte eine fünfte SMS direkt in meiner Hand. Ich hätte beinahe das Handy fallen gelassen.

»Ruf mich an.«

Ich wickelte mich noch enger in meine Bettdecke, obwohl mir siedendheiß war, und ging zur Zimmertür, die ich als Erstes absperrte. Vielleicht stand er ja schon längst vor unserer Haustür. Mit seinem Bettlaken.

»Er will etwas von dir«, sagte die magersüchtige Journalistin triumphierend in meinem Kopf. »Er liebt dich doch. Wieso sonst sollte er immer dir eine SMS schicken … er kennt doch ganz offensichtlich die Handynummer von Max. Er braucht nicht dir etwas mitzuteilen, was er eigentlich Max sagen will.«

»Ruf mich an«, las ich die letzte SMS noch einmal und verdrängte die blöden Stimmen aus meinem Kopf.

Seine Nummer wählen oder Max anrufen. Wenn ich seine Nummer wählte, würde ich es vielleicht sogar klingeln hören, ganz nah, dann hätte ich Gewissheit, dass er irgendwo da draußen stand. Dann würde ich sofort alle Rettungskräfte informieren.

Während ich die Nummer wählte, schaltete ich das Licht aus und stellte mich ans gekippte Fenster.

Es tutete. Das Handy war nicht ausgeschaltet – er hatte seine Strategie geändert.

Es tutete.

Mein Herz hämmerte.

Keiner ging ans Telefon. Ich hörte auch kein Handy in meiner Nähe klingeln. Dann schaltete sich die Mailbox vom Poldi ein.

Ich drückte das Gespräch weg. Ließ es noch einmal läuten. Das war uns noch nie gelungen – weil er das Handy immer sofort nach dem Simsen ausgeschaltet hatte.

Ich drückte das Gespräch weg und gab Max' Nummer ein. Denn das bedeutete auch, dass man das Handy jetzt orten konnte.

Nachdem ich Max erreicht und ihn über alles informiert hatte, machte ich mein Schlafzimmerfenster zu, ließ das Rollo herunter und legte mich wieder eingewickelt in mein Bett.

Statt zu schlafen, starrte ich in die Dunkelheit und hatte das Gefühl, keine Luft zu bekommen. Es war viel zu finster und zu stickig. Ich schaltete die Nachttischlampe wieder an, um die SMS noch einmal zu lesen. Wenn er mit mir hätte telefonieren wollen, hätte er mich einfach anrufen oder meinen Anruf abwarten können. Vielleicht war er in der Zwischenzeit überfahren worden, hatte Brechdurchfall bekommen, oder die Schlaftabletten hatten endlich gewirkt.

Viel wahrscheinlicher war, dass er wollte, dass das Handy geortet wurde.

Warum? Mir war inzwischen so heiß unter der Decke, dass ich sie nun doch abstrampelte. Das war wirklich albern, schließlich war die Wohnungstür abgesperrt, die Zimmertür abgesperrt und das Fenster geschlossen.

Was könnte der Mörder mit dem Anruf bezwecken? War ja wohl klar, dass ich sofort Max anrufen würde, um ihn über die neuesten SMS in Kenntnis zu setzen. Danach würden bestimmt diverse Polizisten informiert werden, die sofort all ihre

Beine in die Hand nehmen würden, um schnellstmöglich das Handy zu orten.

Normalerweise hätte Max jetzt neben mir liegen sollen. Er wäre angesichts der Ereignisse aus dem Bett gesprungen und losgefahren, um den Täter zu jagen. Und hätte mich allein und schutzlos zurückgelassen.

Ich lag eine Weile wie festgefroren im Bett und horchte. Die Wahrscheinlichkeit, dass der Mörder genau diese Überlegung gehabt hatte, kam mir gerade extrem hoch vor. Mit einem Ruck sprang ich auf und machte das Licht an, sprang in Jeans und T-Shirt und riss im Laufen meine Umhängetasche an mich. Mit wehenden Haaren sprintete ich hinaus in die Nacht, sprang in mein Auto und fuhr einfach mal los. Ich wollte auf keinen Fall allein und schutzlos zu Hause herumliegen.

Vor der Metzgerei blieb ich stehen und wählte noch einmal Max' Nummer.

»Wir haben das Handy geortet. Noch nicht gefunden, aber geortet. Es ist in der Nähe von Unterbachenreuth, da überschneiden sich wieder Handymasten«, erklärte Max. »Rate mal, wo es sehr wahrscheinlich ist.«

Tja. Wenn er so fragte.

»Beim Gschwendner?«

»Hm«, sagte er. »Sieht so aus, als wäre es bei seiner Jagdhütte. Sag mal, fährst du gerade mit dem Auto?«

Klar. Und zwar nach Unterbachenreuth. Wenn er dachte, dass ich mich jetzt zu Hause erdrosseln ließ, während er dumm beim Gschwendner vor dem Jagdhäusl herumstand, hatte er sich geschnitten.

»Ich darf jetzt telefonieren«, behauptete ich. »Ich bin in einer Krisensituation. Bist du schon dort?«

»Noch nicht ganz. Wir schicken gerade einen Streifenwagen zu Gschwendners, weil anscheinend die Telefonleitung dorthin unterbrochen ist.«

Oje, das hörte sich gar nicht gut an.

Kapitel 9

Wir bogen gleichzeitig in die Zufahrtsstraße ein, die zur Jagdhütte führte. Ich reihte mich brav ein und hielt hinter Max halb im Graben. Vor der Jagdhütte standen mehrere Polizeiwägen, Blaulicht zuckte durch den dunklen Wald und warf schaurige Zacken auf das Jagdhäusl. Direkt über der Eingangstür hing ein riesiges Hirschgeweih. Durch die komische Beleuchtung sah es sehr lebendig aus.

»Es kann sein, dass du das nicht sehen willst«, sagte Max ohne Begrüßung, als wir ausstiegen. Er sah besorgt aus, so als würde er mich am liebsten gleich wieder ins Auto setzen und nach Hause schicken.

»Es kann sein, dass ich jetzt einfach nicht allein sein will«, konterte ich heraus. Außerdem hatte ich schon so viele Leichen gefunden, dass ich mir nicht vorstellen konnte, was mich jetzt noch schrecken sollte. Mit zig Polizisten an meiner Seite.

Trotzdem schlug mir das Herz im Hals.

»Ich rufe das Telefon an, ihr sucht«, schlug ich vor. »Und ich mache die Augen zu.« Das hatte ich nämlich sowieso vor.

Alles war besser, als alleine zu Hause zu sein. Auch wenn ich den toten Gschwendner definitiv nicht finden wollte.

Ich wählte Poldis Handy an, und wenn ich gedacht hatte, dass uns eine lange Suche bevorstehen würde, hatte ich mich geirrt. Es klingelte ganz in der Nähe, genau genommen, direkt vor der Hütte. Als mehrere Taschenlampen in diese Richtung leuchteten, sah ich auch sofort, dass dort kein toter Gschwendner lag, sondern nur ein Handy. Es klingelte und klingelte, bis ich hastig die Leitung unterbrach.

Die Erleichterung setzte so abrupt ein, dass mir schwindelig wurde. Herr Winter zog sich Handschuhe an und hob das Telefon auf. Direkt darunter lag ein weißer Zettel, und ich stellte mich unauffällig so dicht neben Herrn Winter, dass ich einen Blick darauf werfen konnte.

»Fällt ihm noch immer nichts ein?«, stand darauf in Großbuchstaben und darunter in kleinen Druckbuchstaben: »Pressekonferenz morgen Mittag, überregional übertragen in allen wichtigen Fernsehsendern.«

»Er will vom Gschwendner eine Reaktion«, flüsterte Maarten neben mir. »Ein Geständnis. Er will, dass er ein altes Verbrechen gesteht, wetten?«

Was um Himmels willen war passiert, das der Gschwendner partout nicht gestehen wollte?

»Vielleicht solltet ihr mal seine Frau ins Kreuzverhör nehmen«, zischelte ich zurück.

Der Mörder schien ernsthaft anzunehmen, dass dem Gschwendner auch ohne Morddrohung richtig mulmig war. Oder dass die fehlende Drohung noch schrecklicher war, weil man gar nicht wusste, was für eine fiese Gemeinheit sich der Kerl jetzt überlegen würde. Welche Personen überhaupt gefährdet waren und beschützt werden mussten.

»Wieso hat er mir das eigentlich nicht per SMS mitgeteilt?«, fiel mir die nächste Ungereimtheit auf.

Dann hätten wir uns das Herumgefahre in der Nacht sparen können.

»Vermutlich will er nicht mehr mit dir kommunizieren«, meinte Maarten, und er sah nicht so aus, als wäre das etwas, worüber ich mich freuen konnte.

Leider behielt Maarten mit seiner Meinung nicht recht.

In den nächsten Minuten überschlugen sich die Ereignisse. Während ich noch überlegte, ob ich es jetzt wagen konnte, nach Hause zu fahren, bekam Max per Anruf die Information, dass die Telefonleitung der Gschwendners tatsächlich absichtlich gekappt worden war. Außerdem war das Handy der Gschwendners unauffindbar.

»Meine Güte, die brauchen doch nicht ständig zu telefonieren«, sagte ich, hatte aber plötzlich kein Bedürfnis mehr, nach Hause zu fahren. Es hing noch etwas in der Luft, das unangenehme Gefühl, etwas nicht zu kapieren, das man dringend kapieren sollte.

»Der hat uns in den Wald geschickt«, sagte Max plötzlich. »Weshalb auch immer.«

»Wieso hat er den Gschwendner nicht umgebracht?«, flüsterte Maarten an meiner Seite.

»Weil er noch ein Geständnis haben will, bevor er ihn umbringt«, mutmaßte ich. »Und wenn der Gschwendner tot ist, dann weiß ja wieder keiner, was er damals angestellt hat. Wann auch immer.«

Und was auch immer.

Mein Handy fiepte, und ich hatte die starke Befürchtung, dass wir jetzt die Antwort auf unsere Fragen erhalten würden.

»Ist Vroni bei euch?«, lautete die Nachricht. Ich runzelte die Stirn. Die Telefonnummer kannte ich nicht. Vroni dagegen schon.

Während ich Max die SMS zeigte, verstärkte sich das Gefühl, dass ich gerade etwas sehr, sehr Wichtiges nicht verstand.

»Wieso sollte Vroni bei uns sein? Wir stehen mitten in der Nacht im Wald«, sagte ich. Ein Kind gehörte doch um diese Zeit ins Bett.

»Wer ist Vroni?«, wollte Max wissen.

»Die Enkeltochter vom Gschwendner«, erklärte ich ihm. »Die hat mit mir noch nie etwas unternommen, wieso sie damit jetzt mitten in der Nacht anfangen sollte, versteh ich nicht ganz.«

»Ruf die Nummer zurück«, erwiderte er, »und frag nach.«

Plötzlich hatte ich einen Knoten im Magen.

»Ja?«, sagte eine Frauenstimme, in der ich sofort eine Vielfalt an Gefühlen erkannte. Angst. Panik. Tränen.

»Lisa Wild hier«, antwortete ich. »Sie haben mir eben eine SMS geschickt.«

»Nicht dass ich wüsste«, sagte die Frau am anderen Ende.

»Ist Vroni bei euch«, las ich ihr vor, und im selben Moment wusste ich, wer die Frau am anderen Ende der Leitung war.

»Sind Sie die Tochter von Gschwendners?«

»Die Marie-Luise hat die SMS eigentlich an ihre Eltern geschickt«, erklärte ich Max, während ich eiligen Schrittes neben ihm zum Auto lief. »Die hat meine Nummer überhaupt nicht, hat sie erzählt.«

Die Ansammlung von Polizisten im Wald löste sich hektisch auf. Die Blaulichter gingen aus, der Platz vor dem Jagdhäusl leerte sich.

»Weil das Telefon der Gschwendners nicht geht und die auch nicht ans Handy gegangen sind, hat sie eine SMS losgeschickt.«

»Seit wann ist das Kind weg?«, wollte Max wissen.

»Die Marie-Luise war bei ihren Eltern …« Was für ein Durcheinander. »Weil sie eine SMS von ihrer eigenen Mutter erhalten hatte, dass es ihrem Papa schlecht ginge. Aber es ging ihm gar nicht schlecht. Die Gschwendnerin hatte auch gar keine SMS verschickt, sondern war total erstaunt darüber, dass die Marie-Luise mitten in der Nacht auftaucht.«

Sie konnten auch gar keine SMS verschicken, weil schließlich das Handy verschollen war. Max blieb stehen und sah mich mit gerunzelter Stirn an.

»Der hat jetzt das Handy vom Gschwendner«, murmelte er.

»Deswegen braucht er auch das vom Poldi nicht mehr«, flüsterte ich.

Zwei Polizeiwagen schaukelten über den wurzeligen Weg an uns vorbei, auf dem Weg zu den Gschwendners.

»Wo fährst du jetzt hin?«

»Zu Marie-Luise Gschwendner«, sagte er automatisch.

Nach einem kurzen Zögern erwiderte ich: »Als sie von ihren Eltern zurück nach Hause kam, war die Vroni einfach weg. Sie hat noch bei den Nachbarn nachgefragt, aber von denen hat keiner etwas gesehen und gehört.«

Ich blieb mit Max neben seinem Auto stehen, während er herumtelefonierte, um Leute von der Spurensicherung zur Marie-Luise Gschwendner zu schicken und eine Polizistin zu organisieren, die sie betreuen sollte. Als er schließlich sein Smartphone wegsteckte, flüsterte ich: »Weißt du, was ich denke … der hat das Handy vom Gschwendner und es so eingestellt, dass alle Nachrichten und Telefonate, die der Gschwendner bekommt, an dich weitergeleitet werden. Deswegen braucht er auch das Handy vom Poldi nicht mehr. Weil er das vom Gschwendner hat.«

Oje, wie maximal gruselig war das denn? Du bist eigentlich schon tot, hieß das.

»Der wird ihr doch nichts tun, der Vroni, oder?«

Max antwortete nicht sofort.

»Sie ist noch nicht tot, oder?«, wollte ich wissen. Es jagte mir Angst ein, dass Max nicht antwortete. Er packte meine beiden Oberarme, drehte mich zu sich und blickte mir intensiv in die Augen. Die Angst rieselte von meinem Kopf über die Wirbelsäule ins Becken.

»Solange wir nicht wissen, was mit Vroni ist, gehen wir davon aus, dass sie lebt. Und gesund und munter wieder zu ihrer Mutter zurückkehrt. Und du wirst jetzt nach Hause fahren«, schärfte er mir ein. Sein Griff an meinen Armen wurde etwas stärker. »Am besten schläfst du heute Nacht bei Großmutter.«

Ich nickte wieder brav, obwohl an Schlaf überhaupt nicht zu denken war.

Ich blieb stehen und sah Max' Audi hinterher, wie er mit viel zu hoher Geschwindigkeit über die Baumwurzeln schoss. Langsam ging ich zu meinem Auto. Während ich mit Bedacht über die Wurzeln holperte – schließlich wusste man nie, ob einem bei höherem Tempo nicht die Radkappen abfielen –, versuchte ich zu verstehen, was gerade geschehen war.

Er will ihn leiden sehen, dachte ich. Es ging die ganze Zeit schon um den Gschwendner. Das Netz soll sich um ihn herum zuziehen. Die Autoscheinwerfer glitten wie helle Finger durch den dunklen Wald, beleuchteten gespenstisch die Mooshügel, Wurzeln und Baumstämme. Wo war Vroni? Sie musste wahnsinnige Angst haben. Das Mitleid schnürte mir die Kehle zu. Der Mörder hatte eine Rechnung mit dem Gschwendner offen. Und er machte alles, um ihn auf die Knie zu zwingen. Und die Burgl wusste, was es war, da war ich mir ganz sicher.

Ich saß in Großmutters Wohnzimmer vor dem Fernseher, eingeklemmt zwischen Maarten, Rosl und Großmutter, die ähnlich gebannt wie ich auf den Flimmerkasten starrten. Rosls Fernseher hatte nämlich den Geist aufgegeben, akkurat jetzt, wo ihre Schwester Burgl im Fernsehen war, und da wollte Großmutter nicht so sein. Wir hatten den Ton weggeschaltet, weil einen die Werbung ja stocknarrisch machte, und starrten wortlos auf den stummen Bildschirm. Wir alle hatten das Gefühl, dass gleich etwas passieren würde, das unsere Meinung vom Gschwendner für immer verändern würde.

Von den Ermittlungen der letzten Nacht und des Vormittags hatte ich nur so viel mitbekommen, dass der Gschwendner sich tatsächlich bereit erklärt hatte, eine Pressekonferenz zu geben.

Als der Gschwendner mit der Burgl vor die Kamera trat, schaltete ich hastig den Ton ein. Der Gschwendner sah gar nicht mehr cool aus. Seine Pausbäckchen waren knallrot, sein sonst stets heiterer Gesichtsausdruck hatte etwas Hektisches. Ein bisschen wirkte er, als würde er noch fieberhaft überlegen, wie er aus der ganzen Sache herauskam. Seine Frau sah aus, als hätte sie die ganze Nacht geweint.

Er setzte sich mit hörbarem Stühlescharren vor das Mikro und brauchte ewig, bis er in die Kamera sah.

»Ich bitte den Unbekannten, meine Enkeltochter aus dem Spiel zu lassen.« Umständlich räusperte er sich und schien den Faden verloren zu haben. Seine Frau sah ebenfalls starr in die Kamera, wartete genauso wie wir auf das, was der Gschwendner zu sagen hatte.

»Sie ist ein unschuldiges kleines Mädchen, das mit der ganzen Sache nichts zu tun hat.«

Na los, dachte ich mir ärgerlich. Ich konnte mir richtig vorstellen, wie der Mörder mit stinkiger Laune vor dem Fernseher saß und sich das blöde Gelaber anhörte.

Die Burgl hatte sich zu ihm gedreht und sah ebenso nach »Na los« aus.

»Des arme Mädl«, sagte meine Großmutter und starrte gebannt auf den Fernseher.

»Vor fünfundzwanzig Jahren habe ich ... ein großes Verbrechen an einem Menschen begangen«, sagte er schließlich mit festem Blick auf die Kamera. »Das tut mir sehr leid.«

Die Burgl entspannte sich sichtlich.

»Ich habe es mein ganzes Leben lang bereut!«

Ja was denn nun!

»Aber man kann das eine Unrecht nicht mit einem anderen Unrecht aufwiegen! Ich werde alle Bedingungen, die Sie stellen ...«

Seine Frau rempelte ihn wütend an.

»Jetzt sag's doch endlich, wie's war! Kapierst du nicht, dass er mit der Vroni dasselbe machen wird wie du damals mit der Marie? Des ist doch dem wurscht, was was aufwiegt!«

»Marie?«, sagte die Rosl tonlos neben mir, die sofort wusste, was gemeint war.

»Die Marie«, sagte auch Großmutter, die offensichtlich ebenfalls wusste, welche Marie das sein musste.

Jetzt zischte der Gschwendner seiner Frau was zu, aber sie ließ sich nicht mehr bremsen.

»Er hat die Müller Marie überfahren. Nachdem er sie vergewaltigt hat«, schrie sie in die Kamera. »Jetzt sag's doch endlich. Soll noch mehr Unheil über uns kommen?«

Neben mir schlug die Rosl sich die Hand vor den Mund. Schweigend starrten wir auf den Bildschirm, sahen zu, wie die Kamera auf einen Moderator schwenkte, der mit ernster Stimme von dem Serienmörder erzählte. Hinter ihm wurden nacheinander die Bilder der Ermordeten eingeblendet.

»Der Gschwendner«, war alles, was Großmutter dazu einfiel.

Die Rosl sagte gar nichts. Plötzlich schien sie klein und uralt zu sein, sie sah auf ihre Hände, und ihr sonst so gewaltiger Rededrang war versiegt. So etwas hatte es meines Wissens noch nie gegeben.

»Hast du des gwusst?«, fragte die Großmutter ungerührt. »Hat des die Burgl gwusst?«

Natürlich. Sie hatte es gerade erst in die Kamera geschrien.

»Wer ist denn die Müller Marie?«, wollte ich vorsichtig wissen.

»Des is lang her«, sagte Großmutter und drückte mit der Fernbedienung den Fernseher aus. Die Rosl hüllte sich noch immer in untypisches Schweigen. »Die war damals zehn. Ein hübsches Mäderl. Mit blondem, langem Haar. Dann ist sie einmal mit dem Radl heimgefahren, von der Schule, und ist überfahren worden. Erst haben alle gedacht, es war nur Fahrerflucht, aber dann haben sie gsagt, dass sie vergewaltigt worden ist und danach überfahren.«

Ich schluckte und starrte meine Finger an. Plötzlich hatte ich noch mehr Angst um die Vroni. Schließlich hatte der Gschwendner gar nichts gestanden, sondern seine Frau. Hatte der Mörder vor, das Gleiche mit Vroni zu machen?

»Der hat sie einfach im Straßengraben liegen lassen«, flüsterte Großmutter, als wollte sie nicht, dass die Rosl das mitbekäme. »Die war gar nicht tot, aber weil sie so spät gefunden worden ist … ist sie im Krankenhaus gestorben.«

Wir schwiegen wieder.

»Die hat mir das nie gesagt. Die ganzen Jahre nicht«, sagte die Rosl plötzlich.

Schön blöd wär sie, die Burgl.

»Sei froh«, sagte Großmutter weise.

»Stimmt«, sagte die Rosl einsilbig.

Wir schwiegen.

»Wusstet ihr das?«, fragte ich Maarten, der auch sehr einsilbig aussah. »Hat er euch das vorher schon erzählt?«

Er schüttelte den Kopf. »Ich habe nur mitbekommen, dass er

gebeten wurde, ehrlich zu sein, um das Leben seiner Enkeltochter nicht zu gefährden.«

Und der Sack hätte sich wieder herausgeredet! Gut, dass die Burgl ausgeflippt war.

»Jetzt wissen ihre Eltern endlich, wer es war«, sagte ich. »Kennen die den Gschwendner?«

»Hilf mir hoch«, sagte Großmutter schlecht gelaunt, »auf dem Sofa tun mir so die Hüften weh, des glaubst nicht.«

»Die sind tot, schon lang«, sagte die Rosl leise und ganz ohne Sensationsgier.

»Wann war das genau?«

Keiner antwortete mir. Schließlich sagte die Rosl mit einem Seufzen: »Des ist bestimmt schon fünfundzwanzig Jahr her, wie der Gschwendner gsagt hat. Obwohl mir des komischerweise in letzter Zeit immer im Kopf rumgeht.«

»Mir auch«, bestätigte die Großmutter, »erst gestern hab ich mir dacht, des is eine ganz komische Geschichte damals gwesen.«

»Erst gestern?«, hakte ich nach. »Gestern hast du an einen Mordfall gedacht, der sich vor fünfundzwanzig Jahren ereignet hat?«

»Da kann ich auch nix dafür«, schnauzte sie mich an. »So was passiert halt manchmal.«

Ja, aber wenn sie sich daran erinnern sollte, was ich ihr erst gestern erzählt hatte, dann hatte sie urplötzlich überhaupt kein Erinnerungsvermögen mehr.

»Und jetzt hilf mir endlich hoch«, beschwerte sie sich.

Maarten sprang auf und reichte Großmutter beide Hände, damit sie sich stöhnend hochziehen konnte.

»Und wer soll sich ausgerechnet jetzt rächen, nach so langer Zeit?« Wenn die Eltern tot waren. Nach fünfundzwanzig Jahren gerieten doch auch ganz schlimme Ungerechtigkeiten in Vergessenheit.

»Vielleicht ist der Mörder jetzt erst darauf gestoßen, wer damals der Schuldige war«, schlug Maarten vor und setzte sich wieder aufs Sofa.

»Aber es gab ja einen Schuldigen damals«, erklärte Rosl, die sich plötzlich doch wieder erinnerte.

»Das war damals eine ganz dramatische Gschicht«, bestätigte Großmutter und blieb eine Weile mitten im Wohnzimmer stehen, weil sie sich nicht bewegen konnte.

»Es ist doch der Vater von dem Mädl verurteilt worden damals«, erzählte die Rosl.

»Ein Indizienprozess«, fiel Großmutter ein. »Da gab's Zeugen, dass der Vater am Tatort gewesen und dann einfach weggefahren sein soll.«

Ich klappte den Mund auf und wieder zu. Das hörte sich eigenartig an.

»Ausgerechnet der Vater, hat's gheißen. Und dass er sie wahrscheinlich die ganze Zeit schon missbraucht hatte und irgendwann die Beherrschung verloren hat.«

Großmutter setzte sich in Bewegung und ging langsam in die Küche hinüber. Anscheinend waren harte Küchenstühle bequemer als ein Sofa.

Die Rosl blieb neben Maarten sitzen.

»Und der ist verurteilt worden?«, fragte ich nach.

»Er hat immer geleugnet, dass er's war. Aber das hat alles nichts geholfen«, sagte Großmutter.

»Die können doch nicht einen Unschuldigen einsperren. Fünfundzwanzig Jahre lang.«

»Weil's halt Zeugen gab«, erklärte sie mir. »Was willst machen.«

»Zeugen? Die haben gesehen, dass er sie vergewaltigt hat?«, bohrte ich weiter.

Großmutter stellte scheppernd eine Tasse in die Spüle. »Des weiß ich doch heut nimmer, wie des war. Des ist doch so lang her.«

»So was muss man sich doch merken«, erklärte ich unzufrieden. »Mensch, unschuldig im Gefängnis. Wahnsinn.«

»Der war nicht fünfundzwanzig Jahre im Gefängnis«, sagte Großmutter in der Küche.

»Jetzt ist er auf jeden Fall aus dem Gefängnis draußen und will den Gschwendner umbringen.«

»Der lebt doch gar nicht mehr. Der hat sich gleich umgebracht, nachdem sie ihm den Prozess gmacht hatten«, erläuterte die Rosl im Wohnzimmer. Als ich mich zu ihr umdrehte, saß sie zusammengesackt neben Maarten und betrachtete noch immer ihre Hände. »Und dann haben alle gsagt …«

Super. Dass sich so ein Schwein umbringt, das spart dem Steuerzahler eine Menge Ärger.

»… kein Wunder, haben's gsagt«, formulierte die Rosl. »Der hat halt mit der Schuld nicht mehr leben können.«

Rosls Lieblingsformulierung, nebenbei gesagt. Ich seufzte.

»Aber er war's gar nicht.«

Er hatte sich umgebracht, weil er mit der falschen Anklage nicht leben konnte.

»Und die Mutter ist am gebrochenen Herzen gstorben. Des Mädl tot, der Mann ein Selbstmörder. Da magst auch nimmer«, wusste Großmutter.

Und wer war an der ganzen Misere schuld? Der blöde Gschwendner.

»Da kannst ja nimmer unter d'Leut' gehen«, sagte die Rosl plötzlich weinerlich. »Da schämst dich ja, dass'd den überhaupt kennst, den Gschwendner. Und dann auch noch mit der Burgl verheirat'!«

»Ach geh«, sagte Großmutter und schnalzte tröstend mit der Zunge. »Da kannst doch du nix dafür, dass der Gschwendner so ein Saubeutel ist. Und dass ihn die Burgl gheiratet hat, ist doch auch ned deine Sach'!«

Die Rosl war nicht überzeugt und ich eigentlich auch nicht. Schließlich hätte die Burgl schon vor fünfundzwanzig Jahren was sagen können, Heirat hin oder her, dann hätte sich der arme Vater damals nicht umbringen müssen.

Die Rosl hatte es dann plötzlich sehr eilig, angeblich hatte sie irgendetwas auf dem Herd stehen, was ich ihr nicht glaubte.

Die Tür klappte hinter der Rosl zu, wir anderen saßen betreten um den Küchentisch herum und sahen Großmutter dabei zu, wie sie schlecht gelaunt wegen ihrer schmerzenden Hüfte mit dem Geschirr herumschepperte.

»Des wenn'st dir vorstellst«, sagte sie schließlich und setzte sich mir gegenüber. »Die arme Frau vom Müller, die hat ja irgendwann auch geglaubt, dass ihr Mann des gmacht hat. Die hat den nicht mehr besucht damals. Nur daheim gsessen.«

»Depressionen«, sagte ich, während ich eigentlich darüber nachdachte, was ich machen konnte, um Vroni zu befreien. »Woher weißt du des eigentlich alles so genau?«, fragte ich dann doch noch.

Großmutter zuckte mit den Schultern. »Mei. Du warst da halt noch ganz klein. Und deine Mama hat ständig gejammert, was wir machen, wenn uns jemand unser Baby so umbringt.«

Diese Sorge hatte anscheinend schlagartig nachgelassen, nachdem ich meinen zwölften Geburtstag gefeiert hatte und meine Mutter mich sitzen ließ.

»Deine Mutter hat gesagt, sie kann gar nicht mehr nach Unterbachenreuth rüberfahren. Weil wenn sie an der Stelle vorbeikommt … und die Müllerin hat ja damals immer Blumen hingestellt, wo des passiert war.«

Der wird doch jetzt nicht genau dasselbe mit Vroni machen wollen! Wie alt war Marie Müller damals? Zehn Jahre? Hatte der Täter vielleicht nur darauf gewartet, dass der Gschwendner endlich eine Enkeltochter im »richtigen« Alter hatte?

Also hatte Max recht damit gehabt, dass sich der Mörder rächen wollte. Wieso dann allerdings auch noch die Kumpels vom Gschwendner hatten dran glauben müssen, erschloss sich mir nicht.

Maarten rief Max an, ob er mich weiterhin bewachen musste, weil jetzt offensichtlich war, dass es nicht um mich ging.

»Aber der Typ ist trotzdem verrückt«, sagte ich laut, damit es auch Max hörte. »Sonst hätte er doch nicht auch noch die ganzen Spezln vom Gschwendner umgebracht.« Und mir die blöden Nachrichten geschickt.

Für einen Moment schwieg ich entsetzt. Hatten sie damals vielleicht alle zusammen das Mädchen vergewaltigt? Die Spezln konnte man nicht mehr fragen. Der Gschwendner konnte sich jetzt prima rausreden und sagen, die anderen sind's gewesen.

»Ich fahr mit«, sagte ich energisch, als Maarten seinen Autoschlüssel nahm. Ich musste irgendetwas tun, um Vroni zu helfen, sonst wurde ich wahnsinnig.

»Meinetwegen«, sagte Maarten unschlüssig.

Als wir durch unseren Vorgarten spurteten, liefen wir direkt in zwei Journalisten mit ihren Kameramännern hinein, die uns sofort ein Mikro unter die Nase hielten. Anscheinend hatten sie schon wieder unsere Straße gefilmt, in Erwartung des nächsten Bettlakenmordes.

»Was sagen Sie zu den neuesten Entwicklungen?«

»Haben Sie zur Mordzeit etwas gehört?«

»Nein, ich bin nie zu Hause ... und meine Großmutter ist taub«, fügte ich vorbeugend hinzu.

»Ich bin doch nicht taub!«, rief mir Großmutter empört hinterher, die natürlich wieder jedes Wort mitgehört hatte. »Was erzählst denn für einen Schmarrn!«

»Geh rein«, rief ich ihr zu. »Und sperr die Tür dreimal ab!«

Dann sprang ich neben Maarten in dessen Fiat Punto.

»Wieso wartet der so lange, bis er sich rächt?«, wollte ich atemlos von ihm wissen. Ich hatte ein schlechtes Gefühl dabei, Großmutter mit den Kameraleuten allein zu lassen. »Der sitzt seit fünfundzwanzig Jahren zu Hause und überlegt, wie er es anstellen könnte? Und genau jetzt ist es ihm eingefallen?«

Maarten startete das Auto.

»Keine Ahnung«, gab er zu.

Maarten drückte ziemlich auf die Tube, als wir das Ortsschild passiert hatten. Während wir mit überhöhter Geschwindigkeit über das Land schossen, klingelte mein Handy. Anneliese. Also, jetzt ging das mit dem Kinderkriegen definitiv nicht!

»Hast du Fernsehn gschaut?«, fragte sie mich aufgeregt. »Der Gschwendner, der Sack.«

Gut. Keine Wehen.

»Und jetzt ist mir alles klar, echt. Mich hat grad die Mama angerufen …«

Die natürlich auch ferngesehen hatte.

»Und stell dir vor, wer damals in dem Prozess ausgesagt hat!«

»Keine Ahnung.« Irgendjemand, der anscheinend ganz schön gelogen hatte.

»Der Sturm Bene«, stieß sie triumphierend hervor.

»Aber der muss doch damals … noch ganz jung gewesen sein«, erwiderte ich zweifelnd.

»Doch nicht der Zindler. Der war damals erst fünfzehn. Der Papa halt vom Sturm Bene. Der hat vor Gericht gsagt, er hätt den Papa von der Marie gsehen, wie er am Tatort gwesen und dann ins Auto gsprungen wär. Blutüberströmt.« Sie atmete einmal tief ein und schmückte aus: »Voller Panik. Und dann wär er davongerast mit seinem Auto.«

Sie wartete auf eine Reaktion, und als ich nichts sagte, fügte sie hinzu: »Und dann … zack!«

»Zack?«, fragte ich ratlos.

»Hat er sich erhängt!«, erklärte Anneliese ungeduldig. »Weil er halt so gelogen und des dann nicht mehr ausgehalten hat! Irgendwann ist ihm des aufgegangen, dass man des nicht macht, und des schlechte Gewissen …«

»Jaja«, unterbrach ich ihren Roman.

»Und jetzt kannst eins und eins zusammenzählen. Wie das damals gewesen ist!«

Ich hatte es leider noch immer nicht kapiert.

»Der Zindler, denk doch mal mit! Der hat seinen Papa damals tot gefunden, und jetzt rächt er sich. Binerl!«, schrie sie plötzlich los. »Lass des stehen, des hauts doch runter …«

Dann schepperte es gewaltig im Hintergrund, und sie drückte kommentarlos das Gespräch weg.

»Der Vater vom Sturm Bene war damals ein Zeuge«, erklärte ich Maarten. »Und hat sich dann umgebracht. Vermutlich, weil er mit der Schuld nicht mehr leben konnte«, wiederholte ich in bester Rosl-Manier.

»Und jetzt rächt er sich?«, wollte Maarten wissen. »Wieso rächt er sich an den Spezln vom Gschwendner? Und nicht am Gschwendner selber?«

Und vor allen Dingen, woher wusste der Mörder, dass der Gschwendner der Mörder von der Marie war?

Ich seufzte. Die Gedankengänge vom Zindler waren derart undurchschaubar, da kam es vermutlich auf ein paar weitere Verästelungen nicht an. Wir rauschten schweigend die Landstraße entlang, jeder hing seinen Gedanken nach. Obwohl mir der Zindler unheimlich war, konnte ich diese einfache Erklärung nicht glauben. Denn für mich war die größte Frage, wie ich dabei ins Spiel kam.

»Der muss damals so ungefähr fünfzehn gewesen sein«, sagte ich nachdenklich. Und mich kannte der Sturm Bene eigentlich nicht. Wobei er ein Faible dafür entwickelt hatte, Bilder von mir zu sammeln.

»Das alles wäre nur plausibel, wenn er erst jetzt nach fünfundzwanzig Jahren die Zusammenhänge herausgefunden hätte«, spekulierte Maarten und hielt mit quietschenden Reifen vor dem Polizeipräsidium.

Leider erinnerte sich Max urplötzlich wieder daran, dass ich keine Polizistin war, sondern nur seine Freundin, auch wenn ich gerade vor Neugierde starb. Vielleicht war das auch ein sehr gutes Zeichen, weil es auch bedeutete, dass er um mich gerade überhaupt keine Angst hatte.

»Ich könnte euch helfen«, schlug ich trotzdem noch vor.

»Du kannst meinetwegen in meinem Büro warten«, sagte er diskussionsunwillig.

Beleidigt setzte ich mich auf einen Stuhl vor seinen Schreibtisch und trank seinen Kaffee. Leider schon erkaltet. Mindestens eine Tafel Schokolade wäre jetzt angesagt gewesen. Ich zog die Schreibtischschublade auf, aber Max hatte nicht einmal dort etwas Süßes gebunkert. Unzufrieden zog ich einen aufgeschlagenen Ordner mit Artikeln zu mir herüber. Davon, dass ich nichts lesen durfte, hatte Max nämlich nichts gesagt.

»Gegen Michael M. wird Anklage erhoben, lesen Sie auf Seite drei«, stand groß in einer alten Zeitung. »Besonders grausamer Fall der Kindstötung geht in die Gerichtsphase. Michael M. ist angeklagt, nach dem Missbrauch seiner zehnjährigen Tochter das Mädchen auf dem Heimweg von der Schule überfahren zu haben und vom Tatort geflüchtet zu sein«, las ich weiter. »Nach heftigen Protesten wurde gestern die Verhandlung unter Ausschluss der Öffentlichkeit …«

»Noch immer bestreitet Michael M. seine Schuld, doch hat er für den Tatzeitraum kein Alibi. Nach der Aussage von drei Zeugen haben die Richter berechtigte Zweifel an der Unschuld …« Ich überflog den Artikel bis zum Schluss. »Staatsanwalt fordert lebenslange Haft.« Anscheinend hatten sich drei Zeugen gefunden, die gesehen haben wollten, dass ausgerechnet das Auto des Vaters an genau dieser Stelle geparkt gewesen war und der Vater aus dem kleinen Waldstück gekommen sein sollte. Kein Wunder, dass Marie Müllers Vater bis zum Schluss alles bestritten hatte. Schließlich war er daran auch überhaupt nicht beteiligt gewesen. Unter dem Artikel war noch ein Szenenbild des Gerichtszeichners abgedruckt. Man sah den Angeklagten von der Seite, mit starrem Blick, und neben ihm sein Anwalt, der sehr jung aussah. Der Richter war nur sehr verschwommen abgebildet. Michael Müller kam mir vage bekannt vor, vielleicht, weil sich Gerichtszeichnungen grundsätzlich ein bisschen ähnelten und man immer den Eindruck hatte, dass man so jemanden schon einmal gesehen hatte.

»Nur fünf Wochen nachdem er zu lebenslanger Haft verurteilt wurde, fanden ihn Gefängniswärter erhängt in seiner Zelle. Medienberichten zufolge ist der 41-jährige Michael Müller, der Ende September wegen Vergewaltigung und anschließendem

Mord an seiner Tochter Marie zu lebenslanger Haft verurteilt worden war, am Dienstagabend tot aufgefunden worden.«

Ging es noch schlimmer? Dass man angeklagt und verurteilt wurde für ein Verbrechen am eigenen Kind, das man nicht begangen hatte?

In einem anderen Artikel wurde noch genauer beschrieben, wie er sich umgebracht hatte: »Wie konnte das passieren?«, lautete die gezackte Überschrift von – uiuiui, unserer eigenen Zeitung. Eine Passage war offensichtlich von Max mit gelbem Marker herausgehoben worden. »Müller durfte eine Jogginghose tragen, in deren Bund eine Kordelschnur steckte. Aus dem Bettlaken drehte er sich ein Seil, kippte das Fenster nach innen und knotete das Laken an einen Gitterstab. Aus dem Bund der Jogginghose zog er die Kordel und fesselte sich damit die Hände. Dann ließ er sich in die Schlinge fallen«, las ich, und mir wurde eiskalt.

Ich überflog den restlichen Text, um herauszufinden, wo damals Marie umgebracht worden war, fand aber nichts. Großmutter! Die wusste das aber! Ich zog mein Handy heraus und wählte unsere Nummer. Nervös trommelte ich mit den Fingern auf der Schreibtischplatte und wartete ewig. Wo war sie denn schon wieder? Wahrscheinlich draußen, um mit irgendjemandem die letzten Ereignisse durchzukauen! Entnervt sprang ich auf.

Mit klackernden Schritten eilte ich über den Gang. Eine der Türen war nicht ganz geschlossen, ich hörte Stimmen. Der Konferenzraum.

»Wir brauchen alle alten Akten und sämtliche Berichterstattungen aus den Medien«, hörte ich Max' Stimme. »Die alten Fotomappen. Wenn du den Pressefotografen von damals auftreiben kannst, sollte man ihm noch einmal genau auf den Zahn fühlen …«

Pressefotografen?

»Die sehen oft genauso viel wie ein Ermittler …«

»Okay«, sagte eine unbekannte Stimme.

Ja, aber das war fünfundzwanzig Jahre her, da konnte man sich doch an keine Details erinnern!

»Wo war der damalige Tatort?«, sagte Max.

Man hörte Stühlerücken.

Obwohl ganz offensichtlich viel geschah, hatte ich ein ungutes Gefühl. Als wäre es eigentlich schon zu spät. Der Mörder hatte uns nie eine Chance gelassen, wir waren nie aus der Zuschauerposition herausgekommen.

»Gefangenenakten«, unterbrach Max meine Überlegungen. »Ich brauche die Gefangenenakten von Michael Müller.«

»Und die Ehefrau? Lebt die noch da, wo vor fünfundzwanzig Jahren«, hörte ich Frau Börners Stimme. »Andere Verwandtschaft?«

»Freunde«, fügte Max hinzu. »Auch Freunde oder nahestehende Personen zu Marie Müller.«

»Nachbarn, die von damals wissen, dass jemand sich rächen will?«, fragte Maarten.

»Nachbarn. Genau«, sagte Max und fügte erschöpft hinzu: »Und der Anwalt. Wir müssen wissen, was während des Prozesses damals passiert ist.«

Ich drückte die Tür ein Stück auf und räusperte mich.

»Von der Familie lebt niemand mehr«, verriet ich ihnen, was ich von Großmutter wusste. »Die Mutter ist gestorben. Der Vater hat sich im Gefängnis erhängt.«

Ohne mich waren die wirklich aufgeschmissen, würde ich mal sagen. »Ich fahre jetzt zu Oma, die geht nicht ans Telefon«, sagte ich mürrisch, weil Max nicht Juhu schrie, und streckte Maarten die Hand hin, zum Zeichen, dass ich dazu dringend sein Auto benötigte.

Als ich nach Hause kam, standen der Kreiter, der Schmalzl und die Annl vor meiner Haustür und warteten schon ungeduldig, dass ich ihnen aufsperrte. Ein klein wenig sah es aus, als wären die beiden Männer meine Bodyguards, die grantig darüber waren, dass ich mich einfach davongestohlen hatte. Großmutter hing halb aus dem Fenster und redete auf die Annl ein.

»Wieso gehst du nicht ans Telefon?«, wollte ich ärgerlich wissen.

»Ständig ruft jemand an«, beschwerte sich Großmutter. »Ich hab auch was anderes zu tun. Und das nächste Mal lässt die Schlüssel da, dass sie ins Haus können.«

Na prima. Wessen Haus war das denn jetzt? Das vom Schmalzl?

»Du weißt, wo das damals passiert ist mit der Marie?«, fragte ich, weil das jetzt die drängendste Frage war.

»Na ja, deine Mutter hat gesagt, dass es ganz kurz vor dem Ortsschild von Unterbachenreuth gwesen wär. Da, wo man aus dem Wald rauskommt.«

»Ein paar Meter vorm Ortsschild. Gleich rechts drinnen«, bestätigte der Schmalzl.

»Direkt im Straßengraben«, fügte der Kreiter hinzu, »und jetzt sperr auf, Mädl. Ich hab nicht ewig Zeit.«

Ich hatte im Moment weder Zeit noch Lust. Trotzdem sperrte ich auf, während ich mir das Telefon ans Ohr klemmte und versuchte, Max zu erreichen. Der telefonierte gerade selbst.

»Des mit dem Gästeklo, des kannst ned so lassen, Mädl«, erklärte mir der Schmalzl und schob mich zur Seite, als wäre ich ein Fliegengewicht. »Wenn ich mich ned irr, dann ist da die Wasserleitung undicht, da haun wir jetzt schön die Fliesen runter und schaun uns des an …«

Halt, hätte ich am liebsten gesagt. Was ging mich so ein blödes Gästeklo an, es gab jetzt Wichtigeres zu tun.

»Stimmt des mit der Vroni Gschwendner?«, wollte Annl wissen, während ich zusah, wie sich die beiden Männer in dem kleinen Klo stapelten und ohne lange zu fackeln unter Klirren und Scheppern die Fliesen von der Wand zu schlagen begannen. Kraftlos nickte ich.

»Das mit dem Gschwendner, des is eine Sauerei«, sagte der Schmalzl zwischen zwei gewaltigen Hammerschlägen. »Aber des mit der Vroni, das ist auch nicht recht.«

»Hat der Kommissar schon eine Spur?«, wollte der Kreiter wissen und hörte auf zu schlagen.

»Jetzt müssen erst einmal alle befragt werden«, erklärte ich. »Von damals. Die Freunde, Nachbarn und … keine Ahnung. Der Anwalt.«

Ich drückte noch einmal auf Wahlwiederholung. Noch immer belegt.

»Die Freunde, die wollten mit den Müllers nix mehr zu tun haben«, erklärte der Schmalzl und drosch wie ein Wilder auf die Wand ein. Ich traute mich gar nicht hinzusehen. Das würde nie mehr ein Gästeklo werden.

Ich drückte schon wieder auf die Wahlwiederholung. Wenn er nicht bald auflegte, dann würde ich sofort wieder ins Auto springen und zurück ins Polizeipräsidium fahren. Und wenn ich besonders mutig war, stattdessen zum damaligen Tatort. Der Kreiter stemmte eine Hand in die Seite. »Und des im Gericht, des war ja quasi eine Sauerei.«

»Dass der Anwalt da nix gemacht hat«, sagte ich. Dass sich der nicht ins Zeug gelegt hatte damals.

»Na ja, jetzt versteh ich des schon mit dem Anwalt. Damals hat halt jeder dacht, mei, wenn er halt nur lügt, der Müller, da kann der Anwalt auch nix machen«, sagte der Kreiter, warf den Meißel hoch, dass er sich in der Luft drehte, und fing ihn wieder auf.

»Der Anwalt. Das war doch ein Spezl vom Gschwendner. Der wird ihm schon gsagt haben, was er machen soll, damit ja nix rauskommt. Und der hat zwar vorn herum so getan, als wär er auf der Seite vom Müller. Aber in Wirklichkeit ist er ihm ganz schön in den Rücken gefallen.«

Der Schmalzl hörte auf herumzumeißeln. Ich hielt mit meinem Fuß inne und sah auf.

»Wer war denn der Anwalt?«, fragte ich nach.

»Der Karl Weber«, sagten der Kreiter und der Schmalzl gleichzeitig.

»Der Karli?«, fragte ich und vergaß, noch einmal auf Wahlwiederholung zu drücken.

Der Karli. Das zweite Mordopfer, das erdrosselt vor der Jagdhütte vom Gschwendner gelegen hatte.

»Der Bürgermeister von Unterbachenreuth«, vergewisserte ich mich.

Damit konnte ich Max jetzt jede Menge Ermittlungsarbeit abnehmen. Dazu noch die allgemeine Interpretation der Dorfbevölkerung, da brauchte man gar niemanden aus Unterbachenreuth mehr zu befragen.

»Der Ex-Bürgermeister«, betonte die Annl und verengte die Augen.

»Als Erstes hat's natürlich so ausgschaut, dass es jede Menge Zeugen gibt, die den Müller gsehen haben am Tatort. Aber des hätt uns damals schon auffallen müssen«, fügte der Schmalzl hinzu.

»Was?«, fragte ich weiter.

»Die Sach' mit den Zeugen«, erklärte der Kreiter und begann wieder zu meißeln, als wäre damit alles gesagt. Mein Finger schwebte schon über dem Handydisplay.

»Was war da?«, wollte ich wissen.

»Dass des lauter Spezln waren, die da die Zeugen gmacht haben. Aber damals hat mich des überhaupt nicht gewundert«, erklärte der Schmalzl mit erhobener Stimme, weil der Kreiter gerade so einen Krach machte. »Da denkst dir, freilich, die waren halt zusammen unterwegs, kommen heim, irgendwo vom Saufen, und dann sehen's alle zusammen den Müller. Blind sind's ja nicht. Was sollen's machen. Nur weil's zum selben Stammtisch gehen, kannst sie auch nicht verdächtigen, dass sie sich des alles dort ausdenken.«

Ich schwieg und ließ mein Handy wieder sinken. Der Schmalzl seufzte, dann nahm er den Meißel in die andere Hand und warf mir einen nachdenklichen Blick zu.

»Wer waren denn die Zeugen damals? Der Poldi, der Maneder und der Schwager?«, wollte ich wissen.

Das konnte man sich jetzt ja denken.

»Ganz genau«, sagte der Schmalzl zufrieden, weil endlich auch die Lisa Wild raffte, was er ihr sagen wollte.

»Und des ham's jetzt davon, die Saubatzis, die miserabligen!«, sagte die Annl empört. »Dem armen Müller Michel so in den Rücken zu fallen! Der hat mit der Schand' nimmer leben können und hat sich derhängt! Und seine Frau, also, ich glaub ja, dass die Tabletten gnommen hat, weil sie's nicht mehr ausghalten hat.«

Der Kreiter nickte. »Die ganze Familie, einfach ausgelöscht.«

Nur wegen diesem Sauhund. Das sagte er nicht, aber das dachten wir alle.

»Und er, der Gschwendner, hat die Fäden im Hintergrund gezogen.«

Dann fingen die beiden Männer mit so viel Wucht an, die Fliesen abzuschlagen, dass keine Unterhaltung mehr möglich war. Und die Annl holte sich ganz selbstständig das Kehrschäuferl, um den Saustall wegzumachen.

Inzwischen hatte Max das Gespräch beendet, und ich hörte erleichtert das Freizeichen am anderen Ende. Gleichzeitig klingelte das Handy vom Kreiter, sodass ich zunächst dachte, aus Versehen den Kreiter angerufen zu haben.

»Ja?«, sagte dieser.

»Ja?«, sagte Max.

Irritiert hielt ich mir das andere Ohr zu und ging in die Küche.

»Max«, fing ich an.

»Ich kann jetzt nicht«, sagte Max. »Ruf mich später an. Besser gesagt, ich melde mich, wenn ich mehr weiß.«

Das konnte er jetzt doch echt nicht machen! Ich hatte wichtige Infos!

»Die Mordopfer haben alle im Fall Müller eine Falschaussage geleistet«, sagte ich so schnell ich konnte, um nicht wieder abgewürgt zu werden.

»Ich weiß …«, sagte Max und fügte energisch hinzu: »Und bleib jetzt einfach bei Großmutter.«

Ärgerlich drückte ich das Tuten weg, weil mich Max einfach aus der Leitung geworfen hatte. Gleichzeitig kamen der Kreiter und der Schmalzl in die Küche, und der Schmalzl eröffnete mir: »Wir können jetzt nicht weitermachen.«

»Wieso?«, fragte ich misstrauisch, weil ich schon kommen sah, dass unser Gästeklo bis auf Weiteres unbenutzbar bleiben würde.

»Weil das Radl von der Gschwendner-Enkelin gfunden worden ist«, erklärte die Annl. »Und jetzt suchen alle.«

»Und wir auch«, sagte der Kreiter.

»Ich komm auch mit«, sagte ich hastig. Der Max, der Hundling! Mir nix verraten!

»Bleib lieber bei der Oma«, sagten der Kreiter, der Schmalzl und die Annl unisono.

Natürlich blieb ich nicht bei Großmutter. Ich rannte zu meinem Auto, um den Anschluss nicht zu verlieren, und düste den anderen hinterher. Weshalb der Schmalzl die Annl mitnahm und mich nicht, war mir ein Rätsel. Die Annl war total untrainiert, und es war zu hinterfragen, ob sie sich überhaupt durch den Wald kämpfen wollte. Ich dagegen war zwar auch untrainiert, aber immerhin zu allem bereit.

Mir blieb fast das Herz stehen, als ich hinter dem Schmalzlschen Auto am Ortsschild von Unterbachenreuth anhielt. Die ganze Straße war so mit Polizei- und Rettungswagen vollgeparkt, dass kein Durchkommen mehr war.

Ganz schlecht, sagte mein Bauch. Das wirkte, als hätten sie zumindest eine verletzte, wenn nicht gar tote Person gefunden. Ich sprang aus dem Auto und machte mich auf die Suche nach Max. Das war gar nicht so einfach, weil die gesamte Straße nicht nur zugeparkt war, sondern unglaublich viele Menschen dicht gedrängt auf etwas zu warten schienen. So wie es aussah, waren nicht nur alle Unterbachenreuther auf den Beinen, sondern auch alle halbwegs mobilen Bewohner unseres Dorfes. Sogar der Schorsch humpelte mit seinem gebrochenen Bein zwischen seinen Polizeikollegen herum. Trotz all der Leute war es unnatürlich leise – jeder schien auf etwas zu warten.

Als ich mich durch die Menschenmasse gekämpft und endlich einen freien Blick auf den Straßengraben hatte, blieb mir fast das Herz stehen. Die von der Spurensicherung hatten ein rot-weißes Polizeiband entrollt und weiträumig den Straßengraben abgesperrt. Das sah nach Leichenfundort aus. Aber ich konnte nur das Fahrrad von Vroni entdecken. Mein Herz bumperte in meinen Ohren, und ich spürte, wie mir der Schweiß ausbrach.

»Ist sie schon gefunden worden?«, fragte ich in die Menge hinein.

»Nein, nur das Radl«, sagte der Schorsch neben mir. Ich hatte gar nicht bemerkt, dass er sich mir an die Fersen geheftet hatte.

»Die Rettungshundestaffel kommt gerade, dann geht das ruckizucki. Der Suchtrupp vom DRK kommt auch, das sind dreißig Leute und elf Hunde.« Schorsch hatte einen Blick wie Bruce Willis kurz vor dem finalen Schlag und war trotz seiner derzeitigen körperlichen Einschränkungen offensichtlich ebenfalls zu allem bereit.

»Einen Polizeihubschrauber haben's auch angefordert.«

Ich drehte mich um. In etwa fünfzig Meter Entfernung erkannte man das Ortsschild von Unterbachenreuth. Ich blickte zurück auf das rote Mädchenfahrrad, das einfach so in den Straßengraben geworfen war.

»Mit Wärmebildkamera«, setzte der Schorsch noch hinzu. »Und die Scheißjournalisten haben schon wieder herausgefunden, dass was los ist ...«

Ich starrte auf das rote Mädchenfahrrad mit dem Körbchen am Lenker. Eine rosa Plastikblume war daran befestigt.

Ich versuchte, meine Rückschlüsse zu ziehen. War Vroni mitten in der Nacht aufgestanden und hatte entdeckt, dass ihre Mutter nicht zu Hause war? Hatte sie sich dann ihr Fahrrad geschnappt, um zu ihren Großeltern zu radeln? Das konnte ich mir bei Vroni überhaupt nicht vorstellen. Schließlich war sie doch alt genug, um zu telefonieren.

Ich ging weiter, immer noch auf der Suche nach Max.

Schließlich blieb ich bei der Annl und der Zenz stehen. Schorsch war noch immer sehr anhänglich und blieb dicht neben mir.

»Das Rad kann da schon lange liegen«, sagte er. »Schon seit gestern Nacht.«

»Genau da«, zischelte die Zenz. »Wenn ich's dir sag! Genau an derselben Stell'!«

Die Annl sah mit großen Augen auf das Fahrrad.

»Wir waren doch damals alle da, wenn ich's dir sag! Mir kommt's vor, als wär's gestern gwesen!«

Mein Herz schlug in den Ohren. Ich brauchte nicht nachzufragen, worum es ging. Schließlich hatte auch Großmutter gesagt, dass die Müller Marie ganz nah beim Ortsschild gefunden worden war. Neben mir tauchten jetzt auch der Schmalzl und der Kreiter auf und warfen mir zornige Blicke zu. Weil ich nicht brav gewesen und mich an den großmütterlichen Küchentisch gesetzt hatte.

Ich ignorierte die beiden.

Endlich entdeckte ich Max in der Menge und schlüpfte unter dem Absperrband hindurch, um ihn am Ärmel zu zupfen. Er teilte gerade die Suchmannschaften ein und war richtig ärgerlich, mich zu sehen.

»Ich will auch helfen«, sagte ich. Mir doch egal, ob er das gut fand.

»Dann wimmel die Journalisten ab«, sagte er und deutete mit dem Kopf auf ein paar Typen mit Fernsehkameras.

Journalisten abwimmeln? Ich wollte etwas tun, das Vroni retten würde.

Wenn das tatsächlich der Fundort von Maries Leiche war, dann handelte es sich um ein weiteres Puzzlestück beim Bettlaken-Mord. Wieder einmal dachte ich an den Vater vom Zindler, der sich wegen seiner Falschaussage an Allerheiligen umgebracht hatte. Fünf Wochen nach der Verurteilung von Michael Müller.

Fünf Wochen.

Schon wieder zupfte ich Max am Ärmel.

»Ich glaube nicht, dass wir hier was finden«, sagte ich, obwohl er maximal genervt aussah.

Schließlich wollte ich nicht daran schuld sein, dass hier umsonst gesucht wurde.

»Fahr nach Hause«, war alles, was er sagte.

»Fünf Wochen, Max. Fünf Wochen nach seiner Verurteilung hat sich Michael Müller umgebracht. Das war der 31. Oktober. Der Vater vom Sturm Bene hat sich im selben Jahr umgebracht. Einen Tag nachdem bekannt geworden war, dass sich Michael Müller umgebracht hatte. An Allerheiligen. Wo die Gräber so schön hergricht' sind.«

Ich würde meinen altersschwachen kackbraunen Audi darauf verwetten, dass der Zindler der Bettlakenmörder war. War ja wohl klar, dass er Jahr für Jahr daran hat denken müssen.

»Das hat den Sturm Bene traumatisiert, und jetzt hat er sich die Vroni geschnappt. Um sich am Gschwendner zu rächen, der seinen Vater in den Tod getrieben hat!«

»Benedikt Sturm hat ein Alibi«, sagte Max reichlich genervt und ließ mich einfach stehen.

»Die Fini lügt«, widersprach ich und folgte ihm. Am liebsten hätte ich ihn an der Jacke gepackt und zum Stehenbleiben gezwungen.

»Fahr nach Hause«, wiederholte er über seine Schulter, und sein Blick war nicht sehr freundlich.

Nein, dachte ich mir. Nein. Nein. Nein.

Dann verschwand er zwischen den Feuerwehrlern und Polizisten in der Masse.

Von wegen Alibi. War ich die Einzige, die kapiert hatte, dass Finis Hauptmotto war: »Da misch ich mich nicht ein, schön blöd wär ich!«?

Ich duckte mich unter dem Absperrband hindurch. Jemand legte mir den Arm um die Schulter. Joe. Er lächelte mir aufmunternd zu.

»Wir schaffen das hier schon«, raunte er mir zu, offensichtlich als Aufforderung zum Heimfahren gedacht.

»Das bezweifle ich«, sagte ich schlecht gelaunt. »Sieht man doch, dass hier nichts zu machen ist.«

Fürsorglich legte er mir den Arm um die Schulter und drehte mich von dem roten Kinderfahrrad weg.

Neben mir tauchten der Schorsch und der Schmalzl auf und sahen ebenfalls ziemlich schlecht gelaunt aus. Irgendwie baute sich in letzter Zeit die männliche Dorfbevölkerung gehäuft neben mir auf und ließ die Muskeln spielen. Wahlweise, wenn ein Journalist etwas von mir wollte oder der Joe das Wort an mich richtete.

»Ich bin davon überzeugt, dass der Bene Sturm damit zu tun hat«, sagte ich, die Ermittlungen von Max ignorierend.

»Der Sturm hat einen Schlag«, sagte der Schmalzl bestätigend. »Aber so einen Schmarrn macht der auch nicht.«

»Außerdem hat der ein Alibi«, warf der Schorsch ein.

Die beiden rückten näher zusammen und warfen Joe bedrohliche Blicke zu. Joe nahm seinen Arm von meiner Schulter und verschränkte etwas verlegen die Arme vor der Brust. Wie beruhigend, dass sich alle so auf die Seite von Max geschlagen hatten und dafür sorgten, dass sich mir kein anderer Mann näherte. Lieber wäre mir allerdings, wenn sie meine Zweifel teilen und sich ebenfalls darüber Gedanken machen würden, wo der Zindler die Vroni versteckt hatte.

Ich sah den alten Bauernhof vor mir. Den Kuhstall. Die Gefriertruhe mit den toten Elstern. Die Holzscheune. Oder hatte er noch andere Scheunen?

Das war vermutlich zu einfach. Auch wenn er psychopathisch war, blöd war er nicht.

Irgendwo tief in mir drin schlummerte eine Information über den Zindler, ich wusste es genau.

»Der Benedikt Sturm hat so Häusln im Wald«, sagte ich zum Joe, der mir als Einziger zuhörte. »Die sollte man mal überprüfen.«

Joe schüttelte den Kopf. Der Schmalzl stemmte mit einem ärgerlichen Blick die Hände in die Hüfte.

»Neben den Fischweihern für des Fischfutter. Drüben im Unterbacher Hölzl und im Tiefloher Graben.«

»Die sind doch schon alle eingefallen«, wandte der Schmalzl ein. »Die benutzt niemand mehr.«

»Doch. Der Sturm, wenn er keine Lust hat, heimzugehen. Dann schläft er da«, berichtete ich.

»In das bei den Fischweihern regnet's rein«, sagte der Schmalzl, »dem ist dort des ganze Fischfutter vergammelt.«

»Egal. Das muss überprüft werden«, beharrte ich.

»Da kannst du nicht allein hingehen«, sagte der Schorsch.

Jetzt stemmte ich die Fäuste in die Hüften. Und ob ich das konnte.

»Ich komme mit. Und pass auf«, bot sich Joe an.

Kapitel 10

Ich war Joe total dankbar, dass er selbst unter den drohenden Blicken vom Schorsch und vom Schmalzl bereit war, mich herumzukutschieren. Irgendwann müsste ich mit den beiden ein ernstes Wörtchen reden. Die beiden schienen wirklich der Meinung zu sein, dass ich jeden erdenklichen Vorwand nutzte, um mit Joe allein zu sein.

Während Joe rückwärts aus dem Waldweg herausrangierte, sah ich etwas empört, dass Schorsch tatsächlich zu Max humpelte, um mich zu verpetzen.

Mir egal. Es ging schließlich um Leben und Tod, da konnte ich nicht auf Befindlichkeiten Rücksicht nehmen.

Ich klickte mich in meinem Handyadressbuch zur Fini durch.

»Du müsstest mir beschreiben, wo die Häusln vom Bene sind«, sagte ich ohne Einleitung.

»Wieso?«, wollte sie wissen.

»Das ist jetzt egal«, antwortete ich genervt. »Fang mit dem Unterbacher Hölzl an.«

Sie hörte sich an, als hätte sie geweint, denn sie schniefte schon zum zweiten Mal.

»Ist was passiert?«, wollte ich misstrauisch wissen.

»Nichts ist passiert«, antwortete sie und schniefte noch einmal. Vielleicht hielt der Bene ihr gerade ein Messer an den Hals. »Ich hab mir einen Schnupfen eingefangen.«

»Wenn du weißt, wo die Vroni ist, dann musst du das sagen!«, erinnerte ich sie. »Sie ist ein kleines Mädchen, das jetzt irgendwo sitzt und ...«, dem Zindler total ausgeliefert ist, »... dem Entführer total ausgeliefert ist ...«, formulierte ich etwas diplomatischer.

»Lisa!«, fuhr sie mich empört an, sie hatte es trotz meiner Diplomatie verstanden.

»Du antwortest jetzt bitte nur mit Ja und Nein. Steht der Bene hinter dir?«

»Nein«, schniefte sie entrüstet.

»Hält er dir ein Messer an den Hals?«, versuchte ich es noch einmal. Dass die Fini immer so lügen musste, nur um ihre eigene Haut zu retten!

»Lisa!«, sagte sie resigniert, »was du immer für einen Schmarrn redest.«

Solange der Zindler hinter ihr stand, würde sie nichts zugeben, egal mit was ich drohte.

»Okay. Dann beschreib mir den Weg zum Unterbacher Hölzl.«

Das Häusl bei den Fischweihern war leicht zu finden, das kannte ich noch aus meiner Kindheit, als ich überzeugt war, dass Hexen zwischen den Fischfuttersäcken ihr Dasein fristeten und nur darauf warteten, dass kleine, schwache Mädchen wie Anneliese und ich ihren Weg kreuzten. Das kleine finstere Holzhaus stand offen und leer, und es gab auch keine Futtersäcke mehr, vermutlich weil sie alle vergammelt waren. Am Schmutz auf dem Boden konnte man ablesen, dass hier schon länger niemand gewesen war. Das Häuschen im Unterbacher Hölzl war von dort aus nicht weit, man musste nur einen sehr steilen Weg durch einen Buchenwald nach oben steigen, was ich früher nie gemacht hatte. Die Stelle war so abgelegen, dass es das ideale Versteck für eine entführte Person war. Sie konnte in dem kleinen Haus schreien und toben, und kein Mensch würde etwas hören. Vermutlich nicht einmal die Wanderer auf dem Weg, der in einiger Entfernung vorbeiführte. Denn der Sturm Bene hatte dafür gesorgt, dass man nicht zufällig in die Nähe des Hauses kam, und genügend Bäume gefällt, die den ehemaligen Weg dorthin sperrten. Als wir aus dem Buchenwald traten, war ich komplett außer Atem und musste erst einmal nach Luft schnappen. Einen Zweikampf mit dem Sturm Bene hätte ich mir jetzt nicht liefern können.

Aber schon als das Häuschen vor uns auftauchte, sah ich, dass es zu keinem Zweikampf kommen würde und hier auch kein Mensch versteckt war. Auch diese Tür stand nämlich sperrangelweit offen. Der letzte Sturm hatte jede Menge Buchenblätter hineingeweht, die den gesamten Boden bedeckten. Trotzdem ging ich nach drinnen und drehte mich enttäuscht im Kreis. Als ich wieder herauskam, trat ich zornig gegen die Bretterwand. Ich war mir so sicher gewesen, so unglaublich sicher.

»Wir haben noch den Tiefloher Graben«, sagte ich, mehr an mich gewandt, und wischte mir so etwas wie eine Träne aus dem Augenwinkel.

Joe sah mich eine Weile an, dann nahm er mich plötzlich in den Arm, und ich begann zu heulen. Er war so nett, nichts zu sagen.

Ich drückte schniefend meine Nase an seinen Pulli. Er roch nach Duschbad, ein klein wenig nach frischem Schweiß und nach frischer, feuchter Erde. Sein Arm rutschte etwas tiefer um meine Taille, und sein Griff wurde fester. Sein warmer Atem strich über meine Wange, und plötzlich spürte ich seine Lippen, erst auf meiner rechten Wange, dann auf meinen Lippen.

Mannometer. Joe war wirklich ein verdammt guter Küsser, das hatte ich schon immer geahnt. Mein Herz begann zu rasen, einerseits weil ich wollte, dass er mich küsste. Andererseits, weil ich wusste, dass es falsch war. So richtig falsch.

In Gedanken sah ich die zornigen Blicke vom Schorsch und vom Schmalzlwirt. »Des ist die Hochzeitspanik, glaub mir des, Lisa!«, mahnte die Langsdorferin.

Langsam drückte ich mich aus seiner Umarmung, wischte mit dem Handrücken die Tränen aus dem Gesicht und nickte ihm aufmunternd zu.

Jetzt nicht schwächeln.

»Du hast gewusst, dass wir da nichts finden«, sagte ich ablenkend, weil es mir wirklich »sauzwider« war, dass ich mich so leidenschaftlich hatte küssen lassen.

Noch immer sah er mir schweigend in die Augen. Seine Hand lag locker auf meinem Oberarm, als würde er sich überlegen, mich wieder in eine Umarmung zu reißen.

»Geahnt. Aber nicht gewusst«, erwiderte er schließlich ruhig und ließ meinen Arm aus. Tröstend lächelte er mich an.

Mit dem Problem Joe musste ich mich wann anders beschäftigen, beschloss ich und drehte mich mit erneutem Herzrasen von ihm weg.

»Ich bin mir so sicher mit dem Sturm«, flüsterte ich. Alles, wirklich alles deutete auf den Sturm Bene hin. Und wenn er ein Alibi hatte, dann nur deswegen, weil er es irgendwie geschafft hatte, es so aussehen zu lassen, als wäre er zu Hause gewesen. Wieso Max da so uneinsichtig war, war mir echt ein Rätsel.

»Wir haben ihn schon ausgeschlossen«, erklärte Joe mit nachsichtiger Miene, da er trotz allem voll auf der Seite von Max zu stehen schien.

»Wir haben ja noch den Tiefloher Graben«, beharrte ich.

»Ja, den haben wir noch«, sagte er und verzog seinen Mund zu einem leichten Lächeln, das mich doch ein wenig tröstete. Als ich mich umdrehte, um zum Auto zurückzugehen, sagte er noch: »Sollen wir nicht doch lieber den anderen helfen?«

Er war so nett, nicht auf der Sinnlosigkeit meines Unterfangens herumzureiten.

Nein. Nein. Nein. Solange ich nicht den letzten Schlupfwinkel vom Bene Sturm durchforstet hatte, würde ich nicht ruhig schlafen können.

Einmal Psychopath, immer Psychopath.

Wir schlitterten den steilen, mit Buchenlaub bedeckten Pfad hinunter zurück zu den Fischweihern und gingen den etwas breiteren Weg zurück zum Auto.

Joe wendete und holperte über den Waldweg zurück zur Straße. »Links«, sagte ich und zog mein Handy heraus, um nachzusehen, ob mich irgendjemand angerufen hatte. Vielleicht der Serienmörder, der mir sagen wollte, wo er die Vroni versteckt hatte.

»Der Gschwendner hat doch alles erfüllt, was er wollte«, sagte ich, während ich mein Handy anstarrte. Es hatte keinen Empfang. »Wieso lässt er sie nicht gehen?«

Ich warf Joe einen Blick zu, aber er starrte nur grimmig nach vorne.

»Die kann doch auch nichts dafür, dass ihr Opa so ein Arsch ist«, erklärte ich der Windschutzscheibe und merkte, dass ich schon wieder mit den Tränen kämpfte. »Da vorne musst du abbiegen.«

Joe presste die Lippen zusammen.

»Die ist erst zehn Jahre alt. Das hält man doch schon als Erwachsener nicht aus, und dann erst als Kind!«

Ich musste mich jetzt echt zusammenreißen.

»Da vorne wieder links«, sagte ich.

Wir fuhren eine Forststraße entlang, weder Joe noch ich hatten große Lust auf eine Unterhaltung.

»Das Marterl«, sagte ich zu Joe und zeigte nach vorne.

Dort sollten wir laut Fini parken und dann einem kleinen Pfad folgen.

»Der Bene macht so etwas nicht«, hatte sie abschließend geschnieft. »Das kannst mir glauben.«

Jaha. Wenn er mit seinem Hackbeilchen hinter mir stünde, würde ich auch alles Mögliche beteuern.

»Nur weil er manchmal in die Luft schießt, heißt das nicht, dass er ein schlechter Mensch ist.«

Ich ging voran, weil ich mich gar nicht mehr beherrschen konnte. Am liebsten wäre ich gerannt. Ein klein wenig Angst war in mir. Die Furcht davor, was ich entdecken könnte, war genauso groß wie die Angst, dass auch dieses Häuschen leer stehen würde.

Ständig hatte ich das Gefühl, dass uns jemand folgte. Es knackte manchmal verräterisch oder raschelte. Hin und wieder meinte ich sogar, eine Stimme zu hören. Obwohl ich Fini ausdrücklich davor gewarnt hatte, dem Sturm Bene etwas von unserem Telefonat zu erzählen, konnte ich es nicht ausschließen.

Nach kurzer Zeit kamen wir aus dem Wald heraus und mussten an einem Feld entlang einen kleinen Hang hinauflaufen. Selbst wenn wir hier nichts finden sollten, bestand noch die Möglichkeit, dass die Fini einen Unterschlupf geheim gehalten hatte. Dann musste ich eben mit Joe zur Fini fahren und sie entsprechend unter Druck setzen.

Ein Windstoß fegte in die Kiefern, die plötzlich von einer gelben Pollenwolke verschleiert waren. Ein weiterer Windstoß löste die gelbe Wolke auf und zerwühlte sie. Gelber Nebel umhüllte alles. Ich wurde wieder schneller, als es jetzt im Wald den Pfad entlang hinabging.

»Warte«, sagte Joe. Er hielt sich sein Handy ans Ohr und hörte seinem Gesprächspartner zu. Ungeduldig trat ich von einem Fuß auf den anderen. Hatten die anderen Vroni gefunden?

»Wir sind gerade kurz vor dem Tiefloher Graben«, erklärte er seinem Gesprächspartner, dann horchte er eine Weile nur auf das, was der andere sagte.

Sehr gut. Vielleicht war Max eben eingefallen, dass er uns dringend unterstützen musste.

»Wir müssen zurück«, sagte Joe stattdessen zu mir.

»Weshalb?«

»Ich muss bei der Suche helfen.«

»Wer sagt das?«, wollte ich wissen, obwohl ich es schon wusste, und streckte die Hand nach seinem Handy aus, um dem Max gehörig meine Meinung zu geigen. Seit ich beim Schwager geübt hatte, Gott hab ihn selig, war ich mit dem Meinunggeigen sehr schnell bei der Sache. Aber Joe drückte das Gespräch weg und ließ das Handy wieder in seiner Jackentasche verschwinden.

»Max«, sagte er.

»Das betrifft dich. Ich muss nirgendwohin!«, erklärte ich ihm trotzig. »Sag Max, manchmal muss man das tun, was man tun muss. Und ich finde da auch alleine hin.«

»Du bist mit mir im Auto da«, wandte er ein.

»Egal«, erwiderte ich beharrlich, obwohl ich den Joe dringend beim Ausschalten vom Sturm Bene hätte brauchen können.

»Du kommst mit mir«, wiederholte er reichlich aggressiv. »Ich bin für dich verantwortlich.« Anscheinend hatte er bei Max genau aufgepasst, wie man mit mir umgehen musste.

»Für mich bin ich alleine verantwortlich«, sagte ich cooler, als ich mich fühlte. Wie gut, dass Großmutter nicht dabei war, die hätte jetzt entschieden widersprochen.

»Ich komme nicht mit«, wiederholte ich und drehte mich einfach um.

»Lisa!«, hörte ich Joes Stimme hinter mir. Seine Stimme klang anders als sonst – war es Angst oder Ärger, das aus ihr sprach? Wenn er versuchen sollte, mich abzuhalten, musste ich ihn eben ausschalten, dachte ich mir grimmig. Schließlich hatte er mir selbstverteidigungsmäßig ganz schön viel beigebracht und im Spaß immer gesagt, dass ich ihm bald überlegen sein würde. Das würde ich jetzt auf jeden Fall ausprobieren, wenn es sich nicht vermeiden ließ.

Statt stehen zu bleiben, beschleunigte ich meine Schritte und lief den Weg entlang. Nach den Geräuschen hinter mir zu urteilen, begann jetzt auch Joe zu laufen. Bevor er mich einholen konnte, sah ich durch die geraden Kiefernstämme die dunkle Bretterwand des Holzhauses. Das war doch wirklich lächerlich, genau jetzt umzukehren, wo wir schon in Sichtweite waren! Ich musste nur hinlaufen und die Tür aufreißen, dann wussten wir es sicher. Dann konnte ich auch ohne schlechtes Gewissen umkehren. Ohne auf Joe zu hören, rannte ich einfach weiter. Mir doch egal, ob der Zindler da drin war oder nicht, schließlich war Joe ein starker Polizist und hatte eine Knarre. Ich rannte über die Wiese, stolperte fast über einen Ast, lief jedoch einfach weiter, um nicht den Mut zu verlieren. Mit einem kräftigen Ruck versuchte ich die Tür aufzureißen. Sie bewegte sich nicht. Ärgerlich begann ich an der Holztür zu rütteln, die Enttäuschung flutete durch meinen Körper. Die Tür war abgeschlossen.

»Scheiße!«, brüllte ich die Tür an. »Scheiße. Scheiße. Scheiße!«

Vermutlich würde mir aufgrund meiner Wortwahl demnächst die Zunge schwarz werden und verfaulen, aber meine Belastbarkeit war gerade gleich null.

»Hilfe?«, hörte ich ein zaghaftes Stimmchen fragend hinter der Tür.

Ich hatte die Tür in Nullkommanichts offen. Dieser Erfolg würde mich mein restliches Leben begleiten, der Tag würde in meiner Erinnerung bleiben als der strahlende Moment, in dem mein Wille über meine Körperkraft hinausgewachsen war. Wenn man nur wollte, schaffte man alles!

Okay, vielleicht war die uralte Tür auch nicht mehr die stabilste, denn sie gab sofort nach, als ich Anlauf nahm und mich dagegen warf. Mit einem Ächzen – denn es tut irre weh, wenn man sich mit der Schulter an eine Tür wirft – landete ich in dem dunklen Häuschen auf dem Boden. Es roch nach Urin und nach Schlimmerem, meine Hände schrammten über Steine und Schmutz, und ich hörte, wie die Holztür gegen die Wand schlug. Dann vernahm ich erst einmal gar nichts, bis hinter mir etwas leise über den Boden schabte.

»Lisa«, flüsterte Vronis Stimme, und nach ein paar Schrecksekunden hatte ich sie im Dämmerlicht der Hütte entdeckt. Sie kauerte in einer Ecke, ihre Füße und ihre Hände waren gefesselt.

»Alles okay«, sagte ich beruhigend, obwohl in meiner Schulter der Schmerz tobte und ich mich im ersten Moment gar nicht bewegen konnte.

Auf ihrem Gesicht breitete sich ein zaghaftes Lächeln aus. Der Lichtstrahl, der durch die Tür fiel, verfinsterte sich, und Vronis Augen weiteten sich geschockt.

Der Sturm Bene, war mein erster Gedanke. Er hat Joe ausgeschaltet, ohne dass ich etwas gehört hatte! Langsam richtete ich mich auf, und mein Herz wummerte in meinen Ohren, als ich auf den Umriss einer Männergestalt starrte, die sich breitschultrig vor uns aufbaute.

»Joe«, stieß ich erleichtert heraus, als ich ihn erkannte, und brachte es endlich fertig, in die Hocke zu gehen. »Mensch, hast du mir einen Schreck eingejagt ... alles in Ordnung, Vroni ... das ist Joe«, fügte ich erklärend hinzu. »Er ist von der Polizei und extra hier, um dich rauszuholen. Er wird uns vor dem Sturm Benedikt beschützen, verstehst du? Du brauchst keine Angst mehr zu haben! Wir bringen dich zurück zu deiner Mama. Versprochen!«

Ich rappelte mich auf und wunderte mich darüber, dass ich die Einzige war, die redete. Dass Joe nur herumstand und anscheinend komplett ratlos war, obwohl doch jetzt alles ganz einfach war. Als ich auf Vroni zuging, robbte sie von mir weg.

»Vroni«, sagte ich noch einmal so beruhigend, wie ich nur konnte. In meiner Schulter pochte der Schmerz und komischerweise auch in meinem Kopf. Sie musste vollkommen durch den Wind sein, dass sie nicht kapiert hatte, dass die Rettung vor ihr stand.

»Jetzt hilf mir doch mal mit den Fesseln«, fuhr ich Joe an, der sich noch immer nicht bewegte.

Er sagte nichts.

»Was ist?«, fragte ich. »Hilf mir doch!«

Vroni begann hysterisch zu schreien. Als Erstes verstand ich nicht so ganz, weshalb. Ich sah von ihr zu Joe.

Dann zog Joe seine Waffe heraus und richtete sie auf mich. Mein Rücken fing an zu kribbeln, und ich hatte das Gefühl, als würde ein eisiger Windhauch über meinen Nacken streichen.

Stand hinter mir der Sturm Bene, vielleicht auch mit seiner letzten verbleibenden Waffe auf mich zielend? Vorsichtig drehte ich mich um, aber hinter mir war nur Vroni, die sich vollkommen verängstigt in eine Ecke drückte. Mir brach der Schweiß aus.

»Joe«, sagte ich und runzelte die Stirn. »Hallo? Ich bin's, die Lisa!«

Geht's noch?

»Tut mir leid«, sagte er mit rauer Stimme. »Ich wollte dich da nicht mit reinziehen. Aber du wolltest ja nicht hören.«

Reinziehen? War er jetzt komplett durchgeknallt?

»Hilf mir mit den Fesseln, und wir hauen von hier ab, das arme Kind ist total durch den Wind! Sie muss bestimmt auch zum Arzt, ist unterkühlt und ausgehungert …«

Oder ruf Max an, die Feuerwehr und den Sanka. Mir gingen die Worte aus. Meine Schulter fühlte sich an, als wäre irgendetwas drinnen kaputt.

Während wir so voreinander standen und ich auf die Pistole starrte, rauschte nur ein einziger Gedanke durch meinen Kopf. Er will dich erschießen. Joe will dich erschießen.

Dann verstand ich alles so plötzlich, dass mir ganz schlecht wurde.

»Joe«, sagte ich, nur um irgendetwas zu sagen. »Das kann doch nicht sein. Du kannst das doch nicht sein, du … Joe, sag, dass du nicht …«

Ich verstummte für einen Moment und sah ihn mit großen Augen an, als mir klar wurde, dass er nicht vorhatte, in Gelächter auszubrechen und die Pistole wieder wegzustecken.

Wenn er Vroni entführt hatte, dann war er auch der Bettlakenmörder.

»Aber … Wieso solltest du?«

Joe antwortete mir nicht.

»Nimm die Pistole weg«, sagte ich ruhig.

Das war Joe. Der Joe, mit dem ich Selbstverteidigung trainiert hatte. Mit dem ich über den Schorsch und den Schmalzlwirt gelacht hatte. Mit dem ich Apfelmaultaschen von Großmutter gegessen und mir eine Cola geteilt hatte. Der mir zugezwinkert hatte. Den ich total süß fand. Für den alles kein Problem war!

Ich sah direkt in den schwarzglänzenden Lauf. Mein Kopf versuchte, parallel an drei verschiedene Dinge zu denken. Der eine Gedankenstrang drehte sich um Vroni, die ich zu retten gedachte, komme was wolle. Der andere dachte an Max und daran, dass ich ihm heute nicht mehrfach beteuert hatte, dass ich ihn unendlich liebte, sondern ihn nur ätzend angefahren war, weil er nicht auf mich hören wollte. Und der dritte drehte sich um meine Großmutter, für die ich doch verantwortlich war. Ich durfte jetzt nicht sterben!

»Sie war genauso alt wie die da«, sagte er rau. »Marie.«

Die da? Er wusste nicht einmal, wie Vroni hieß?

»Welche Marie?«, fragte ich heiser, weil mein Mund gerade staubtrocken war und ich den Gedankensprung von meiner Großmutter zu einer Marie nicht schaffte. Mit einem spöttischen Gesichtsausdruck schüttelte er den Kopf.

»Welche Marie«, wiederholte er, als könnte er nicht fassen, was für Fragen ich stellte.

»Marie Müller«, sagte ich nach einer Schrecksekunde.

Hinhalten, dachte ich, und von diesem Moment an spürte ich nur noch Panik in meinem Bauch. Das war kein Spiel. Ich stand vor dem Serienmörder, auch wenn es mein Gehirn nicht wahrhaben wollte. Krampfhaft versuchte ich mich an irgendwelche Regeln zu erinnern. Was man machen sollte, damit jemand, der mit einer Waffe auf einen zielte, nicht abdrückte. Stell eine persönliche Verbindung zu ihm her, erinnerte ich mich vage an Maartens Recherche.

Aber ich hatte eine persönliche Verbindung zu Joe! Ich musste die nicht herstellen! Rede irgendetwas, dachte ich mir. Sobald er nicht mehr sprechen muss, drückt er ab und erschießt erst dich und dann Vroni.

»Du kennst Marie Müller?«, fragte ich und versuchte gleichzeitig an irgendetwas zu denken, das ansatzweise ein Plan sein konnte.

»Sie war meine Schwester«, sagte er.

Ich starrte ihn an, und für einen Moment setzten alle meine Gedanken aus.

Schwester?

Du musst mit ihm reden, erinnerte ich mich wieder, obwohl mir auf diese Aussage rein gar nichts mehr einfiel. Und gleichzeitig muss dir etwas einfallen, wie du Max dazu bringst, genau hierherzukommen. Dummerweise war mein Gehirn just in diesem Moment wie leer gefegt.

»Deine Schwester«, echote ich, in Ermangelung einer besseren Antwort.

Was ich brauchte, war ein Plan. Ich musste jemand erreichen, stotterte mein Gehirn vor sich hin. Mit dem Handy.

»Der Gschwendner hat deine Schwester ermordet«, sagte ich und kam mir total blöd vor, dass ich das so aussprach.

Unauffällig versuchte ich in meiner Jackentasche mein Handy zu finden. Seine Schwester?

»Sie hatte keine Geschwister«, widersprach ich im nächsten Moment, während ich versuchte, mich an die Zeitungsartikel zu erinnern. Ich spürte, wie auf meiner Stirn Schweißperlen entstanden, gleichzeitig hatte ich mit meiner linken Hand das Handy gefunden.

»Oder doch«, behauptete ich schnell das Gegenteil, weil er mich mit einem sehr bösen Funkeln in den Augen ansah. Das hatte ich zwar nicht gelesen, aber das war auch egal.

»Sie hatte einen kleinen Bruder. Johann Müller. Damals fünf Jahre alt.«

Nimm die Waffe runter, dachte ich flehentlich, aber Joe hielt weiter seine Dienstwaffe auf mich gerichtet.

Vorsichtig tastete ich in meiner Jackentasche das Handy ab und versuchte mich zu erinnern, wo die grüne Taste war, auf die ich zweimal drücken musste, um die Wahlwiederholung zu aktivieren. Bestimmt hatte ich als Letztes Max angerufen, und der war doch schlau genug, um die richtigen Rückschlüsse zu ziehen.

Vielleicht hatte ich als Letztes auch Großmutter angerufen, und die würde lautstark ins Telefon hineinschreien, um herauszufinden, wer sie da anrief.

Oder ich hatte als Letztes Fini angerufen, und die würde einfach wieder auflegen, weil sie dachte, dass ihre Mutter wieder einen Kontrollruf tätigte.

O Gott.

Ich liebte Max so sehr, und ich wünschte mir nichts mehr, als ihn wiederzusehen.

»Mein ganzes Leben ist kaputt«, flüsterte er und sah mir starr ins Gesicht.

Unbenommen. Aber mit seiner Racheaktion hatte er sein Leben nicht entscheidend verbessert.

»Mach uns jetzt nicht alle unglücklich, Joe. Ich bin's doch, die Lisa«, sagte ich, während ich vorsichtig zweimal auf eine Taste drückte, die hoffentlich die richtige war.

»Man kann immer einen neuen Anfang ...«, laberte ich los und ärgerte mich darüber, dass ich von Psychologie überhaupt keine Ahnung hatte. »Ich bin mir sicher, dass es jetzt total wichtig wäre ...«

Vroni und mich nicht zu ermorden.

Jetzt einfach die Waffe wegzustecken.

»Mein ganzes Leben war mein einziges Ziel ...«, er sprach nicht weiter, sondern starrte auf mich herunter.

Die Verantwortlichen zur Strecke zu bringen. Einen nach dem anderen auszuschalten, vervollständigte ich seinen Satz im Stillen.

Dabei sank die Mündung der Pistole etwas weiter nach unten.

Ja. Noch zwanzig Sätze labern, und ich hätte ihn mühelos entwaffnen können. Also, wenn ich gewusst hätte, wie. So weit war mein Selbstverteidigungstraining mit Joe nämlich leider nicht gediehen.

»... die Verantwortlichen zu finden«, sagte er schließlich doch.

»Vroni ist keine Verantwortliche«, erinnerte ich ihn. Und ich auch nicht, das nur nebenbei.

»Ich habe mein ganzes Leben damit zugebracht, ein Puzzleteil nach dem anderen zusammenzusetzen ... Ich habe jahrelang die Akten studiert ... bis ich wusste, was passiert sein musste«, sagte er, ohne auf mich einzugehen.

Ich nickte, als würde ich alles verstehen.

Max wusste doch, wo wir sind, fiel mir gerade ein, und Erleichterung erfasste mich. Joe hatte doch eben mit ihm telefoniert und verraten, wo wir waren! Ich musste das Gespräch mit

Joe nur so lange am Laufen halten, bis Max mit seinen Leuten hier auftauchte.

»Nachdem ich erfahren hatte, dass meine Tante gar nicht meine Mutter war ... da war ich fünfzehn Jahre alt ... hatte ich nur noch dieses eine Ziel.«

Ein klein wenig kam es mir vor, dass er froh war, es endlich sagen zu können.

Wie bist du an die Akten herangekommen, wollte ich fragen, sagte aber nichts. Natürlich. Deswegen war er Polizist geworden. Nur um seinen Racheplan verfolgen zu können. Oder war er etwa überhaupt kein Polizist?

»Ich habe mich jahrelang mit dem Leben all dieser ... hinterhältigen, gewissenlosen Verbrecher beschäftigt, bis ich kapiert habe, was sie für einen perfiden Plan umgesetzt hatten.«

Er schwieg wieder, und der Lauf, der noch etwas nach unten gerutscht war, richtete sich wieder genau auf mein Herz.

»Wenn sich nicht dieser Sturm Benedikt umgebracht hätte, wäre ich vermutlich nie darauf gekommen.«

Das hätte auch ein Zufall sein können, dachte ich. Dass sich der Sturm einen Tag nach dem Freitod von Joes Vater umgebracht hat. Wohlweislich hielt ich den Mund.

»Du hättest auch zur Polizei gehen und eine Neuaufnahme des Verfahrens beantragen können«, wandte ich ein und hätte mir im selben Moment ein paar Mal ans Hirn klopfen können. Mein Plan war ja, ihn abzulenken, und nicht, ihn aufzuregen. Er warf mir einen funkelnden Blick zu.

»Neuaufnahme!«, fuhr er mich an. »Hätte das meinen Vater lebendig gemacht? Meine Mutter? Meine Schwester?«

Nein. Aber wenn er jetzt Vroni und mich erschoss, machte das auch niemanden lebendig, und ganz offensichtlich hatte er das gerade vor.

»Sie sollten leiden. Genauso leiden wie meine Familie«, flüsterte er. »Genauso wie mein Vater, der sich im Gefängnis umgebracht hat.«

»Ich glaube nicht, dass der Gschwendner leidet, wenn du mich umbringst«, konnte ich mir nicht verkneifen.

»Das nicht«, sagte er ruhig. »Das tut mir auch leid, dass ich dich auch ausschalten muss. Du bist echt ein netter Kerl.«

»Danke«, sagte ich spontan. Ich hatte ihn auch sehr nett gefunden. Bevor er angefangen hatte, mit seiner Dienstwaffe auf mich zu zielen.

»Es wird alles um ihn zusammenbrechen«, flüsterte er. »Bis er es auch nicht mehr aushält. Wie mein Vater.«

»Du willst, dass er sich selbst umbringt?«, wollte ich wissen und lenkte seine Aufmerksamkeit lieber auf den Gschwendner.

»Ich will, dass er so leidet, dass er seine Depressionen nicht mehr aushält!«, brüllte er mich an, und hinter mir begann Vroni zu wimmern.

Ich nickte. »Ja. Genau«, sagte ich, um ihn wieder ruhig zu kriegen. »Ich weiß nur nicht, was alles passieren muss, dass sich so jemand umbringt.«

Auf seine Seite schlagen. Dann vergaß er vielleicht, dass er mich umbringen wollte, sondern meinte, dass er dringend meine tollen Ratschläge brauchte.

»Schließlich ist er ein total gewissenloses Arschloch«, ergänzte ich, um ihm zu zeigen, dass ich ganz seiner Meinung war. »Und auch wenn du seine ganze Familie nach und nach umbringst, wird er vermutlich nicht so leiden, dass er sich selbst umbringt.«

Er sah mich mit blutunterlaufenen Augen an. Kannte ich diesen Mann überhaupt? Für mich hatte er plötzlich eine wahnsinnige Ähnlichkeit mit dem Typen aus »Das Schweigen der Lämmer«. Joe antwortete mir als Erstes nicht. Hatte er mir überhaupt zugehört? Überlegte er gerade, mit welcher Gemeinheit er ihn doch in den Wahnsinn treiben könnte?

Vroni gab hinter mir einen unterdrückten Schluchzer von sich, und ich bewegte mich sacht in ihre Richtung. Ich hatte keine Ahnung, was ich zum jetzigen Zeitpunkt sagen konnte, ohne ihn zum Ausflippen zu bringen.

»Du heißt gar nicht Müller«, wandte ich ein, glücklich darüber, dass mir etwas relativ Neutrales eingefallen war. Vielleicht war er ja gar nicht Marie Müllers Bruder. Vielleicht bildete er sich das nur ein. Langsam schob ich mich noch näher an Vroni heran.

»Nein, ich war nie ich selbst. Immer nur Johann Sterner.«

Joe Sterner.

»Hast du deinen Namen geändert?«, fragte ich mit freundlicher Stimme. Mit meinem Handy passierte überhaupt nichts. Vielleicht hatte ich die falschen Tasten gedrückt. Erneut drückte ich zweimal auf die Taste, die die Wahlwiederholung aktivieren würde. Ich wartete auf das Tuten, hoffte, dass Joe es nicht hören würde, und redete schnell weiter: »Wann hast du das denn gemacht? Hattest du zu dem Zeitpunkt einen Plan?«

»Die Schwester meiner Mutter hat mich aufgenommen«, antwortete er.

»Und die hat deinen Familiennamen in ihren geändert«, fuhr ich mit lauter Stimme fort, um eventuelle Wählgeräusche zu übertönen. Wir hatten überhaupt nicht recherchiert, ob es noch Familie gab, die sich hätte rächen können. Aber auf wen wären wir gekommen? Einen damals fünfjährigen Jungen? Seine Augen verengten sich, und ich suchte krampfhaft nach einem Gesprächsthema.

»Joe«, flüsterte ich. »Vroni hat damit nichts zu tun.«

Ein leises Düdeln in meiner Jackentasche signalisierte, dass mein Handy es nicht schaffte, eine Verbindung herzustellen. Wir saßen in einem Funkloch. Der Gedanke daran, dass wir schon die ganze Zeit in einem Funkloch gesessen hatten, machte mich ganz schwach. Joe hatte überhaupt keinen Anruf bekommen, als er mir mitteilte, dass Max wollte, dass wir umkehren. Er wusste nur, dass ich kurz davor stand, Vroni zu finden, und hatte den Anruf fingiert. Eigentlich wollte er mich gar nicht umbringen, das war wirklich nett von ihm gewesen.

Das bedeutete jedoch auch, dass Max überhaupt nicht wusste, wo ich war! Wie viel Pech konnte man denn an so einem Tag haben? Aber diese Entwicklung konnte ja kein Mensch ahnen.

Ab jetzt bist du ganz alleine auf dich gestellt, sagte ich mir. Plötzlich hoffte ich, dass Fini ihrem Bene die ganze Geschichte erzählt hatte und er voller Zorn hier aufkreuzte. Es wäre mir sogar recht gewesen, wenn er ein wenig brüllend in die Luft geballert hätte. Aber ich hatte ihr dummerweise das Versprechen abgerungen, ihm auf gar keinen Fall zu stecken, was ich vorhatte.

»Aber wie konntest du … so sicher sein, dass es wirklich der Gschwendner war?«

In Filmen sah das mit dem Entwaffnen von Gangstern immer ganz einfach aus. Die Guten traten den Bösen mit dem Fuß die Waffe aus der Hand. Oder schossen ihnen gleich die Hand mit weg, und das war's dann. Aber in der Realität sah das leider anders aus.

Joe hob wieder die Pistole. Er hatte bedauerlicherweise keine Lust darauf, mir alles zu erzählen, was er wie die letzten fünfundzwanzig Jahre erfahren und gemacht hatte. Ich hatte versagt. Hoffentlich kümmerte sich Max ein wenig um Großmutter, die war doch ohne mich total aufgeschmissen. Der Lauf richtete sich auf meine Brust, und ich presste meine Augen zusammen.

Im nächsten Moment löste sich ein Schuss, und etwas schlug hart auf dem Boden auf. Vroni fing neben mir so zu kreischen an, dass ich erschrocken die Augen aufriss.

Ich war nicht tot, das war das Erste, das mir auffiel.

Als ich zur Tür blickte, sah ich, dass eine ungleich massigere Person den Türrahmen ausfüllte.

»Hab ich's nicht gsagt?«, sagte der Schmalzl mit brummiger Stimme, und neben ihm humpelte der Schorsch herein.

»Alles klar, Lisa?«, fragte er mich und reichte mir die Hand.

Sicherheitshalber rappelte ich mich alleine auf und ignorierte die Hand.

Als ich aus dem Häuschen trat, Vroni an der Hand, hatten der Schmalzl und der Schorsch den Joe sehr gefühllos an den Füßen aus dem Häuschen gezogen und palaverten ein wenig herum, ob der wieder wurde oder nicht. Hinter dem Schmalzl stand der Metzger mit seinem Jagdgewehr und sah ein klein wenig enttäuscht aus, dass alles so schnell vom Schmalzl erledigt worden war. Noch dazu mit einem ordinären Brett. Anscheinend hatte sich der Schuss aus Joes Dienstwaffe gelöst, als der Schmalzl ihn niedergeschlagen hatte. Vroni drückte sich an mich und sagte keinen Ton. Langsam füllte sich die kleine Lichtung mit Leuten. Der Kreiter kam mit seinem Traktor angefahren, neben ihm die Kreiterin, dahinter kam der Troidl mit seinem Bulldog und hatte die Annl mit dabei.

»Seid's schon fertig«, sagte der Kreiter unzufrieden.

»Wieso hast denn nicht früher angrufen«, stauchte der Troidl den Schmalzlwirt zusammen und sah mit griesgrämiger Miene auf Joe hinunter, dem er ganz offensichtlich auch gerne eins über die Rübe gezogen hätte.

»Weil der Empfang so schlecht war«, erklärte der Schorsch. »War eh ein Glück, dass wir überhaupt jemanden erreicht haben.«

»Das nächste Mal machst du halt die Vorhut«, sagte der Schmalzlwirt auch mit aufgesetzt griesgrämiger Miene, denn trotz allem strahlte er ganz viel Stolz darüber aus, was er in der letzten halben Stunde alles gerissen hatte.

Gerührt sah ich von einem zum anderen.

»Danke«, sagte ich in die plötzliche Stille hinein, und die Männer sahen verlegen irgendwohin, nur nicht zu mir. »Wie ihr überhaupt da drauf gekommen seid. Dass es der Joe sein muss.«

Ich war verblendet gewesen von seinem guten Aussehen und seinem einnehmenden Wesen. Und weil er mir immer zugezwinkert hatte.

»Weil's doch schon immer klar war, dass wir den kennen«, sagte die Annl. »Hab ich's nicht gsagt, wird halt ein Serienkiller sein. Schon allein wegen dem Aussehen.«

Um ehrlich zu sein, hatte sie damit recht. Vermutlich hatten sie alle die Ähnlichkeit zwischen Joe und seinem Vater Michael Müller erkannt, aber sich einfach nicht erinnert. Weil das schon ewig zurücklag.

Schorsch legte dem Joe vorsichtshalber Handschellen an, obwohl er noch immer bewusstlos zwischen uns lag.

»Weil er halt gar nicht der Johann Sterner ist, sondern der Hans Müller«, erklärte der Schmalzl. »Wenn ich's dir sag, ich hab mir gleich denkt, den kennst.«

»Ich auch«, sagten alle zusammen. Nämlich von ›Aktenzeichen XY ungelöst‹, wie sie schon tausendmal in der Metzgerei durchgekaut hatten.

»Dort vorn beim Marterl hab ich zum Schorsch gsagt, des wird doch nicht der Bub vom Müller sein, dem damals die Tochter gstorben ist.«

Der Schorsch nickte, er hatte bestimmt dazu keine Meinung gehabt, denn genauso wie ich hatte er zu dem Zeitpunkt noch Windeln getragen und kannte den Vater vom Joe überhaupt nicht. Zufrieden klopfte der Schmalzl die Hände gegeneinander, als hätte er viel Dreck an seinen Fingern. Von dem Brett, das er benutzt hatte, um dem Joe voll eins über die Birne zu hauen. Ich hätte ihm nie zugetraut, dass er den Joe bewusstlos schlagen würde. Vorsichtig legte ich meinen linken Arm um die Schulter von Vroni und zog sie an mich.

»Außerdem war das heut wirklich komisch, wie sich der Joe dabei vorgedrängelt hat, dich begleiten zu dürfen«, erklärte der Schorsch, dem ich solche Weitsicht niemals zugetraut hätte. »Wo doch der Herr Kommissar gesagt hat, dass er dem nicht nachgehen will.«

»Aber wie die Lisa gsagt hat, wir suchen im Tiefloher Graben und der Kerl allein mit der Lisa, da hab ich gleich gwusst, des geht schief«, gab der Schmalzl an, und seine Frau sah ganz bewundernd zu ihm auf.

Dann holperte ein Rettungswagen über die Lichtung und dahinter ein daytonagrauer Audi.

Die Rapsfelder leuchteten so hell, als würde die Sonne scheinen, obwohl der Regen inzwischen strähnig vom Himmel fiel. Vroni hatte sich an mich gekuschelt und war eingeschlafen. Hin und wieder tauschten Max und ich Blicke über den Rückspiegel. Mach das nie wieder, sagte sein Blick. Ich lächelte nur ein wenig. Versprechen konnte ich so etwas leider nicht.

Wir unterhielten uns nicht darüber, wie wir Joe auf den Leim gegangen waren. Ich hatte irgendwie das Gefühl, dass ich von dieser Erkenntnis richtiggehend traumatisiert war. Dass jemand, den ich total gut leiden konnte, ein ganz anderer Mensch war, als ich eigentlich dachte. Momentan hatte ich so starke Kopfschmerzen und Schulterschmerzen, dass ich sowieso nicht genau darüber nachdenken konnte, aber ich war mir sicher, dass das kommen würde. Spätestens wenn der Schorsch wieder seine Stelle übernehmen würde, humpelnd, wie er allen versprochen hatte. Um die Gefahr, sich wieder einen serienmordenden Polizisten ins Dorf zu holen, gering zu halten.

»Die Messerbänkchen sind eigentlich voll okay«, sagte ich generös, während mein Blick über die Felder schweifte.

Max lächelte in den Rückspiegel und antwortete: »Die Porzellanobstschale bekommt einen Ehrenplatz. Hauptsache, du ziehst bei mir ein …«

Um Gottes willen.

»Die fällt mir bestimmt morgen auf den schönen Fliesenboden«, erklärte ich sehr bestimmt. »Man darf sich nicht mit Porzellanobst belasten …«

Dann musste ich lachen, und Max' Gesicht sah im Rückspiegel so aus, als hörte er mich gerne lachen.

All die Fragen, die wir uns die ganze Zeit gestellt hatten, waren mit einem Schlag beantwortet worden. Woher der Mörder meine Telefonnummer wusste und die von Max, wie er die Sache mit dem Handytausch herausbekommen hatte und wie die Verpackungen von den Betttüchern zu den Gschwendners gekommen waren. Und die gelben Säcke von der Fini aus der

Garage in das Haus, schließlich hatte der Joe zu allem Zugang. Auch, wieso Vroni, die sicher mit keinem Fremden mitgehen würde, einfach mitgegangen war – Joe war in Uniform erschienen und hatte ihr gesagt, dass er sie zu ihren Großeltern bringen sollte.

Und wie traurig, dass jemand sein ganzes Leben nur darauf hingearbeitet hatte, sich zu rächen.

»Mach so etwas nie wieder«, sagte Max jetzt tatsächlich.

»Manchmal muss man tun, was man tun muss«, wiederholte ich mich und pustete eine von Vronis Haarsträhnen von meinem Mund. »Manchmal darf man einfach keine Angst vor den Konsequenzen haben.«

Ob ich jemals wieder so viel Mut haben würde, wusste ich im Moment auch nicht.

Max lächelte in den Spiegel, dann sah er wieder nach vorne. »Daran werde ich dich bei gegebenem Anlass erinnern«, antwortete er mir.

Ich schlenderte langsam von unserem Postkasten zur Haustür. Dankenswerterweise war es nur ein Packen Werbung gewesen, den ich gleich zufrieden in der Papiertonne versenkte. Der Abschluss dieses Falls war besonders toll. Das Gefühl, frei zu sein, wieder zu leben, war schön, befreiend und euphorisierend. Obwohl ich immer noch ein wenig darunter litt, wenn ich eine SMS erhielt. Manchmal wachte ich in der Nacht auf und hatte Schweißausbrüche, weil ich meinte, eine SMS ploppen oder glucksen gehört zu haben. Und das, obwohl ich inzwischen eingestellt hatte, dass mein Handy bei eingehenden SMS krähte. Außerdem hatte ich es nicht überwunden, dass ich mit Joe einen Freund verloren hatte. Okay. Ein bisschen mehr als einen Freund, schließlich hatte ich mit ihm geknutscht. Meine Güte. Ich hatte mit einem Mörder geknutscht und davon Herzrasen bekommen! Das Unglaublichste an der ganzen Sache war allerdings, dass mir ein Serienmörder so ans Herz gewachsen war, dass ich sogar ein klein wenig seine Motivation nachvollziehen konnte. Selbst Max hatte zugegeben, dass er Joe nicht prinzipiell unsympathisch gefunden hatte. »Nicht unsympathischer als jeden Mann, der dich ansieht, als wolle er dich flachlegen«, hatte er mir danach noch ins Ohr geflüstert.

Ich ließ den Deckel der Papiertonne nach unten klappen und schickte mich an, ins Haus zu gehen. Bei den letzten Mordfällen hatte die befreiende Wirkung letztendlich immer auf dem Friedhof stattgefunden, mit dem Ritual der Beerdigung.

Der furchtbare Gesang unseres Kirchenchors.

Die grässliche Lautsprecheranlage.

Und der ständig kurz vor dem Burn-out stehende Pfarrer. Das klang zwar jetzt nicht befreiend, war es für mich aber. Denn meistens verließ ich dann mit meinem altbekannten Wunsch nach keinen neuen Leichenfunden die Beerdigungsgesellschaft und sah zu, dass ich wegkam.

Dieses Mal war es insofern anders, als alle Leichen in Unterbachenreuth beerdigt wurden, und das hätte zu weit geführt, auch noch dort an jeder Beerdigung teilzunehmen. Außerdem hielt ich mich in letzter Zeit extrem mit meinen Wünschen zurück, aus gutem Grund. Bevor Großmutter gestürzt war, hatte ich mir beispielsweise gewünscht, mich nicht ständig um sie kümmern zu müssen. Damit hatte ich aber nicht gemeint, dass sie sich den Oberschenkelhals brechen und im Krankenhaus landen sollte, wo sich die Krankenschwestern um sie kümmerten. Aber was will das Schicksal machen, wenn sich Lisa Wild so ungenaue Dinge wünscht?

Außerdem hatte ich mir gewünscht, dass nicht immer nur ich die Leichen fand. Damit war natürlich nicht gemeint gewesen, dass es einen Serienmörder gab, der genügend Leichen produzierte, die von anderen gefunden werden konnten. Was an dem Wunsch schlecht sein sollte, dass ich nicht mit Anneliese ins Krankenhaus wollte, wusste ich nicht. Das war mir nämlich momentan echt ein Anliegen, dass ich nicht mit ihr im Krankenhaus herumsaß und dabei zusehen musste, wie sie ein Kind auf die Welt presste. Da das ein vergleichsweise harmloser Wunsch war, drückte ich mir kurz die Daumen, dass wenigstens der zu meiner Zufriedenheit in Erfüllung ging.

Seufzend sperrte ich die Haustür auf. Als ich in die Küche zurückkam, fiel mein erster Blick auf die vertrocknete Grünlilie auf dem Küchenbuffet. Dass mir die nicht schon länger aufgefallen war, lag bestimmt an meinem instabilen psychischen Zustand.

»Wieso hast du die denn nicht gegossen?«, fragte ich und zupfte an den Blättern herum.

»Weil ich nicht mehr hinkomm«, erklärte Großmutter mit bissigem Unterton.

Man musste sich nämlich über das Spülbecken beugen, um auf dem Fensterbrett gießen zu können. »Schließlich könntest du die jetzt gießen.«

Ja, könnte ich. Aber bis jetzt war sie ja von Großmutter ohne mein Zutun ersäuft worden. »Außerdem hast du die einmal runtergeworfen, und seitdem wird die nicht mehr«, schob sie die Schuld gänzlich auf mich.

»Wo sind die ganzen Vorräte hingekommen?«, lenkte ich sie ab und sah mich in der aufgeräumten Küche um. Man hatte schon fast den Eindruck, dass der Raum hallte, so leer war er.

»Gespendet an die Hochwasseropfer«, erklärte sie mir. »Heute hat sie der Dings abgeholt. Der organisiert das nämlich.«

Stimmt. Die konnten jetzt garantiert irrsinnige Mengen an Sauerkraut brauchen, in ihren verschlammten Wohnzimmern.

»Und was machen wir jetzt, im Falle der totalen Apokalypse?«, wollte ich ratlos wissen. Ganz ohne Sauerkraut war unser Leben praktisch überhaupt nicht gesichert. Vielleicht sollte ich ihr doch verraten, dass laut Hinduismus der Weltuntergang ein wiederkehrendes Phänomen war.

»Des betrifft uns doch gar nicht. Der Weltuntergang«, erläuterte mir Großmutter, als wäre das sowieso alles meine Idee gewesen. »Hab ich gestern gelesen. Da hat ein Professor gsagt, dass da ein Meier-Herrscher die Ankunft eines Gottes vorhergesagt hat.«

Ja genau. Das mit den Mayas hatte ich schon vor einem Jahr gelesen.

»Und?«

»Die Erscheinung einer Gottheit«, wiederholte sich Großmutter zungenschnalzend. »Meinst, ich glaub so einen Schmarrn? An eine Meier-Gottheit. Des is doch nix, wenn man katholisch ist.«

Ich nickte und nahm ihre Hand in die meine.

Manchmal bekam ich ganz schlecht Luft, wenn ich mir Großmutters Sermon anhören musste. Manchmal bekam ich aber auch ganz schlecht Luft, wenn ich daran dachte, dass Großmutter irgendwann nicht mehr die Kurve kriegte und einfach starb. Ich seufzte.

In meiner Handtasche begann mein Handy zu krähen. Aber auch dieses Geräusch löste noch einen dumpfen Schmerz im Magen aus.

»Ich hab Wehen«, lautete die SMS von Anneliese. »Aber nicht schlimm.«

»Prima«, simste ich zurück.

Kurz darauf krähte mein Handy wieder.

»Aber der Schleimpfropf ist abgegangen«, lautete die nächste SMS. »Komm rüber, es geht los!«

Mist. Immer diese ekligen Details.

»Okay«, simste ich zurück und stand auf, um mir ein frisches T-Shirt anzuziehen. Da es schon seit Wochen ständig losging, glaubte ich nicht wirklich daran, dass es so weit sein könnte. Wenn ja, würde ich Thomas so lange bedrohen, bis er mit ins Krankenhaus kam. Der alte Drückeberger, der alte.

»Muss mal schnell zu Anneliese«, sagte ich zu Großmutter. »Die hat wieder Senkwehen.«

Anneliese öffnete mir vornübergebeugt die Wohnungstür und stöhnte nur jämmerlich.

»Hallo, Anneliese«, sagte ich.

Gerade hatte sie doch noch so fröhlich gesimst, was war denn jetzt mit ihr los?

»Hilf mir mit der Unterhose«, wimmerte sie.

»Unterhose?« Ich schlüpfte aus meinen Schuhen und stand erst einmal im Nassen.

»Das ist das Fruchtwasser«, erklärte sie und versuchte sich aufzurichten.

Ich starrte auf die nasse Lache unter ihr und spürte, wie sich meine Socken vollsogen.

»Soll ich das aufwischen?«, fragte ich unschlüssig.

»Du sollst mir die Unterhose ausziehen!«, keifte sie mich an.

»Ich dachte, wir fahren ins Krankenhaus«, wandte ich ein.

»Ruf die Hebamme an!«, schrie sie mich an. »Hilf mir mit der Unterhose!«

Was jetzt? Hebamme? Unterhose?

»Und red nicht rum!«

Ich verkniff mir den Kommentar, dass ich nichts gesagt hatte und dass sie sich das mit der Fruchtblase auch hätte sparen können, bis wir im Krankenhaus waren.

Dann begann sie einfach zu schreien, ganz ohne Vorwarnung, und zwar so laut, dass ich einen Heidenschreck bekam. Ich zerrte an ihrer Hose, während sie mir auswich und in die Hocke ging.

»Jetzt ruf die Hebamme an!«, wimmerte sie.

Ich verkniff mir auch den Kommentar, dass ich ihr so ganz schlecht die Hose ausziehen konnte.

»Schnell«, kreischte sie, als ich in meiner Umhängetasche nach meinem Handy wühlte.

»Wo ist denn Thomas?«, fragte ich und konnte eine gewisse Panik nicht unterdrücken. So ein blöder Kerl, der konnte doch nicht einfach weg sein.

»Scheiß auf Thomas, ruf den Notarzt.« Sie kreischte los. »Die Feuerwehr!«

Hebamme. Notarzt. Feuerwehr. Unterhose.

Langsam, aber sicher geriet ich in Panik und spürte Schweiß zwischen meinen Schulterblättern. Ich zog mein Handy aus der Tasche und drückte die Wahlwiederholung, weil ich momentan mit Telefonnummern ein wenig überfordert war.

»Ich schaff's nicht mehr ins Krankenhaus …«, stöhnte sie, auf allen vieren vor mir kniend.

»Scheiße«, sagte ich ins Telefon, als sich Max meldete. Dass ich nicht mit ihr ins Krankenhaus wollte, hieß natürlich nicht, dass ich eine Hausgeburt erleben wollte. Das hatte ich bei meinem blöden Wunsch nicht überlegt.

»Wie bitte?«, fragte Max irritiert.

»Handtücher«, schrie Anneliese. »Hol Handtücher!«

»Max. Ich brauch den Notarzt. Bei Anneliese«, schrie ich ihn panisch an, während ich ins Bad von Anneliese spurtete und irgendwelche Handtücher aus dem Schrank riss.

»LISA!«, brüllte Anneliese wie am Spieß. Das letzte A brüllte sie einfach weiter, es klang mehr wie ein Tier als nach Anneliese.

»Was …?«, fing Max an, aber ich sagte nur »Scheiße« und ließ das Handy einfach im Bad liegen und Max seine Fragen ungehört formulieren.

Als ich versuchte, die nasse Unterhose herunterzubekommen, kniete ich mich mitten ins Fruchtwasser.

»Scheiße«, sagte ich noch einmal, als ich die Hose endlich weg hatte. Da war ein dunkler, nasser Kopf direkt vor mir.

»Haare«, keuchte ich. Mit weißem Schleim bedeckte Haare. »Da … da ist ein Kopf«, konkretisierte ich meinen Verdacht.

»Halt ihn fest«, stöhnte Anneliese.

»Wie? Festhalten?«, fragte ich hilflos und ließ den nassen Slip einfach fallen.

»Sonst fällt es auf den Boden, dumme Kuh!«, keifte sie mich an. »Das Kind.«

Dann stöhnte sie noch einmal oder schrie, vielleicht stöhnte auch ich oder schrie. Es überforderte mich total, auf einen blauroten kleinen Kindskopf zu schauen und dabei an die Feuerwehr, den Notarzt und den Weltuntergang zu denken. Ich hielt meine Hand unter diesen kleinen Kopf und fing zu beten an. Also, nicht konkret zu beten, mehr so ein, bitte, lieber Gott, bitte, bitte. Egal was, aber mach was. Was jetzt kein konkreter Arbeitsauftrag für den lieben Gott war, aber immerhin ein Anfang. Im nächsten Moment wurden meine unkonkreten Bitten erhört, und es ging alles furchtbar schnell. Anneliese stellte das Schreien ein und gab ein gepresstes »Ja …« von sich. Wie ein Korken, der aus einer Sektflasche ploppt, hatte ich auf einmal ein unglaublich nasses, glitschiges Wesen in beiden Händen.

»Anneliese!«, schrie ich den Hintern meiner Freundin an. Das kannst du doch nicht machen, dachte ich nur und starrte verschreckt auf den blauen Kopf des Babys. Die Augen verquollen und rot, die Nabelschnur weiß und verdreht und um den Hals gewickelt. Ich hatte Angst, dass mir dieses blaue Bündel entwischte, während Anneliese versuchte sich umzudrehen, ohne dabei ihre Beine, das Baby, die Nabelschnur und eine schockstarre Lisa durcheinanderzubringen. Ich drückte das Kind an meinen Bauch.

»O Gott«, sagte ich nur. Ich hatte noch nie in meinem Leben so einen kleinen Menschen gesehen. Mit einem so komischen Kopf. Und so winzigen Händchen und Füßen.

»Du musst es mir durch die Beine nach vorne geben«, sagte Anneliese sachlich.

»O mein Gott«, sagte ich noch einmal und hatte das Gefühl, mich auf keinen Fall bewegen zu dürfen. Wahrscheinlich hatte ich das Kind schon längst zerdrückt. Vielleicht war es sowieso schon lange tot. Wenn man so blau war, konnte man unmöglich leben.

Im selben Moment fing das Wesen an meinem Bauch ganz jämmerlich zu schreien an. Es klang wie ein kleines Kätzchen, das gerade erkannt hatte, dass es mutterseelenallein auf der Welt war.

»Ein Kind«, sagte ich fassungslos, und in meinem Herzen breiteten sich goldene Sonnenstrahlen aus.

»Mensch, Lisa«, sagte Anneliese und hörte sich wieder an wie die Anneliese, die ich kannte. Sie begann zu lachen.

Dann begann das Kind lauter zu schreien, und ich konnte wieder einigermaßen klar denken. Vorsichtig legte ich das Bündel auf den Stapel Handtücher auf dem Boden und schob es so zwischen den Beinen von Anneliese durch.

»Muss ich jetzt irgendwie … also … die Nabelschnur oder so?«, fragte ich vorsichtig. Nur das nicht.

»Ruf die Hebamme an«, sagte Anneliese, inzwischen wieder ruhig. Sie setzte sich auf den Boden, zog die Nabelschnur über den Kopf des Kindes, sodass es nicht mehr aussah wie ein Erhängter, und drückte dann das Kind an sich. Ich half ihr, sich auf die gesammelten Handtücher zu legen. Wir zitterten beide, aber sie nicht so schlimm wie ich.

»Und hol noch Handtücher. Oben drin die großen.«

Dann hörte ich schnell hintereinander verschiedene Sirenen, es klang, als wären die Feuerwehr, der Rettungswagen, der Notarzt und die Polizei gleichzeitig zu unserer Rettung unterwegs. Anscheinend hatte Max die Lage komplett falsch eingeschätzt und einen erneuten Angriff eines Serienmörders vermutet. Ich stand wackelig auf, um Handtücher zu organisieren.

»Lisa?«, fragte Max und starrte mich fassungslos von oben bis unten an. Ich sah tatsächlich etwas derangiert aus, irgendwie kam ich mir vor, als wäre ich von oben bis unten mit Blut, Fruchtwasser und Kindspech verschmiert. Kinder sind nämlich so frisch geboren nicht nur schleimig, nass und blutig, sondern können auch schon kacken, und zwar auch noch schwarz!

»Die Flecken krieg ich nicht mehr raus«, sagte ich ganz nüchtern. Dann konnte ich die Tränen nicht mehr unterdrücken. Natürlich nicht wegen der Flecken, sondern wegen meiner allgemein recht instabilen Psyche.

»Bist du verletzt?« Er packte mich an beiden Armen und sah aus, als würde er mich gleich schütteln, wenn ich nicht antwortete.

»Nein, ich bin nicht verletzt«, schniefte ich. »Es ist nur, wegen der Hände.«

Er sah auf meine Hände.

»Hände?« Jetzt schüttelte er mich doch tatsächlich ein wenig.

»Das Baby … hat so kleine Hände, dass man eigentlich nur weinen könnte …«, gestand ich ihm.

Wir saßen auf der Wohnzimmercouch von Anneliese und staunten das Baby an. So vorsichtig es nur ging, hielt ich es im Arm und hoffte nur, dass es mir nicht herunterfiel oder irgendetwas abfiel, das eigentlich ans Kind drangehörte. Max hatte mir den Arm um die Schulter gelegt und hörte sich zum zehntausendsten Mal an, was für eine herausragende Rolle ich bei der Geburt gespielt hatte.

»Stell dir das vor: Als die Hebamme da war, habe ich die Nabelschnur durchgeschnitten. Und bin nicht umgekippt«, erzählte ich stolz.

Ein Krimi ist nichts gegen eine Geburt. Er drückte meine Schulter an sich, und ich spürte seinen Atem an meiner Wange.

»Und schau dir diese Hände an. Diesen kleinen Finger!«

Vorsichtig strich er mit seinem riesigen Zeigefinger über das kleine Händchen des Mädchens ohne Namen in meinem Arm.

»Und pass auf, dass nichts abbricht«, wisperte ich ihm warnend zu.

Er lächelte mich an, und ich merkte, dass ich ganz nah dran war zu heulen.

»Willst du mich heiraten?«, flüsterte er mir ins Ohr.

Tja. In den letzten Tagen hatte ich eine Menge gelernt. Vor allen Dingen, dass man manchmal tun musste, was man tun musste. Und sich nicht vor den Konsequenzen fürchten durfte.

Ich nickte.

»Ja«, flüsterte ich ihm ins Ohr.

Musste ja nicht gleich morgen sein.

Danksagung

Meine Kinder haben brav den Geschirrspüler ausgeräumt, den Tisch gedeckt und die Hausaufgaben selbstständig erledigt (glaube ich jedenfalls). Oder es waren meine Eltern. Wer auch immer: Danke, dass ich mich darum nicht kümmern musste! Mein Mann hat mir den Nacken massiert, wenn ich keine Zeit für Rückengymnastik hatte (Rückengymnastik ist wichtig, Nackenmassage ist toller). Meine Schwester hat mir empfohlen, mich zusammenzureißen. Danke, irgendwann in den letzten Monaten habe ich das auch getan. Lydia hat mir hin und wieder Essen gekocht, ihre Apfelmaultaschen sind genauso gut wie die von Lisas Großmutter.

Axel Petermann kennt sich mit Serienmördern besser aus als Max, danke, dass du dir für meine Fragen Zeit genommen hast. Susanne Wiedamann hat mir schnell und unkompliziert alle meine Wann-schafft-es-eine-Meldung-noch-in-die-Zeitung-Fragen beantwortet und wusste viel besser als Lisa, wie es in einer echten Redaktion zugeht. Dank Sepp, meinem Experten der bayerischen Sprache, ist mir jetzt klar, dass man nicht ständig Verkleinerungsformen verwenden kann (Ein Betttüchl ist nicht klein, Susanne). Danke fürs Beantworten all meiner Fragen!

Danke, Ute, dass ich dich jeden Tag mit meinen eigenen und Lisas Problemen volllabern darf und durfte, und auch wenn ich nie etwas so mache, wie man es mir sagt, hilft mir das richtig auf die Sprünge … Danke, Christine und Birgit, dass ihr für mich da seid, wenn ich euch brauche, besonders wenn ich aufgrund eines akuten Koffein- und Eiermangels nicht mehr weiterweiß.

Her name is Meike, and she solves problems. Danke, dass du auch meine löst! Nichts ist schöner, als mit dir ein Manuskript zu lektorieren (obwohl ich das eigentlich hasse, Cha-Cha-Cha)!

Danke, Susan, dass du mich aus all meinen schriftstellerischen Tiefs reißt und all die unangenehmen Aufgaben rund ums Buch übernimmst, von denen ich keine Ahnung habe!

Übrigens, ich bin nicht Lisa. Der autobiographische Anteil ist sehr gering. Ich kann kochen. Ehrlich.